아뜨비안나이ㅌ

아라비안나이트 ⑤

ⓒ김하경, 2006, Printed in Korea.

초판 1쇄 2006년 7월 15일 발행
초판 11쇄 2013년 8월 19일 발행
2판 1쇄 2015년 3월 2일 발행
개정 1쇄 2020년 8월 10일 발행

영역자 리처드 F. 버턴
편역자 김하경
펴낸이 김성실
표지 디자인 오필민
제작 한영문화사

펴낸곳 시대의창   **등록** 제10-1756호(1999. 5. 11)
주소 121-816 서울시 마포구 연희로 19-1
전화 02)335-6121   **팩스** 02)325-5607
전자우편 sidaebooks@daum.net
페이스북 www.facebook.com/sidaebooks
트위터 @sidaebooks

ISBN 978-89-5940-739-2 (04890)
ISBN 978-89-5940-734-7 (전5권)

이 도서의 국립중앙도서관 출판시도서목록(CIP)은
서지정보유통지원시스템 홈페이지(http://seoji.nl.go.kr)와
국가자료공동목록시스템(http://www.nl.go.kr/kolisnet)에서 이용하실 수 있습니다.
(CIP제어번호: CIP2015002524)

아라비안나이트

5

리처드 F. 버턴의 영역본으로 김하경이 다시 쓰다

시대의창

편역자의 말

호르헤 루이스 보르헤스는 《아라비안나이트》에서 두 이야기를 취하여 표현만 바꿔 단편소설 두 편을 썼다. 그런가 하면 파울로 코엘료는 《연금술사》를 쓸 때 《아라비안나이트》의 하룻밤 이야기를 모티프로 삼았으며, 움베르토 에코는 '현자 두반이 유난 왕을 죽일 때 사용한 수법'(1권 〈어부에게 은혜를 갚은 마신〉)을 《장미의 이름》에서 그대로 차용하였다.

이렇듯 20, 21세기 현대 문학의 중요한 성과들이 9세기 혹은 10세기에 그 원형이 형성된 《아라비안나이트》에 여전히 기대고 있다는 사실에서 "가장 낡은 것이 가장 새로운 것"이라는 진리를 새삼 확인한다.

이 책이 세상에 나오기까지의 과정은, 이슬람식 표현을 빌리면 "알라가 정해준 운명"이라고밖에 달리 설명할 길이 없다. 거역할 수 없는 어떤 힘이 나를 여기까지 이끈 것만 같다. 5년 전에 처음 인연을 맺은 《아라비안나이트》는 이제 내게 '문학'을 넘어 '살아가는 의미'가 되었다. 《아라비안나이트》와의 처음 인연은 순전히 개인적인 동기에서 비롯되었다.

처음에 《아라비안나이트》를 꼬박 석 달 걸려 읽었는데, 감동은 둘째치고 내용이 하나도 기억나지 않았다. 그래서 할 수 없이 다시 읽었다. 이번에는 읽으면서 줄거리를 요약했는데, 깨알 같은 글씨로 대학노트 두 권을 가득 채웠다. 어느 날, 누워서 무심코 노트를 들춰 보는데 그만 재미가 들려 노트 두 권을 단숨에 읽어버리고 말았다. 재미도 있으려니와 내용이 마치 그림처럼 너무도 생생하게 그려졌다. 그래서 나는 이 느닷없는 감동을 많은 사람과 나누고 싶었다.

'요약 노트'와 '리처드 F. 버턴의 영역판'을 저본으로 본격적인 편역 작업에 들어갔다. 기본 전제는 "버턴의 완역판 전문의 묘미를 온전히 살리되 군살을 과감하게 제거하여 읽는 재미와 속도를 배가한다"는 것이었다. 지루한 장광설은 깔끔하게 줄이고, 지나친 반복은 과감히 생략하였다. 많은 부분을 차지하고 있는 시(운문)는 의미 반복을 피하여 선별·수록하되, 우리의 전통 운율과 시어를 사용하여 운문이 주는 정서를 직감할 수 있도록 하였다.

나는 이 작업을 하는 동안, 더 많은 독자가 이제 비로소 《아라비안 나이트》를 "재미와 감동을 느낄 수 있는 여유"를 가지고 읽을 수 있겠구나 싶은 기대감에 내내 행복했다.

방대한 분량의 원고를 꼼꼼하게 살펴 거친 문장을 다듬고, 읽기에 더 편하도록 체제를 정비하고, 숱한 참고 문헌을 뒤져가며 내용과 표기의 오류를 바로잡기 위해 애쓴 편집자의 노고에 고마움을 표한다.

2006년 7월
김하경

차 례

《아라비안나이트》를 위한 이슬람교

《아라비안나이트》 배경 지도

보르도

나르본
바르셀로나
로마

콘스탄티노플

비잔티움

시칠리아

키프로스

카이로우안

크레타섬

지중해

알렉산드리아

카이로

나일 강

이슬람 제국 칼리프 연표

【 정통칼리프시대 632~661 】

- 제1대 아부 바크르(632~634)
- 제2대 우마르 1세(634~644)
- 제3대 우스만 이븐 아판(644~656)
- 제4대 알리 이븐 아비 탈리브(656~661)

【 우마이야왕조 661~750(다마스쿠스) 】

- 제1대 무아위야 1세(661~680)
- 제2대 야지드 1세(680~683)
- 제3대 무아위야 2세(683~684)
- 제4대 마르완 1세 알 하캄(684~685)
- 제5대 아브드 알 말리크(685~705)
- 제6대 알 왈리드 1세(705~715)
- 제7대 슐레이만(715~717)
- 제8대 우마르 2세 압드 알 아지즈(717~720)
- 제9대 야지드 2세(720~724)
- 제10대 히샴 1세(724~743)
- 제11대 알 왈리드 2세(743~744)
- 제12대 야지드 3세(744~744)
- 제13대 이브라힘(744~744)
- 제14대 마르완 2세 알 히마르(744~750)

【 아바스왕조 750 ~ 1258(바그다드) 】

- 제1대　앗 사파흐(750~754)
- 제2대　알 만수르(754~775)
- 제3대　알 마디(775~785)
- 제4대　알 하디(785~786)
- 제5대　하룬 알 라시드(786~809)
- 제6대　알 아민(809~813)
- 제7대　알 마문(813~833)
- 제8대　알 무타심(833~842)
- 제9대　알 와티크(842~847)
- 제10대　알 무타와킬(847~861)
- 제11대　알 문타시르(861~862)
- 제12대　알 무스타인(862~866)
- 제13대　알 무타즈(866~869)
- 제14대　알 무스타디(869~870)
- 제15대　알 무타미드(870~892)
- 제16대　알 무타디드(892~902)
- 제17대　알 묵타피(902~908)
- 제18대　알 묵타디르(908~932)
- 제19대　알 카히르(932~934)
- 제20대　알 라디(934~940)
- 제21대　알 무타키(940~944)
- 제22대　알 무스타크피(944~946)
- 제23대　알 무티(946~974)
- 제24대　알 타이(974~991)
- 제25대　알 카디르(991~1031)
- 제26대　알 카임(1031~1075)
- 제27대　알 무크타디(1075~1094)
- 제28대　알 무스타즈히르(1094~1118)
- 제29대　알 무스타르시드(1118~1125)
- 제30대　알 라시드(1125~1136)
- 제31대　알 무크타피(1136~1160)
- 제32대　알 무스탄지드(1160~1170)
- 제33대　알 무스타디(1170~1180)
- 제34대　알 나시르(1180~1225)
- 제35대　앗 자히르(1225~1226)
- 제36대　알 무스탄시르(1226~1242)
- 제37대　알 무스타심(1242~1258 : 카이로)

831~845일째 밤

바그다드의 어부 하리파 (마크 판)*

그물에 걸린 원숭이를 놓아준 하리파, 행운과 불운이 엇갈리다

옛날 아주 먼 옛날의 이야기다. 바그다드에 하리파라는 어부가 살고 있었다. 그는 너무 가난해서 아내도 얻지 못한 처지였다. 어느 날 고기를 잡으러 강에 갔는데, 그날따라 고기가 한 마리도 잡히지 않았다. 열 번이나 그물을 던져도 허탕이었다. 하리파는 마음속으로 정성껏 알라께 기도를 드렸다. 그리고 신께서 소망을 이루어주실지 모른다는 가느다란 기대를 품고서 열한 번째로 그물을 던졌다.

그물 끈을 두 손에 감아쥐고 한참을 기다린 끝에 끌어당기니 뭔가

*리처드 F. 버턴은 존 페인의 영역본(1881)을 주로 활용하였는데, 존 페인이 브레슬라우 판(막시밀리안 해비이트 편역)의 〈어부 하리파〉 전문만을 실은 것과 달리, 마크 판(윌리엄 H. 맥나튼 편역)의 〈어부 하리파〉도 함께 실음으로써 두 이야기를 혼용하지 않도록 하였다.

손에 묵직한 느낌이 들었다. 하리파는 그물을 조금씩 둑 위로 끌어올렸다. 그런데 이게 웬일인가. 그물에는 애꾸눈에 절름발이인 원숭이가 걸려 있었다.

"가슴이 찢어질 것만 같은 이 비참한 불행, 이 무정한 불운은 도대체 어찌된 일이란 말인가. 하지만 모두 다 전능하신 알라의 뜻에 따른 운명이다!"

하리파는 원숭이를 강둑 나무에 묶었다. 그리고 채찍을 움켜쥐고 실컷 때려주려고 팔을 번쩍 쳐들었다. 그 순간 알라의 뜻으로 원숭이가 유창하게 말을 지껄였다.

"어이, 하리파. 잠깐만 기다려. 날 때려선 안 돼. 알라께 빌면서 한 번만 더 그물을 던져봐. 알라께서 하루의 양식쯤은 베풀어주실 거야."

원숭이가 말하는 게 하도 신기해서 그 말대로 하리파는 다시 강으로 들어가 획 그물을 던졌다. 그리고 잠시 후 줄을 당기니 아까보다 한층 더 묵직했다. 그러나 그물을 끌어 올려보니 이번에도 원숭이가 그물에 걸렸다. 앞니는 모두 틈이 벌어지고, 눈에는 코르 가루를 발랐으며, 두 손은 헤나 물감으로 물들인 데다가 허리에는 넝마를 걸치고 히죽히죽 웃고 있었다. 그런데 이 원숭이 역시 말을 하면서 다시 그물을 던지라고 했다.

그러나 이번에도 또 원숭이가 걸렸다. 털이 새빨갛고 허리에 푸른 띠를 두르고, 손발은 역시 헤나로 물들이고, 두 눈에는 코르 가루를 새까맣게 바르고 있었다.

"정말 오늘은 재수 옴 붙었군. 처음부터 끝까지 원숭이만 잡히다니. 제기랄, 이 강에는 고기라곤 씨가 말랐나 봐? 마치 원숭이를 잡으러 온 것 같군."

어부 하리파는 세 번째 원숭이에게 물었다.

"어이, 이 재수 없는 원숭이놈아. 도대체 넌 누구냐?"

그러자 세 번째 원숭이가 대답했다.

"난 원래 유대인 환전상 아브 알 사다트의 원숭이야. 날이 밝으면 '안녕히 주무셨습니까?' 하고 인사를 해주지. 그러면 그 대가로 유대인은 구경꾼들에게서 5디나르를 버는 거지. 해가 지면 '안녕히 주무십시오' 하는 인사로 또 5디나르를 벌어."

세 번째 원숭이는 이렇게 자랑을 늘어놓더니, 속는 셈 치고 한 번만 더 그물을 던져보라고 했다.

그러자 이번에는 그토록 기다리던 물고기가 그물에 걸려 있었다. 아주 예쁘고 작은 물고기였다. 큰 머리에 꼬리는 국자처럼 생겼으며, 눈은 두 개의 금화처럼 빛났다. 생전 처음 보는 물고기였다.

세 번째 원숭이는 이번엔 티그리스 강에 그물을 던져보라고 했다. 그대로 했더니, 이번엔 염소새끼만 한 메기 한 마리가 걸렸다. 처음 잡은 물고기보다 훨씬 컸으나 이 고기 역시 처음 보는 물고기였다.

고기를 보여주자 세 번째 원숭이가 말했다.

"우선 파란 풀을 모아 와. 그걸 절반만 바구니에 담고 그 위에 고기를 넣은 다음 다시 위에 나머지 파란 풀을 덮는 거야. 그리고 그 바구니를 들고 도성의 시장으로 가봐. 가는 도중에 누가 뭘 물어도 대답하지 말로 그냥 죽 가. 그렇게 해서 유대인 환전상 아브 알 사다트의 가게가 나오거든 고기를 사라고 바구니를 내미는 거야. 유대인이 고기 값으로 돈을 주거든 받지 마. 더 많은 돈을 주겠다고 하더라도 절대 받지 마. 돈 대신 두 가지를 맹세하라고 해. 시장 사람들을 증인으로 세운 다음에 유대인 환전상의 운수와 어부 하리파의 운수를 바꾼다고 약속하게 하는 거야. 만약 내 말대로 약속하고 돌아오면, 내가 아침저녁으로 인사를 해서 하루에 10디나르씩 돈을 벌게 해줄게. 반대로 유대인은 애꾸눈에 절름발이 원숭이가 아침마다 인사를 할 거야. 그러면 그는 매일 강제 징수를 당하게 되고, 끝내 무일푼의 빈털터리 신세가 될 거야."

하리파는 세 원숭이를 풀어주었다. 그러자 원숭이들은 물속으로 돌아갔다.

하리파는 세 번째 원숭이가 말한 대로 메기를 바구니에 담아 어깨에 메고 유대인 환전상을 찾아가 내밀었다. 유대인은 깜짝 놀라며 말했다.

"어젯밤 꿈에 처녀 마리아가 찾아왔는데 '여봐라, 아브 알 사다트야. 그대에게 훌륭한 선물을 가져왔노라' 하는 계시를 받았거든. 틀림없이 이 물고기가 그건가 보군!"

유대인은 반색하며 물고기를 시동에게 넘겨주고는 집에 갖고 가서 요리할 방법까지 꼼꼼히 일러주었다. 그리고 어부 하리파에게 금화 1디나르를 주었다. 어부 하리파는 돈을 내놓으며 물고기를 돌려달라고 소리쳤다. 돈을 더 달라는 줄 알고 유대인은 금화 2디나르, 3디나르, 5디나르로 계속 올려주었으나 그때마다 하리파는 돈을 도로 내놓았다. 화가 잔뜩 난 유대인은 소리를 버럭 질렀다.

"이놈이 돌았나? 아직도 부족해? 그럼 도대체 얼마에 팔겠다는 거야? 말해봐."

그때서야 어부 하리파가 대답했다.

"저는 은화나 금화로는 팔지 않아요. 나리가 제게 두 마디만 해주시면 그냥 드리겠습니다만."

유대인은 '두 마디'라는 말을 듣자마자 눈을 치켜뜨고 숨소리가 거칠어질 정도로 크게 분노하며 이를 부득부득 갈았다. 개종하라는 말로 오인한 것이었다.

"이런 고얀 놈! 네놈은 고기 한 마리 때문에 나더러 신앙을 버리라는 거냐?"

유대인은 옆에 있던 시종들을 시켜 하리파를 주먹으로 때리고 발길로 마구 찼다. 하리파는 가게 밖으로 굴러떨어지고 말았다. 유대인은 다시 물고기 값이 얼마냐고 물었다.

하리파는 변함없이 두 마디만 해달라고 요구했다. 그리고 재빨리 이렇게 덧붙였다.

"제가 원하는 '두 마디'란 다름이 아니라 나리께서 이렇게 말씀해주시는 것입니다. '시장 사람 여러분, 나는 어부 하리파의 원숭이와 내 원숭이를 바꾸고, 어부 하리파의 운수와 내 운수를 바꾸겠으니, 여러분이 부디 증인이 되어주십시오'라고 말입니다."

유대인은 그 정도야 어렵지 않다며, 얼른 일어서서 시장 사람들을 향해 큰소리로 하리파가 일러준 그대로 외쳤다. 유대인이 그 밖에 다른 부탁은 없냐고 물었고 하리파는 없다고 대답하고 티그리스 강으로 돌아왔다.

하리파는 다시 그물을 던졌다. 묵직한 그물 안에는 놀랍게도 온갖 물고기가 잔뜩 들어 있었다. 손님들이 몰려오더니 잠깐 사이에 10디나르 어치의 물고기를 팔았다. 이렇게 열흘 동안 날마다 10디나르 어치의 물고기를 팔고 나니 수중에 100디나르의 돈이 모였다.

하리파는 문득 혹시 100디나르를 가진 소문이 임금님의 귀에 들어가게 되어, 돈도 빼앗기고 실컷 매질까지 당하지 않을까 하는 걱정이 들었다. 그래서 미리 그런 위기를 대비해 태형에 익숙해져야겠다고 생각하고는 옷을 벗고 채찍으로 자기 몸을 사정없이 때렸다. 비명 소리에 놀란 이웃들이 달려왔다. 하리파의 방문이 굳게 닫혀 있어서 이웃들은 지붕으로 올라가 채광창을 통해 안으로 내려갔다. 그런데 안을 들여다보니 하리파가 벌거숭이가 되어 자기 몸을 채찍으로 피가 나도록 때리고 있는 게 아닌가.

"제가 돈을 좀 벌었는데, 혹시 임금님 귀에 소문이 들어가 그 돈을 내놓으라고 고문할지 모르니 지금부터 심신을 단련하여 대비하려는 것입니다."

이웃들은 하리파의 어리석음을 비웃으며 크게 나무랐다.

아침이 되자 하리파는 물고기를 잡으러 나가려다가 문득 100디나르 생각이 났다. 집에 두자니 누가 훔쳐갈 거 같고, 허리띠에 감춰 두자니 외진 곳에서 강도를 만나 죽임을 당할지도 몰랐다. 그래서 저고리 깃에 호주머니를 만들고 100디나르를 넣은 전대를 그 속에 감췄다. 하리파는 안심하고 다시 티그리스 강으로 나갔다.

그런데 이상하게 고기가 잡히지 않았다. 이곳저곳을 옮겨 다니던 하리파는 도성에서 반나절이나 되는 먼 곳까지 나가게 되었다. 하리파는 불운을 하늘에 맡기고 다시 한 번 힘껏 그물을 던졌다.

그런데 그 순간 전대가 호주머니에서 튀어나와 강 한가운데 떨어져 눈 깜짝할 새에 격류에 떠내려가버렸다. 하리파는 옷을 벗어 둑에 벗어던지고는 물속으로 뛰어들어 전대를 찾아 헤맸다. 수십 번이나 물속을 뒤졌지만 끝내 찾지 못하고 기진맥진하고 말았다. 그래서 체념하고 강둑으로 돌아와 보니, 이번엔 벗어놓은 옷까지 사라져버린 게 아닌가.

하는 수 없이 하리파는 그물을 몸에 칭칭 감고, 발정한 낙타처럼 성큼성큼 뛰기 시작했다. 당황하다 보니 발걸음은 이리 비틀 저리 비틀 했고, 흐트러진 머리카락은 진흙 범벅이 되었다. 마치 솔로몬의 감옥에서 석방된 배신당한 마신의 모습 그대로였다.

칼리프를 고기잡이 제자로 삼은 하리파, 너시에게 외상으로 물고기를 팔다

한편 칼리프 하룬 알 라시드의 절친한 친구이자 보석상 이븐 알 키르나스는 5,000디나르나 하는 비싼 처녀 노예를 사서 칼리프에게 선물했다. 이름은 쿠트 알 쿠르브이고, 빼어난 미모에 박학다식하고 기예를 두루 갖춘 재원이었다. 칼리프는 쿠르브에게 홀딱 빠져 즈바이다 왕비도 멀리하고 다른 후궁이나 첩도 모조리 물리쳐버렸다. 그렇게 꼬박 한 달 동안 쿠르브 곁을 떠날 줄 몰랐다. 신하들은 걱정이 되어 대신 자파르에게 불평을 호소했다.

때마침 금요일에 이슬람교 대사원에서 우연히 칼리프를 만나게 된 자파르는 세상의 진기한 사랑 이야기를 화제로 꺼내면서 칼리프의 진의를 떠보려고 했다.

"여봐라, 자파르. 쿠르브는 알라께 맹세코 내가 좋아서 구한 게 아니야. 그러나 자꾸만 향락에만 빠지게 되니, 나로서도 어떻게 해야 좋을지 모를 지경이다."

자파르는 기회를 놓치지 않고 칼리프에게 충언을 올렸다.

"이미 쿠르브는 전하의 소유가 되지 않았습니까. 손에 넣은 것에 마음을 뺏기지 말라는 옛 가르침도 잘 아시리라 믿습니다. 또한 왕후 군자의 최고 자랑은 누가 뭐래도 경기와 승리 추구에 있다는 걸 말씀드리고 싶습니다. 그래서 드리는 말씀인데 만약 전하께서 사냥에 열중하신다면 그 처녀를 잊을 수 있지 않을까 생각합니다만."

칼리프는 자파르의 충언에 깊이 수긍했다.

"옳은 말이로다. 그렇다면 이 길로 곧 사냥을 나가기로 하자."

금요일의 기도가 끝나자 곧장 두 사람은 사원을 나와 노새를 타고서 수행원들과 함께 광막한 교외로 나왔다. 한낮이 되면서 점점 더위가 심해졌다. 칼리프는 목이 너무 말랐다. 그래서 혹시 물을 얻어먹을 데가 없나 주위를 둘러보았다.

그때 저 멀리 나지막한 언덕 위에 희미하게 사람 그림자가 보였다. 화원이나 오이밭 같은 게 있을지도 모르고, 아니면 어쨌든 사람을 만나 물어보면 물을 얻을 수 있지 않을까 하는 생각이 들었다. 자파르가 가겠다고 했으나 칼리프는 자신의 노새가 더 빠르다며 한달음에 물을 얻어오겠다고 나섰다. 칼리프가 채찍을 휘두르자 노새는 부는 바람보다도 흐르는 물살보다도 빨리 순식간에 언덕에 당도했다.

그런데 언덕 위의 사내란 다름 아닌 어부 하리파였다. 알몸에 그물을 걸친 하리파는 차마 눈뜨고 볼 수 없는 흉측한 모습이었다. 마신이나 사나운 사자 그대로의 모습으로 횃불같이 시뻘건 눈에 더벅머리를 하고 이리저리 비틀거리며 돌아다니고 있었다.

칼리프가 인사하니 어부도 답례했다. 그러나 어부는 화가 나 울화통을 터뜨리고 있던 참이라 말을 할 때마다 입에서 불이 튀어나올 지경이었다. 고운 말이 나올 리 없었다. 말끝마다 심통을 부리며 퉁명스럽게 대꾸했다.

칼리프가 혹시 물을 얻을 수 있느냐고 묻자 하리파가 눈을 치켜떴다.

"이봐, 당신 장님이야? 아니면 돌았어? 이 산 바로 뒤에 티그리스 강이 있잖아."

칼리프는 언덕을 돌아 강둑으로 내려가 물을 마신 후 노새에게도 물을 주었다. 그리고 곧 하리파에게로 돌아왔다.

"이봐, 당신 이런 데서 도대체 뭘 하고 있는 거야? 당신 하는 일이 뭐요?"

하리파는 오히려 반문했다.

"정말 바보로군. 내가 메고 있는 이 물건들이 안 보이오?"

"그럼 어부요?"

"두말하면 잔소리지."

칼리프는 또다시 물었다.

"그런데 옷은 어디다 두었소? 도대체 꼴이 왜 그 모양이오?"

안 그래도 옷을 도둑맞아서 화가 머리끝까지 올라 있던 하리파는, 옷 이야기를 꺼내는 이 작자가 분명 옷을 훔쳐간 도둑이라 단정하고 번개보다 빨리 언덕을 달려 내려와 노새의 고삐를 꽉 움켜쥐었다.

"어이, 이 도둑놈아! 수작 그만 부리고 어서 내 옷이나 내놔!"

칼리프는 어이가 없었다. 옷 같은 건 본 적도 없다고 부인했으나 억지를 부리는 데는 당해낼 재간이 없었다. 하리파는 칼리프의 볼이 양쪽으로 퍼지고 입이 작은 걸 보고 이렇게 말했다.

"틀림없이 네놈은 노래꾼이거나 피리장이일 거야. 어쨌든 내 옷이나 내놔. 안 그러면 오줌을 지리도록 이 몽둥이로 때려줄 테다."

미치광이에게 몽둥이로 맞는다는 생각을 하니 더럭 겁이 난 칼리프는 할 수 없이 공단으로 만든 덧옷을 벗어주었다. 하리파는 이리저리 뒤적거리더니 투덜거렸다.

"이런 그림물감을 더덕더덕 바른 아마천에 비교하면 내 옷은 열 배나 더 값어치가 있지."

그러면서 덧옷을 걸쳤다. 그런데 옷이 너무 길어 질질 끌렸다. 하리파는 칼로 옷의 3분의 1을 뚝 잘라버렸다. 그러자 이번에는 겨우 무릎을 덮을 정도로 짧아지고 말았다.

하리파는 옷을 받자 왠지 미안한 마음이 들어 뭔가 보답을 하고 싶었다.

"이봐, 피리장이 양반. 실례지만 피리를 불어주고 주인한테 급료를 매달 얼마쯤 받나?"

칼리프는 한 달에 10디나르를 받는다고 대답했다.

"아이고, 불쌍하기도 해라. 이봐, 난 매일 10디나르씩 벌고 있어. 내 밑에서 일할 생각 없어? 내가 고기 잡는 법도 가르쳐주고 수입도 나눠줄 테니까. 그럼 하루 5디나르 정도는 벌 수 있을 거야. 내 제자가 되라고. 당신 주인이 뭐라고 하면 내가 이 몽둥이로 입을 다물게 해줄 테니까."

칼리프는 좋다고 승낙하고 노새의 다리를 묶어놓고선 옷자락을 걷어 허리띠에 집어넣었다.

"이봐, 피리장이. 줄은 이렇게 잡는 거야. 팔은 이렇게 쳐들고 말이야. 그리고 이런 모양으로 그물을 던지는 거야."

하리파의 지시대로 칼리프는 그물을 던졌다. 그런데 그물을 끌어당기려 하자 너무 무거워 꿈쩍도 안했다. 하리파가 도와주어 함께 끌어당길 수밖에 없었다.

"어이, 재수 없는 피리장이놈아. 그물이라도 찢어지는 날엔 네놈

노새를 뺏고 네놈이 똥오줌을 지릴 때까지 실컷 때려줄 테다."

으르렁거리는 하리파와 함께 칼리프는 그물을 강둑으로 끌어올렸다.

그런데 이게 웬일인가. 그물 안에는 온갖 종류의 물고기가 잔뜩 걸려 있었다.

하리파는 칼리프에게 시장에 가서 큰 바구니 두 개를 사 오라고 시켰다. 칼리프는 노새에 올라 신이 나서 달렸다. 하리파와 만난 모험이 너무 재미있고 우스워 웃음이 그치지 않았다.

칼리프가 자파르와 수행원 일행이 기다리는 곳에 이르자 자파르가 걱정스럽게 달려왔다. 물을 마시러 간 칼리프가 돌아오지 않아서 이만저만 걱정을 한 게 아니었다. 칼리프는 하리파를 만나 겪은 이야기를 들려주며 끊임없이 웃었다.

"정말 희한한 이야기야. 너무 유쾌하고 비할 데 없이 즐거운 모험담이라니까."

칼리프가 기뻐하는 모습에 자파르도 함께 기뻐했다. 칼리프는 하리파를 골탕 먹일 궁리를 짰다. 바야흐로 장난기가 발동한 순간이었다.

"자파르, 누구든 저 하리파 앞에 놓인 물고기를 한 마리씩 갖고 오면 그 값으로 금화 1디나르씩 주겠다!"

자파르가 칼리프의 명령을 전하자 수행원 전원이 앞다투어 강가로 달려갔다.

칼리프가 바구니를 사 오기만 눈 빠지게 기다리던 하리파는 갑자기 장정 한 무리가 나타나자 깜짝 놀랐다. 수행원들은 서로 치고받고 하면서 독수리처럼 몰려들어 물고기를 집어 들고 순식간에 도망쳐 버렸다. 하리파는 나머지 물고기를 뺏기지 않으려고 양손에 한 마리씩 고기를 집어 들고 강 속으로 뛰어 들어 목까지 물에 잠근 채 기도를 올렸다.

"오, 알라시여. 이 물고기의 영검에 맹세코, 제발 당장 당신의 하인이요 피리장이인 내 동료가 나를 구하러 오도록 도와주소서!"

이때 한발 늦게 도착한 내시장은 물고기가 한 마리도 남지 않은 걸보고 실망했다. 그런데 주위를 둘러보니 강 한가운데서 양손에 고기를 한 마리씩 움켜쥐고 서 있는 어부가 보였다.

내시장은 하리파에게 돈을 줄 테니 물고기를 팔라고 했다. 하리파는 파는 물고기가 아니라며 거절했다. 화가 난 내시장이 창을 휘두르자 그때에야 하리파는 물고기를 내밀었다. 그런데 내시장이 돈을 주려고 호주머니를 뒤졌으나 마침 돈이 한 푼도 없었다.

"이봐, 고기잡이. 넌 무척 재수가 없는 놈이구나. 난 지금 땡전 한푼 가진 게 없거든. 그러니까 내일 임금님의 집으로 와. 내시장을 만나러 왔다고 하면 내시들이 안내해줄 거야. 그럼 네가 달라는 대로줄 테니까. 알았지?"

하리파는 재수 좋은 날이라고 흥얼거리며 집으로 돌아왔다. 사람들은 모두 흘깃흘깃 쳐다보았으나 하리파는 천하태평하게 걸어갔다. 마침 궁전의 재봉사가 가게에서 거리를 내다보는데, 하리파가 1,000디나르나 하는 칼리프의 덧옷을 입고 걸어가는 게 아닌가. 재봉사는 깜짝 놀라 하리파에게 그 옷이 어디서 났느냐고 물었다. 하리파는 어깨를 으쓱하며 으스댔다.

"고기 잡는 법을 가르쳐주고 내 제자 녀석한테 받은 거야. 그놈은내 옷을 훔친 놈인데 팔 하나 잘릴 걸(절도에 대한 형벌) 내가 용서해주고 그 대신 이 옷을 받은 거라고."

재봉사는 칼리프가 우연히 어부 하리파를 만나 놀리느라고 덧옷을 주었다는 생각이 들어 속으로 혼자 웃었다.

즈바이다 왕비는 쿠르브를 팔아버리고, 하리파는 궁전에서 매 100대에 1디나르를 벌다

　한편 즈바이다 왕비는 칼리프가 쿠르브에게 푹 빠져 정신을 못 차리자 질투의 불길이 타올랐다. 왕비는 칼리프가 사냥을 떠난 사이에 연회를 열고 쿠르브를 초청했다. 왕비는 쿠르브의 모습을 찬찬히 살펴보았다. 구슬 같은 볼은 장미처럼 싱싱하게 윤이 나고, 유방은 잘 익은 석류 같고, 얼굴은 달이 무색할 지경으로 빛나고, 이마는 박꽃처럼 희고, 둥근 눈은 어두운 밤인가 싶었다. 또 눈꺼풀에는 구슬퍼 보이는 시름의 빛이 어려 있고, 구슬 같은 얼굴은 밝고 시원하게 빛나고 있었다. 그 모양은 마치 해가 이마에서 솟아오르고, 밤의 어둠이 이마에서 물결치는 눈썹에 모습을 드러내놓고 있는 것만 같았다. 내뱉는 숨결은 달콤한 사향 향기를 풍기고, 아름다운 눈썹과 풍요로운 볼에는 꽃이 만발한 듯하고, 이마에서는 달이 방그레 웃음을 머금고, 부드러운 머리에는 가는 가지가 하늘거렸다. 어두운 밤에 빛나는 보름달 그대로, 눈동자는 요염하게 빛나고, 눈썹은 활처럼 반원을 그리고, 입술은 산호를 파서 만든 듯했다. 보는 사람은 누구 할 것 없이 그 앳된 모습에 간담이 서늘해지고, 그 눈동자에 넋을 잃었다. 쿠르브는 즈바이다 왕비의 청에 따라 노래를 부르고 비파를 뜯었다.
　어느덧 술잔치가 무르익었다. 왕비는 쿠르브에게 마취제가 든 과자를 권했다. 과자 하나를 입에 넣고 목으로 넘기자마자 쿠르브는 그대로 쓰러졌다. 왕비는 시녀들을 시켜 쿠르브를 아무도 모르는 방에 숨기라고 지시하고 내시들에게는 큰 궤짝과 묘비를 신속히 만들라고 지시했다. 그러고 나서 쿠르브가 목이 막혀 죽었다는 소문을 온 궁전에 퍼뜨렸다.

그로부터 며칠이 지났다. 칼리프는 아무 예고 없이 불쑥 사냥에서 돌아와 맨 먼저 쿠르브를 찾았다. 그런데 쿠르브가 식사 도중 목이 막혀 죽었다는 말을 듣자 칼리프는 넋을 잃고 말았다.

"무덤은 어디냐?"

칼리프는 매일같이 무덤을 찾아 쿠르브를 애도하며 비탄에 젖었다.

계략이 성공하자 즈바이다 왕비는 궤짝 안에 쿠르브를 넣고 자물쇠를 채운 후 내시에게 말했다.

"수고스럽지만 이 궤짝을 시장에 내다 팔아치워다오. 한 가지 조건이 있는데, 자물쇠를 채운 채로 사야 한다는 조건을 붙여라. 그리고 궤짝을 판 대금은 희사하도록 해라."

한편, 어부 하리파는 날이 밝자 궁전으로 향했다. 궁전 앞에는 내시들이 여럿 몰려 있었는데 그 가운데는 내시장도 끼어 있었다. 하리파가 고깃값을 받으러 왔다고 하자 내시장은 돈을 주려고 호주머니에 손을 넣었다. 그때 마침 시끄러운 함성이 일어나 바라보니 자파르가 퇴궐하는 참이기에 내시장은 급히 자파르 앞으로 달려가 한참 이야기를 나누었다.

기다리다 못해 짜증이 난 하리파는 빨리 돈을 달라고 소리쳤다. 내시장은 자파르 앞이라 대답하기도 창피하여 모른 체하고 이야기를 계속했다. 어부는 계속 화를 내며 돈을 내놓으라고 소리쳤다.

"여보시오, 셈 질긴 나리. 여보시오, 오리발 나리. 어서 냉큼 돈을 주시오."

자파르는 어부가 손을 흔들면서 뭐라고 떠드는 것과 내시장이 불안해하는 거동이 아무래도 수상쩍었다. 그래서 무슨 일이냐고 물었다.

내시장이 자초지종을 들려주면서 어부 하리파가 고깃값을 받으러 찾아왔다고 대답했다.

자파르는 어부 하리파로 인해 칼리프가 크게 즐거워했던 사실을 기억하고, 쿠르브의 죽음 때문에 슬픔에 잠겨 있는 칼리프의 기분을 풀어주고 싶은 마음이 들었다.

"이보게, 임금님의 기분을 풀어드릴 사람은 저 어부밖에 없네. 그러니 저 녀석을 그냥 돌려보내선 안 되네. 이 길로 가서 임금님의 의중을 알아보고 저 녀석을 어전으로 데려갈 생각이니까."

내시장은 노예들을 시켜 하리파를 붙잡아놓았다.

"여보시오, 울금향(튤립) 양반. 인심 한 번 좋구려. 미라 도둑이 미라가 된 격이구먼. 빚을 받으러 왔는데, 세금을 안 냈다고 붙잡아놓다니!"

자파르는 임금 앞에 납작 엎드렸다. 칼리프는 하리파가 왔다는 말에 자기도 모르게 미소를 지으며, 시름의 그늘도 어디론가 사라진 듯 즐거워했다.

"그렇다면, 자파르. 한 번 큰 맘 먹고 그 사내의 빚을 갚아주리라! 만일 알라께서 불행을 주시면 그 사내는 불행을 감수해야 하고, 만일 행운을 주신다면 천복을 받는 셈이지."

칼리프는 잘게 자른 종이쪽지 한 뭉치를 자파르에게 준 다음, 거기다가 1디나르에서 1,000디나르까지 스무 가지 금액과 말단에서 칼리프에 이르기까지의 온갖 직책 이름, 또한 가장 가벼운 형벌에서 사형에 이르는 스무 가지 형벌의 이름을 쓰게 했다.

"여봐라, 자파르. 난 거룩한 조상과 예언자를 두고 맹세코 이제부터 어부에게 종이쪽지를 한 장 뽑게 할 것이다. 뽑은 종이쪽지에 무엇이 적혀 있든 그것을 반드시 그에게 주리라. 만일 칼리프를 뽑는다 해도 칼리프 자리를 물려줄 것이며, 절대 주저하는 것 따위의 비겁한 짓은 하지 않겠다. 반대로 교수형을 뽑는다 해도 가차 없이 형을 집행할 것이다. 이제 그 어부를 데려오라."

자파르는 근심에 휘말렸다. 공연한 일을 벌였구나 하고 후회도 됐다. 하지만 모든 것이 신의 뜻인 이상 천명을 기다릴 수밖에 없었다.

아무 영문도 모르는 하리파는 자파르의 손에 이끌려 일곱 개의 응접실을 지나 마침내 임금 앞에 이르렀다. 고관대작들에게 둘러싸여 침상에 앉아 있는 칼리프를 본 하리파는 어제 사귄 피리장이가 웬일로 이런 데 앉아 있는가 싶기도 했지만 반가운 마음에 성큼성큼 다가갔다.

"이거 좋은 데서 만났구먼, 피리장이! 자네가 바구니를 사 오지 않은 바람에 물고기를 다 뺏기고 말았어. 진작 돌아왔으면 100디나르 정도 버는 건 문제없을 텐데 말이야. 그건 그렇고, 자네도 여기 잡혀 온 건가?"

칼리프는 대답하지 않은 채 싱긋 웃으며 종이쪽지 한 장을 뽑으라고 했다.

"어제는 어부였는데, 오늘은 점쟁이가 됐구먼. 사람이란 말이야, 직업을 자주 바꾸면 점점 더 가난해지는 법이야."

하리파는 칼리프를 동정하여 충고를 아끼지 않았다. 자파르가 끼어들어 수다 좀 그만 떨고 빨리 종이쪽지나 뽑으라고 윽박질렀다. 하리파는 종이쪽지를 뽑아 칼리프에게 내밀었다.

첫 번째 쪽지에는 100대의 태형을 가하라고 쓰여 있었다.

하리파는 칼리프의 명에 따라 100대의 태형을 맞았지만 그전에 대비해 미리 훈련을 쌓은 터라 대수롭지 않게 여겼다. 자파르는 어부를 동정해서 칼리프에게 간언했다.

"오, 충성된 자의 임금님. 불쌍하게도 이놈은 강을 찾아왔다가 목도 못 축이고 돌아가게 되었으니 너무 심하군요. 임금님의 은덕으로 한 장만 더 뽑게 해주었으면 합니다. 그러면 어떻게 가난만은 면하게 될지 누가 알겠습니까?"

칼리프는 자파르에게 행운만이 아니라 불운도 상기시켰다.

"여봐라, 자파르. 그러다 만일 사형이 적힌 쪽지가 나오면 난 반드시 이놈 목숨을 거둘 것이다. 그러면 그건 그대 탓이 되느니."

"이 사내가 죽으면 영원히 잠들 뿐입니다."

자파르의 권고로 하리파는 두 번째 종이쪽지를 뽑아들었다. 그런데 이게 웬일인가. 종이쪽지에는 아무것도 주지 말라고 쓰여 있는 게 아닌가. 뒤로 자빠져도 코가 깨진다고 하더니, 억세게 불운한 사내였다. 자파르는 칼리프에게 한 장 더 뽑게 해달라고 애원했다.

하리파는 세 번째 쪽지를 뽑았다. 이번엔 1디나르가 나왔다. 그토록 행운을 빌었건만 고작 1디나르라니, 자파르는 진심으로 미안해했다. 하리파는 자파르를 원망했다.

"채찍으로 100대를 얻어맞고 1디나르를 벌다니. 이게 당신이 빌어준 행운이란 말인가?"

칼리프는 껄껄 웃고 하리파에게 1디나르를 하사했다.

밖으로 나오자 내시장이 하리파에게 다가왔다.

"이봐, 고기잡이 양반. 임금님께서 자네에게 하사하신 1디나르를 내게도 나눠주게나."

하리파는 버럭 화를 냈다.

"나눠달라고? 100대의 태형을 맞고 1디나르를 벌었는데, 그게 그렇게 부러우냐? 그럼 얼마든지 주마!"

말을 끝내자마자 하리파는 금화를 내던지고 볼에 흘러내리는 눈물을 닦지도 않고 돌아섰다. 내시장은 어부의 가련한 모습을 보고는 그의 말에 거짓이 없음을 알고 부하를 불러 그를 데려오게 하였다. 그리고 하리파의 거짓 없는 마음에 감동하여 100디나르가 든 지갑을 손바닥에 올려주었다. 하리파는 완전히 기분이 풀려 땅에 떨어진 1디나르를 집어 들고는 얻어맞은 것도 까맣게 잊고 가버렸다.

하리파 덕분에 쿠르브를 되찾은 칼리프, 하리파에게 은총을 베풀다

하리파가 집으로 돌아오는데 경매시장 앞에 구경꾼들이 인산인해를 이루고 있었다. 하리파는 무슨 일인가 궁금하여 구경꾼 사이에 끼어들었다. 가운데 큰 궤짝이 하나 놓여 있었다. 궁전에서 나온 물건인데 절대 열어보지 말라는 조건이 붙어 있었다. 그러니 그 안에 무엇이 들어 있는지 아무것도 모르고 사야 하는, 말하자면 '묻지 마' 경매인 셈이었다.

20디나르에서 50디나르를 호가하던 경매 가격이 마침내 100디나르에서 멈췄다. 그때 어부 하리파가 101디나르를 불렀다. 상인들은 돈 한 푼 없는 하리파가 놀리는 줄만 알고 101디나르에 팔라며 농담을 건넸다. 내시는 잘됐다 싶어 하리파에게 얼른 궤짝을 가져가라고 재촉했다. 돈을 받자마자 내시는 곧바로 그 돈을 희사하고 궁전으로 돌아와 즈바이다 왕비에게 보고했다. 왕비는 모든 것이 잘 마무리되었다고 안심하고 기뻐했다.

집에 돌아와 무거운 궤짝을 내려놓자 하리파는 안이 궁금해서 견딜 수가 없었다. 그러나 아무리 열심히 뚜껑을 열려고 해도 도무지 열리지가 않았다. 그래서 일단 내일까지 기다리기로 하고 잠을 청했다. 하지만 큰 궤짝이 좁은 방을 다 차지해 누울 공간이 없었다. 하리파는 궤짝 위에 올라가 벌렁 누웠다. 그런데 잠시 후 궤짝 안에서 뭔가 움직이는 기척이 느껴졌다. 졸음은 당장 사라지고 덜컥 겁이 났다.

하리파는 궤짝 안에 마신이 들어 있다고 생각했다. 만약 그것도 모르고 궤짝을 열었다면 어둠 속에서 불의의 습격을 당해 목숨을 잃었을지 모른다고 생각하니 궤짝을 열지 않은 것이 천만다행이라고 생각했다.

하리파는 다시 궤짝 위에 누웠다. 그런데 이번에는 더 심하게 흔들리는 기척이 느껴졌다. 하리파는 벌떡 일어나 큰일 났다고 외치고 밖으로 뛰어나가 이웃집에 가서 램프를 빌려왔다. 그리고 자물쇠를 돌로 때려 부수고 뚜껑을 열어보았다.

그런데 이게 웬일인가. 궤짝 안에는 놀랍게도 선녀같이 아름다운 처녀가 누워 있었다. 그동안 처녀는 과자를 토하고 눈을 떴던 것이다. 처녀는 배가 고프니 먹을 것을 좀 달라고 했다. 하리파도 이틀 동안 아무것도 먹지 못해 배가 고팠으나 궤짝을 사느라고 돈을 다 써버렸으니 어쩔 수 없었다. 생각다 못해 하리파는 이웃에게 먹을 것을 얻어와 함께 먹었다.

처녀는 자신의 신분을 밝히고 그동안의 자초지종을 자세히 들려주었다.

"알 라시드라면 내가 붙잡혀간 궁전에 있던 바로 그 녀석을 말하는 거야?"

그때에야 하리파는 자기가 만난 피리장이가 바로 칼리프라는 걸 알게 되었다.

"그런 버릇없는 말은 삼가세요. 이제 앞으로 칼리프를 뵙게 되면 정신 차리고 예의바르게 행동하세요. 그러면 당신 소원이 이루어질 거예요."

처녀의 말을 들으면서 하리파는 이제까지 자기가 꿈과 생시 사이를 헤맨 것만 같았다. 이렇듯 하리파는 알라의 뜻으로 자신의 사리 분별을 되찾았다.

이튿날 아침 처녀는 편지 한 통을 써주면서, 보석상 이븐 알 키르나스에게 전하고 아무 말도 하지 말라고 했다. 하리파는 급히 달려가 보석상에게 편지를 전해주었다. 편지를 읽자마자 보석상은 편지에 입을 맞추고 자기 머리에 올려놓았다.

보석상은 노예를 시켜 환전상에게서 1,000디나르를 받아다 하리파에게 주었다. 이 돈은 쿠르브가 보석상에게 부탁해서 하리파에게 주라던 돈이었다. 쿠르브는 하리파가 전 재산인 101디나르를 주고 궤짝을 산 고마움에 대한 보답으로 사례금을 지불한 것이었다.

하리파가 돈을 받고 돌아와 보니 보석상이 노예와 시종을 거느리고 노새 위에 앉아 있었다. 하리파에게도 노새 한 마리를 주고 타라고 했으나 하리파는 노새 등에 타자마자 그대로 땅바닥에 떨어지고 말았다. 사람들은 와 하고 웃음을 터뜨렸다.

할 수 없이 보석상은 하리파를 시장 바닥에 남겨놓은 채 궁전으로 들어가 칼리프 앞에 엎드려 애첩 쿠르브의 소식을 전했다. 그러고 나서 하리파의 집에서 쿠르브를 자기 집으로 데려왔다.

하리파가 집에 돌아와 보니 처녀가 오간 데 없었다. 화가 난 하리파는 곧장 보석상으로 달려가 납치해간 처녀를 내놓으라고 소리쳤다. 보석상은 아무 말 말고 따라오라며 하리파를 어느 호화로운 집으로 데리고 갔다.

처녀는 황금 의자에 앉아 있었다. 처녀는 하리파에 대한 고마움으로 1,000디나르를 건넸다.

때마침 칼리프의 명을 받은 내시가 처녀를 데리러 왔다. 쿠르브는 하리파와 함께 궁전으로 갔다. 칼리프는 쿠르브에게 자초지종을 듣고 난 후, 궤짝을 산 사람에 대해 물었다. 쿠르브는 어부 하리파라고 대답했다. 칼리프는 하리파와의 짓궂은 인연에 깜짝 놀라 급히 불러들였다.

그런데 하리파는 쿠르브의 가르침으로 하룻밤 새에 말투와 행동이 전혀 달라져 있었다.

"여봐라, 어부여. 그대는 어젯밤 정말로 내 대리 노릇을 하지 않았느냐?"(처녀와 재미를 보지 않았느냐는 뜻)

하리파는 아무 짓도 하지 않았다고 대답하고 낱낱이 털어놓았다. 칼리프는 마음이 풀려 밝고 환하게 웃으며 하리파의 진솔한 점을 칭찬했다.

"남의 것을 주인에게 돌려준 기특한 녀석, 네가 원하는 게 무엇인지 말해보거라."

하리파는 말이 없었다. 칼리프는 금화 5,000디나르와 많은 선물을 내렸다. 이리하여 하리파는 단번에 당대의 왕후 대열에 낀 것처럼 고귀한 신분이 되었다. 칼리프는 총애하는 쿠르브를 되찾은 기쁨에 어쩔 줄 몰랐다.

한편, 이 모든 것이 즈바이다 왕비가 저지른 장난임을 알게 된 칼리프는 화가 나서 왕비를 용서하지 않고 오랫동안 멀리했다. 왕비는 칼리프에게 편지를 보내 자신의 죄를 깨끗이 고백하고 용서를 빌었다. 진심으로 죄를 뉘우쳤다고 판단한 칼리프는 왕비를 용서해주었다.

하리파는 칼리프에게 지위와 영예와 존경을 약속하는 특별한 은총을 받고 매달 500디나르의 봉록을 받았다.

사람들은 하리파의 어마어마한 출세에 눈이 휘둥그레지며 놀랐다. 하리파는 집을 새 저택으로 꾸미고, 그 지역 유지의 아름다운 딸을 아내로 맞았다. 🌙

831~845일째 밤

바그다드의 어부 하리파 (브레슬라우 판)

원숭이에게 속은 하리파,
엎친 데 덮친 격으로 불운이 계속되다

옛날 아주 먼 옛날에 바그다드에 하리파라는 아주 불운한 한 어부
가 살고 있었다.

어느 날, 그는 알라께 정성껏 기도를 드리며 하루 끼니라도 얻게 해
달라고 빌었다. 그리고 티그리스 강에 가서 그물을 던졌다.

그러나 첫 번째 걸린 것은 재수 없게도 죽은 개의 시체였다. 두 번째
는 낙타의 무릎뼈가 걸렸다. 게다가 그물이 여기저기 찢어지기까지
했다. 하리파는 자신의 불운을 탄식하며, 세 번째 그물을 던졌다. 이
번엔 차마 눈 뜨고 볼 수 없이 추하고, 애꾸눈에 절름발이인 원숭이가
걸려들었다. 하리파는 욕을 퍼부으며 말뚝에 원숭이를 매어놓았다.

"이번에도 아무것도 안 걸리면 너를 실컷 때려주겠다."

하리파는 힘껏 그물을 던졌다. 당겨보니 또 원숭이가 한 마리 걸려 있었다. 그런데 이 원숭이는 얼굴이 둥글고 예쁘게 생긴 데다 귀에는 금 귀걸이를 하고 푸른 허리띠를 두른 것이, 마치 불을 켠 초 같았다.

"나는 임금님의 단골인 유대인 환전상 아브 알 사다트의 원숭이입니다. 나는 날마다 주인에게 '안녕하십니까?' 하고 인사하고 금화 10디나르를 받는답니다."

예쁜 원숭이는 이렇게 자랑을 늘어놓으며 하리파에게 다시 한 번 그물을 던지라고 했다. 이번엔 거짓말처럼 고기 한 마리가 걸려들었다. 머리가 둥글고 우유 짜는 통처럼 생긴 아름다운 돌잉어였다. 예쁜 원숭이가 다시 하리파에게 말했다.

"풀을 조금 뜯어다가 바구니 안에 깔고, 그 위에 물고기를 얹고 풀로 덮으세요. 그리고 채소 가게에 가서 질리꽃을 조금 사다가 물고기 입에 물려두세요. 그 위에 손수건을 살짝 덮고 바그다드 시장으로 가세요. 보석상과 환전상의 거리에서 오른쪽 여섯 번째 가게가 유대인 아브 알 사다트의 가게입니다. 유대인이 고깃값을 돈으로 주면 많든 적든 절대 받아선 안 됩니다. 그 대신에 두 가지만 약속해달라고 하세요. '내 원숭이를 네 원숭이와 바꾸고 내 운수와 네 운수를 바꾸겠다' 고요. 그러고 나서 그 물고기를 주세요. 그럼 난 당신 원숭이가 되고, 애꾸눈 절름발이 원숭이는 유대인의 원숭이가 되는 것입니다."

원숭이가 시킨 대로 하리파는 고기를 바구니에 넣고 유대인 환전상에게 주었다. 유대인은 하리파의 요구대로 많은 상인들을 모아놓고 큰 소리로 외쳤다.

"내 원숭이를 하리파의 원숭이와 바꾸고 내 운수를 하리파의 운수와 바꾼다. 상인들이여, 증인이 되어주시오!"

하리파가 빈손으로 강가에 돌아와 보니, 원숭이 두 마리는 모두 감쪽같이 사라지고 말았다. 그때에야 하리파는 원숭이에게 속은 걸 알고 한탄했다.

하리파는 알라께 은혜를 빌며 다시 한 번 그물을 던졌다. 그물 안에는 물고기가 잔뜩 들어 있었다. 하리파는 뛸 듯이 기뻐하며 신나게 물고기를 그물에서 떼어냈다. 아낙네 하나가 오더니 1디나르를 내고 물고기를 사갔다. 또 다른 하녀가 와서 1디나르 어치 물고기를 사갔다. 이렇게 계속 손님이 몰려와 어느덧 오후 기도 시간이 되어 돈을 세어보니 10디나르가 되었다.

하리파는 시장에 가서 옷을 사고, 이것저것 먹고 싶은 음식을 사서 배가 너무 불러 가슴이 서늘해질 때까지 먹어치웠다. 남은 돈은 9디나르였다. 잠자리에 들었으나 자꾸만 이 돈이 마음에 걸려 잠이 오지 않았다. 혹시나 칼리프가 돈 가지고 있는 걸 알고 자파르를 시켜 돈을 내놓으라고 할지 몰랐다. 만약 돈을 주지 않으면 혼이 날 텐데, 그렇더라도 돈을 내놓느니 매를 맞는 게 낫다는 생각이 들었다. 채찍을 맞고도 참을 수 있으려면 단련을 해야 했다. 하리파는 선원용 가죽 채찍을 손에 들고 연신 자기 몸을 때리며 울부짖었다.

"오, 이슬람교도 양반, 저는 가난뱅이입니다. 제게 무슨 금화 같은 게 있겠습니까?"

이웃 사람들은 한밤중에 들려오는 채찍질 소리와 하리파가 울부짖는 소리에 놀라 잠을 깼다. 하리파의 집에 도둑이 들어 강제로 돈을 약탈하려고 해서 하리파가 도움을 청하는 것 같다고 생각한 이웃들은 모두 무기를 손에 들고 달려왔다. 문이 잠겨 있어 몸을 부딪쳐 문까지 부수고 안으로 우르르 몰려 들어갔다.

그런데 이게 웬일인가. 하리파가 알몸으로 피를 뚝뚝 흘리면서 자기 몸에 채찍질을 하고 있었다. 이웃들은 9디나르 때문이라는 말에 어이가 없었고 하리파에게 바보가 아니면 미치광이라고 말하며 혀를 차고 돌아갔다.

이튿날 하리파는 9디나르가 든 돈지갑을 가슴 주머니에 넣고, 다시 티그리스 강으로 나갔다. 무릎이 닿는 데까지 물속으로 들어가 힘껏 그물을 던졌다. 바로 그때 하리파의 돈지갑이 주머니에서 빠졌고 물살에 휩쓸렸다. 하리파는 옷과 두건을 벗고 물속으로 뛰어들었다. 이리저리 헤매고 강바닥까지 뒤졌지만, 이미 돈지갑은 멀리 사라지고 없었다. 기진맥진하여 간신히 강둑으로 올라와보니, 이건 또 무슨 재앙이란 말인가. 누군가 바로 어제 산 옷과 두건을 홀랑 훔쳐간 것이었다.

칼리프를 제자로 삼은 하리파, 매 100대를 맞고 금화 100디나르를 얻다

마침 그 시간 하룬 알 라시드 칼리프는 자파르와 수행원들을 데리고 사냥에서 돌아오는 중이었다. 한낮이라 더위가 심해 목이 몹시 말랐다. 물을 찾으러 주위를 두리번거리는데 언덕 위에 발가벗은 하리파가 우뚝 서 있는 게 보였다. 칼리프는 행여 물을 얻을 수 있을까 하는 마음에 자파르 일행을 기다리라 하고 자신의 빠른 노새를 채찍질해 부리나케 하리파에게 달려갔다. 칼리프가 하리파에게 인사했다.

하리파는 혹시 자기 옷을 훔쳐간 도둑이 아닐까 하는 의심이 들었다. 그래서 다짜고짜 옷을 내놓으라고 윽박질렀다. 칼리프는 옷 같은 건 본 적도 없다고 부인했지만 하리파는 막무가내로 내놓으라며 칼리프가 탄 노새 고삐를 확 잡아당겼다. 그래도 아니라고 부인하자 하리파는 으르렁거리며 칼리프를 겁박했다.

"당장 내놓지 않으면 네놈을 노새 등에서 떨어뜨려 몽둥이로 갈비뼈를 분질러놓겠다."

봉변을 당할지 모른다는 생각에 더럭 겁이 난 칼리프는 입고 있던 1,000디나르짜리 덧옷을 벗어주었다. 하리파가 입어보니 옷이 너무 컸다. 그래서 무릎까지 짧게 자른 뒤 잘라낸 자락을 두건 대용으로 머리에 감았다.

하리파가 상대를 가만히 들여다보니 코가 크고 입이 작은 게 나팔수인 듯싶었다.

"어이, 나팔수 양반, 내가 고기 잡는 법을 가르쳐주지. 나팔 부는 것보다 수입이 훨씬 나을 게야. 누구한테 머리 숙일 것도 없고 밥도 배불리 먹을 수 있으니까 말이야. 어때?"

칼리프는 승낙하고 어부를 따라 강으로 내려가 하리파가 일러주는 대로 그물을 던지고 당기는 법을 배웠다. 시험 삼아 칼리프가 한 번 그물을 던져 끌어당겨 보니 그물이 묵직했다. 둘이서 강둑으로 그물을 잡아당겨보니 물고기가 가득 들었다.

하리파는 칼리프더러 시장에 가서 큰 바구니와 칼을 사오라고 심부름을 보냈다. 칼리프는 "예, 스승님!" 하고 큰 소리로 대답하고는 자파르 일행이 기다리는 곳으로 돌아갔다. 그리고 허리를 잡고 웃으며 자파르에게 하리파와 있었던 일을 들려주었다.

칼리프는 수행원들에게 하리파에게 달려가서 물고기를 뺏어오라고 시켰다. 물고기 한 마리에 1디나르를 주겠다는 말에 수행원들은 떼로 몰려가 하리파에게서 물고기를 빼앗았다. 하리파는 겨우 남은 두 마리의 물고기를 양손에 들고 도망쳐 물속으로 뛰어들었다.

그런데 한발 뒤늦게 도착한 내시장은 물고기가 한 마리도 남지 않아 실망하고 돌아서려 했다. 그때 강물 속에 서 있는 하리파를 발견했다. 내시장이 물고기를 팔라고 외쳤다. 100디나르를 주겠다는 말에 하리파는 솔깃했다. 고기를 받아든 내시장이 돈을 주려고 호주머니를 뒤졌으나 마침 돈이 한 푼도 없었다. 그래서 하리파에게 말했다.

"알 라시드 임금님의 궁전으로 찾아오라고. 그러면 고깃값을 줄게."

내시장이 먼저 궁전으로 돌아간 뒤, 하리파는 시내를 걸어가며 사람들에게 물었다.

"알 라시드의 집이 어디요?"

사람들은 머리를 갸웃거리며 되물었다.

"알 라시드의 궁전을 말하는 건가?"

"이러나저러나 마찬가지야."

하리파는 이렇게 물어물어 칼리프의 궁전 근처에 이르렀다. 마침 칼리프의 덧옷을 만든 재봉사가 가게에 앉아 밖을 내다보다가 하리파가 칼리프의 덧옷을 입고 있는 걸 보고 깜짝 놀라 그 옷은 어디서 났느냐고 물었다. 하리파는 자랑스럽게 자신의 제자이자 나팔수가 주었다고 말했다.

이윽고 궁전 앞에 이르니 물고기를 외상으로 사간 내시장이 문 앞에서 사람들과 이야기하고 있었다. 하리파가 100디나르를 달라고 하자 내시장은 알았다며 돈을 꺼내려고 했다. 때마침 퇴궐하던 자파르가 어부와 내시장이 이야기를 나누는 걸 보고는 얼른 칼리프에게 알렸다.

"지금 궁전 문 앞에서 그 어부가 내시장에게 100디나르를 달라고 조르고 있습니다."

칼리프는 반색하며 자파르에게 얼른 하리파를 데려오라고 명령했다. 그사이에 칼리프는 두루마리 세 개에 각각 '금화 1디나르를 주어라', '금화 100디나르를 주어라', '채찍 100대를 주어라'라고 썼다.

한편 자파르는 궁전 문 앞으로 달려가 어부에게 말했다.

"이보게, 하리파. 자네 제자이자 나팔수가 들어오라고 부르네."

하리파가 들어와 보니 나팔수가 머리 위에 천개를 두르고 옥좌에 앉아 있는 게 아닌가.

"아니, 나팔수 양반. 언제 나팔수를 그만두고 점쟁이가 됐나?"

칼리프는 배꼽이 빠져라 웃고는 어부에게 두루마리 세 개 가운데 한 개만 뽑으라고 말했다. 운명의 장난인지 맨 처음 뽑은 두루마리가 하필이면 채찍 100대였다. 칼리프도 자파르도 선뜻 내키지는 않았으나 어명이란 한번 내리면 되물릴 수 없는 법이었다. 어쩔 수 없이 하리파는 마루 위에 엎어져 볼기 100대를 맞을 수밖에 없었다. 눈물을 흘리며 살려달라고 아우성을 쳤으나 아무도 도와주는 사람이 없었다. 하리파는 칼리프에게 원망을 퍼부었다.

"이봐, 나팔수 양반. 난 당신에게 고기 잡는 법을 가르쳐주었는데, 은혜에 보답하기는커녕 점쟁이가 되어 이런 흉패를 뽑게 하다니! 젠장, 인정머리라곤 눈곱만치도 없는 놈 같으니라고!"

칼리프는 웃음을 터뜨리며 하리파에게 금화 100디나르를 하사했다. 하리파는 금화 100디나르를 받아들고 서둘러 궁전을 나왔다.

하리파 덕분에 살아난 쿠르브와 재회한 칼리프, 하리파에게 은총을 베풀다

하리파가 저잣거리를 지나가고 있는데 거간꾼 하나를 둘러싸고 인산인해를 이루고 있었다. 군중을 헤치고 앞으로 가보니 자물쇠 달린 궤짝을 놓고 경매가 벌어지고 있었다. 궤짝을 사는 사람은 안에 든 게 뭔지 미리 열어보지 않는다는 조건이 붙어 있었다. 하리파는 100디나르를 다 주고 궤짝을 샀다. 주머니에는 땡전 한 푼 남아 있지 않았다. 하리파는 짐꾼을 끌고 집을 잊어버렸다며 이리저리 헤매며 잔뜩 골탕을 먹이는가 하면 집에 도착한 뒤에는 무시무시한 망치로 내리칠 듯이 협박해서 결국 짐삯도 한 푼 안 주고 짐꾼을 쫓아버렸다. 이웃들이 우르르 몰려와 궤짝을 어디서 얻었느냐고 물었다.

"내 제자 알 라시드한테서 얻었어."

이웃들은 어이가 없어서 실소했다.

그런데 이 궤짝에는 말 못할 사연이 담겨 있었다. 칼리프는 쿠트 알 쿠르브라는 터키인 처녀 노예를 무척 총애하고 있었다. 즈바이다 왕비는 쿠르브를 시기한 나머지 은밀히 그녀를 없앨 흉계를 꾸몄다. 칼리프가 사냥을 나간 사이에 쿠르브를 초대해 술과 안주를 대접하는 척하며 술에 마약을 넣어 실신시킨 다음 궤짝에 넣고 자물쇠를 채워버렸다. 왕비는 내시장에게 궤짝을 강에 던져버리라고 명령했다. 그런데 궤짝이 하도 무거워 운반이 여간 힘들지 않았다. 내시장은 저잣거리를 지나다가 거간꾼을 만나 이 궤짝을 팔아달라고 부탁했다. 이렇게 하여 궤짝은 자물쇠를 채운 채 팔리게 된 것이다.

하리파의 방은 온통 궤짝으로 차버려서 누울 자리도 없었다. 하리파는 결국 궤짝 위에 누워서 잠을 청할 수밖에 없었다. 그런데 쿠르브가 마약에서 깨어나 궤짝 안에 갇힌 걸 깨닫고 자신의 슬픈 운명을 탄식하며 울었다. 그 소리를 들은 하리파는 궤짝에서 뛰어내려 비명을 질렀다.

"살려주세요. 궤짝 안에 마신이 있어요."

이웃들은 하리파가 하는 말을 믿을 수가 없어서 아무도 도와주지 않았다. 다시 방 안으로 들어가자 궤짝 안에서 여자의 목소리가 들렸다.

"여긴 어디예요? 배가 고파요. 제발 좀 열어주세요."

하리파는 돌을 집어 들고 자물쇠를 깨부수고 궤짝을 열었다. 안에는 눈부시게 아름다운 귀부인이 누워 있었다. 이마는 눈처럼 희고 볼은 아리따운 장밋빛의 달처럼 빛나는 얼굴이었다. 게다가 목소리는 꿀을 머금은 것보다 더 감미로웠다. 비온 뒤 아침 햇살처럼 요염한 미녀는 천금만큼 비싸고 호화로운 옷과, 반짝이는 패물로 온몸을 휘감고 있었다.

하리파가 궤짝을 사게 된 경위를 들려주자 쿠르브는 자신이 즈바이다 왕비에게 속았음을 깨달았다. 이튿날 쿠르브는 편지 한 통을 써서 보석상 아브 알 하산에게 전해주라고 말했다. 아브 알 하산은 쿠르브의 후견인으로, 땅이나 집은 물론 쿠르브의 모든 재산을 관리하는 사람이었다.

"이 편지를 읽은 즉시 크고 훌륭한 저택을 마련하여 가구와 그릇, 노예를 준비해주세요. 그리고 편지를 가져간 사람을 목욕시키고 좋은 옷을 입힌 다음 ….."

보석상은 하리파를 목욕탕에 데리고 가서 때밀이에게 목욕을 맡긴 다음 쿠르브가 지시한 대로 집과 가구 그리고 노예를 준비했다. 그리고 하리파를 가까스로 노새에 태우고 저택으로 들어갔다. 현관에 몽둥이를 들고 서 있던 문지기가 하리파를 보자 일어나서 뛰어와 손에 입을 맞추고 큰 방으로 안내했다. 쿠르브는 노예를 거느리고 앉아 있었다. 하리파는 갑작스럽게 일어난 이 모든 일에 그저 눈이 휘둥그레지고 넋이 나갈 지경이었다.

쿠르브는 하리파를 맞아 음식과 술을 대접하고 나서, 칼리프를 대하는 예의범절을 가르쳐주었다. 하리파는 쿠르브의 가르침을 받고 전혀 다른 사람이 되었다. 게다가 옷이 날개라는 말처럼 화려하고 값비싼 옷을 걸친 하리파의 풍채는 한눈에도 임금이 부럽지 않은 위풍당당한 모습 그대로였다.

하리파는 시동과 노예를 앞세우고 칼리프의 궁전으로 갔다. 내시장이 어부를 알아보고 곧장 칼리프에게 알렸다. 칼리프 앞에 나아간 하리파는 쿠르브가 가르쳐준 대로 궁중 예절에 따라 칼리프에게 예를 다했다. 칼리프는 옷차림만 달라진 게 아니라 말씨와 태도까지 전혀 다른 모습으로 바뀐 하리파를 보고 궁금해서 견딜 수가 없었다. 그래서 하리파가 자기 집으로 초대할 의향을 비치자 칼리프는 흔쾌히 승낙하고 즉시 자파르와 함께 하리파를 뒤따랐다.

하리파는 피륙 꾸러미를 펼쳐 칼리프의 노새 발굽 밑에 깔았다. 부드러운 비단이 한 필, 곱게 짠 공단이 한 필, 이런 식으로 차례차례 20개나 되는 피륙 꾸러미를 펼쳐 땅 위에 깔아놓았다. 칼리프 일행이 그 위를 지나 집에 도착하자 하리파가 앞으로 나와 말했다.

"오, 충성된 자의 임금님. 이 집은 보석상의 우두머리인 이븐 알 우카브의 집입니다."

안으로 들어가자 천장이 높고 어마어마하게 큰 대청이 시원하게 펼쳐졌다. 마루엔 양탄자가 깔려 있고 단에는 침상이 놓여 있었다. 벽을 따라 긴 의자도 놓여 있었다.

칼리프는 자기를 위해 마련한 침상에 앉았다. 상아로 만든 네 다리엔 번쩍이는 황금이 입혀져 있었다. 대 위에도 일곱 장의 양탄자가 깔려 있었다. 칼리프는 방 안의 가구며 집기, 배치까지 모든 것들이 매우 맘에 들었다.

하리파가 노예와 시동을 거느리고 들어와 음식과 술을 나르기 시작했다. 칼리프는 엄청난 산해진미에 눈이 휘둥그레졌고 하리파의 눈치 빠른 행동이며 우아하고 위풍당당한 인품이 어떻게 해서 생긴 것인지 궁금하기 짝이 없었다. 칼리프는 알라께서는 사람에게 행운을 주실 때 재물을 주시기 전에 머리부터 바꿔놓는 모양이라고 생각했다.

술잔이 몇 차례 돌고 주연이 무르익자 쿠르브가 베일을 쓰고 나와 비파를 연주하며 노래를 불렀다. 칼리프는 쿠르브에 대한 그리움과 슬픔에 견디다 못해 실신하여 쓰러지고 말았다. 그사이 쿠르브는 궤짝을 가져다 옆에 놓았다. 칼리프가 눈을 뜨고 바라보니 아까 그 처녀가 보였다. 그런데 처녀가 베일을 벗자 다름 아닌 쿠르브로 변하는 게 아닌가. 더욱이 쿠르브 옆에는 궤짝이 하나 놓여 있었다. 칼리프는 깜짝 놀라 소리쳤다.

"오늘이 부활절인가? 무덤에 갇힌 자를 알라께서 소생시킨 날일까? 아니면 나는 지금 꿈을 꾸고 있는 것일까?"

쿠르브가 칼리프에게 속삭였다.

"꿈이 아니에요. 저는 죽음의 잔을 마시지 않았어요. 이렇게 살아 있는걸요."

쿠르브는 칼리프에게 그동안의 자초지종을 들려주었다. 칼리프는 당장 쿠르브를 데리고 궁전으로 돌아가려 했다. 그러자 하리파가 일어나서 말했다.

"알라께 맹세코, 충성된 자의 임금님! 저는 전에 한 번 전하께 부당한 대접을 받았습니다. 이것으로 두 번째입니다."

칼리프는 미안한 마음이 들었다. 그래서 대신에게 하리파가 원하는 것은 무엇이든 들어주라고 명령했다.

하리파는 어느 작은 부락의 통치를 맡게 되었고 매년 2만 디나르의 봉록까지 받았다. 쿠르브는 하리파에게 집과 가구, 노예와 시동 등 모든 걸 등 일체를 아낌없이 주었다.

하리파는 하루아침에 부자가 되어 아내도 얻고 칼리프의 마구간 관리자가 되어 오래도록 가문의 번창을 누렸다. 🌙

유부녀에게 홀딱 빠진 풍류객 마스룰, 구애에 실패하다

옛날 아주 먼 옛날의 일이다. 마스룰이라는 한 상인이 살고 있었다. 그는 미남에다 부자이며 여자를 무척 밝히는 바람둥이였다.

어느 날, 꿈에 새 네 마리가 날아왔다. 그 가운데 한 마리는 반짝반짝 닦아놓은 백은처럼 하얀 비둘기였다. 그의 가슴속에는 흰 비둘기에 대한 사모의 정이 싹텄다. 그런데 갑자기 큰 새가 비둘기를 덮쳐 움켜잡고는 눈 깜짝할 사이에 날아가버렸다. 그의 안타까움은 이루 말할 수 없었다. 마스룰은 그 비둘기의 모습을 잊을 수가 없었다.

날이 밝자 그는 어떻게든 이 꿈의 수수께끼를 풀어보고 싶어 밖으로 나갔다. 하지만 해몽가를 찾을 수 없어 발길을 돌리려는데, 우연히 어느 집 안에서 애끓는 노랫소리가 들려왔다.

그녀가 사는 집 쪽에서 아침 바람 솔솔 불어와

사랑에 병든 연인의 아픈 마음을 어루만지네.

사랑의 포로 되어 언덕에서 그리운 임 찾으면

야영지는 간데없고 가없는 슬픔만 메아리치네.

그래서 나는 물었더라, 스쳐가는 아침 바람에,

언제 다시 이 땅에 복된 은총이 찾아오려는가,

사뭇 가녀린 몸매에 눈동자엔 시름을 머금고

볼이 야윈 새끼 사슴 만날 날은 언제이런가.

마스룰은 자기도 모르게 집 안을 기웃거렸다. 이 세상에 둘도 없을 만큼 굉장한 화원이 보였다. 그리고 화원 한 구석에 처녀 네 명이 앉아 있었다.

그 가운데 한 처녀의 모습이 그의 눈에 화살이 되어 꽂혔다. 키는 크지도 않고 작지도 않았다. 두 눈은 자연의 코르 분을 새까맣게 바른 것 같고 눈썹은 초승달, 입은 마치 솔로몬의 도장 반지처럼 귀엽고 입술과 치아는 산호와 진주를 연상시킬 만큼 빛났다. 한번 보기만 해도 빠질 것 같은 요염한 눈썹과 발그레한 볼이 내뿜는 아름다움에 넋을 잃지 않을 수 없었다.

마스룰은 처녀의 아름다움에 빠져 자기도 모르게 집 안으로 발걸음을 옮겼다. 잘 가꿔진 화원에는 재스민을 비롯해 질리꽃, 제비꽃, 장미와 오렌지꽃 등 온갖 기화요초들이 아름다운 자태를 뽐내고 있었고 꾀꼬리, 염주비둘기, 흰 비둘기, 나무 비둘기 등 온갖 새들이 지저귀고 있었다. 그리고 네 귀퉁이의 단마다 집과 화원을 칭송하는 시구절이 적혀 있었다.

"여보세요. 당신은 누구신데 주인의 허락도 없이 남의 집에 들어오신 거죠?"

마스룰은 지나가다 화원이 하도 아름다워 들어왔다고 변명했다. 처녀들은 반갑게 맞아주었다. 황홀한 기분에 휩싸인 마스룰은 처녀들의 아름다움에 어지러워지는 마음을 가눌 길 없어 시를 읊었다.

> 장미, 재스민, 온갖 꽃들이 교태를 다투는 화원에서
>
> 나는 보고 말았네, 초승달보다 아름다운 그대 모습.
>
> 그대 온몸을 스쳐 불어오는 서풍조차 향기로워라,
>
> 향기로운 숨결에 흔들리는 나뭇잎에도 가슴 설레네.
>
> 나뭇가지 사이로 보름달 휘영청 아름다움을 뽐내고
>
> 온갖 새 지저귀는 소리 들으며 꿈을 꾸는 듯싶네.
>
> 아름다운 그대에게 빠져 술에 취한 듯 정신이 없네.

자인 알 마와시프('명가의 꽃'이라는 뜻)라는 처녀는 이 시를 듣자 애교 섞인 눈길을 보냈다. 그 순간 마스룰은 불에 달군 화살을 맞은 듯 정신을 놓고 말았다. 이윽고 그는 땅이 꺼져라 한숨을 내쉬며 체면도 분별력도 잃고 마음을 홀딱 뺏긴 나머지 사랑의 포로가 되고 말았다. 그러자 마와시프가 답가를 불렀다.

> 사랑을 미끼 삼아 그대 욕정을 채우려 꿈도 꾸지 마라.
>
> 날 향한 그대의 욕망 모두 버리시라, 나는 뜻이 없으니.
>
> 시름하는 사내들에게 보내는 내 눈동자는 재앙이지만
>
> 그대 달콤한 속삭임에 넘어갈 내 마음 조금도 없다네.

마와시프는 노래를 마치자마자 구경이 끝났으면 어서 돌아가라고 말했다. 마스룰이 마실 물을 달라는 핑계를 대고 미적거리자 물과 음식을 대접해주었다. 이윽고 마와시프는 소문도 있고 하니 그만 돌아가라고 채근하며 마당으로 나갔다.

시녀들이 마와시프의 뒤를 따랐으나 후부브라는 시녀만은 가지 않고 마스룰 옆에 남아 있었다. 마스룰은 후부브에게 마와시프에 대해 이것저것을 물어보았다.

"아씨는 유대교 독신자의 따님이시며, 엄연히 남편이 있는 유부녀예요. 그러나 현재 남편은 장사를 하러 먼 나라로 출타 중이세요."

느닷없이 정욕의 불꽃이 타오른 마스룰은 후부브에게 부인과 만나게 해달라고 졸랐다.

"아씨께서 그런 소리를 들으면, 당신이 죽거나 아니면 아씨가 자살하고 말걸요. 유태교 독신자의 따님이신 아씨는 보통 사람이 아니에요. 돈 같은 것에는 전혀 구애받지 않고, 또 사생활에 관한 이야기는 누구에게도 입 밖에 내놓지 않으세요. 바깥세상과는 일절 접촉을 끊고 늘 집에만 틀어박혀 계십니다. 한 발짝도 밖에 나가신 적이 없어요. 당신이 외국인이라 이 정도로 관용을 베푸셨지, 그렇지 않았으면 집 안에 한 발짝도 들여놓지 못하게 했을걸요."

마스룰은 거듭 애원하며 매달렸으나 시녀는 딱 잘라 거절했다. 마스룰은 금화 100디나르와 그만큼의 옷을 선물하겠다고 제안했다. 후부브는 그때에야 애써보겠다고 대답했다. 그러면서 아씨는 시를 읊어주는 걸 무척 좋아한다고 귀띔해주었다.

시녀는 아씨에게 가서 마스룰을 한껏 치켜세웠다.

"그렇게 마음에 들면 너나 재미 보려무나. 나한테 그런 소리를 하다니 부끄럽지도 않니? 어서 가서 빨리 돌아가라고 해라. 그리고 넌 가서 거리에 사람이 있나 보고 와."

후부브는 돌아와서 이렇게 보고했다.

"아씨, 밖에 사람들이 너무 많습니다. 오늘 밤엔 도저히 그분을 내 쫓을 수가 없겠는데요."

결국 마스룰은 그날 밤 그 집에 머물 수밖에 없었다. 마와시프는 왠지 불안했다.

"어젯밤 꿈 때문에 슬프고 무서워서 견딜 수가 없어요. 난데없이 매 한 마리가 홱 날아와 나를 채가려고 했어요. 하도 무서워 벌벌 떨다가 퍼뜩 잠이 깼거든요."

마스룰은 웃으며 자기 꿈 이야기를 들려주었다. 너무나도 똑같은 꿈 이야기에 마와시프는 무척 놀랐다.

"부인의 꿈 이야기를 듣고 나니 내 꿈의 의미를 알게 되었습니다. 왜냐하면 부인은 비둘기고 나는 매이기 때문이죠. 틀림없습니다. 난 당신을 처음 본 그 순간부터 몸도 마음도 다 빼앗겨 그리움에 가슴을 태우고 있으니까요!"

마스룰의 사랑 고백을 듣자 마와시프는 화를 내며 당장 돌아가라고 말했다.

"오르지 못할 나무는 쳐다보지 마세요. 아무리 애를 써도 소용없으니까요. 나는 어엿한 상인 우두머리의 딸이고 남편도 상인이에요. 하지만 당신은 일개 약장수가 아닌가요? 지금까지 약장수와 상인 우두머리 딸이 짝이 된 경우가 있었던가요?"

마와시프는 화를 내며 딱 잘라 거절했다. 날이 저물자 마스룰은 마음도 우울하고 목도 마르니 술 좀 달라고 부탁했다. 마와시프는 시녀를 시켜 술상을 차려 내왔다. 시녀가 사라지자 그녀는 문득 시를 읊었다.

> 그대 허튼 수작 그만 부리고 이제 어서 꺼지시오.
> 불륜의 죄에 빠져 음탕한 길을 밟지 않게 하소서.
> 사랑은 덫, 한번 빠지면 누구라도 꼼짝 못한다오.
> 아침이면 또 시름에 잠기고 몸은 날로 야위어가네.
> 적에게 들켜 뜬소문 퍼지면 세상 비웃음만 살 뿐.
> 하지만 그대가 미인을 사랑한들 놀랄 일은 아니리,
> 영양을 노리는 맹수는 어느 세상에나 있는 법이니.

그러자 마스룰은 사랑을 고백하는 시를 읊었다. 하지만 마와시프의 마음은 미동도 하지 않았다.

"당신은 자기 것이 될 수도 없는 걸 애타게 바라고 있어요. 비록 내 몸무게만큼 금화를 주셔도 당신 생각대로 되지 않을 겁니다."

그래도 마스룰은 체념하지 않고 끈질기게 매달렸지만 마와시프는 요지부동이었다.

"아무리 큰 도둑도 자기 목과 맞먹는 게 아니면 훔치지 않아요. 남편 이외의 남자와 음탕한 짓을 하는 여자도 마찬가지로 모두 도둑이라 불러도 상관없을 거예요."

그러나 마스룰의 끈질긴 구애가 거듭되자, 결국 마와시프도 한발 물러났다.

"그래도 도무지 단념 못하시겠다면, 내가 직성이 풀릴 때까지 돈이고 옷이고 패물이고 사주세요."

"비록 세계를 달라고 해도, 동쪽에서 서쪽 끝 나라를 모두 달라고 해도, 당신의 정에 비하면 아무것도 아닙니다."

마스룰의 적극적인 구애에 그녀는 한 가지 단서를 붙였다.

"옷을 세 벌 갖고 싶어요. 모두 1,000디나르짜리 이집트산 비단에 가장자리에는 진주와 최고의 보석으로 곱게 장식한 옷이어야 해요. 그리고 비밀을 지켜줘야 해요. 아무에게도 말하지 않겠다고 맹세해주세요. 마지막으로 나 이외에 다른 여자와 사귀지 않겠다고 맹세해주세요. 그러면 나도 당신을 배신하지 않겠다는 언약을 하겠어요."

이렇게 하여 두 사람 사이에 은밀한 언약이 맺어졌다. 그녀는 첫 번째 요구 사항을 전했다.

"마스룰 님, 저는 사향, 용연향, 침향, 낫드향을 조금 갖고 싶어요. 내일 후부브 편에 보내주세요."

그리고 나서 그녀는 시녀 후부브에게 은밀하게 속삭였다.

"내일 아침 마스룰 님과 같이 그분 댁에 가서 그분이 사는 형편을 잘 살펴보고 오너라. 만일 지체 있는 분이라면 계속 사귈 것이고 아니면 이쯤에서 인연을 끊을 것이다."

두 사람은 밤새도록 향연을 즐겼다.

내기 장기로 재산을 모두 잃은 마스룰, 마침내 부인의 사랑을 얻다

이튿날 이른 아침, 마스룰은 후부브를 데리고 집으로 돌아와 후부브에게 약속한 100디나르를 주었다. 그리고 마와시프가 요구한 사향, 용연향, 침향, 장미수 등을 부인에게 선물했다.

그날 밤, 부인의 제안으로 두 사람은 장기판을 앞에 놓고 마주앉았다.

부인의 매혹적인 아름다움에 홀딱 마음을 빼앗긴 마스룰은 정신이 혼미하여 거듭 지고 말았다. 부인은 돈 내기를 제안했다. 마스룰은 참패를 거듭했다. 한 판에 10디나르로 시작한 돈은 점점 불어나 100디나르까지 치솟았다.

마스룰은 날이 밝기 무섭게 집으로 가 있는 돈을 모두 가지고 돌아왔다. 내기 장기는 계속되었으나 마스룰은 한 번도 이기지 못했다. 이렇게 사흘이 지나는 사이에 마스룰은 현금과 보석을 모두 잃고 말았다.

마스룰은 약방을 내걸고 연속 다섯 판을 두었지만 번번이 지는 바람에 가게도 몽땅 빼앗겼다. 이번엔 여자 노예와 땅과 정원을 걸었으나 또 지고 말았다. 결국 마스룰은 가진 재산을 모두 잃고 빈털터리가 되었다.

"마스룰 님, 조금이라도 후회하신다면 당신 것을 모두 돌려드리겠어요. 그러니 어서 돌아가세요."

마스룰은 사랑을 포기하면 모든 것을 돌려주겠다는 부인의 제안마저 깨끗이 거절했다. 결국 마와시프는 증인을 불러 마스룰의 모든 재산을 그녀에게 양도한다는 증서를 작성하게 했다. 증서를 받고 난 마와시프는 차갑고 매정하게 말했다.

"자, 마스룰 님. 이제 돌아가주세요."

시녀 후부브는 마스룰에게 시를 읊으라고 귀띔했다. 마스룰은 부인과 내기 장기를 둔 이야기를 시로 지어 읊었다. 거리낌 없이 흐르는 화술에 부인은 혀를 차며 감탄하면서도 냉정하게 빨리 돌아가라고 다그쳤다.

"당신은 모든 재산을 탕진했음에도 불구하고 뜻을 이루지도 못했어요. 그뿐 아니라 이제는 뜻을 이룰 수단도 재력도 무엇 하나 가진게 없는 빈털터리가 되었어요."

그래도 마스룰은 계속 큰소리를 쳤다.

"아, 모든 소원의 과녁이여! 비록 나는 빈털터리지만 다른 사람들이 도와줄 겁니다. 내 친구들이나 친척들은 내가 달라면 무엇이든 줍니다."

"그렇다면 마스룰 님. 사향 네 상자, 영묘향 네 병, 용연향 4파운드, 금화 4,000디나르, 금실로 단을 두른 비단 400필을 갖고 오신다면, 내 마지막 것을 드리겠어요."

마스룰은 문제없다고 장담하고 밖으로 나갔다. 마와시프는 후부브에게 마스룰의 뒤를 미행해, 그가 주위 사람에게 얼마나 신용이 두터운지 알아오라고 했다.

마스룰은 뒤따라오는 시녀가 다가오기를 기다렸다. 시녀는 부인이 미행하게 한 뜻을 전했다. 마스룰은 아무것도 줄 것이 없다고 솔직하게 고백했다. 그럼 왜 그런 약속을 했느냐고 시녀가 따져 물었다.

"약속이란 했다가도 어길 수 있는 거야! 남녀의 정사에는 거짓말이

많게 마련이거든."

시녀는 걱정 말라고 마스룰을 위로하고는 집으로 돌아와 홀쩍홀쩍 울면서 마와시프에게 말했다.

"아씨, 마스룰이야말로 정말 세상에서 신망 두텁고 평판 좋은 분이세요. 그런 분이 욕심 많은 남들에게 구걸을 하도록 하다니요? 오늘 그분이 당한 딱한 입장과 재산을 탕진한 사연을 생각하면 가슴이 미어질 것 같아요."

마와시프는 주위의 이목이 두렵다고 핑계를 댔다. 후부브는 절대 비밀을 지키겠다고 맹세했다. 마와시프는 끈질긴 설득에 못 이기는 척 마스룰에게 "당신의 연인이 몸 달아 기다리고 있으니, 어서 오셔서 뜨겁게 안아달라"는 연서를 써서 시녀 편에 보냈다.

편지를 받은 마스룰은 하늘에 오를 듯 기뻐하며 답장을 써주었다. 후부브는 편지를 받아들고 마와시프에게 달려가 마스룰의 늠름한 기상, 너그러운 마음, 훌륭한 선물을 칭송하며 한껏 치켜세웠다.

그날 밤이었다. 마와시프는 금실로 단을 두른 비단옷을 입고 진주와 갖가지 보석으로 장식한 비단 허리띠를 두르고, 그 밑에는 비단 끈 두 개를 늘어뜨리고, 고리를 매단 끝에는 빛나는 황금으로 글씨를 새긴 루비를 매달았다. 그리고 칠흑 같은 머리를 길게 늘어뜨린 채 침향을 피우고, 몸에는 하향과 용연향의 그윽한 향기를 뿌렸다. 이렇게 정성스럽게 몸단장을 하고 요염한 걸음걸이로 바람처럼 가볍게 마스룰 곁으로 다가갔다. 마스룰은 사람이 아니라 낙원의 신부가 내려왔다며 감탄해 마지않았다.

"서방님, 당신에게서 빼앗은 재산을 모두 돌려드리겠어요."

마스룰은 약속이니 그럴 수 없다고 거절했다.

술과 노래로 한껏 흥을 돋운 두 사람은 마침내 잠자리에 들었다. 마스룰은 입맞춤을 퍼부으며 마와시프를 가슴에 껴안고 애무하면서 그동안 오르지 못할 나무라고만 여겼던 그녀의 모든 것을 희롱하고 빼앗았다. 그리하여 도원지경에서 애욕의 황홀한 쾌락을 맘껏 즐겼다. 마와시프는 "이젠 서로 모든 것을 허락한 연인 사이니 당신의 재산을 모두 돌려드리겠어요"라고 거듭 말했다. 마스룰도 기꺼이 받아들였다.

마스룰은 자기 집으로 부인을 초대하여 호화로운 향연을 베풀었다. 둘은 밤이 깊도록 서로를 애무하며 애욕의 쾌락에 젖었다. 게다가 둘은 열락을 즐기는 사이에 달콤한 사랑의 노래를 주고받았다. 마와시프는 마스룰에게 처음 만났을 때부터 지금까지의 일을 시로 읊어달라며 애교를 부렸다. 마스룰은 순간 느닷없이 불끈 솟은 사랑의 장대를 주체하지 못하고 이슬 머금어 촉촉한 그녀의 옥문에 가득 채워 넣은 채로 시를 읊었다.

영양의 눈동자가 쏜 화살에 깊은 상처 입고 쓰러졌노라.

견고한 성채로 겹겹이 둘러싼 그댈 동경하여 애원했노라.

그대 매몰차게 거절하며 능멸한 것도 사랑의 두려움 때문,

오직 한마음으로 참고 견뎌 그대의 두려움 걷어내버렸네.

초승달이 중천에 걸린 밤, 마침내 우리 뜨겁게 껴안으니,

속눈썹은 모두가 칼이요, 눈길에 머금은 것은 화살이로다.

묵은 술 머금은 조그만 입술에는 샘물 같은 이슬 맺히고,

방금 따온 진주를 꿰어놓은 듯 흰 치아는 어둠 속에 빛나네.

목덜미는 가련한 암사슴, 젖가슴은 잘 익은 석류 그대로,

아랫배 주름에선 향기 그윽하고, 그 아래로 옥문이 숨어

동그만 맵시에 눈두덩은 볼록하여 탐스럽고 흐벅지구나.

내게는 진정한 옥좌, 춘정이 동할 때마다 드나드는 곳,

두 기둥 사이에 끼여 좁으면서도 높은 자리가 예로구나.

수풀 속 도톰한 입술은 불꽃을 끄느라 이슬 머금었는가,

불뚝 선 장대 사나워도 이윽고 얌전한 포로가 되고 마네.

그대야말로 천하제일의 미녀, 그 이름 자인 알 마와시프.

이 송시를 들은 부인은 들끓는 욕정으로 정신이 혼미해져 옥문 깊숙이 들어와 꿈틀대는 장대를 연신 조여대며 한바탕 뜨거운 사랑을 불살랐다.

날이 밝기 전에 마스룰은 부인을 집으로 바래다준 다음 아침이 될 때까지 마와시프와 황홀한 정사를 돌아보며 음미했다. 그리고 아침 해가 찬란하게 떠오르면 호화롭고 진귀한 피륙을 골라서 들고 마와시프를 찾아갔다. 이렇게 얼마 동안 두 사람은 이 세상의 온갖 쾌락과 애욕을 즐겼다.

아내의 부정을 알아챈 남편,
아내를 이리저리 끌고 다니다가 가두다

그러던 어느 날, 유대인 남편이 귀국한다는 편지가 도착했다. 두 사람은 애욕의 불길 속에서 활활 타오르고 있던 터라, 뜻밖의 소식에

긴장하지 않을 수 없었다.

"아무래도 이 문제는 당신 쪽이 더 잘 알아서 판단하리라 생각하오. 남편의 기질도 잘 알고, 또 당신은 현자도 뺨칠 만한 계교와 수단을 가진 빈틈없는 여자이니까 말이오."

그러자 마와시프가 말했다.

"남편은 옹색하고 시기심 많은 사람이에요. 앞으로 남편 가게로 자주 찾아가 친하게 사귀세요. 그렇게 친분도 쌓고 신용도 얻게 되면, 제 계략이 우연한 것처럼 들어맞을지 몰라요."

남편이 돌아오기 전, 마와시프는 사프란으로 얼굴을 씻어서 안색이 창백하고 누렇게 보이게 만들었다. 남편이 마와시프의 얼굴을 자세히 들여다보면서 무슨 일이냐고 묻자 그녀는 그동안 남편과 헤어진 슬픔과 쓰라림이 너무 커서 몸이 많이 아팠다고 속이고 훌쩍훌쩍 눈물을 흘렸다.

남편은 흐뭇해하며 아내를 위로했다. 며칠 동안 남편은 가게를 청소하고 재고 정리도 하면서 가게 문을 열고 장사를 시작했다.

어느 날, 마스룰이 가게로 찾아와 남편에게 말을 걸었다. 그리고 약과 향료 등을 사갔다. 그날 이후 마스룰은 빈번히 가게를 찾아와 물건도 사가고 세상 이야기로 꽃을 피우곤 했다. 그러는 동안 두 남자 사이에 친분과 신뢰가 쌓여갔다.

어느 날, 유대인 남편은 마스룰에게 동업자가 되어달라고 제안했다. 마스룰도 흔쾌히 승낙했다. 그래서 유대인 남편은 마스룰을 자기 집으로 데려가 아내에게 인사를 시켰다. 아내는 처음에 외간 남자와 인사할 수 없다고 버티다가 마지못해 응하는 척 베일을 쓰고 고개를 숙인 채 응접실로 나갔다. 마스룰과 마와시프는 욕정의 불길에 마음을 태우면서 서로를 물끄러미 마주 보았다. 아무것도 모르는 유대인 남편은 아내의 정숙함과 마스룰의 사내다운 풍채와 점잖고 우아한 모습에 감탄했다.

남편은 평소에 앵무새 한 마리를 기르고 있었는데, 식탁에 앉으면 옆에 와서 밥도 먹고 머리 위를 날아다니기도 했었다. 그런데 남편이 집에 돌아온 뒤 앵무새가 남편 옆에 가까이 다가오려고 하지 않았다. 그동안 앵무새는 자주 찾아오던 마스룰에게 정이 들어 있었다. 영문을 모르는 남편은 앵무새의 행동이 이상할 수밖에 없었다.

그런데 이상한 건 그것만이 아니었다. 아내는 밤에 잠을 편히 자지 못하고 자주 멍하니 앉아 있는 일이 잦았다. 며칠 지나는 사이에 남편은 아내의 행동이 아무래도 수상쩍었다. 남편의 마음에는 갈수록 의혹이 깊어갔다.

어느 날 밤, 남편은 문득 한밤중에 눈을 떴다. 아내는 남편의 가슴에 안겨 마스룰의 이름을 부르며 잠꼬대를 하고 있었다. 남편의 의심은 점점 더 깊어졌지만 모른 체하고 있었다.

어느 날, 남편은 의형제를 맺자며 마스룰을 집으로 데려왔다. 그리고 아내를 불러 의형제를 맺는 자리에 입회해달라고 부탁했다.

세 사람이 함께 식탁에 앉은 후 시녀들이 음식을 차렸다. 남편이 앵무새를 부르자 앵무새는 주인을 지나쳐 마스룰의 무릎으로 날아가 앉았다.

남편은 손님의 이름을 물었다. 마스룰이라는 말을 듣는 순간 남편은 어젯밤 아내가 잠꼬대로 부른 이름이 바로 그 이름임을 깨달았다.

남편이 가끔씩 얼굴을 들 때마다 아내가 손가락 끝으로 마스룰에게 뭔가 신호를 보내거나 추파를 던지는 것이 눈에 띄었다. 남편은 자기가 깜빡 속아서 잠자리를 빼앗긴 남편이 되고 말았다는 것을 깨달았다.

'형제여, 잠깐만 기다려주시게. 의형제 맺는 자리에 증인이 없어서야 되겠소? 내가 얼른 뛰어가 가까운 친척을 불러올 테니."

남편은 거실을 나와 밖으로 나가는 체하면서 몰래 거실 뒤로 돌아와 객실 창 바로 옆에 섰다. 마와시프는 시녀에게 남편이 밖으로 나갔다는 것을 확인한 다음 문을 닫고 자물쇠를 채웠다. 그리고 나리께서 문을 두드리면 맨 먼저 자기에게 알려달라고 당부하였다.

마와시프는 남편이 엿보는 줄 까맣게 모른 채, 입속에 술을 가득 머금고 마스룰의 입술로 옮겨주었고 마스룰도 똑같이 했다. 이어서 아내는 마스룰의 머리 위에서 발끝까지 장미수를 뿌려주었다. 그윽한 향기가 방 안에 가득 넘쳤다. 남편은 두 남녀가 나누는 격렬한 애욕의 현장을 보고 너무 놀라서 기절할 뻔했다. 눈앞에 벌어진 적나라한 광경 앞에서 분노와 질투는 장작불처럼 활활 타올랐다.

남편은 밖으로 뛰어나갔다가 다시 문 앞으로 다가와 문을 쾅쾅 두드렸다. 그리고 집 안으로 들어가 분하기 짝이 없는 속마음을 감추고 웃으면서 말했다.

"미안하지만 오늘은 의형제 맺는 일을 그만두어야겠소. 다음 날로 미룹시다."

마스룰이 돌아간 뒤 남편은 마음이 완전히 뒤죽박죽되어 어찌할 줄을 몰랐다. 앵무새도, 시녀와 노예 들도, 모두 자기를 주인으로 생각하지 않는다는 생각에 분한 나머지 몸을 부들부들 떨었다.

궁리 끝에 남편은 모든 재산을 정리하여 현금으로 바꾸고 이 고장을 떠나기로 했다. 둘 사이를 갈라놓지 않는 한, 서로 단념하지 않을 것 같았다.

남편은 마와시프에게 친척에게서 온 것이라며 편지 한 통을 보여주었다. 꼭 아내와 함께 동행하여 방문해달라는 내용이었다. 그리고 12일 정도 머물 것이라고 속였다.

남편은 낙타 가마를 마련하는 등 출발 준비를 서둘렀다. 마와시프는 남편 몰래 마스룰에게 편지를 보냈다.

"서방님, 약속 날짜가 지나도 제가 돌아오지 않거든 남편이 저를 속여 우리 둘 사이를 갈라놓으려는 흉계를 쓴 것이라 생각해주세요. 우리 사이가 들킨 것 같아 불안하고 복수의 칼이 두려워 견딜 수 없습니다. 부디 우리 둘 사이에 맺은 굳은 언약을 잊지 마세요."

마와시프가 울거나 탄식하며 밤낮으로 마음 편할 때가 없다는 걸 알면서도 남편은 개의치 않았다. 마와시프 역시 피할 도리가 없음을 알고 자기 짐을 모두 챙겨 적당히 핑계를 대 언니 집에 맡겼다.

이별의 슬픔에 복받친 아내는 떠나기에 앞서 문간 세 개에 사랑의 시를 적어놓았다. 사랑하는 남자와 헤어져 고국을 떠나는 슬픔과 번민의 고통을 절절히 고백한 것이다. 아내가 눈물을 흘리자 남편은 머지않아 돌아올 텐데 뭘 그리 슬퍼하느냐며 짐짓 위로하는 척했다.

부부는 마침내 길을 떠났다.

마스룰은 집 안에 틀어박혀 마와시프와의 일로 이 궁리 저 궁리에 빠져 있었다. 그런데 문득 영감이 떠오르듯 부인과 헤어질 것 같은 불길한 예감이 머리를 스쳤다. 그래서 그녀의 집으로 달려가보았다. 아니나 다를까, 대문간에 그녀가 적은 시구가 보였다.

마스룰은 마와시프를 향한 그리움과 애욕으로 미칠 듯 마음의 동요를 느끼고 서둘러 뒤쫓아가 마침내 일행을 따라잡았다.

남편은 맨 앞에서 상품을 실은 낙타들을 몰고, 마와시프는 일행의 맨 뒤에서 따라가고 있었다. 마스룰은 그녀가 탄 가마에 매달려 이별의 쓰라림을 탄식하였다. 마스룰의 목소리를 알아들은 마와시프는 남편에게 들키면 큰일이라고 걱정하면서 빨리 돌아가라고 애원했다. 그러나 마스룰은 계속 탄식하며 가마를 붙잡고 늘어졌다. 결국 둘은 다시 한 번 이별을 고하고 헤어지고 말았다. 마스룰이 정신이 들었을 때는 이미 일행은 보이지 않았다.

마스룰은 미치광이가 되어 그녀의 집으로 돌아왔다. 집 안은 텅 비고 사람 하나 없어 적막함이 돌았다. 정신은 멍하고 영혼은 육체를 떠난 것만 같았다.

한편 남편은 열흘 동안 여행을 계속하다가 어느 도시에서 멈췄다. 남편에게 속은 걸 알아챈 마와시프는 시녀를 통해 마스룰에게 편지를 보냈고, 마스룰은 곧 답장을 보냈다. 둘이 편지를 주고받는 것을 알아챈 남편은 이번에는 20일이나 더 걸리는 먼 곳으로 다시 거처를 옮겼다.

마스룰은 밤잠도 이루지 못하고 무겁고 답답한 심정을 억누르며 하루하루를 보내고 있었다. 그러다 피곤해서 깜빡 낮잠이 들었는데, 꿈에 사랑하는 마와시프가 곁에 다가와 꼭 끌어안는 것이었다. 깨어나자마자 그는 그리움에 미칠 듯 몸부림을 치며 울다 마와시프의 집으로 달려갔다. 텅 빈 집 안에는 인기척 하나 없었다. 그런데 웬일인지 마와시프의 그림자가 얼핏 스치는 것 같아 그대로 실신하고 말았다. 깨어나자 마스룰은 자기가 환상을 보았거니 생각하고 집 여기저기를 뒤지며 다녔다.

마침 그때 마와시프의 언니인 나심('서풍'이라는 뜻)이 동생 집에 왔다가 마스룰이 반쯤 미쳐서 날뛰는 모습을 보게 되었다. 나심은 동생과 마스룰의 관계를 잘 알고 있었으므로 측은하게 여겨 말을 걸었다.

"마스룰 님, 제발 부탁이니 이 집에서 돌아가주세요. 누가 보면 날 만나러 온 줄 알 테니까요. 당신 때문에 동생이 쫓겨났는데, 나까지 쫓겨나면 어쩌겠어요? 과거는 과거, 제발 체념하고 돌아가주세요."

마스룰은 울면서 편지를 전해달라고 애원했다. 나심은 할 수 없이 승낙했다. 마스룰의 편지를 전해 받은 마와시프는 곧 답장을 썼다.

이번에도 두 사람이 편지를 주고받고 있다는 걸 알아챈 남편은 또다시 거처를 옮겨 이리저리 여행을 계속했다. 참다못한 마와시프가 언제까지 여행만 계속할 거냐고 따져 물었다. 그때에야 남편은 의도를 드러냈다.

"난 너희를 데리고 1년 동안 여행을 계속할 작정이다. 이젠 마스룰한테 편지도 못 올걸. 내가 모를 줄 알고? 네가 내 돈을 모두 훔쳐서 그놈에게 몰래 주고 있다는 걸. 그러니까 내가 잃은 것만큼 너한테서 긁어낼 테다. 마스룰이 널 위해 얼마나 도움이 될지, 내 손 안에서 너를 빼낼 만큼의 힘이 그놈에게 있는지 이제 두고 보면 알 수 있겠지."

남편은 마와시프와 시녀의 비단옷을 벗기고 말털로 만든 거친 옷을 입힌 다음 대장간으로 가서 쇠고리 세 개를 주문했다. 고리가 준비되자 대장장이를 불러 마와시프와 두 시녀에게 차꼬를 채우라고 말했다. 그런데 마와시프를 보자마자 대장장이는 대번에 홀딱 반해 체면이고 뭐고 다 잊고 마와시프에게 맥을 못 추고 말았다. 남편은 마와시프를 노예 계집이라고 속이고 물건을 훔쳐 도망치려다 붙잡혔다고 말했다. 대장장이는 남편에게 항의했다.

"이건 잘하는 처사가 아닙니다. 비록 하루에 천 번 죄를 저질렀더라도 재판관에게 꾸중도 듣지 않을걸요. 부인은 절대 도둑놈 인상이 아니니까요."

무거운 차꼬만은 채우지 말아달라는 대장장이의 의견을 받아들여 남편은 마와시프에게만은 가벼운 쇠고리를 채웠다. 아내와 두 시녀는 거친 옷을 입고 거친 음식을 먹어야 하는 데다 시름에 잠겨 있어 나중에는 몸이 쇠약해지고 안색은 파리하게 시들고 말았다.

법관들을 유혹하여 남편을 감옥에 가둔 아내, 재산을 찾아 도망치다

한편 대장장이는 마와시프를 한 번 본 뒤로 마음을 애태우며 그리워하다 그만 상사병에 걸리고 말았다. 그는 억울하게 쇠고리를 차고 갇힌 여자에 대한 연민과 그리움을 절절한 노래에 담아 불렀다.

그런데 대장간 앞을 지나다 대장장이의 애절한 노래를 들은 재판관은 연모의 대상이 누구냐고 물었다. 대장장이로부터 마와시프에 대한 이야기를 들은 재판관은 호령했다.

"그 여자를 내게 보내라. 내가 정당한 판결을 내려준다고 일러라. 네놈은 어쨌든 그 여자에게 책임이 있다. 데려오지 못하면 최후의 심판 날에 천벌을 받게 될 것이다."

대장장이는 마와시프의 집으로 찾아갔다. 남편은 친구의 잔칫집에 가느라 외출하고 없었다. 시녀들의 목소리만 들렸다. 대장장이는 재판관에게서 들은 이야기를 전해주었다.

"하지만 문에는 자물쇠가 채워져 있고 발에는 고리가 채워져 있으며, 열쇠는 유대인이 갖고 있어요. 무슨 수로 갈 수 있겠어요?"

대장장이는 곧장 열쇠를 만들어 문을 열고 쇠사슬을 푼 다음 세 여자를 데리고 재판관의 집으로 갔다. 후부브는 마와시프의 말털 옷을 벗겨 목욕시키고 고급 비단옷을 입혔다. 마와시프의 자태는 몰라볼 정도로 고와졌다.

마와시프를 본 재판관은 얼른 일어나 공손히 맞았다. 마와시프는 나긋나긋한 말씨로 아양을 떨면서 눈동자의 화살로 대번에 재판관의 가슴을 꿰뚫어버렸다.

"저는 남편이 없습니다."

재판관은 그렇다면 왜 유대인과 살고 있느냐고 물었다. 여자는 이렇게 사연을 들려주었다.

"제 부친은 세상을 떠나시면서 1만 5,000디나르를 유산으로 남겨놓고, 그 돈을 유대인에게 맡겨 장사를 해서 남는 이익을 나누기로 약속했습니다. 원금은 법률상 정식 승인을 얻어 제게 양도되었습니다. 그런데 부친이 세상을 떠나자 유대인은 저를 아내로 삼으려 했습니다. 제 어머니는 이슬람교도인 저를 유대인 여자로 만들 수 없다고 거절했습니다. 그리고 관청에 고소하겠다고 협박했습니다. 유대인은 겁에 질려 돈을 가지고 아단(지금의 아덴 지역)으로 도망쳤고 우리는 그 뒤를 쫓아왔습니다만, 그는 포목상을 하면서 계속 물건을 사들이는 중이라는 말만 하고 돈을 주지 않고 차일피일 미루기만 했습니다. 우린 그 말을 믿었으나 그는 끝까지 속이고 나중엔 우리를 한 방에 감금하여 쇠사슬을 채우고 혹독한 매질을 했습니다. 우린 외국인이어서 알라와 법관님 외에는 아무에게도 구원의 손길을 기대할 수 없습니다."

마와시프가 울며 호소하자 재판관은 내일 당장 유대인을 불러 악행을 응징하겠다고 호언장담했다. 법관은 마와시프에 대한 애욕의 불길에 몸도 마음도 타는 것만 같아 시녀들에게 마와시프를 아내로 맞을 수 있도록 힘써달라고 간청했다.

마와시프와 시녀들은 그 집을 나와 두 번째 법관의 집을 찾아가 똑같은 이야기를 되풀이했다. 그런 식으로 세 번째, 네 번째 법관을 찾아가 똑같이 딱한 사정을 눈물로 호소했고, 법관들은 모두 하나같이 마와시프에게 홀딱 반하여 아내가 되어달라고 졸랐다. 마와시프는 어떤 법관의 요청에도 그러겠다고 선선히 대답했다. 물론 네 명의 법관들은 서로의 일은 까맣게 몰랐다.

이튿날, 마와시프 일행은 네 명의 법관 앞에 출두했다. 법관들은 마와시프의 미모에 홀딱 빠져 소원을 풀어주겠다고 맹세했다.

그러는 가운데 남편은 아무것도 모른 채 피로연 자리에 앉아 있었다.

그사이에 마와시프는 공증인과 대서인, 경비 대장까지 차례로 찾아다니며 악당으로부터 자기를 구출하여 그가 주는 형벌을 모면하게 해달라고 호소했다.

집에 돌아온 남편은 아내와 시녀들의 차꼬가 풀어진 걸 보고 다음 날 아침 다시 대장장이에게 차꼬를 주문하러 갔다. 그 틈에 아내 일행은 법정으로 나갔다. 법관들은 하나같이 마음속으로 중얼거렸다.

'비너스처럼 아름답구나. 누구든 저 여자를 한 번만 봐도 정신이 아찔하여 무릎을 꿇겠어.'

법관들은 당장 범인을 잡아 차마 눈 뜨고는 볼 수 없게 만들어오라고 호령했다.

그런데 남편이 차꼬를 만들어가지고 집에 돌아와 보니 집 안은 텅비어 있었다. 깜짝 놀라 어리둥절해 있는데, 뜻밖에 관리들이 들이닥쳐 다짜고짜 붙잡아서 사정없이 때린 다음 법관들 앞으로 끌고 나갔다. 법관들은 불호령을 내렸다.

"이런 고얀 놈! 네놈은 여자들의 돈을 빼앗고 납치하여 먼 이국땅에 데려와 가두고 매질하며 괴롭혔다지?"

남편은 어안이 벙벙하여 외쳤다.

"법관 나리들, 저 여자는 제 아내입니다."

그 말에 법관들은 일제히 호통을 쳤다. 그 순간 관리들이 달려들어 남편의 옷을 벗기고 마와시프가 입고 있던 말털 옷을 입힌 다음, 마루에 내던져 수염을 잡아 뽑고 얼굴을 흙발로 짓밟았다. 그러고는 노새 등에 거꾸로 매달고 꼬리를 잡게 한 뒤 방울을 달아 온 시내를 조리돌렸다. 남편은 차마 눈 뜨고는 볼 수 없는 처참한 모습으로 법관들 앞에 끌려왔다. 네 법관은 이구동성으로 최고형을 선고했다.

"저놈의 두 팔과 두 다리를 자르고 책형에 처하라."

남편은 정신을 잃을 정도로 깜짝 놀랐다. 네 법관은 남편에게 자백할 것을 강요했다.

"진실을 고백하면 살려주겠다. '이 여자는 내 아내가 아닙니다. 돈도 여자의 것입니다. 나는 여자가 싫다는 걸 억지로 꾀어 고국을 버리고 멀리 데려왔습니다.' 이렇게 말하면 살려주지."

고문에 견디다 못한 남편은 그대로 자백했다. 법관들은 정식으로 진술을 기록하고, 돈을 몰수하여 서류와 함께 마와시프에게 주었다.

남편은 만신창이가 된 채로 감옥에 갇히고, 마와시프는 유유하게 그곳을 떠났다. 법관들은 멍하니 넋을 잃고 마와시프의 자태를 눈으로 좇았다. 그리곤 저마다 속으로 마와시프가 자기에게 알몸을 맡길 것이라고 굳게 믿었다.

마와시프는 숙소로 돌아오자마자 가볍고 가장 값나가는 물건만 챙겨 깊은 밤 그곳을 떠났다. 사흘 밤낮을 한눈도 팔지 않고 여행을 계속했다.

마와시프는 마스룰과 결혼하고, 유대인 남편은 아버의 가짜 무덤에 생매장당하다

다음날, 법관들은 저마다 마와시프가 자신을 찾아오기를 이제나저 제나 기다렸다. 참다못한 그들은 마와시프의 행방을 찾아 온 시내를 헤맸다. 그런 와중에 다른 동료를 만나 똑같은 처지에 빠진 것을 알 게 되었다. 네 사람은 함께 여자를 찾아다녔으나 행방이 묘연하였다. 마침 첫 법관이 대장장이를 떠올리고 그를 불렀다. 그러나 그 역시 상사병에 시달릴 뿐 마와시프의 행방은 알지 못했다. 법관들은 모두 상사병이 들어 병석에 누워 버렸다. 그리고 모두 시름시름 앓다가 죽고 말았다. 마와시프를 한 번 본 사람은 누구나 애태우며 죽든가, 죽지 않으면 사랑의 열병에 시달렸다.

한편, 마와시프 일행은 한 수도원 옆을 지나게 되었다. 그곳의 다니스 원장은 마와시프에게 한눈에 반해 수도원에서 묵었다가 가라고 붙잡았다. 일행은 못 이기는 척 수도원에 머물기로 했다. 다니스는 두

터운 신앙심을 대번에 잃어버리고 마음도 몸도 색향에 사로잡혀 마와시프에게 수도사 한 사람을 사랑의 심부름꾼으로 보냈다. 그러나 심부름을 간 수도사들마다 여자를 보자마자 한눈에 사랑에 빠져버렸다. 마와시프는 대답은커녕 냉정하게 물리쳤다. 아흐레 되는 날, 다니스는 마와시프에게 음식을 대접하면서 사랑의 시를 읊었다. 마와시프는 매몰차게 거절했다.

그날 밤, 마와시프 일행은 아무래도 40명의 수도사를 상대하며 버티다간 도저히 살아날 가망이 없다고 생각했다. 그래서 말을 타고 수도원 문을 뛰쳐나와 도망쳤다.

이번엔 대상을 만나 함께 동행하게 되었다. 상인들은 마와시프가 떠나온 바로 그 도성에서 온 사람들이었다. 그들은 묻지도 않았는데 마와시프의 이야기를 들려주었다. 마와시프가 떠난 뒤 법관과 입회인들은 모두 상사병으로 죽고 후임자가 남편을 석방했다는 것이었다.

시녀 후부브가 마와시프에게 말했다.

"여색을 끊고 수도에 정진해야 할 수도사들도 아씨의 색향에 눈이 어두워 정신을 못 차리는데, 사랑은 죄가 없다고 말하는 이슬람교에서 법관들이야 오죽하겠어요? 어쨌든 우리의 정체가 드러나기 전에 하루빨리 고국으로 돌아가는 것이 좋을 것 같습니다."

마와시프 일행은 길을 재촉했다. 수도사들은 마와시프가 떠난 뒤 비탄에 잠겼으나 단념하고 의논 끝에 마와시프의 동상을 만들어 수도원 안에 세우기로 합의했다. 그러나 동상을 만드는 도중 모두 속절없이 저세상으로 떠났다.

마와시프는 집으로 돌아와 언니 나심이 맡아두었던 짐을 모두 옮겨 방을 장식하고 음식을 준비한 다음, 시녀에게 마스룰의 근황을 알아오라고 했다.

마스룰은 마와시프가 돌아온 것도 모른 채, 시름에 잠기고 슬픔에
젖어 하루하루를 힘겹게 보내고 있었다. 울다가 노래를 하다가 꾸벅
꾸벅 잠이 든 마스룰은 마와시프가 돌아온 꿈을 꾸었다. 그래서 마와
시프의 집으로 찾아갔다. 그런데 집 안에서 향기로운 냄새가 코를 찔
렀다. 마스룰은 몸도 마음도 떨렸다. 마침 심부름 가던 시녀 후부브
와 마주쳤다. 후부브는 마스룰을 모시러 가던 길이었다. 마스룰은 뛸
듯이 기뻐하며 한달음에 집 안으로 들어갔다.

두 사람은 입을 맞추고 으스러지게 서로를 끌어안았다. 법정에서
그녀가 이슬람교에 귀의했다고 하자 마스룰도 기뻐하며 이슬람교에
귀의했다. 시녀들도 따라서 모두 이슬람교로 귀의하였다.

이튿날, 마스룰과 마와시프는 법관과 입회인을 불러 혼인의 뜻을
밝혔다. 남편을 잃었지만 이미 제재 시한도 끝났으므로, 정식으로 혼
인 계약서를 작성하고 버젓하게 인간 세상의 기쁨을 다하며 하루하루
를 보냈다.

한편, 남편은 석방되자마자 서둘러 고국의 도성으로 돌아왔다. 사
흘쯤 뒤에 남편이 도착할 것이라는 소문을 들은 마와시프는 후부브에
게 만반의 준비를 지시했다. 우선 유대인 묘지에 가서 무덤을 하나
파고 그 위에 예쁜 재스민을 심도록 했다. 그리고 모든 살림을 마스
룰의 집으로 옮기고 집 안을 말끔히 치워버렸다.

사흘 후 남편이 문을 두드렸다. 후부브는 뺨에 눈물을 흘리며 문간
으로 나갔다.

"아씨께서는 나리한테 그런 행패를 당한 게 너무 분해 화병을 앓다

가 스무날 전에 나리를 원망하면서 돌아가셨어요."

남편은 깜짝 놀라 무덤이 어디냐고 물었다. 후부브는 그를 유대인 묘지로 데려가 미리 파놓은 무덤을 보여주었다. 남편은 비탄에 젖어 울고불고 하다가 끝내 기절하여 쓰러졌다. 이때다 싶어 후부브는 남편을 끌고 가서, 아직 숨이 붙어 있는 채로 무덤 속으로 던져 넣고 흙으로 덮어버렸다.

그 후 마와시프와 마스룰은 부부로서 마음 놓고 모든 환락을 다하며 여생을 보냈다. 🌙

만취하여 아버지의 눈에 상처를 입힌 알리, 집을 떠나 도망치다

옛날 옛적, 카이로에 '타지 알 딘'이라는 부호 상인이 살고 있었다. 덕망이 높은 그는 널리 존경받는, 상인의 우두머리였다. 여행과 모험을 좋아한 그는 광막한 황야와 사막을 건너기도 하고 망망대해를 항해하여 외딴 섬들을 탐험하는 등 세상천지 안 가본 데 없이 온갖 고난과 위험을 겪었다. 또한 당대 제일의 부자여서 짐짝의 덮개조차 금실로 단을 두른 비단을 사용할 정도였다. 게다가 언변이 좋고 성품이 호탕하고 인정까지 두터워 천하에 그를 따를 사람이 없었다.

---

*이 이야기는 〈알리 누르 알 딘과 프랑크 기사의 딸〉이라고도 불린다. 《아라비안나이트》 2권에 나오는 두 이야기 〈상인의 아들 알라딘의 모험과 사랑〉, 〈알리 샤르와 즈무르드의 새콤달콤한 사랑〉과 비슷하다.

그에게는 '알리 누르 알 딘'이라는 아들이 하나 있었다. 얼굴은 꽃처럼 희고, 장밋빛 볼은 아름다운 솜털 속에 빛나고, 살결은 구슬처럼 빛나는 수려한 미남이었다.

어느 날이었다. 평소처럼 아들은 부친의 가게에서 장사를 하고 있었다. 그때 친구들이 몰려와 그를 둘러싸고 같이 화원에 놀러가자고 꾀어냈다. 아버지도 허락하고 용돈까지 쥐어주었다. 그렇게 젊은이들은 패를 지어 앞서거니 뒤서거니 하며 화원으로 나갔다.

화원에는 사람의 마음을 위로해주고 눈을 기쁘게 하는 것들 천지였다. 주위엔 넓은 초석 위에 높다랗게 담이 둘러 있고, 둥근 천장의 문 뒤로 천국의 입구처럼 푸른 하늘 같은 비취빛 문이 달려 있는 넓은 거실이 있었다.

문 위 선반에는 포도 넝쿨이 우거졌는데 붉은 산호처럼 빨간 포도, 수단인의 코처럼 까만 포도, 암비둘기의 알처럼 흰 포도 등 가지각색의 포도가 열려 있었다. 한 걸음 안으로 들어가면 복숭아와 석류, 배와 살구, 사과와 무화과, 대추와 오렌지, 시트론과 네이블(오렌지의 일종, 양귤) 등 온갖 과일들이 송알송알 열려 있었다.

병약한 사람도 이 화원에 들어오기만 하면 사납게 날뛰는 사자처럼 건강한 모습이 되어 나갈 듯싶을 정도로 천국에서나 볼 수 있는 진귀한 초목과 향기로운 꽃이 진경을 이루고 있었다. 이 화원의 문지기 이름은 '리즈완'(천국의 문지기 이름)인데 과연 화원의 풍취와 어울릴 만했다.

일행은 정자로 들어가 앉았다. 알리는 알 타이프(메카 동쪽의 산악지대에 있는 읍으로 산양의 향피 생산지로 유명한 곳)산 비단으로 단을 두른 가죽 깔개 위에 앉아, 타조 털을 넣은 흰 표범 모피의 베개에 비스듬히 기대어, 타조의 깃털로 만든 부채를 살랑살랑 부쳤다. 친구들은 알리의 수려한 모습에서 한순간도 눈길을 뗄 수가 없었다.

이윽고 온갖 진미로 가득 찬 음식상이 나왔다. 그때부터 일행은 먹고 마시며 돌아가면서 시를 읊고 노래를 부르며 한껏 흥취를 돋우었다. 그에 따라 술잔도 빙빙 돌았다.

그때까지 알리는 한 번도 술을 입에 대본 적도 없고 술맛도 몰랐다. 술을 금하는 성전의 가르침에 따라 술 마시는 것을 죄악이라고 생각했기 때문이었다. 그러나 정원지기도 친구들도 어찌나 권하는지 더 이상 거절할 수 없어서 받자마자 단숨에 마셔버렸다. 그는 마신 술을 곧 내뱉으며 "아이구, 쓰다"를 연발했다.

정원지기는 웃으면서 "좋은 약은 입에 쓰다"는 말로 술의 효능을 늘어놓았다.

"술은 음식의 소화를 돕고, 근심 걱정을 몰아내며, 피를 깨끗이 하고, 살갗을 윤나게 하고, 혈액 순환을 왕성하게 하고, 겁쟁이를 용사로 만들고, 남성의 정력을 증진시킨답니다."

이렇게 친구들마다 한 잔씩 권하는 바람에 알리는 열 잔이나 마시게 되었다. 포도즙조차 입에 댄 일이 없던 알리는 대번에 취기가 돌아 세상이 빙빙 돌 정도로 만취하고 말았다. 알리는 혀가 꼬부라져 이렇게 외쳤다.

"이봐, 좋은 음악이 듣고 싶어. 음악 없는 술자리란 싱겁기 짝이 없는 법이거든."

정원지기는 얼른 노새를 타고 나가서 카이로 처녀 하나를 데리고 왔다. 처녀는 부드럽고 살이 통통하게 찐 양의 꼬리 같기도 하고, 맑은 은 덩어리, 혹은 사기 접시에 담은 금화 같기도 하고, 호젓한 숲

속의 영양같기도 했다. 옥 같은 얼굴은 눈부신 태양을 무색케 하며, 눈동자는 바빌로니아 풍(매혹적이란 뜻)이요, 이마는 흰 활과 같고, 볼은 장밋빛으로 물들고, 이는 진주처럼 희고, 입술은 꿀처럼 달았다. 또 눈초리는 시름에 잠겨 괴로워하는 듯했고, 젖가슴은 상아처럼 희고, 몸매는 날씬하고 주름이 져서 여기저기 오목 패이고, 엉덩이는 터질 듯이 속을 넣은 베개인가 싶고, 두 허벅다리는 시리아산 돌기둥 같고, 허벅지 사이에는 불룩한 향주머니 닮은 것을 차고 있었다.

남빛 옷을 입고 꽃처럼 흰 이마에 초록색 베일을 걸친 처녀가 나타나자 한순간 술자리에는 정적이 감돌았다. 모든 젊은이들은 처녀의 눈부신 아름다움에 넋을 잃은 채 숨을 죽였다.

"알리 누르 알 딘 님은 처음 오셨으니 잘 위로해드리세요."

정원지기는 처녀에게 각별히 부탁했다. 처녀는 정원지기를 시켜 평소에 자신이 애지중지하는 악기를 가져오게 하였다. 처녀는 금실 끈이 달린 초록색 공단 자루 속에서 서른두 개의 나뭇조각을 꺼내 조립하여 암컷은 수컷에, 수컷은 암컷에 끼웠다. 그러자 나뭇조각들은 단번에 인도 세공의 윤기 흐르는 비파가 되었다.

처녀는 비파를 무릎에 올려놓고, 마치 젖먹이를 굽어보는 어머니처럼 손가락 끝으로 줄을 튕겼다. 그러자 비파 줄은 감미로운 신음 소리를 내며 울려 퍼졌다. 알리는 처녀의 비파 연주와 노래를 들으며 애끓은 연정을 실은 눈초리로 처녀를 바라보면서 마음이 끌리는 걸 어찌할 수 없었다. 처녀도 마찬가지였다. 알리는 뭇별들에 둘러싸인 달처럼 빛나고 있었다.

알리는 술에 취해 몸을 부들부들 떨며 욕정의 불길을 태웠다. 그는 체면이고 뭐고 다 잊고 미친 듯이 잠시도 욕정을 참기 어려워졌다.

그래서 느닷없이 처녀를 가슴으로 끌어안으니 처녀도 마주 감겨들며 몸을 맡기고는 알리의 이마에 달콤한 입술을 눌러댔다. 두 남녀는 뜨겁게 입을 맞추며 비둘기가 장난치듯 서로를 희롱하더니 격렬한 애무에 빠졌다.

친구들은 마음이 어지러워 자리를 떴다. 알리도 민망해져서 슬그머니 여자에게서 손을 뗐다. 그러자 여자는 다시 비파를 들고 더욱 사랑스러운 가사와 아름다운 선율로 알리를 매혹시켰다. 알리는 도도하고 거침없는 말솜씨와 우아한 노랫소리로 처녀의 요염한 자태를 칭송하였다. 처녀는 젊은이가 사랑스러워 견딜 수가 없었다. 그래서 그를 껴안고 입을 맞추고 비둘기처럼 희롱하며 애무하였다. 알리도 연신 처녀의 애무에 화답하며 입을 맞추고 풍만한 젖가슴과 엉덩이를 어루만졌다. 흥분이 극에 달한 처녀는 아예 거추장스런 옷도 패물도 다 벗어버리고 알몸으로 알리의 무릎 위에 앉았다.

얼마나 시간이 흘렀을까. 벌써 사방은 컴컴하고, 하늘엔 별이 깜박였다. 알리는 자리에서 일어났다. 처녀와 친구들은 같이 밤새우며 놀자고 붙잡았지만 알리는 이를 뿌리친 채 노새를 타고 곧바로 집에 돌아갔다.

어머니는 아들이 술에 만취한 걸 걱정하며 나무랐지만 알리는 그대로 쓰러져 잠이 들고 말았다. 아버지가 아들의 방으로 들어와 보니 술 냄새가 코를 찔렀다. 그래서 몇 마디 잔소리를 했다. 아버지의 꾸중에 잠이 깬 알리는 아직 술이 깨지 않은 상태에서 느닷없이 팔을 휘둘러 아버지를 쳤다. 그런데 운명의 장난이랄까. 그의 팔이 아버지의 오른쪽 눈을 치는 바람에 대번에 눈알이 튀어나와 볼을 타고 굴러 떨어졌다. 아버지는 그 자리에 기절하여 쓰러졌다. 집안 식구들이 달려와 장미수를 뿌려 아버지가 겨우 정신을 차렸다. 화가 난 아버지가 아들을 때리려는 걸 어머니가 말리는 바람에 겨우 위기는 넘겼지만 아버지는 욕설을 퍼부으며 아들을 위협했다.

"내일 아침 네 오른손을 잘라버리겠다. 네 어머니와 이혼하는 한이 있더라도 반드시 그렇게 할 것이다."

이 말을 들은 어머니는 가슴이 죄어드는 듯 아파왔다. 그리고 아들이 걱정되어 견딜 수가 없었다. 비위를 맞추며 달랜 끝에 겨우 아버지도 잠이 들었다.

어머니는 달이 뜨기를 기다렸다가 아들이 술에서 깨자 취중에 겪은 엄청난 불행을 들려주었다. 알리는 자신의 행동을 후회했지만 이미 다 소용없는 일이었다. 어머니는 하염없이 눈물을 흘렸다.

"어쩔 도리가 없다. 도망치는 수밖에 달리 방법이 없어."

어머니는 아들에게 100디나르를 건네주었다. 알리는 나가려다가 돈궤 옆에 어머니가 모르고 놓아둔 1,000디나르 전대를 발견하고 집어 들었다. 알리는 전대 두 개를 허리에 차고 집을 뛰쳐 나와 아직 날이 밝지 않은 거리를 걸어갔다.

가진 돈을 몽땅 털어 노예 처녀 미리암을 산 알리, 미리암 덕분에 호강하다

부라크에 도착하자 날이 훤히 밝았다. 알리는 강변을 따라 걷다가 로제타행 배편을 발견했다. 그래서 시장에 가서 여행에 필요한 준비물을 산 다음, 막 출항하려는 배에 올랐다. 그리고 로제타에서 다시 알렉산드리아행 배편에 몸을 싣고 순풍을 따라 알 야미 선창에 도착하였다. 그는 곧장 '연꽃 문'으로부터 알렉산드리아로 들어갔는데 알라의 가호를 받아 어느 문지기도 그의 행색을 수상히 여기는 자가 없어 손쉽게 시내로 들어갈 수 있었다.

알렉산드리아는 굉장한 도시였다. 주민들도 많았지만 외국인들도 많았다. 바야흐로 겨울이 가고 봄이 찾아오니 아름다움과 편안함을 가진 눈부신 도시가 되었다. 주민들은 선량했고, 한번 성문을 닫으면 도성 사람은 모두 편히 잘 수 있었다.

알리는 도시의 호화로움에 넋을 잃을 지경이었다. 여기저기 시장 구경을 하다가 약재상 거리를 걷고 있는데 뜻밖에 한 노인이 그의 손을 잡더니 자기 집으로 데려갔다. 어마어마하게 큰 저택이었다. 노인은 알리가 이 도시에 머무는 동안 자기 집에 묵어달라고 간청했다. 거기엔 까닭이 있었다.

"몇 해 전, 나는 카이로에 장사를 하러 간 적이 있었네. 가져간 물건을 다 팔고 다른 물건을 사려는데 워낙 덩치가 커서 돈이 턱없이 모자라는 게 아니겠나? 그때 자네 아버님께서 잘 알지도 못하는 내게 선뜻 1,000디나르를 빌려주셨지. 그것도 어떤 맹세나 차용증서 하나 요구하지 않고 말이네. 그뿐 아니라 아버님은 내가 이곳에 돌아와서 빌린 돈을 갚을 때까지 까맣게 잊어버린 듯이 기다려주셨네. 그 무렵에 나는 어린애였던 자네를 본 적이 있지. 자넨 그때부터 워낙 인물이 훤해서 보자마자 금세 알아볼 수 있었네. 자네 아버님에게 받은 은혜를 조금이라도 자네에게 대신 갚고 싶어서 이리 붙든 거라네."

알리는 행운을 얻은 듯 기분이 좋았다. 노인의 저택 별채에 숙소를 정하고, 아예 노인에게 1,000디나르가 든 지갑까지 맡겼다. 100디나르는 용돈으로 쓰기로 했다. 그런데 어느 날 보니 용돈이 다 떨어져버렸다.

알리는 노인에게 맡긴 돈을 찾으러 약재상에 왔다. 그런데 마침 노인이 출타중인지라 기다리면서 가게에 앉아 호기심 어린 눈으로 시장 거리를 구경하고 있었다.

그때 마침 한 페르시아인이 암노새를 타고 뒤에 처녀 하나를 데리고 시장 안으로 들어왔다. 거간꾼이 다가오자 페르시아인은 노예 처녀를 경매에 붙여달라고 부탁했다. 거간꾼은 시장 한가운데로 처녀를 데리고 나가 상아를 박은 흑단 의자에 앉혔다. 그리고 처녀의 베일을 쳐들었다.

심해에 씻은 얼굴을 갓 내민 햇덩이인가, 유리처럼 맑은 밤하늘에 걸린 보름달인가 싶은 얼굴이 드러났다. 티 하나 없는 진주처럼, 강물에 유영하는 잉어처럼, 순결한 초원에 노니는 영양처럼 아름다웠다. 백옥 같은 얼굴은 태양도 무색케 하고, 눈은 요염하게 빛나고, 유방은 상아처럼 희고, 이는 진주처럼 반짝이고, 허리는 버들강아지인 듯 하늘거리고, 움푹 파인 배꼽은 참외 같고, 엉덩이는 큼직한 박처럼 토실했다.

상인들은 다투어 값을 올렸다. 어느새 950디나르까지 치솟았다. 거간꾼은 노예의 주인인 페르시아인에게 팔겠느냐고 물었고 주인은 노예 처녀의 의향을 물어보겠다고 했다.

"나는 노예 처녀 본인의 뜻을 따르고 싶소. 내가 여행하다가 큰 병이 들었을 때 처녀가 친형제 못지않게 정성을 다해 간호해준 덕분에 나았기 때문이오. 매매는 일체 본인의 승낙 여부에 달렸으니 본인과 의논해보시오. 본인이 좋다고 하면 누구에게 팔든 상관 않겠소. 그러나 싫다고 하면 절대 팔지 않겠소."

거간꾼은 처녀에게 의향을 물었다. 처녀는 살 사람을 보여달라고 했다. 거간꾼이 늙은 노인을 데려오자 처녀는 한마디로 거절했다. 노인은 화가 나서 거간꾼의 멱살을 잡고 욕설을 퍼부었다.

"이놈아! 웬 악질 계집을 끌고 와서 많은 사람 앞에서 나를 병신 만들어 조롱할 셈이냐?"

난처해진 거간꾼은 처녀를 구석으로 데리고 가서 꾸짖었다.

"이봐, 아가씨. 함부로 버릇없는 소리를 하면 안 돼. 저 노인은 이 시장의 총감독이자 상인연합회의 임원이야."

그래도 처녀는 거절했다. 할 수 없이 거간꾼은 다른 입찰자를 데리고 왔다. 이번엔 수염을 검게 염색한 노인이었다. 처녀는 또다시 거절했다. 조롱당한 노인은 거간꾼에게 달려들어 따귀를 때렸고, 거간꾼은 처녀에게 화풀이를 했다.

이번엔 한 상인이 10디나르를 더 내겠다고 외쳤다. 처녀는 한 가지 물어보고 결정하겠다고 말했다. 거간꾼은 혹시나 또 무슨 봉변을 당할까 싶어 상인에게 가서 미리 허락을 구하고 처녀에게 데려왔다. 처녀가 느닷없이 산 족제비 털을 넣은 둥근 요가 있느냐고 물었다. 상인은 열 장쯤 있는데 왜 그러느냐고 물었다. 처녀가 웃으며 말했다.

"나리께서 잠들면 그 요로 당신 입과 코를 틀어막아 죽을 때까지 위에서 눌러줄 셈이지요."

그러고 나서 처녀는 거간꾼을 돌아보며 빈정거렸다.

"이 나리껜 세 가지 결점이 있네요. 몽톡한 난쟁이에 코는 턱없이 크고 턱수염이 너무 길어요."

인신공격을 당한 상인은 불같이 화를 내며 거간꾼의 멱살을 거머잡았다. 거간꾼 역시 화가 났지만, 그래도 계속해서 처녀를 데리고 다니며 이 사람 저 사람에게 선보였다. 처녀는 이 핑계 저 핑계를 대며 계속 싫다고 거절했다. 꼽추라서 싫다, 눈이 너무 파란 게 몸이 약해 보여 싫다, 수염이 너무 긴 게 머리가 나쁜 멍텅구리 같아서 싫다고 했다. 거간꾼은 진절머리를 내고, 페르시아인 주인에게 도로 데려다 주려고 했다.

그때 운명의 장난인지 처녀가 시장 안을 휘 둘러보다가, 카이로 사람 알리에게 눈길이 딱 멈췄다. 키는 훤칠하게 크고, 꽃과 같이 온화한 미남에 수려한 맵시의 젊은이였다. 처녀는 한눈에 반해 설레기 시작했다. 그리고 바로 사랑의 포로가 되고 말았다.

처녀는 거간꾼에게 귓속말을 속삭였다.

"줄무늬 검정 나사 옷을 입은 저 젊은이에게 좀 더 비싼 값을 부르지 않겠느냐고 한 번 물어봐주세요."

거간꾼은 한마디로 거절했다.

"저 젊은이는 외국인이고, 또 카이로에서 제일가는 부호의 아들로, 지금은 친척집에 묵고 있는 중이지. 그렇다 해도 저 양반은 아예 값을 부르지도 않았어. 비싸고 싸고 간에 살 의사가 없는 사람이야."

처녀는 루비 반지를 빼서 거간꾼에게 수고비로 주었다. 거간꾼은 매우 반가워하며 당장 처녀를 알리에게 데리고 가서 흥정 가격을 제시했다.

"수수료를 제외하고 950디나르까지 값이 올랐어요. 국왕에게 바치는 몫은 파는 분이 치르게 됩니다."

알리가 가진 돈은 1,000디나르가 전부였다.

"그럼 수수료고 뭐고 다 포함하여 1,000디나르로 삽시다."

처녀가 좋다고 하자 거간꾼은 알리가 생각할 겨를도 주지 않고 단박에 1,000디나르에 낙찰하고 법관과 입회인을 불러 매매 계약서를 만들어주었다. 알리는 약재상 노인에게서 1,000디나르를 받아 지불하고 처녀를 데리고 집으로 돌아왔다.

처녀가 알리의 거처에 와보니 다 헐어서 더덕더덕 기운 양탄자와 누더기나 다름없는 담요 외에 아무것도 없었다. 처녀는 알리가 정말로 가진 재산을 몽땅 털어서 자기를 샀다는 걸 깨달았다. 고향 카이로로 돌아갈 때까지는 집도 재산도 없이 이렇게 살 수밖에 없었다. 처녀는 노예로 팔려오게 된 사연은 말하지 않고 자신의 이름을 '미리암'이라고만 했다.

처녀는 알리에게 50디르함만 빌려오라고 했다. 알리는 약재상 노인을 찾아갔다. 재산을 모두 털어 노예 처녀를 사는 바람에 돈이 한 푼도 없다고 말하자, 노인은 못마땅한 표정을 지었다.

"그까짓 노예 계집 하나에 1,000디나르라니? 자네, 제정신인가? 아무리 비싼 처녀라도 프랑크인은 100디나르면 살 수 있다네. 자네가 속은 거야! 행여 처녀가 맘에 들어 그런 거라면 오늘 밤 하루 동침하고, 내일 아침에 내다파는 게 상책일 걸세. 한 20디나르쯤 손해 보겠지만 배가 난파당했거나 도둑맞은 셈 치면 되니까."

알리는 선선히 그러겠다고 대답하고, 그 대신 당장 쓸 돈 50디르함만 빌려달라고 부탁했다.

"이보게, 알리. 자네에겐 지금 생업이 없으니까 50디르함도 금방 없어질 거네. 그럼 또 나한테 오겠지. 난 열 번까지는 봐주지만 그 이상은 안 봐줄 거네. 그렇게 되면 자네 아버님과의 사이도 나빠질 테니 말이네."

알리는 노인에게 50디르함을 받아 집에 돌아왔다.

"이 길로 시장에 가서서 오색 비단실 20디르함어치를 사고, 나머지 30디르함으로 빵과 고기, 과일, 포도주 등 먹을 걸 사오세요."

알리는 미리암이 시키는 대로 모두 사다주었다. 미리암은 솜씨도 근사하게 요리를 만들었다. 두 사람은 배불리 먹고 술도 서로 주거니 받거니 하며 마셨다. 알리는 만취하여 먼저 잠이 들어버렸다.

미리암은 일어나 보따리에서 가죽 주머니를 찾아 그 안에 든 뜨개바늘을 꺼냈다. 그리고 정성을 다해 아름다운 허리띠를 짠 다음 인두로 다려 베개 밑에 감췄다.

그리고 실오라기 하나 걸치지 않은 몸으로 알리의 품속을 파고들어 몸을 어루만지기 시작했다. 알리는 문득 눈을 떴다. 순은보다 희고 빛나는 처녀가 자기를 끌어안고 있었다. 그는 비단보다 더 보드라운 살결과 용연향보다 더 향기로운 숨결로 감겨드는 처녀의 알몸에 그는 영혼마저 녹아내리듯 단번에 애욕의 불길을 지폈다.

알리는 처녀 쪽으로 돌아누워 덥석 끌어안고 꿀을 바른 듯 달콤한 입술을 빨다가 혀를 입속 깊숙이 넣었다. 서로의 혀와 다리가 한참을 어지럽게 엉켜들더니 마침내 알리의 불뚝거리는 연장이 힘차게 옥문을 밀고 들어갔다. 순간 여자는 비명을 지르면서도 남자를 힘껏 끌어안아 남김없이 받아들였다. 이렇게 합환의 정을 나누니 처녀는 아직 실을 꿰어본 적이 없는 무구한 진주, 아무도 타본 적이 없는 순결한 암말이었다. 바야흐로 두 사람은 영원히 끊을 수 없는 애정의 고리로 굳게 맺어졌다.

알리는 처녀의 볼에 마치 조약돌이 물에 떨어지는 것 같은 입맞춤을 하고, 싸움터에서 창을 찌르듯 연장을 깊거나 얕게 넣었다 꺼냈다 했다. 그리고 목을 끌어안고, 입술을 빨고, 머리채를 풀고, 가슴을 누르고, 볼을 깨물고는 카이로 사람의 교합, 야만 사람의 몸놀림과 허리 틀기, 아비시니아 사람의 흐느낌, 힌드 사람의 실신, 누비아 사람의 다정, 리프 사람의 다리 들기, 다리엣타 사람의 괴성, 사이드 사람의 농탕, 알렉산드리아 사람의 춘태 등 갖가지 즐거움에 탐닉했다.

이렇듯 두 사람은 정사의 이슬에 흠뻑 젖어 열락의 밤을 즐겼다. 알리는 "아직 정식으로 혼인 계약서를 작성하진 않았지만 우리 두 사람은 이제 부부나 다름없고 당신을 나의 유일한 아내로 알고 평생 사랑하고 아끼며 살겠으니, 당신도 나를 유일한 남편으로 삼아 살아주시오"라고 속삭였다.

날이 밝자 미리암은 베개 밑에 감추어두었던 허리띠를 꺼내 남편에게 주었다.

"서방님, 이걸 페르시아인 시장에 가져가서 거간꾼에게 팔아달라고 부탁하세요. 다만 한 가지 조건이 있어요. 반드시 현금을 받되 금화 20디나르 이하로는 팔지 마세요."

알리는 깜짝 놀랐다. 비단실 20디르함어치를 들여 만든 허리띠 값으로 20디나르나 받는다는 것이 신기했다. 그런데 정말로 거간꾼은 20디나르를 받아주었다. 알리는 뛸 듯이 기뻐하며 다시 비단실을 사서 돌아왔다. 그리고 미리암이 시키는 대로 노인에게 30디르함을 빌려 먹을 걸 사서 돌아왔다. 알리가 술에 취해 잠이 들자 미리암은 비단실로 허리띠를 짜서 감추고 함께 잠자리에 들어 환락을 즐겼다.

이튿날 알리는 허리띠를 팔아 20디나르를 받은 다음 약재상 노인에게 80디르함을 갚았다. 노인이 노예 처녀를 팔았느냐고 묻기에 알리는 지금까지의 일을 털어놓으며 이제 두 사람은 부부의 연을 맺었다고 말했다. 노인은 자기 일처럼 기뻐하며 둘의 행복을 빌어주었다.

이렇게 1년 동안 두 사람은 부부로서 더없는 행복을 누렸으며, 적잖은 재산까지 모았다.

속임수에 넘어가 아내를 팔아버린 알리, 이별의 고통에 몸부림치다

1년이 지난 어느 날이었다.

미리암은 "왕자들도 아직껏 가져보지 못한 기가 막힌 목도리를 짜드릴 테니 여러 빛깔의 비단실을 사다주세요"라고 했다. 그리고 꼬박 이레에 걸쳐 세상에 다시없을 훌륭한 목도리 하나를 짜서 알리에게 주었다. 알리가 이 목도리를 두르고 시장에 나가자 사람들이 너도나도 몰려들어 세상에 보기 드문 목도리의 아름다움에 침이 마르도록 칭찬을 아끼지 않았다.

어느 날 밤, 자다가 문득 눈을 떠 보니 미리암이 하염없이 눈물을 흘리고 있었다.

"왠지 헤어질 것 같은 불길한 예감이 들어요. 화와 복은 꼬아놓은 새끼줄과 같은 것 아니겠어요?"

알리는 미리암을 위로하며 꼭 껴안아주었다. 미리암은 슬프게 울면서 신신당부했다.

"저와 헤어지고 싶지 않으면, 앞으로 오른쪽 눈이 멀고 왼쪽 다리는 절름발이에 얼굴색이 검은 노인을 조심하세요. 그 노인이 마을로 들어온 걸 봤어요. 아무래도 저를 붙잡으러 온 것 같았어요. 하지만 노인을 죽여선 안 돼요. 다만 절대로 말을 걸지도 말고 물건을 거래하지도 마세요. 함께 앉거나 걷지도 말고, 인사조차 해선 안 돼요. 알라시여! 그 영감의 흉계에서 우리를 지켜주소서!"

이튿날 알리는 허리띠를 갖고 시장에 나갔다. 상인들과 잡담을 하다가 졸음이 와 잠깐 잠이 들었는데, 그때 프랑크 노인이 일곱 명의 부하를 거느리고 다가왔다. 노인은 알리의 목도리 끝을 살며시 집어들고 유심히 살폈다. 알리는 이상한 낌새에 눈을 번쩍 떴다. 생김새를 보아하니 아내가 주의하라고 경고한 바로 그 노인이었다. 그는 큰소리로 호통을 쳤다. 그러자 노인이 간청하며 매달렸다.

"여보시오, 이슬람교도 양반. 당신의 신앙과 신에게 맹세코, 이 목도리를 누구한테 얻었는지 제발 가르쳐줄 수 없겠소?"

알리는 어머니가 손수 짜주신 것이라고 둘러댔다. 노인은 목도리를 팔라고 했다.

"안 돼요. 당신에게도 누구에게도 절대 팔 수 없어요. 다시 또 만들 수 없으니까."

노인은 계속 가격을 올리면서 팔라고 졸랐다. 1,000디나르를 불러도 단호하게 거절하자 주위에 상인들이 몰려들어 노인에게 목도리를 팔라고 성화를 해댔다.

"그 목도리 값은 아무리 높게 쳐도 100디나르밖에 안 돼요. 그렇다면 900디나르나 횡재를 하는 셈인데 그토록 빡빡하게 굴 필요는 없잖아요? 더 좋은 걸 짜달라면 되지 않소?"

주위 상인들이 나서서 팔라고 성화를 해대니 더 고집을 부리기도 멋쩍었다. 결국 알리는 1,000디나르를 받고 프랑크인에게 목도리를 팔고 말았다.

알리는 빨리 집에 돌아가 아내에게 기쁜 소식을 전해주고 싶었다. 그러나 노인은 자기 집에 가서 묵은 그리스 술도 마시고 산해진미도 즐기자며 알리와 상인들을 초대했다. 상인들은 함께 어울려 놀자고 조르면서 그를 잡아끌다시피 하여 프랑크인의 집으로 갔다. 알리는 할 수 없이 상인들에게 이끌려 프랑크인의 넓은 객실로 들어갔다. 노인은 상인들에게 눈짓하며 계속 그에게 술을 권했고 결국 그는 만취하여 그만 정신을 잃고 말았다.

알리가 곤드레만드레 취해버리자 노인은 그에게 1년 전 1,000디나르에 산 노예 처녀를 5,000디나르에 팔라고 속삭였다. 그는 취중에도 단박에 거절했다. 그러자 노인은 알리에게 계속 술을 권하여 점점 더 취하도록 만들면서 웃돈을 올리더니 마침내는 1만 디나르까지 내겠다고 제안했다. 알리는 술에 곯아떨어져 제정신이 아니었던 터라 상인들 앞에서 그만 1만 디나르에 팔겠다고 말해버렸다. 노인은 반색하며 상인들을 증인으로 세워 거래를 성사시킨 뒤 크게 기뻐하였다.

그렇게 모두들 먹고 마시고 흥청거리며 하룻밤을 새웠다. 날이 밝자 노인은 시동을 시켜 1만 디나르의 현금을 가져다 그에게 건네면서 "어젯밤 당신의 노예 처녀를 판 대금을 받으시오"라고 말했다.

그때에야 비로소 정신이 든 알리는 깜짝 놀라 외쳤다.

"허튼소리 마시오. 난 당신에게 아무것도 판 기억이 없소. 거짓말이오. 나는 노예 계집 따위는 갖고 있지도 않소."

알리가 잠꼬대하듯 외치자 상인들은 너도나도 틀림없이 간밤에 노예 처녀를 팔았다고 증언했다.

"이보시오, 알리. 증인들이 있는 이상 당신에게 불리하오. 그러니 돈을 받고 노예 계집을 내놓으시오. 신께선 그 여자보다 더 근사한 여자를 주실 것이오. 아무리 사랑한다 해도 재미도 볼 만큼 봤으니 싫증 날 때도 되지 않았소? 더구나 1,000디나르에 사서 아홉 배를 남겨먹고, 1년이나 실컷 재미를 본 것은 순전히 덤이니 세상에 그런 수지맞는 장사가 어디 있소?"

상인들은 이런저런 이유를 늘어놓으며 계속 그를 설득했다. 견디다 못한 그는 끝내 1만 디나르의 돈을 받고 말았다. 노인은 서둘러 법관과 증인을 불러 매매 계약서를 작성하였다.

한편 미리암은 알리를 기다리다 못해 상심하여 몹시 울었다. 미리암의 구슬픈 울음소리를 들은 약재상 노인은 걱정이 되어 아내를 보내 무슨 일인가 알아보게 하였다.

"그이가 밤늦도록 돌아오지 않은 걸 보니 아무래도 누군가의 속임수에 빠져 저를 팔아버리진 않았을까 걱정이에요."

약재상 아주머니는 밤새도록 말벗이 되어 미리암을 위로했다.

이튿날 아침, 남편이 프랑크 노인을 데리고 상인들에게 둘러싸여 집으로 오는 모습이 보였다. 미리암은 안색이 새파랗게 질리고 배가 망망대해 한가운데서 풍파를 만나 흔들리는 것처럼 온몸을 부들부들 떨었다. 미리암은 약재상 아주머니를 붙들고 울었다.

"그렇게 조심하라고 당부했건만, 저 프랑크인에게 저를 팔아버린 게 틀림없어요. 운명은 이길 수 없나 봐요. 우리는 이제 헤어져야만 할 것 같아요."

집에 들어온 알리의 안색은 창백하고 몸은 부들부들 떨리고 얼굴에는 슬픔과 후회의 빛이 역력했다. 미리암이 울먹이며 말했다.

"여보, 당신은 저를 결국 팔아버리신 거죠?"

알리는 신음하며 탄식하더니 끝내 흐느껴 울었다. 그리고 자초지종을 들려주었다. 미리암은 남편을 으스러져라 끌어안았다.

그때 노인이 들어왔다. 그가 미리암에게 다가와 두 손에 입을 맞추려 하자 미리암은 그의 뺨을 찰싹 때리며 앙칼지게 꾸짖었다.

"어서 꺼져라, 이놈! 네놈은 내 꽁무니만 쫓아다니더니, 결국 나를 팔도록 수작을 부렸구나. 그러나 인샬라! 신의 뜻에 맡긴다면 언젠가 모든 게 제자리로 돌아갈 것이다."

노인은 비위 좋게 능글능글 웃었다.

"공주님, 제게 무슨 죄가 있습니까? 공주님의 주인은 자기 뜻에 따라 스스로 결정한 것입니다. 저 잘난 나리께서 공주님을 진정으로 사랑했다면 그런 실없는 짓을 했을 리가 없지요. 실컷 즐기고 나서 싫증이 나니까 팔아버렸겠지요?"

사실 미리암은 프랑크의 한 광대한 도시를 다스리는 왕의 딸이었다. 그곳은 콘스탄티노플처럼 천혜의 땅으로 비옥하여 초목이 잘 자라고, 온갖 보물이 산출되었다.

미리암이 부왕의 도시를 떠나게 된 데에는 세상에서 보기 드문 곡절이 숨어 있었다.

미리암은 양친 슬하에서 금지옥엽으로 자라면서 세상의 온갖 기예를 모두 익혔고 당대에 으뜸가는 진주로 천하의 보배로 불렸다. 더욱이 세상에 둘도 없는 아름다운 용모와 자태까지 타고나, 귀 있고 눈 달린 왕후들은 서로 다투어 부왕에게 청혼 의사를 밝혔다. 그러나 부왕은 아무에게도 딸을 주려고 하지 않았다. 아들은 많았지만 딸은 하나뿐인지라 끔찍이 사랑하여 한시도 떼어놓고 싶지 않았기 때문이다. 그러다 우연히 공주는 중병이 들어 하마터면 목숨을 잃을 뻔했다. 병이 완쾌되자 신께 맹세한 수도원에 참배를 하려고 배를 타고 수도원으로 향했다. 그러던 중 섬 근처에서 이슬람교도들이 나타나 호위 기사들을 제압한 뒤 봉물을 비롯한 재물을 모조리 약탈하고, 공주를 납치하여 카이로우안(북아프리카의 고대 도시. 지금의 튀니지)에 팔아버렸다.

그런데 미리암을 산 페르시아 상인은 선천적 성 불구자였다. 페르시아 상인은 미리암을 이슬람교도로 개종시키고, 코란을 암송하게 하고 여러 의식이나 기도를 가르쳐주었다.

한편 부왕은 공주 일행에게 닥친 재난을 전해 듣고 최후의 심판의 날이 찾아온 것처럼 놀라 천지 사방으로 군대를 파견하여 행방을 찾았지만 소용이 없었다.

그래서 이번엔 왼쪽 눈이 먼 절름발이 대신을 파견하였다. 이 사내는 완고한 폭군에 수완이 좋고 지략에 뛰어난 인물이었다. 아라비아를 샅샅이 뒤지다 알렉산드리아까지 오게 되었다. 그는 며칠 동안 도시를 뒤지며 찾아 헤매던 중 우연히 알리가 목에 두른 목도리를 발견한 것이다. 그도 그럴 것이, 이 세상에서 그처럼 훌륭한 목도리를 만들 수 있는 사람은 공주 말고는 아무도 없기 때문이었다. 그래서 노인은 목도리를 실마리로 행방불명된 공주를 찾은 것이다.

이러한 미리암의 사연을 들은 알리는 자기 뺨을 때리고 옷을 찢으며 자신의 어리석음을 더욱 후회하고 한탄하였다. 그러나 이미 엎지른 물이었다.

노인은 미리암을 데리고, 삼엄한 경호 아래 배를 타고 먼바다로 나갔다. 미리암은 알렉산드리아를 바라보며 알리와의 이별을 슬퍼하면서 하염없이 울었다.

알리 역시 미리암을 태운 배가 항구를 벗어나자 갑자기 세상이 좁아진 듯 답답하여 견딜 수가 없었다. 둘이 즐겁게 지내던 집으로 돌아왔으나 어두운 그림자만 음산하게 드리워 도무지 사람 사는 집 같지가 않았다. 미리암이 평소 사용하던 바느질 상자를 발견한 그는 가슴에 끌어안고 눈물을 펑펑 쏟다가, 견디지 못해 다시 해변 쪽으로 달려갔다. 그리고 까마득히 사라지는 배를 바라보면서 후회와 탄식의 눈물을 비 오듯 흘렸다.

천행으로 목숨을 건진 알리, 미리암과 함께 탈출하여 알렉산드리아로 돌아오다

그때 불쑥 한 노인이 알리 옆으로 다가왔다. 마침 이 노인은 미리암의 고향으로 곧 출범하는 배의 선장이었고, 배 안에는 이슬람교도 상인 100여 명이 타고 있었다.

"프랑크 사람과 함께 떠난 여자가 그리워 울고 있는 모양인데, 알라의 뜻이라면 내가 그 여자가 있는 곳으로 데려다주리다."

알리는 노인에게 거듭 감사하며 여행 떠날 준비를 했다. 배는 사흘 뒤에 출항했다. 순조롭게 항해하던 51일째 되는 날이었다. 목적지를 눈앞에 두고 불행하게도 프랑크인들에게 습격을 받아 배는 약탈당하고 일행은 모두 납치되어 감옥에 갇히고 말았다.

그즈음 미리암을 태운 배가 프랑크 도성의 해변에 도착했다. 도성은 공주의 무사 귀환을 축하하기 위해 아름답게 장식되었다. 부왕과 신하들은 공주를 맞으러 해변으로 나갔다. 부왕은 공주를 끌어안고 행여 바람에 날릴세라 손수 궁전으로 데려왔다. 왕비도 두 팔을 벌려 딸을 맞으며 눈물을 주체하지 못했다.

살아온 자초지종을 듣는 가운데 왕비는 미리암이 이미 숫처녀가 아님을 알게 되었다.

"이슬람교도 나라에서 이 상인 저 상인에게로 팔려 다닌 노예 계집이 어찌 숫처녀로 있을 수 있겠어요?"

왕비는 눈앞이 캄캄해졌다. 왕비에게 이 사실을 들은 왕은 이를 갈고 원통해했다. 왕이 고관대작과 기사 들과 이 일을 의논하자 그들은 이구동성으로 복수를 주장했다.

"공주가 이슬람교도에게 수모를 당했으니 이슬람교도 100명의 목을 잘라야 합니다. 안 그러면 깨끗한 몸이 될 수 없습니다."

왕은 감옥에 갇힌 이슬람교도들을 끌어내 선장부터 차례차례 목을 베었다. 마지막으로 알리 혼자 남게 되었다. 그는 이제 죽었구나 체념하고 눈을 감았다. 그때 뜻밖에 노파 한 사람이 어전에 엎드렸다.

"오, 임금님. 전하께선 맹세하지 않으셨습니까. 만일 미리암 공주가 무사히 돌아오면 사원에서 허드렛일을 시킬 이슬람교도 다섯을 주시겠다고요. 공주님이 무사히 돌아오셨으니 제발 그 맹세를 지켜주십시오."

왕은 포로가 한 명밖에 남지 않았으니 우선 그 한 명이라도 데려가라고 허락했다.

이렇게 일촉즉발의 위기 상황에서 목숨을 구한 알리는 사원에서 잔심부름꾼으로 일하게 되었다. 그런데 여드레째 되는 날 아침, 노파가 10디르함을 주면서 하루 종일 밖에 나가서 바람이나 쐬다 오라고 했다.

"오늘은 허리띠 짜는 미리암 공주님이 무사 귀환하신 사례를 겸하여 이 사원에 참배하러 오시거든. 그런데 400명이나 되는 귀부인들이 따라온다고. 그 여자들 눈에 띄면 아마 뼈도 못 추릴 거니까 아예 나가 있는 게 좋을 거야."

알리는 노파의 말대로 아침을 먹자마자 밖으로 나와 저잣거리를 구경하며 돌아다니다 공주가 보고 싶어 더 이상 참을 수가 없었다. 그래서 도중에 슬그머니 사원으로 돌아왔다.

미리암 공주는 가슴이 봉긋하게 솟아오른 달과 같은 시녀들을 비롯하여 수백 명의 여자들에게 둘러싸여 있었다. 그 자태는 뭇별 가운데 홀로 빛나는 달과 같은 모습 그대로였다.

알리는 더 이상 참을 수 없어 공주의 이름을 소리쳐 불렀다.

"오, 미리암이여!"

시녀들은 그에게 번개처럼 달려들어 칼을 뽑아 단숨에 베어 죽이려 했다. 순간 공주가 몸을 휙 돌려 젊은이를 바라보았다. 그토록 그리워하던 남편이 거기 있었다.

"그냥 내버려둬라. 틀림없이 미친놈일 거야. 얼굴에 실성한 놈이라고 써 있잖니."

공주의 말을 듣고 나서야 비로소 위험에 빠진 사실을 깨달은 알리는 갑자기 두건을 벗고 눈알을 굴리며 입에서 거품을 내뿜고 다리를 뒤틀기 시작했다.

"그것 봐. 내 말대로 불쌍하게 저놈은 미친 모양이야. 한번 이리 끌고 와봐라, 무슨 소리를 지껄이나 들어보게. 난 아라비아 말을 아니까 신상을 물어보고 미친놈인지 아닌지 확인해봐야겠다. 너희들은 잠시 물러가 있어라."

수행원들이 멀찍이 물러나자 공주는 알리를 원망했다.

"이제 와서 목숨을 내걸고 여기까지 따라와 미치광이 행세를 하시다니요? 이게 저를 위한 건가요? 당신은 스스로 죄를 저지른 거예요. 제가 미리 주의를 주지 않았던가요? 그런데도 당신은 제 말을 듣지 않고 욕심에 눈이 멀고 말았어요. 저는 애꾸눈 절름발이 대신이 그곳까지 나타난 걸 보고 당신과 헤어질 운명을 직감했어요. 그래서 당신과 헤어지는 게 죽기보다 싫어서 그리 신신당부를 드렸는데, 결국 당신

95

은 이별의 운명에 굴복하고 말았잖아요."

알리는 자신의 실수를 용서해달라고 빌었다. 미리암은 원망해봤자 이미 부질없는 일임을 알고 쓰라린 이별의 운명을 슬퍼하며 눈물을 흘렸다.

이럭저럭하는 사이 해는 저물어 어둠이 내렸다.

미리암은 순금으로 단을 두르고 진주와 보석으로 수놓은 초록색 옷을 입고, 우아하고 요염한 맵시를 빛내면서 '광명의 어머니, 성녀 마리아의 제전'이라는 예배소로 갔다. 나사렛 사람들은 이곳에 마리아의 영혼이 깃들어 있다고 믿었다. 참배가 끝나자 공주는 혼자 기도드리고 싶으니 모두들 물러가라고 했다. 아무도 없는 걸 확인한 공주는 알리가 숨어 있는 곳으로 갔다.

두 사람은 만나자마자 알몸이 되어 끌어안고 미친 듯이 애무하면서 헤어져 지낸 날의 한을 풀었다. 그들은 밤새도록 촌각을 아껴 온갖 체위로 바꾸며 꿈결 같은 열락에 빠졌다. "사랑의 밤은 짧고, 독수공방의 밤은 길다"는 말처럼, 두 사람이 황홀경에 빠져 있는 사이에 벌써 새벽 예배 시작을 알리는 옥상의 종소리가 뎅뎅 울려왔다.

공주는 오늘 밤 탈출 계획을 알려주면서 절대 잊지 말라고 신신당부했다.

"삼경이 되거든 제물함에서 값나가는 보석을 집어 들고 바다로 통하는 갱도 문을 열고 항구로 나오세요. 그러면 조그만 배가 한 척 있고 선원 열 명이 타고 있을 것입니다. 선장이 한 손을 내밀거든 당신도 한 손을 내미십시오. 그러면 선장이 당신을 배에 태워줄 테니까 제가 갈 때까지 기다리고 계세요. 오늘 밤에는 절대 주무실 생각 마세요. 깜빡 졸다 때를 놓치면 모든 게 허사가 되니까요."

마리암은 일행을 거느리고 궁전으로 돌아가고, 알리는 열심히 사원 일을 거들었다. 이윽고 삼경이 되자 알리는 공주가 알려준 대로 제물함에서 값나가는 보석을 챙겨 들고 사원을 빠져나와 해변에 이르렀다. 공주가 말한 대로 조그만 배에 선원 열 명이 기다리고 있었다. 풍채 좋은 선장이 다가오더니 한 손을 내밀었다. 그리고 알리의 손을 잡아 배에 태워주었다.

선장은 닻줄을 풀어 배가 출발하도록 명령했다. 그러자 선원 한 사람이 앞으로 나서더니, 왕이 순시하러 올 때까지 기다려야 한다며 선장의 명령을 거부했다. 선장은 칼을 빼 단숨에 선원의 목을 찔렀다. 칼끝은 목구멍을 뚫고 뒷덜미로 튀어나와 번쩍였다. 그러자 다른 선원이 앞으로 나서서 죄 없는 선원을 왜 죽이냐며 대항했다. 선장은 그 선원의 목까지 쳐버렸다. 그렇게 차례로 대드는 선원 열 명의 목을 모두 쳐버렸다. 선장은 시신들을 바다에 던져버리고는 알리에게 닻줄을 맨 말뚝을 빼오라고 호령했다. 알리는 겁에 질려 번개보다 더 빨리 말뚝을 빼왔다. 선장은 쉴 새 없이 이것저것 시켰고 알리는 이리 뛰고 저리 뛰며 별을 관측하는 일까지 했다. 그사이 선장은 손수 돛을 올렸고 배는 두 사람을 태운 채 큰 파도가 치는 거친 바다로 쏜살같이 나아갔다. 선장을 볼 때마다 알리는 두려워서 가슴이 떨렸다. 어디로 끌려가는지 알 길이 없어 시름에 빠진 사이 날이 밝았다.

선장은 자신의 긴 수염을 힘껏 잡아당겼다. 그 순간 수염이 몽땅 떨어졌다. 그러고 보니 아교로 붙인 가짜 수염이었다. 아니 그런데 이게 누군가? 선장은 다름 아닌 미리암이었다. 미리암은 선장을 유인하여 처치한 다음 그 수염을 깎아 자기 얼굴에 붙이고 선장 행세를 한 것이다. 알리는 공주의 기지와 대담한 기상에 혀를 차며 거듭 감탄했다.

"누구든 그런 경우엔 사내답게 행동하여 절대 비겁한 짓을 해선 안돼요."

이렇듯 공주는 기백도 넘쳤지만, 배를 다루는 항해술도 뛰어났으며, 모든 종류의 바람과 그 변화와 바닷길까지 낱낱이 꿰고 있었다. 두 사람은 비로소 마음을 놓고 서로 끌어안으며 탈출의 기쁨에 젖었다. 그리고 먹고 마시고 서로 어루만지며 행복한 시간을 보냈다.

배는 돛에 순풍을 가득 받고 거침없이 파도를 걷어차며 내달렸다. 그리하여 마침내 알렉산드리아를 눈앞에 두었다. 이윽고 폼페이의 기둥이 두 사람의 눈에 들어왔다.

알리는 미리암을 배에서 기다리라고 하고 혼자 육지에 올랐다. 일전에 신세를 진 약재상 노인의 집으로 발걸음을 재촉했다. 미리암을 시내로 데리고 들어가려면 알렉산드리아의 관습에 따라 여자들이 사용하는 크고 작은 베일과 외출용 신과 아랫도리옷 등이 필요했기 때문에 그것들을 약재상 아주머니에게 빌릴 참이었다. 그러나 신이 아닌 인간으로서는 '기적의 아버지인 세월'의 화살이 자신의 몸에 내리꽂히리라고는 꿈에도 알 수가 없었다.

다시 붙잡힌 공주는 가까스로 목숨을 부지하고, 알리는 대신의 마구간에 갇히다

한편 미리암의 부친 프랑크 왕은 공주가 사라지자 깜짝 놀랐다. 해변에는 시체 열 구가 나뒹굴고, 왕실의 배도 없어졌으며, 사원에서 바다로 나가는 뒷문은 열려 있었다. 사원에서 잔심부름을 하던 이슬람교도 죄수 역시 감쪽같이 사라진 걸로 보아 둘이 함께 배를 탄 게 분명했다. 왕은 애꾸눈 대신에게 즉각 공주를 잡아오도록 명령했다.

애꾸눈 대신이 지휘하는 배는 밤낮을 가리지 않고 바람처럼 내달려, 알리가 시내에 들어가 있는 그 시간에 알렉산드리아 해변에 도착하였다.

애꾸눈 대신은 항구에 정박 중인 배들 가운데 한눈에 왕실의 배를 발견했다. 그는 본선은 먼바다에 매어놓고 작은 배를 내려 병사 100명을 옮겨 태우고, 살금살금 배를 저어 다가가 소리도 없이 왕실의 배에 올랐다. 배에는 미리암 공주 혼자였다. 그래서 일부 병사들은 공주를 붙잡아 본선에 태우고, 나머지 병사들은 육지로 올라가 알리를 잡으려고 기다렸다. 그러나 좀처럼 알리가 나타나지 않자 그들은 그대로 귀국길에 올랐다. 애꾸눈 대신은 칼집에서 칼도 빼보지 않고 너무나 손쉽게 임무를 완수하였다. 배는 순풍을 만나 전속력으로 항해하여 프랑크 도성에 무사히 도착하였다.

부왕은 공주를 보자마자 험한 욕설을 퍼부었다. 공주는 처음에 거짓말로 얼버무렸다.

"이슬람교도 도둑 무리가 사원을 습격하여 저는 재갈을 물린 채 끌려가게 되었습니다. 하지만 감언이설로 그들을 속여 이슬람교에 관한 이야기를 지껄였더니 결박을 풀어주었습니다."

부왕은 속기는커녕 오히려 화를 벌컥 내며 딸에게 욕설을 퍼부었다.

"또 속을 줄 알고 감히 거짓말을 주절대느냐, 바람둥이 계집년아! 네년은 더 이상 내 딸이 아니다. 나는 일찍이 너 같은 딸을 둔 적이 없다. 네년을 세상에서 가장 참혹한 형벌로 죽여 세상 사람들의 구경거리로 삼겠다! 여봐라, 저년을 찢어발겨 성문에 시체를 매달아라!"

왕의 명령은 추상같았다. 그때 애꾸눈 대신이 왕 앞에 엎드렸다. 그는 평소부터 공주를 짝사랑하고 있었다.

"전하, 바라옵건대 공주님을 죽이지 마시고 제 아내로 주십시오. 어떤 불한당도 들어오지 못할 궁전을 지어 공주님이 더 이상 딴생각을 품지 못하도록 철저하게 감시하겠나이다. 그 궁전이 완성되는 날, 저와 공주님을 위해 구세주께 속죄의 제물로 문 앞에서 30명의 이슬람교도를 죽일 작정입니다."

왕은 청을 받아들이고 승려와 사교를 불러 공주와 대신을 짝지어 주었다. 대신은 공주의 신분에 맞는 견고하고 높은 성루를 축조하기 시작했다.

한편, 알리는 공주에게 필요한 옷가지를 빌려 항구로 돌아왔다. 그러나 공주도 배도 감쪽같이 사라지고 없었다. 그는 정신을 잃고 비틀거리며 해변 이곳저곳을 기웃거렸다. 한참 정처 없이 걷고 있는데 사람들이 모여서 수군거렸다.

"이슬람교도 여러분! 이는 알렉산드리아의 수치입니다. 프랑크 놈들이 어정어정 이 항구로 들어와서 사람을 납치하고 배까지 끌고 유유히 돌아갔는데 신앙의 전사니, 이슬람교도니 하면서 누구 하나 뒤를 쫓지 않았으니 말입니다."

알리가 자초지종을 묻자, 사람들은 프랑크 병사들이 떼로 몰려와 배와 여자를 납치해갔다고 말해주었다. 그는 그 자리에서 그만 기절하고 말았다. 알리가 깨어나 자신의 기구한 사연을 들려주자 사람들은 흥분해서 그에게 비난과 욕설을 퍼부었다.

"그까짓 베일이나 두건 따위가 없다고 여자를 혼자 내버려뒀다는 거요?"

사람들의 비난이 계속되자 누군가 말리고 나섰다. 당사자는 얼마나 애통할 것이며, 그만큼 혼이 난 걸로 충분하니 내버려두라고 했다. 알리는 또다시 기절하고 말았다.

비보를 전해들은 약재상 노인이 달려와 알리를 깨웠다. 공주가 납치당했다는 말에 노인은 눈앞이 캄캄해지며 그의 불행이 측은해 견딜 수가 없었다. 그래서 돌이킬 수 없게 된 이상 미리암을 단념하고 더 좋은 여자를 얻으라고 위로했다.

"아저씨, 저는 미리암 없이는 도저히 살 수 없어요. 미리암을 찾을 수만 있다면 죽음의 술잔이라도 마실 겁니다. 미리암을 빼앗긴 슬픔으로 앉아서 죽기보다는 프랑크로 가서 죽든 살든 부딪쳐보겠어요."

알리는 이렇게 다짐하고 막 출항하는 배에 올라탔다. 이렇게 그는 미리암을 찾아 또다시 죽음을 불사한 모험의 길을 떠났다.

그런데 며칠 동안 순항을 계속하던 배는 갑자기 프랑크 순시선과 마주치게 되었다. 이들은 해상을 순시하면서 이슬람교도로부터 공주를 지키기 위해 눈에 띄는 대로 이슬람교도의 배를 약탈하고 있었다. 프랑크 왕은 이슬람교도의 배를 나포할 때마다 미리암 공주의 일로 맹세한 서약을 지키기 위해 모든 선원을 사형에 처하였다.

이번에도 알리를 비롯하여 100여 명에 이르는 선원들이 프랑크 왕의 어전에 끌려갔다. 선원들은 하나씩 차례로 목이 잘렸다. 마지막으로 알리가 처형대로 올라갔다. 망나니는 그가 아직 젊은 데다가 수려한 미남인지라 불쌍히 여기고 마지막까지 남겨놓은 것이다.

왕은 알리를 흘깃 쳐다보면서 어디선가 본 듯한 놈이라고 말했다. 알리는 그럴 리가 없다며 연신 부인하면서 이름은 이브라힘이고 이 나라에 온 적도 없다고 딱 잡아뗐다. 그러자 왕은 사원의 노파를 불러 대질시키라고 명령했다.

그런데 때마침 미리암을 아내로 얻은 애꾸눈 대신이 입궐하여 어전에 엎드렸다.

"오, 임금님. 궁전이 마침내 준공되었습니다. 아시다시피 신은 궁전이 준공되는 날, 이슬람교도 30명의 목을 베겠다고 구세주께 서약했습니다. 그래서 놈들을 죽여 구세주와의 서약을 지켜야겠다는 일념으로 이슬람교도들을 주십사 하고 입궐한 것입니다."

왕은 다 죽이고 한 놈밖에 안 남았으니 그놈이라도 데리고 가라면서 나중에 모자라는 숫자를 채워주겠노라고 말했다. 그러니 그놈을 데려다가 즉시 목을 자르라고 명령했다.

애꾸눈 대신을 본 알리는 순간 심장이 멎는 듯했지만 운명을 알라께 맡기고 애써 태연을 가장했다. 다행히도 알리의 얼굴이 햇볕에 검게 그을리고 수염이 덥수룩하게 자란 데다가 무척 야윈 탓인지 대신은 알리를 알아보지 못했다. 대신은 포로를 집으로 데려가 자신의 궁전 문 앞에서 죽일 심산이었다. 그런데 궁전 벽을 칠하던 화공들이 포로의 처형을 연기해줄 것을 요청했다.

"앞으로 사흘만 기다리시면 단청 칠이 끝납니다. 단청을 칠하는 기간에는 부정을 탈 만한 일을 삼가는 것이 좋습니다. 그러므로 사람 목숨을 거두는 일을 사흘만 연기해주십시오. 어차피 30명의 목숨 값을 서약하신 것이니, 나머지 스물아홉 명을 채운 후에 한꺼번에 처형해도 마찬가지 아닙니까. 구세주께서도 오히려 그 편을 더 좋아하실 것입니다."

대신은 화공들의 청을 받아들이고, 포로를 가두어 놓으라고 명령했다. 부하들은 그를 마구간으로 끌고 가서 쇠사슬로 묶고 먹을 것도 마실 물도 주지 않았다.

왕실 준마의 눈병을 치료해주고 목숨을 건진
알리, 미리암과 극적으로 만나 탈출하다

그런데 원래 프랑크 왕국에는 왕이 애지중지하는 종마 두 마리가 있었다. 코스르에의 제왕조차 한 마리만이라도 갖고 싶어 헛되이 군침을 흘리는 준마로서 이름은 사핏타라고 했다. 한 마리는 백은과 같은 순백색이고 또 한 마리는 캄캄한 밤처럼 칠흑색이었다. 그런데 그 가운데 한 마리가 황달에 걸려 눈동자에 흰 막이 생겼다. 용하다는 수의사들이 총동원되었으나 어느 누구도 고치지 못했다. 대신은 자기가 고쳐보겠다며 자신의 마구간으로 데리고 왔다. 말은 형제와 떨어진 슬픔 때문에 맹렬하게 날뛰며 울부짖었고 이 때문에 모두가 간담이 서늘해지도록 놀랐다. 대신은 왕에게 말이 슬퍼하는 까닭을 알렸다. 왕은 두 마리가 함께하도록 다른 한 마리도 대신의 마구간으로 옮기고 내친김에 두 마리 모두 공주의 결혼 선물로 하사했다.

알리가 있는 마구간으로 종마 두 마리가 들어왔다. 그는 말에 대한 지식을 갖고 있었고 특히 눈병을 고치는 방법을 알고 있었다. 그래서 대신이 마구간으로 들어왔을 때 대신에게 말의 병을 고쳐주면 상을 주겠느냐고 물었다. 대신은 고쳐주기만 한다면 목숨을 살려주는 것은 물론이고 한 가지 소원을 들어주겠다고 했다.

결박을 풀어주자 알리는 치료에 필요한 재료를 구해달라고 했다. 그는 가공하지 않은 유리를 깨뜨려 가루로 만든 다음 생석회와 양파즙을 섞었다. 그리고 이것을 말의 눈에 바르고 붕대로 감았다. 그러고 나서 알리는 마음속으로 중얼거렸다.

'만약 말의 눈이 멀게 되면 나는 죽게 될 것이고, 그러면 이 지긋지긋한 세상과 하직하여 편히 쉬게 되겠지.'

알리는 덧없는 세상의 시름도 괴로움도 완전히 잊고 편안히 하룻밤을 보냈다.

이튿날 대신은 말의 눈에 감긴 붕대를 풀어 살펴보았다. 영원히 열려 있는 신의 높으신 뜻에 따라 어제보다 훨씬 나아 있지 않은가. 대신은 감탄해 마지않았다.

"여봐라, 이슬람교도여. 나는 그대만큼 훌륭한 의술을 가진 자를 본 적이 없다. 이 나라의 내로라하는 명의들도 어쩌지 못한 병을 고쳤으니 말이다!"

대신은 알리를 마구간의 책임자로 임명하고 월급과 수당을 책정해 마구간 이층에 거처를 마련해주었다. 그는 날마다 말 상태를 살피고 손수 털을 쓸어주는 등 성실하게 일했고, 대신은 이런 그를 흐뭇하게 여겼다.

그런데 미리암이 살고 있는 궁전에는 대신이 예전에 살던 집과 알리가 거처하는 방을 내려다볼 수 있는 격자창이 달려 있었다. 어느 날 대신의 예쁜 딸이 창가에 앉았다가 알리가 부르는 구슬픈 노래를 들었다. 대신의 딸은 이슬람교도가 잘생긴 미남이며, 연인과 헤어진 연모의 정에 한탄하고 있다고 느꼈다.

미리암은 신축 궁전으로 옮겨온 뒤 말벗이 필요해 대신의 딸을 불렀다. 대신의 딸이 미리암의 방에 들어섰을 때, 미리암은 하염없이 눈물을 흘리며 노래를 부르고 있었다.

> 세월은 쏜살처럼 흘러도 그리움만은 제자리에 남아
> 가슴을 메우며 저며드니 사랑의 고뇌에 시름하노라.
> 내 영혼 그대와 헤어진 뒤 껍질만 남아 신음하지만
> 언젠가 다시 하나로 맺어질 그날을 믿고 기도하네.
> 슬픔으로 가슴이 문드러지고 타서 재가 되어도
> 그대의 노예가 되어버린 나를 부디 탓하지 마시라.
> 갈라진 연인보다 세상에 슬픈 사람 또 있을까,
> 그러니 화살을 겨누어 찢긴 가슴 또 쏘지 마시라.
> 사랑의 쓴잔 마시고도 쓴 것인 줄 미처 몰랐도다.

대신의 딸은 웬일로 그리 슬프게 울고 있는지 묻고 공주를 위로하며 창가로 데려갔다. 헤어진 연인을 그리는 두 사람의 심사가 비슷한 데다가, 잘생긴 젊은이를 보면 조금이나마 위로를 받을 수 있지 않을까 해서였다.

"마구간에 잘생긴 젊은이가 있어요. 사랑하는 연인과 헤어진 젊은이 같아요. 밤낮을 가리지 않고 날마다 구슬픈 시를 읊는 걸 보고 알았지요."

마구간을 내려다본 미리암은 알리를 알아보고 깜짝 놀랐다. 상사병에 걸린 것처럼 몸은 수척한 데다 얼굴은 검게 그을리고 수염이 덥수룩했지만 틀림없는 알리였다. 미리암은 대신의 딸에게는 사실을 감추고 얼른 창가에서 물러났다.

잠시 후 대신의 딸이 돌아간 뒤 공주는 창가로 돌아가 사랑하는 알리를 지켜보면서 지난날을 생각하고 눈물에 젖어 한숨을 쉬었다. 미리암의 슬픈 노래를 들은 알리는 틀림없이 미리암의 목소리라고 생각했다.

공주는 필기구를 가져와 편지를 썼다.

"당신을 연모하는 당신의 영원한 노예 미리암입니다. 오늘 밤 준마 두 필에 안장을 얹고 만반의 준비를 하고 계시다가 삼경이 지난 시각에 맞춰 궁전 밖으로 나오십시오. 행여 누가 묻거든 태연하게 말을 운동시키러 가는 길이라고 대답하면 아무 일도 없을 것입니다. 다들 도시의 성문에는 자물쇠가 굳게 채워져 있을 것으로 믿고 안심할 테니까요. 부디, 졸거나 하여 시간을 어겨 일을 그르치지 않도록 유념하시기 바랍니다."

공주는 편지를 접어 비단 손수건에 싸서 던졌다. 편지를 펴본 알리는 미리암의 필적임을 알아보고 편지에 입을 맞추고 두 손에 받들었다.

알리는 초경이 지나기를 기다려 두 종마에 안장을 얹고 마구간에서 끌어내 뒷문에 자물쇠를 채운 뒤 도성 성문 앞까지 와서 털썩 주저앉아 공주가 오기를 이제나저제나 기다렸다.

한편, 미리암이 방에 들어와 보니 애꾸눈 대신이 타조 솜털을 넣은 보료에 팔꿈치를 괴고 앉아 있었다. 그날은 바로 두 사람이 첫날밤을 치르기로 한 날이었다.

그러나 대신은 부끄러워서 차마 공주에게 손을 뻗치거나 말을 걸지 못하고 있었다. 공주는 대신 곁으로 다가가 애정이 넘치는 듯 애교를 부리며 달콤한 유혹의 말을 속삭였다.

"나리, 어찌하여 그렇게 쌀쌀한 태도를 보이십니까? 자존심 때문입니까? 아니면 제가 측은해 보여서 그러시는 겁니까? 속담에 '예절은 쓸데없는 것, 앉은 자가 먼저 서 있는 자에게 인사하라'고 하지 않았습니까? 당신께서 제 곁에 오지도 않고 말도 붙이지 않으시니 제가 먼저 말을 걸 수밖에요."

대신은 몸 둘 바를 몰라 쩔쩔 매면서, 떨리는 목소리로 말했다.

"넓은 대지의 여왕님, 당신은 용모만 아름다운 게 아니라 인정이 넘치는 마음씨도 지녔습니다. 나는 한낱 당신의 노예이며 가장 천한 머슴에 지나지 않습니다. 당신의 그 우아한 자태에 겁이 나서 차마 손발이 나오지 않습니다. 그래서 당신의 발밑에 이렇게 꿇어앉을 수밖에 없습니다."

공주는 그러지 말고 맛있는 요리라도 먹자고 구슬렸다. 시녀와 내시들이 즉시 요리상을 차려왔다. 땅 위를 걷고 하늘을 날고 둥지를 쳐서 새끼를 늘게 하는 온갖 새와 그 밖의 진미가 가득 놓여 있었다.

공주는 요리를 집어 대신의 입에 넣어주면서 그의 입에 자신의 입을 맞췄다. 배불리 먹고 손을 씻은 두 사람 앞에 이번엔 술상이 차려 나왔다. 공주는 대신에게 연거푸 술잔을 건넸다. 대신은 너무나 기쁘고 황감한 나머지 공주가 따라주는 대로 덥석덥석 모두 받아 마셨다. 만취한 대신이 꾸벅꾸벅 조는 사이 공주는 품속에 넣어두었던 마약을 꺼내 술잔에 털어넣었다. 크리트 섬에서 나는 마약으로, 단 1디르함 분량의 냄새만 맡아도 며칠씩 코끼리를 잠에 빠뜨릴 만큼 강력했다. 대신은 비몽사몽간에 공주가 건넨 술잔을 단숨에 받아 마시더니 그대로 마루에 쓰러졌다.

기운 세고 용맹한 공주는 안장 자루 한 쌍에 고기와 마실 것, 그리고 가볍고 값나가는 보석을 넣고 궁전을 나섰다. 그리고 곧장 사랑하는 연인 곁으로 달려갔다.

그런데 성문 옆에 앉아 말고삐를 잡고 있던 알리는 알라께서 졸음을 내려 꾸벅꾸벅 졸다가 마침내 잠이 들고 말았다.

그 무렵, 뛰어난 말 도둑인 한 흑인 노예가 한밑천 두둑이 잡기 위해 종마를 훔치려고 벼르고 있었다. 도둑은 대신의 마구간에 종마가 있다는 소문을 듣고 가던 도중 알리가 종마의 고삐를 잡은 채 잠이 든 걸 발견하였다. 도둑은 살금살금 다가가 그의 손에서 고삐를 빼내 한 마리는 앞세우고, 또 한 마리는 자기가 올라타려고 했다.

그때 마침 공주가 안장 자루를 메고 나타났다. 공주는 도둑을 알리로 착각하고, 말 도둑에게 한 쌍의 안장자루를 건넸다. 말 도둑은 안장 자루를 하나씩 싣고 들킬까 봐 한마디도 하지 않았다.

이윽고 무사히 성문을 빠져나가자 공주가 물었다.

"여보, 당신. 왜 말씀을 안 하세요?"

도둑은 돌아보면서 "아가씨, 뭐라고 했지?" 하고 거칠게 반문했다. 그러자 공주가 "네놈은 누구냐"라고 고함쳤다.

"나는 마스우드라는 말 도둑이다."

미리암은 도둑의 대답이 끝나기도 전에 번개처럼 칼을 빼들어 목덜미를 찔러버렸다. 칼끝은 목덜미를 뚫고 앞으로 빠져 나왔다. 도둑은 피투성이가 되어 말에서 떨어졌고 순식간에 영혼은 겁화 속으로 굴러 떨어졌다.

미리암이 약속 장소로 돌아가보니 알리는 손에 고삐를 쥔 모양을 하고 세상모르고 코를 골며 자고 있었다. 공주가 툭 치자 그는 소스라치게 놀라 번쩍 눈을 떴다.

두 사람은 각각 말에 올라타 숨소리도 내지 않고 바람처럼 이동하여 도성을 벗어났다. 그러고는 마침내 도둑의 시체가 있는 곳까지 이르렀다.

"졸아서는 안 된다고 그렇게 신신당부했는데, 아예 쿨쿨 잠이 들어 일을 그르칠 뻔하다니요. 그런 사람치고 신통한 사람 없지요."

"그런 게 아니오. 당신 약속을 듣고 마음이 풀어져 그만 깜빡 잠이 들었구려. 그런데 도대체 뭐가 어떻게 되었다는 거요?"

공주는 말 도둑과의 일을 낱낱이 들려주었다. 알리는 비로소 자신의 부주의를 깊이 뉘우치고 용서를 구했다. 미리암은 알리에게 말에서 내려 말 도둑의 옷과 무기를 뺏으라고 말했다. 그러나 알리는 말 도둑의 우람한 몸체에 깜짝 놀라 차마 그렇게 할 용기가 없었다. 그리고 공주의 용기와 담력에 다시 한 번 감탄하였다.

두 사람은 밤새도록 말을 달려 길을 재촉한 끝에, 아침 해가 떠올라 훤히 비칠 무렵 어느 널따란 초원에 이르렀다. 말에게 물을 먹이고 풀을 뜯으며 쉬게 한 다음, 두 사람도 과일을 따먹고 개울물을 마시며 잠시 쉬면서 재회의 기쁨을 나누었다.

세 왕자를 잃은 왕은 추격을 포기하고, 알리와 미리암은 결혼하여 고향으로 돌아가다

　그때 갑자기 멀리서 흙먼지가 날리더니 삽시간에 퍼져 시야를 가렸다. 그리고 군마의 우는 소리와 갑옷 부딪치는 소리가 들렸다. 그 경위는 이랬다.

　대신이 미리암을 아내로 맞은 첫날밤이 지나자, 부왕은 궁전의 내시와 시녀들에게 금화와 은화를 뿌려주었다. 그리고 신랑 신부에게 인사를 하기 위해 선물을 싣고 새 궁전으로 들어왔다. 그런데 미리암은 없고 대신만 혼자 양탄자 위에 엎드려 세상모르고 자고 있었다. 마약에서 깬 대신에게 자초지종을 듣고 난 부왕은 눈앞이 캄캄했다. 그리고 다짜고짜 언월도를 뽑아 대신의 머리에 일격을 가했다. 칼날은 대신의 어금니 사이를 보기 좋게 꿰뚫었다. 종마까지 없어졌다는 말에 부왕은 딸과 이슬람교도 포로가 함께 도망친 걸 알게 되었다.

　왕은 세 왕자를 불렀다. 세 왕자는 모두 용맹무쌍한 용사로서 천하무적의 무예를 자랑하였다. 왕은 세 왕자와 함께 말에 올랐다. 기사와 신하들도 함께 도망자의 뒤를 추격했다.

　공주는 추격해오는 병사들을 보자 말에 올라 칼을 움켜쥐었다. 공주가 알리에게 싸울 용기가 있느냐고 묻자 그는 벌벌 떨며 대답했다.

　"싸움터에만 나가면 용기가 사라져 마치 두부에 못을 박는 것처럼 맥을 출 수가 없소."

　공주는 웃으면서 혼자 무찌르겠으니 염려 말라는 한마디를 남기고 적들을 향해 달려 나갔다.

공주는 당대에 따를 자가 없는 용사이며 무사의 귀감이었다. 부왕은 어릴 때부터 공주에게 승마술을 비롯하여 어두운 밤에 적진을 공격하는 전법 등을 가르쳤다. 왕은 공주가 단신으로 쳐들어오는 걸 보고 죽이지 말고 생포해오라며 바르타우트를 출정시켰다. 그는 '키라우트의 수령'이라는 별명을 가진 맏아들이었다. 왕자는 미리암에게 이슬람교를 버리고 참된 신앙으로 돌아오라고 말했다. 미리암은 코웃음을 쳤다. 마침내 바르타우트와 미리암은 처절한 싸움을 벌였다. 막상막하의 격전을 벌이는 사이에 두 사람의 머리 위로 모래 먼지가 자욱이 덮여 사람들 눈에서 완전히 가려졌다. 공주는 교묘하게 바르타우트의 기습을 피하며 상대의 전진을 막았으므로 용맹무쌍한 바르타우트도 피로를 느끼고 다리가 휘청거려 점차 기력이 빠졌다. 이를 눈치챈 마리암은 이때다 싶어 바르타우트의 목덜미를 향해 일격을 가해 영혼을 거둬버렸다.

맏아들이 죽자 부왕은 자기 얼굴을 때리고 옷을 찢었다. 그리고 '바구미의 똥'이란 별명이 붙은 둘째 왕자 바르투스를 출정시켰다. 바르투스가 쏜살같이 쳐들어가자 공주는 진로를 막으며 치열한 싸움을 벌였다. 공주의 솜씨를 당해낼 길이 없다는 걸 깨달은 왕자는 도망치는 것이 상책이라고 생각했으나 공주의 날카로운 칼끝을 피할 길이 없었다. 공주는 바르투스가 도망치려 할 때마다 뒤에서 육박했고 목덜미를 향해 날쌔게 칼을 들이박아 형의 곁으로 보내버렸다.

두 아들의 죽음을 본 부왕은 정신이 아뜩해져 막내를 불렀다. '방귀쟁이'라는 별명을 가진 화스얀 왕자였다. 공주는 비술을 다하여 지혜를 짜고 용기를 내어 무술의 극치를 모두 발휘했다. 그리하여 곧장 상대에게 달려들어 목과 팔을 잘라 형들 곁으로 보내버렸다.

부왕의 기사와 군사들은 세 왕자의 덧없는 죽음을 보더니 공주가 두려워 감히 나서지 못하고 벌벌 떨다가 허겁지겁 도망치기에 바빴다. 부왕 역시 세 아들을 잃고 군사들까지 앞다투어 도망치는 걸 보자 증오로 마음이 타면서도 어찌할 바를 몰랐다. 자기가 공주와 몸소 맞섰다가 패하기라도 하면 만천하의 망신만 살 뿐이라는 생각이 들었다. 더욱이 공주에게는 이미 만정이 떨어져 돌아와달라고 말하고 싶지도 않았다. 부왕은 마지막 남은 자신의 체면이라도 지키는 게 상책이다 싶어 마침내 군대를 철수했다.

궁전으로 돌아온 부왕은 세 아들을 잃고, 자신의 명예까지 망친 슬픔과 분노로 먹지도 잠을 이루지도 못했다.

신하들은 이구동성으로 칼리프 하룬 알 라시드에게 청원하여 두 사람을 잡아들이라고 권고했다. 부왕은 신하들의 말대로 칼리프에게 서신을 보내 미리암 공주와 알리 누르 알 딘을 붙잡아 자신에게 보내달라고 청하고 이렇게 덧붙였다.

"두 사람을 붙잡아 넘겨주신다면, 대로마의 수도 절반을 바치고, 이슬람 사원을 건설하고, 그 수도의 세금도 칼리프께 바치겠습니다."

프랑크 왕의 서한은 곧장 바그다드의 칼리프 하룬 알 라시드에게 전해졌다.

칼리프는 편지를 읽자마자 모든 이슬람국에 명령을 내려, 미리암 공주와 알리 누르 알 딘을 발견하는 즉시 체포하여 자기 앞으로 보내라고 엄명하였다. 그리고 두 사람의 이름과 생김새까지 상세히 적어 전령으로 하여금 각지의 총독에게 보내도록 일렀다.

때마침 미리암과 알리는 시리아의 다마스쿠스로 들어서고 있었다. 칼리프의 전령은 이미 하루 전에 각 도시로 전달되어 있었으므로, 두 사람은 시내로 들어가자마자 경비병의 불심검문에 걸려 체포되었다. 바그다드로 압송된 두 사람은 칼리프 앞으로 끌려갔다. 칼리프는 알리에게 공주를 왜 납치했느냐고 추궁했다. 그는 지금까지 겪은 자초지종을 낱낱이 털어놓았다. 칼리프는 몹시 놀라 인간 세상의 고통이란 정말 가지가지라고 외쳤다.

칼리프는 이번엔 마리암에게, 부왕이 보낸 편지 내용을 어떻게 생각하느냐며 의향을 물었다.

"충성된 자의 임금님, 저는 이미 이슬람교도이기 때문에 이단자의 나라로 돌아갈 수 없습니다."

칼리프는 미리암의 말에 감탄하며 공주를 위로하고 안심시켰다.

"나는 이슬람교도이며 유일신 알라를 믿는 그대를 구해줄 의무가 있다. 비록 금은보석이 산처럼 쌓인 세계를 준다 해도 그대를 배신하지 않을뿐더러 버리지도 않겠다."

공주는 기뻐하면서 알리를 가리키며 칼리프에게 자신의 소원을 빌었다.

"어찌 제가 저분의 아내가 되지 않겠어요? 저분은 자신의 전 재산을 바쳐 저를 사고 더할 나위 없이 친절하게 대해주셨어요. 또한 저를 구하기 위해 몇 번씩이나 목숨을 걸고 찾아왔습니다."

칼리프는 법관과 증인을 부르고 지참금을 정하여 공주를 알리에게 시집보내고 많은 하객을 불러 성대한 결혼 연회를 베풀었다. 마침 바그다드에 머물고 있던 프랑크 왕의 사신도 피로연에 참석하도록 하였다. 칼리프는 사신을 불러 칼리프의 뜻을 전달했다.

"공주는 이슬람교도이며 신의 유일함을 믿는 신도니라. 그러니 부친이라 해도 어찌 이단자에게 알라의 딸을 돌려보낼 수가 있겠는가? 분명 그 아비는 딸을 보면 죽이고 말 것이다. 더구나 그대의 아버지는 딸을 망치려고 날뛰다가 왕자들까지 죽게 만들었으니, 그 딸마저 죽게 만든다면 짐은 부활의 날에도 벌을 받지 않으면 안 될 것이다. 알라께서도 절대 참된 신자를 제쳐놓고 이단자를 위해 힘을 쓰지 않는다고 했느니라. 그대는 왕에게 돌아가 이렇게 전하라, 이 일에 관해서는 단념하라고 말이다."

그러나 머리가 둔한 사신은 버릇없게도 칼리프 앞에서 만약 공주를 돌려보내지 않으면 대군을 이끌고 영토를 짓밟겠다고 고래고래 소리쳤다. 칼리프는 불꽃처럼 화가 치밀어 당장 이교도의 목을 치라고 명령했다. 미리암이 칼리프의 명령을 제지하며 앞으로 나섰다.

"오, 충성된 자의 임금님. 이 저주받은 자의 피로 전하의 칼을 더럽혀서는 안 됩니다."

공주는 말을 마치기도 전에 자기 칼을 뽑아 사신의 목을 베어버렸다. 사신의 목은 몸체를 떠나 날고, 대신은 순식간에 오욕의 집으로 떨어지고 말았다.

칼리프는 공주의 뛰어난 완력과 씩씩한 기상에 감탄하였다. 그리하여 두 사람에게 궁전의 방을 내주고, 봉록과 급료를 정해주고 모든 은총을 베풀었다.

바그다드에서 이렇듯 온갖 행복을 누리며 사는 동안 알리는 고향 카이로에 계신 부모가 그리워 견딜 수가 없었다. 그래서 칼리프에게 귀향을 허락해달라고 간청했다. 칼리프는 두 사람에게 산더미 같은 선물을 하사하고 카이로의 총독에게도 서한을 보내 두 사람과 양친을 정중하게 대우하라고 일렀다.

카이로에 도착하여 양친의 손을 마주잡은 알리는 지금까지 겪은 근심과 괴로움이 눈 녹듯이 사라졌다. 양친은 미리암을 기꺼이 며느리로 맞아 친자식처럼 아끼고 따뜻하게 보살폈다. ☽

다음은 카이로의 태수 슈자 알 딘이 들려준 이야기다.

어느 날 밤 우리는 사이드 지방, 즉 북부 이집트의 한 사내 집에 머물며 융숭한 대접을 받고 있었다. 그런데 주인의 피부색은 새까만 데 반해 자식들은 엷은 붉은색이 돌 만큼 눈과 같이 살결이 희었다. 어떻게 해서 그런 일이 가능한지 물어보았더니, 아이들 어머니가 프랑

*이 이야기의 시대적 배경은 술탄 살라딘이 예루살렘을 탈환한 1187년 하틴 전투 전후로 추정된다. 하틴 전투 2년 뒤 3차 십자군 전쟁(1189~1192)이 일어나고, 이 전쟁을 끝으로 여덟 차례에 걸친 십자군 전쟁(1095~1270)은 막을 내린다. 당시 치열한 접전이 벌어진 지역에서는 전세가 자주 뒤바뀌어 이 이야기에서처럼 적군의 아내와 결혼하는 기구한 인연도 많았다.
아바스왕조 후기에 이슬람 제국은 군소 왕국으로 분화되면서 현저히 약화되었는데, 십자군은 이를 틈타 십자군 전쟁을 일으켰다. 1099년 예루살렘을 점령한 십자군은 남녀노소를 가리지 않고 무자비하게 학살했으며, 방화와 약탈을 일삼았다. 이후 무슬림들은 예루살렘 탈환을 위한 성전에 운명을 걸게 되었는데, 마침내 1187년 술탄 살라딘이 예루살렘을 탈환했다. 그러나 살라딘은 복수극을 벌이지 않고 관용을 베풀었다. 개종한 기독교들을 무조건 받아들이는가 하면, 나머지도 재산을 수습하여 무사히 예루살렘을 떠날 수 있도록 조치하였다. 당시 십자군 총사령관인 영국의 사자심왕 리처드 1세는 포로 협정을 무시하고 이슬람교 포로들을 닥치는 대로 학살하는 만행을 일삼아 술탄 살라딘과 극명한 대조를 보였다. 술탄 살라딘이 오늘날까지 관용과 포용의 대명사로 존경받는 까닭이 바로 여기에 있다.

크 여자라는 것이었다. 그러면서 노인은 사연을 들려주었다.

　내가 젊었을 당시는 알 마리크 알 나시르 살라딘(술탄 살라딘. 이집트 및 시리아의 왕이며 아이유브 왕국의 시조로 예루살렘을 점령하고 카이로를 요새화함. 재위 1177~1193)의 시대였다. 하틴 전투가 끝날 무렵, 프랑크 사람인 아내는 이슬람군의 포로가 되어 있었다.

　우리 두 사람이 만난 인연은 아주 기구했다. 나는 오래전부터 아마를 재배하여 손질해 파는 상인이었다. 어느 해, 밑천 500디나르를 들여 아마를 사들였는데 그 이상의 값으로 사려는 사람이 나타나지 않았다. 그래서 한참 걱정을 하고 있는데, 사람들 말이 아크레에 가면 좋은 값에 팔 수 있을 거라고 해서, 나는 아크레로 갔다. 당시 아크레는 프랑크인이 점령하던 지역이었다. 나는 아마를 몽땅 가져가 그 가운데 일부를 여섯 달 분할상환의 조건으로 외상에 팔기도 했다.

　그러던 어느 날, 프랑크 여자 하나가 아마를 사러 왔다. 프랑크 여자는 얼굴에 베일을 걸치지 않는 관습이 있었다. 그래서 여자의 고운 자태를 보자마자 나는 한눈에 반해 아마를 아주 헐값에 팔았다. 그 뒤로도 여자는 가끔씩 찾아왔고, 그때마다 더 많은 아마를 더 싼값에 사갔다. 여자 역시 내가 자기에게 반한 걸 눈치챈 것 같았다. 나는 시녀인 노파에게 주인 여자를 소개시켜달라고 부탁했다. 노파는 비밀을 지킬 것과 섭섭잖은 사례를 해줄 것을 조건으로 승낙했다. 나는 노파에게 50디나르를 주었다.

　그날 밤, 나는 여자를 맞을 준비를 서둘렀다. 집이 바다를 향해 있는 데다가 여름이라 평지붕 위에 잠자리를 만들어놓았다. 그날 밤 약속대로 프랑크 여자가 집으로 찾아왔다. 둘이 한참 먹고 마시며 놀다

보니 어느새 사방이 어두워졌다. 교교한 달이 걸린 푸른 하늘 아래 누워 해변에 번쩍거리는 별 그림자를 물끄러미 바라보는데 문득 마음속에 이런 생각이 떠올랐다.

'너는 알라 앞에서 부끄럽다는 생각이 들지 않느냐? 이슬람교도로서 나사렛 여자와 동침하려 하다니. 지옥 구덩이의 형벌을 당하고도 남을 만한 행동이야.'

나는 여자의 몸에 손도 대지 않은 채 아침까지 푹 잤다. 날이 밝자 여자는 벌컥 화를 내고 돌아가버렸다. 다른 날처럼 가게에 앉아 있으니 여자가 노파를 데리고 가게 앞을 지나갔다. 여자는 외면했고, 노파까지도 심기가 편치 않은 표정이었다. 내 마음도 우울하고 후회막심했다.

'여자에게 손도 대지 않다니? 내가 무슨 살리 알 사카티인가, 맨발의 비슈르인가, 아니면 바그다드의 유나이드인가, 아니면 후자이르 빈 이야즈인가.' (이 인물들은 2~3세기경 이슬람교 수니파의 유명한 고행자들이다.)

나는 노파를 따라가 다시 한 번 여자를 만나게 해달라고 졸랐다. 노파의 요구대로 100디나르를 주었더니, 프랑크 여자가 다시 한 번 집으로 찾아왔다. 그러나 여자와 함께 지내다보니 지난번과 같은 생각이 떠올라 도저히 여자에게 손을 댈 수가 없었다. 그래서 그날도 여자는 그냥 돌아가고 말았다.

아침이 되자 노파가 화를 내며 찾아왔다. 다시 한 번 여자를 데려와달라고 부탁하니 이번엔 500디나르를 내라고 하지 않는가. 아마를 팔아 생긴 돈을 몽땅 털어넣어야 할 판이었다. 너무 큰돈이라 온몸이 오싹했다. 나는 목숨만은 보전해야겠다는 결심으로 단념했다.

그때 마침 관원들이 거리를 돌아다니며 외쳤다. 이슬람왕국과 프랑크왕국 사이에 맺은 강화조약 기간이 끝났으니 일주일 이내에 이슬람교도는 모두 이곳을 떠나 고국으로 돌아가라는 것이었다.(바야흐로 이슬람왕국과 프랑크왕국과의 전쟁이 시작되려는 시기였다.)

결국 시국의 급작스러운 변화로 프랑크 여자와의 관계는 끊어지고 말았다. 나는 외상 대금을 서둘러 거둬들이고 팔지 못한 아마는 다른 물건으로 바꾸어 아크레를 떠났다. 그러나 프랑크 여자만큼은 단념하지 못해 마음 한구석에 미련이 남아 있었다.

다마스쿠스에 도착하자 아크레에서 산 물건을 아주 비싼 값에 팔 수 있었다. 두 나라 사이의 왕래가 완전히 두절되어 물자가 귀해져 알라의 뜻으로 돈을 듬뿍 벌게 되었다.

그 뒤 나는 포로가 된 여자 노예를 매매하는 장사를 시작했다. 프랑크 여자에 대한 애절한 마음을 잊고 싶었기 때문이었다. 그 무렵, 술탄 알 마리크 알 나시르(술탄 살라딘)와 프랑크 왕국 사이에 하틴 전투가 일어났다. 전쟁은 3년 만에 술탄 살라딘의 승리로 끝났다. 술탄은 여러 프랑크 왕을 포로로 잡고, 점령한 항구를 개방하였다.

어느 날, 사내 하나가 나를 찾아왔다. 술탄의 첩실이 노예 처녀를 사겠다는 것이었다. 그는 고운 처녀 한 명을 데려가면서 대금 100디나르 가운데 90디나르만 지불하고 10디나르는 외상으로 남겨놓았다. 전쟁 때문에 국고가 바닥났기 때문이었다. 술탄은 외상값 대신 프랑크 여자 하나를 포로로 주라고 명령했다. 포로 막사로 안내된 나는 어느 여자를 고를까 고심하며 포로들을 유심히 살펴보았다. 그러다 문득 아크레에서 만났던 여자를 발견하였다. 알고 보니 그녀는 프랑크 기사의 아내였는데, 전쟁 통에 포로가 된 것이다. 여자를 데리고 집으로 왔다.

"날 모르겠소? 당신과는 구면인데. 내가 아크레에서 아마 상인을 하고 있을 때 만난 것을 기억하오? 그때는 500디나르가 없어서 헤어졌는데, 지금은 단돈 10디나르에 내 여자가 되다니. 참 기이한 인연이 아니오?"

여자는 그때에야 나를 기억하고, 두 사람의 운명 같은 만남에 놀랐다. 여자는 곧장 이슬람교도로 개종하겠다면서 알라를 외었다. 그는 법관을 찾아가 자초지종을 들려주고, 여자를 자유의 몸으로 만든 다음 정식으로 결혼하였다.

군대가 철수한 뒤, 그는 다마스쿠스로 돌아왔다. 그런데 며칠 안 가 두 나라 사이에 체결된 조약에 따라 쌍방의 포로를 모두 인도하기로 결정했다는 포고령이 내리고 곧장 프랑크 왕이 사신을 보내 모든 프랑크 포로를 인도해갔다. 마지막으로 프랑크 기사의 아내였던 내 아내만 남게 되었다. 그들은 행방을 찾아 여기저기 수소문한 끝에 결국 아내를 찾아내고 말았다. 아내를 내놓으라는 요구에 나는 어쩔 줄을 몰랐다. 아내는 내게 술탄 앞으로 데려가달라고 말했다. 나는 아내를 데리고 어전으로 나갔다. 마침 프랑크 왕의 사신과 술탄이 함께 앉아 있었다. 술탄이 물었다.

"그대는 고국으로 돌아가고 싶은가? 아니면 남편과 여기서 살고 싶은가? 알라의 뜻에 따라 그대도 다른 포로와 같이 자유의 몸이 되었으니 마음대로 하라."

아내는 술탄에게 대답했다.

"저는 이슬람교도가 되었고, 지금은 보시다시피 임신한 몸입니다. 이제 프랑크인과는 아무 관계도 없습니다."

이번엔 프랑크 사신이 아내에게 물었다.

"그대는 지금의 이슬람교도 남편과 첫 남편인 프랑크인 기사 가운데 어느 쪽을 더 사랑하고 있는가?"

아내는 술탄에게 대답한 그대로 이야기했다. 프랑크 사신은 내게 아내를 데리고 가도 좋다고 허락했다.

아내를 데리고 어전에서 나오는데, 프랑크 사신이 허겁지겁 따라 나와 나에게 큰 궤짝 하나를 건네주었다. 아내의 어머니가 전해달라고 부탁했다는 그 궤짝 안에는 아내의 옷가지가 들어 있었고, 옷가지를 들추니 그 안에서 전대 두 개가 나왔다. 그런데 놀랍게도 전대 안에는 내가 아내의 시녀에게 주었던 50디나르와 100디나르가 처음 그대로 들어 있는 게 아닌가. 나는 새삼 아내의 사랑을 확인하고 알라께 깊이 감사드렸다.

지금까지 나는 프랑크인 아내와 더불어 아이들을 낳아 기르며 건강하고 행복하게 살고 있다.

노인의 행복한 운명 이야기를 듣고 난 우리 모두는 감탄을 금치 못했다. ☽

나는 부친에게 막대한 유산을 물려받고 바그다드에 살고 있었다. 나는 한 노예 처녀에게 반해 그 처녀를 사서 뜨거운 사랑에 빠졌다. 여자를 위해 돈을 물 쓰듯 하다 보니 어느새 그 많던 재산도 바닥을 드러내기 시작했다. 결국 나는 재산을 모두 탕진하고 빈털터리가 되어버렸다. 친구들은 두 사람 모두 노래에 재주가 있으니 노래를 불러 돈을 벌라고 충고했다. 하지만 우리는 노래를 파는 것이 싫어서 거절했다. 결국 살림에 쪼들리자 여자는 내게 자신을 노예시장에 내다 팔라고 했다.

"저를 부자에게 비싼 값에 파세요. 그럼 어떻게든 수를 써서 당신한테 돌아오겠어요."

나는 여자를 노예시장으로 데리고 나갔다. 마침 바스라의 하시미 집안사람으로, 지체 높고 풍류도 아는 마음씨 넓은 사내가 여자를 보더니 선뜻 1,500디나르나 치르고 여자를 샀다. 대금을 받는 순간 나는 후회하며 눈물을 흘렸지만 이미 흥정은 끝난 뒤였다.

나는 비탄에 젖어 이슬람교 사원에 들어가 눈물을 흘렸다. 그러다 돈주머니를 베고 잠이 들었는데, 그사이에 베고 있던 전대를 누군가 채서 쏜살같이 도망쳐버렸다.

나는 영혼을 내주고 그 대가로 얻은 돈까지 몽땅 잃고만 것이 너무 슬프고 분해 그만 티그리스 강에 몸을 던졌다. 때마침 우연히 지나던 사람이 강으로 뛰어들어 나를 구해준 끝에 간신히 목숨을 건졌다. 내 사연을 들은 사람들은 너나없이 동정했고 노인 한 사람이 나를 집까지 데려다주며 위로하였다.

이튿날 나는 또다시 죽고 싶은 마음에 밖으로 뛰쳐나가 친구를 찾아갔다. 친구는 50디나르를 주면서 충고했다.

"이 길로 곧장 바그다드를 떠나게. 자네 조상은 서기 일도 했고 또 자네는 글씨도 잘 쓰고 집안도 좋지 않은가. 그러니 총독 같은 사람을 찾아가 동정을 구하면 일자리도 얻고 여자도 찾을 수 있을 걸세."

나는 친구의 충고에 위안을 얻고 용기를 되찾아, 친척이 살고 있는 와시트(바그다드와 바스라의 중간에 위치한 메소포타미아의 한 도시)에 가기로 결심하고 강가로 나갔다. 마침 배 한 척이 매어 있고, 선원들이 부지런히 상품을 싣고 있었다. 내가 와시트까지 태워달라고 부탁하자 선원들은 고개를 가로저었다.

"하시미 집안의 배라서 그런 옷차림으로는 태워줄 수 없습니다."

뱃삯을 주겠다고 하니까 그때에야 못 이기는 척 고개를 끄덕였다.

"꼭 타야겠다면 우리와 같은 작업복으로 바꿔 입은 다음, 우리 동료인 척하고 있으쇼."

작업복을 사서 갈아입은 나는 선원인 척하고 배에 올랐다.

이윽고 나의 연인이었던 노예 처녀가 두 시녀를 거느리고 배에 오르는 것이 눈에 띄었다. 나는 사랑하는 여자를 본 순간 울적했던 기분이 조금 가벼워졌다. 바스라에 도착할 때까지 사랑하는 여자의 얼굴도 볼 수 있고 노래도 들을 수 있다는 것만으로 위안이 되었다.

잠시 후 하시미 가문의 주인이 일행을 거느리고 나타났다. 배는 강을 타기 시작했다. 식사를 마친 주인은 여자에게 물었다.

"언제까지 노래도 안 부르고 탄식하고 슬퍼하기만 할 것인가? 연인과 생이별한 것이 그대 하나만도 아니지 않은가?"

나는 여자가 아직도 나를 사모하여 슬퍼하고 있음을 깨달았다.

주인은 여자를 꾸짖은 다음 여자 앞에 휘장을 쳤다. 그리고 사람들을 그 앞에 불러놓고 술과 과일 안주 등을 늘어놓았다. 사람들은 계속 여자에게 노래를 부르라고 재촉했다. 할 수 없이 여자는 비파를 타며 노래를 부르기 시작했다. 그러나 얼마 못 가 여자는 슬픔을 이기지 못하고 비파를 내던졌고, 그걸 본 나는 그대로 기절하고 말았다. 악마에 씐 줄 안 사람들은 내 귀에다 대고 악마를 쫓는 주문을 외웠다.

여자가 다시 비파를 집어 들고 노래를 마친 뒤 실신해 그 자리에 쓰러졌다. 나도 외마디 비명을 지르고 그대로 기절해버렸다.

선원들은 심상치 않은 나의 행동을 이상하다는 듯이 바라보았고, 하시미 가문의 시동은 미치광이를 배에 태웠다고 통박했다. 선원들은 다음 기착지에 도착하는 대로 나를 육지에 내려놓고 가겠다고 별렀다. 나는 위기감을 느꼈다.

'내가 배에 타고 있다는 걸 저 여자에게 알리지 않으면 나는 이들의 손에서 구출되지 못할 거야.'

이윽고 배가 어느 마을에 이르자 강변에 배를 대고 모두 뭍으로 올라갔다. 혼자 남은 나는 몰래 휘장 안으로 들어가 비파 줄을 하나씩 바꿔 언젠가 여자에게 가르쳐준 나만의 독특한 음색으로 맞추고 자리로 돌아왔다.

이윽고 일행은 모두 배에 올랐다. 달은 강과 산 위로 교교한 빛을 던졌다. 주인이 다시 여자에게 노래를 청했다. 여자는 비파 줄을 튕겨 보더니 갑자기 눈물을 쏟기 시작했다.

"알라께 맹세코, 제 주인이었던 스승님이 틀림없이 이 배에 타고 계셔요!"

주인은 스승도 불러 함께 즐겨보자며 선원들에게 혹시 이 배에 선원 이외에 다른 사람을 태우지 않았느냐고 물었다. 선원들은 혼날까 봐 시치미를 뗐다. 그 순간 나는 자진해서 앞으로 나갔다. 그러자 여자가 말했다.

"저 분은 분명 저의 옛 주인이십니다. 그리고 노래를 가르쳐주신 스승이기도 합니다."

나는 그동안의 자초지종을 들려주었다. 사연을 들은 하시미 집안의 주인은 나를 측은히 여겼다.

"알라께 맹세코, 나는 저 여자와 동침한 적이 없소. 아니, 손목을 잡거나 노래를 들어본 적도 없소. 바그다드의 노래를 듣고 싶어 여자를 사긴 했지만, 두 사람의 사연은 꿈에도 몰랐소. 바스라에 도착하면 여자를 자유의 몸으로 만들어 그대에게 시집보내겠소. 다만 한 가지 조건이 있는데, 내가 노래를 듣고 싶을 때는 휘장을 치고 그 뒤에서 여자에게 노래를 불러달라고 하겠소. 이것만 받아들인다면 그대를 우리 집안사람으로 맞이하여 술친구로 삼으리다."

우리는 주인의 제안을 고맙게 받아들였다. 나는 주인이 내어준 화려한 옷으로 갈아입고, 여러 사람과 어울려 술잔치를 즐겼다. 나와 여자는 차례로 노래를 불러 유쾌한 잔치의 흥을 돋우었다.

그러는 동안 배는 어느 항구에 닿았다. 나도 일행과 함께 뭍에 올랐다. 술에 취한 나는 한쪽 구석에 쭈그리고 앉아 오줌을 누다가 졸음이 와서 그만 그 자리에 쓰러져 잠이 들었다. 그사이 일행은 모두 다시 배에 올랐고, 다들 만취해 내가 없는 줄도 모른 채 출항했다.

내가 눈을 떴을 때는 타는 듯한 태양이 머리 위를 내리쬐고 있었다. 돈도 여자에게 다 맡겨놓은 터라 수중에는 한 푼도 없었고, 하시미 집안의 주인에 대해서는 이름도 주소도 까맣게 잊어버렸다. 나는 어쩔 바를 모르다가 다행히 큰 배를 만나 얻어 타고 바스라까지 갔다. 그리고 어느 잡화점 주인에게 먹통과 종이를 달라고 청했다.

잡화상은 내 필적을 보더니 감탄하며 장부 일을 맡아달라고 요청했다. 그 사례로 하루 세 끼 식사와 잠자리는 물론 일당으로 반 디르함을 주겠다고 했다. 그날부터 나는 잡화점에 머물면서 장부 일을 맡았고, 열심히 일하는 동안 한 해가 저물었다. 주인은 성실하게 일하는 나를 기특하게 여겨 자기 딸과 결혼하여 가게를 함께 운영하자고 제안했다. 나는 뜻밖에 예쁜 아내를 얻었고 잡화상의 사위로 가게 운영에 전념하였다.

나는 겉으로는 유복하게 살았지만 마음속으로는 늘 침울하고 쓸쓸한 기분을 떨칠 수가 없었다.

그럭저럭 두 해가 흐른 어느 날이었다. 술과 안주를 들고 사람들이 떼를 지어 지나갔다. 축제일이어서 시내 악사와 무희 들이 부잣집 젊은이들과 함께 우브라 강가에서 먹고 마시며 즐긴다고 했다. 나는 혹시나 여자를 만날 수 있을까 하는 기대와 울적한 기분을 풀어볼까 하는 마음으로 뒤늦게 우브라 강가로 나갔다. 그러나 사람들은 벌써 흩어지고 아무도 없었다.

발길을 돌리려는 순간 예전에 탔던 그 배의 선장을 발견하고 한달음에 달려갔다. 선장은 내가 행방불명된 뒤의 소식을 들려주었다.

여자는 내가 물에 빠져 죽은 줄 알고 얼굴을 때리고 옷을 찢고 비파를 때려 부수며 슬퍼했고 바스라로 돌아온 뒤에도 검은 상복을 입고 무덤을 만들어 날마다 성묘를 하며 살아왔다고 했다.

선장 일행은 나를 하시미 집안으로 안내하였다. 과연 선장의 말 대로였다. 여자는 나를 보자마자 외마디 비명을 지르며 실신했다. 이윽고 우리 둘은 서로 끌어안고 울었다.

하시미 집안의 주인은 약속대로 여자를 자유의 몸으로 풀어주고 나와 결혼시켰다. 그리고 다달이 500디나르를 주고 술친구가 되어 원할 때 여자와 함께 노래를 불러달라고 요청했다. 그뿐 아니라 주인은 우리 두 사람이 살 집과 가재도구까지 장만해주었다.

나는 잡화상을 찾아가 자초지종을 털어놓고 딸과 이혼하는 것을 허락해달라고 간청했다. 잡화상은 매우 애석해했으나 알라의 뜻이 그러하니 어쩌겠느냐며 허락했다. 나는 지참금과 이혼 위자료를 지불하고 새 보금자리로 돌아왔다.

이렇게 하여 나는 하시미 집안을 섬기며 유복한 생활을 누렸다. 🌙

득남할 태몽을 꾼 쟈리아드 왕, 아들이 폭군이 되리라는 예언을 듣다

옛날 아주 먼 옛날, 인도에 대단한 권세를 지닌 쟈리아드 왕이 살고 있었다. 그에겐 스물두 살의 젊고 유능한 재상 시마스가 있었다.

어느 날, 왕은 꿈을 꾸었다. 나무들에 둘러싸인 한 그루의 나무뿌리에 물을 주고 있는데, 갑자기 그 나무에서 불이 뿜어 나와 주위의 나무들을 모두 태워버렸다.

왕은 소스라치게 놀라 눈을 뜨고 곧바로 재상 시마스를 불러 꿈 이야기를 들려주었다. 시마스는 잠시 고개를 숙이다 이윽고 얼굴을 들고 웃었다.

"알라께서는 전하의 소원을 들어주시어 마음을 편하게 해주실 것입니다. 왜냐하면 꿈 내용은 모든 일이 순조롭다는 것, 다시 말해 알라의 뜻에 따라 후사를 보고 임금께서 장수를 누린 뒤 그 후사가 왕국을 계승할 것임을 가리키는 것입니다. 그러나 좀 이상한 점이 있는데 말씀드리기 어려운 바가 있습니다. 아직 때가 좀 이른 듯하니 나중에 말씀드리겠습니다."

시마스의 해몽은 왕의 마음에 드리운 시름의 그림자를 말끔히 씻겨주었다. 그런데 그 뒤로 왕이 시마스를 불러 미처 듣지 못한 해몽을 들려달라고 할 때마다 시마스는 이 핑계 저 핑계로 얼버무리며 끝내 말하지 않았다.

답답증을 견디다 못한 왕은 나라 안의 모든 점쟁이와 해몽가를 불러 꿈 이야기를 했다. 그 가운데 해몽가 한 사람이 왕의 허락을 받고 말했다.

"시마스 재상께서 그 정도 꿈을 풀이하지 못할 분이 아닙니다. 다만 임금님의 심기를 어지럽힐 것을 두려워하여 모두 말씀드리지 못한 것입니다. 괜찮으시다면 제가 솔직히 말씀드리겠습니다. 임금께서는 반드시 아드님을 두게 될 것이며, 장수를 누린 뒤 아드님께서 왕위를 계승하는 것을 보실 것입니다. 그러나 아드님은 임금님과는 달리 선정을 베풀지 못할 것입니다. 선정은 고사하고, 임금의 법도를 어기고 백성을 괴롭혀, 마치 고양이에게 맞선 생쥐가 당한 것과 똑같이 당하게 될 것입니다."

해몽가의 불길한 예언에 왕은 깜짝 놀라 생쥐와 고양이 이야기가 무엇이냐고 물었다. 해몽가는 이야기를 시작했다.

생쥐와 고양이

고양이 한 마리가 먹을 것을 찾아 헤매고 다녔다. 그날따라 춥고 비까지 부슬부슬 내려 아무것도 찾지 못해 기진맥진한 고양이는 나무 밑동 구멍에서 생쥐 냄새가 나자, 나무 주위를 빙빙 돌며 안으로 들어가려고 애썼다. 생쥐는 고양이의 기척을 알아채고, 앞발로 흙을 차올려 입구를 막아버리려 했다. 고양이는 생쥐에게 다가가 기어들어가는 목소리로 사정했다.

"이봐, 왜 그런 짓을 하는 거지? 난 자네한테 신세 좀 지러 온 것뿐이야. 날 자네 집에서 하룻밤쯤 재워줄 거라고 믿고 찾아왔는데. 글쎄, 난 이제 늙어서 힘도 빠지고 몸도 쇠약해 간신히 걸어 다니는 형편이야. 게다가 추위와 비에 지쳤다네. 제발 날 불쌍히 여겨 하룻밤만 신세를 지게 해줘. '외국인이나 불쌍한 자를 집에 재우면 그 집은 최후의 심판 날에 천국이 되리라'는 말도 있잖나? 자네가 내게 하룻밤 잠자리를 빌려준다면 틀림없이 영원한 보답을 받게 될 거야. 난 날이 밝는 대로 곧 나갈 거니까."

생쥐는 가당치도 않다는 듯 한마디로 거절했다.

"당신과 나는 하늘 아래 영원한 원수이며, 내 몸은 당신의 먹이일 뿐이야. 그런데 어떻게 당신을 내 집에 들일 수 있겠어? 속임수는 당신의 본성이며, 당신에겐 진심이란 것이 없으니까. '호색가에게 미인을, 가난뱅이에게 돈을, 불에 장작을 주지 마라'는 속담도 있듯이 당신에게 나를 믿고 맡길 수는 없어. '개나 원숭이의 적개심은 적의 힘이 약해짐에 따라 점점 왕성해진다'는 말도 있으니까."

고양이는 세상에 다시없는 불쌍한 표정을 지으며 전보다 더 힘없는 목소리로 말했다.

"모두 지당한 말이야. 그동안 못된 짓 한 거 다 인정해. 하지만 다 지난 일이니 묵은 원한은 없는 걸로 해주게. '자신과 마찬가지로 남을 용서하면 조물주는 그 사람의 죄도 용서해준다'고 하지 않았나. 분명 옛날엔 우리는 적이었어. 하지만 지금 난 우정만을 바라고 있다네. '적을 자기편으로 삼고 싶다면 친절하게 대해주라'고 하지 않던가? 알라께 맹세코, 절대 해치지 않겠네. 또 이젠 그런 짓을 저지를 힘도 없다네. 내 맹세와 약속을 믿어줘."

생쥐는 결코 고양이를 믿을 수 없었다.

"우리와 당신네 족속 사이엔 뿌리 깊은 원한이 있어. 당신네 족속은 언제나 우릴 배신만 했으니까. 그러니 마음과 마음의 타고난 숙원 때문이라도 도저히 없었던 일로 할 수가 없어. 숙적을 믿는다는 건 구렁이 입에 손을 넣는 거나 마찬가지니까 말이야."

고양이는 화가 치밀었지만 꾹 참고 더욱 애처로운 목소리로 간청했다.

"이대로 곧 쓰러져 죽을 것만 같아. 이러다 자네 문 앞에서 죽을지도 몰라. 그러면 내 원혼이 자네에게 씌우게 될 거야. 힘이 있으면서도 지친 나를 도와주지 않았기 때문이야. 이제 더 이상 부탁하지 않겠어."

갑자기 생쥐는 알라가 무서워지고 고양이가 불쌍해 견딜 수 없었다. 그래서 고양이를 궁지에서 도와주고 하늘의 보답을 받기로 하고 고양이를 안으로 들였다. 고양이는 잠시 쉬면서 원기를 회복하자 이런저런 이야기를 나누는 척하면서 슬쩍 자리를 옮겨 생쥐가 도망치지 못하게 출입구를 막았다. 생쥐가 밖으로 나가려고 하는 순간 고양이는 생쥐를 붙잡고 발톱으로 꽉 눌렀다. 그리고 물고, 흔들고, 입에 물어 하늘로 내던지고, 쫓고 할퀴면서 놀렸다. 생쥐는 살려달라고 애원하기도 하고 알라의 구원을 빌기도 하고 고양이를 비난하기도 했다.

"당신이 맹세한 약속은 어떻게 됐지? 이게 내가 당신에게 온정의 손길을 내밀었던 것에 대한 보답인가? 난 당신을 철석같이 믿었는데. '적의 약속을 믿는 자는 스스로의 구원을 바라지 않는 자'이고 '적을 믿는 자는 스스로 파멸을 초래하는 자'라고들 하지만, 난 조물주를 믿을 거야. 당신 손아귀에서 구출해주실 거라고 말이야."

생쥐는 당장 고양이에게 잡아먹힐 위급한 상황에 몰리고 말았다. 그때 마침 사냥꾼이 사냥개를 데리고 나타났다. 사냥개는 생쥐 굴속에서 맹렬한 소동이 일어나는 소리를 듣고 여우가 무엇을 물어뜯는 줄 알고 구멍 안으로 기어들어가 고양이를 덮쳤다. 사냥개의 발톱에 걸려든 고양이는 자기부터 살아야겠기에 생쥐를 산 채로 놓아주었다. 하지만 사냥개는 고양이 목을 물어 구멍 밖으로 끌어내 땅바닥에 내동댕이치고 말았다.

"임금님, 이로써 '자비를 베푸는 자는 마침내 자비를 받을 것이고, 압제하는 자는 이윽고 압제를 받을 것'이라는 격언이 거짓이 아님이 증명된 셈입니다. 남에게 받은 신뢰를 배신하면 고양이가 당한 것 같은 천벌을 받게 되고, 적선하는 집에는 반드시 경사가 생기는 것과 같습니다. 이것이 바로 인과응보지요."

해몽가는 위로의 말을 덧붙이는 것도 잊지 않았다.

"그러나 임금님, 스스로 한탄하시거나 마음을 괴롭히실 것까지는 없습니다. 아드님께서는 폭정을 일삼은 끝에 반드시 다시 올바른 임금님의 성정을 되찾으실 테니까요. 시마스 재상께서 처음부터 감추지 않고 마저 다 말씀드렸으면 좋았을걸 그랬습니다."

그날 밤, 왕은 가장 총애하는 한 측실과 동침했다. 얼마 후 측실이 임신했다는 소식을 들은 왕은 꿈이 들어맞았다고 생각하고 시마스를 불러 사실을 알렸다. 시마스는 한마디도 없이 묵묵히 앉아 있었다. 왕은 시마스의 침묵에 벌컥 화를 냈다. 시마스가 대답했다.

"오, 임금님. 만일 불길을 내뿜는다면 나무 그늘에서 쉰들 무슨 소용이 있겠습니까. 만일 목구멍을 틀어막는다면 순한 술을 마신다 해도 무슨 기쁨이 있겠습니까. 만일 물에 빠져 죽는다면 달콤한 찬물로 갈증을 푼다 한들 무슨 이익이 있겠습니까. 임금님, 저는 알라와 전하를 섬기는 머슴입니다. 옛말에 '분별 있는 사람이라면 마지막까지 지켜본 다음이 아니면 입 밖에 내서는 안 되는 세 가지가 있다'고 했습니다. 여행자가 여행에서 무사히 돌아올 때까지, 전투 중의 무사가 적을 다 쓰러뜨릴 때까지, 그리고 임신한 여자가 아이를 낳을 때까지는 함부로 말하지 않는다는 것입니다. 만약 일이 끝나기도 전에 이러니저러니 떠드는 자가 있다면 그는 자기 머리 위에 투명 버터(용해시켜 웃국을 떠낸 버터)가 든 항아리를 달아맨 탁발승과 같습니다."

그리고 시마스는 왕에게 다음과 같은 이야기를 들려주었다.

탁발승과 버터 항아리

한 탁발승이 어느 고을의 명사 집에서 신세를 지고 있었다. 주인은 그에게 매일 빵 과자 세 조각, 투명 버터, 벌꿀을 제공했다. 그런데 그 지방에서는 버터가 값비싼 물건인지라 탁발승은 받는 대로 먹지 않고 고스란히 자기 항아리에 넣어두었고, 그러다보니 항아리 하나 가득 차게 되었다. 탁발승은 행여 도둑맞을까 겁이 나서 항아리를 머리맡에 매달아두었다.

어느 날 밤, 탁발승은 손에 지팡이를 들고 침상에 앉아 값비싼 버터 생각에 골몰했다.

"이 항아리에 든 버터를 팔아서 그 돈으로 암양을 사는 거야. 그리고 숫양을 갖고 있는 농부와 동업하여 숫양과 짝지어 암수 새끼 양을 낳게 하고, 새끼 양을 짝지어 더 많은 새끼 양을 낳게 하고⋯ 이런 식으로 계속하면 나중엔 굉장히 많은 양이 생길 거야. 그러면 동업을 그만두고 독립해서 내 몫의 양을 파는 거야. 우선 수놈들을 팔아서 암수 소 한 쌍을 사는 거야. 그 소가 계속 새끼를 쳐서 숫자가 늘면 팔아서 땅도 사고 집도 짓고 노예도 사는 거야. 그렇게 재산이 점점 불어나 부자가 되면 호화로운 결혼식을 올리고, 아름다운 신부와 동침하여 아들을 낳아 훌륭하게 가르쳐 학문과 덕행을 쌓게 할 거야. 그러나 만일 아들이 불효자라면 이 지팡이로 때려주는 거야. 이렇게 탁 하고 말이야."

탁발승은 그렇게 말하면서 손에 들고 있던 지팡이를 위로 치켜들었다. 그 순간 지팡이는 머리맡에 매달아놓은 항아리를 쳤다. 항아리는 와장창 깨지고, 그 파편은 사방으로 흩어졌다. 탁발승은 머리

꼭대기부터 수염과 옷 그리고 발끝까지 온몸에 몽땅 버터 세례를 받고 온 세상의 웃음거리가 되고 말았다.

"이처럼 무슨 일이든 실제로 일어나기 전에는 경솔하게 왈가왈부해서는 안 되는 법입니다."

왕은 시마스의 충성 어린 조언에 감탄했고, 시마스는 왕에 대한 충성을 거듭 맹세했다.

이윽고 왕의 애첩이 아들을 낳았다.

왕의 기쁨은 이루 말할 수 없이 컸다. 사방에서 총독을 비롯해 고관대작, 현자, 학자, 성직자 등이 몰려와 축복을 내려주었다.

🌱

시마스를 포함한 일곱 대신들, 왕자 탄생을 축복하며 알라를 칭송하다

왕은 시마스 재상을 비롯한 일곱 대신들을 불러서 왕자의 탄생을 축복하는 덕담을 한마디씩 부탁했다.

첫 번째로 시마스 재상이 어전에 엎드렸다. 그는 우선 알라를 높이 칭송한 뒤, 현명하고 후덕한 대왕과 그 대왕의 눈을 서늘하게 할 후사를 내려주신 알라께 모든 고마움을 돌렸다.

"알라께서는 저희들의 기원을 들어주시어 신속히 구원을 내려주셨습니다. 그것은 마치 알라께서 연못의 물고기에게 구원을 내린 것과 같습니다."

물고기와 게

　어느 연못에 물고기가 많이 살고 있었다. 그런데 가뭄이 들어 물이 줄어들었고 마침내 연못은 말라붙게 되었다. 물고기들은 당장 죽을 것만 같아 모두 근심 걱정에 휩싸였다. 그때 나이도 많고 지혜로운 물고기 한 마리가 선배이자 머리가 좋은 게에게 살아날 방도를 물어보자고 했다. 물고기들은 게를 찾아가 가뭄의 고통을 호소하고 살아날 방도를 물었다. 게는 물고기들이 근심 걱정부터 앞서는 걸 지적했다.

　"당신들은 생각이 부족하오. 처음부터 전능하신 알라의 자비와 만물을 가호하는 성려를 단념하고 있으니 말이오. 알라께서는 살아 있는 만물을 부양하시고, 나날의 양식을 예정하시고, 또 살아 있는 것들에게 일정한 수명과 양식을 주셨소. 이 모든 일은 사람의 지혜로 알 수 없는 신의 뜻에 따라 정해진 일이오. 그러니 어찌 우리가 걱정할 필요가 있겠소? 난 여러분에게 이렇게 충고하고 싶소. 전능하신 알라의 구원을 구하는 수밖에 없다고 말이오. 사시사철 양심을 깨끗이 하여 부끄럽지 않게 하고, 알라께 구원을 구하여 궁지에서 구원해주실 것을 기다리시오. 알라께서는 신을 믿는 사람의 기대를 저버리거나 신에게 호소하는 사람들의 간청을 무턱대고 물리치시지 않기 때문이오. 단 한 명이라도 올바른 기도를 한다면, 알라께서는 당신께서 창조한 그 착한 생명을 절대로 저버리지 않으실 것이오. 그러니까 꾹 참고 기다리시오. 생명이 있는 자 반드시 멸함이 있으니, 죽음이 찾아오면 영원히 쉬게 되고, 도망칠 때가 되면 도망쳐 알라의 뜻대로 이 땅을 떠날 뿐이오."

며칠 후, 정말로 알라께서는 큰비를 내려 연못 가득 물을 채워주었다.

"그동안 임금님께서는 자식 복이 없다고 체념하고 계셨지만 알라의 뜻에 따라 후사를 얻으셨습니다. 그러니 이제부터는 오직 후사의 만복을 빌고, 훌륭한 후사가 되어 우리들에게 은총을 내려주기를 빌 뿐입니다. 전능한 알라께서는 구원하는 자를 저버리지 않으실 거고, 또한 누구든지 자기가 섬기는 신의 자비에 절망해서는 안 되니까요."

시마스가 물러나고 이번엔 두 번째 대신이 왕의 이마에 손을 얹고 감축 드렸다.

"이번 경사는 마치 까마귀와 구렁이에 얽힌 일과 같습니다."

까마귀와 구렁이

한 나무에 까마귀 부부가 사이좋게 살고 있었다. 어느 해 여름이었다. 새끼 낳을 철이 되었지만 그들은 새끼를 낳을 수가 없었다. 구렁이가 나뭇가지로 기어올라 까마귀 둥지 근처에 똬리를 틀고 떠나지 않았기 때문이었다. 까마귀는 훼방꾼 구렁이를 물리칠 힘이 없어서 결국 자신의 둥지에서 쫓겨나 몸을 눕힐 집마저 잃고 말았다. 가을이 되자 구렁이는 돌아갔다. 까마귀 남편은 아내에게 말했다.

"비록 올해는 알을 까지 못했지만, 알라께서 저 구렁이로부터 우리를 지켜주셨으니, 그것만이라도 알라께 감사합시다. 신께선 절대 우리의 희망을 끊어놓지 않으실 거요. 신의 뜻이라면 올해는 주지 않으셨지만 내년에는 틀림없이 주실 거니까 말이오."

이듬해 여름이 되어 다시 새끼를 칠 때가 되었다. 그런데 또 그 구렁이가 기어올라와 까마귀 둥지로 접근했다. 그때 솔개 한 마리가 획 날아들더니 구렁이 머리에 발톱을 박고 살을 찢어버렸다. 구렁이 는 기절하여 꽈당 하고 땅에 떨어졌다. 그러자 단번에 개미들이 달 려들어 먹어치워버렸다.

그 덕분에 까마귀 부부는 마음 놓고 새끼를 낳아 기를 수 있었다.

"모두들 절망하고 체념하고 있던 참에 복스러운 후사를 얻으셨으 니, 모두 알라께 감사드려야 할 것입니다."

두 번째 대신이 물러나자 세 번째 대신이 앞으로 나섰다.

"임금님, 알라께서는 불운을 내려주시는 심판자이시지만 동시에 행운을 내려주시는 구세주이기도 합니다. 병을 고치시기도 하지만 병 을 주시기도 합니다. 부자로 만드시기도 하고 가난뱅이로 만드시기도 하며, 멸망시키시기도 하고 소생시키시기도 합니다. 알라께서는 수중 에 모든 걸 쥐고 계시므로 결국 모든 것은 알라께 돌아오게 됩니다. 그러므로 모든 인간은 알라를 칭송해야 합니다. 임금께서는 다복하시 고 경건하신 분입니다. 전하와 같은 분께 이런 말이 전해집니다. '청 렴 강직하고 다복한 자는 알라의 뜻에 따라 현세의 행복과 내세의 행 복이 맺어진 자이니라. 또한 이런 자는 알라께서 정한 운명을 감수하 고 감사를 표하는 자이니라.' 그러나 반대로 두 마음을 가지고 신이 정한 운명 이외의 것을 추구하는 자는 야생의 노새와 승냥이와 같습 니다."

야생 노새와 승냥이

어느 날, 승냥이 한 마리가 하루 종일 먹이를 찾지 못해 굶주리게 되었다. 다른 승냥이 역시 먹이를 찾지 못해 배가 고팠다. 승냥이 두 마리는 배고픔을 잊기 위해 예전에 먹어본 먹이를 경쟁하듯 자랑하기 시작했다.

한 승냥이가 말했다.

"사흘 동안 굶어 배가 고파 죽을 판이었어. 근데 마침 야생 노새 한 마리를 만났지 뭐야. 그래서 알라께 감사하고 심장을 도려내 먹었지. 그게 사흘 전 일이야. 그 뒤 오늘까지 아무것도 먹지 못했지만 아직도 배가 불러."

그 말을 듣자 부러움에 침이 꿀꺽 넘어간 다른 승냥이는 반드시 야생 노새의 심장을 먹어보리라 작정하고 이삼일 동안 다른 먹이는 찾지 않았다. 그 바람에 당장 쓰러질 것처럼 기운이 없어서, 굴속에 가만히 쭈그리고 있었다.

때마침 사냥꾼들이 하루 종일 노새 한 마리를 몰아 그 뒤를 쫓다가 사냥꾼 하나가 마지막으로 삼지창 화살을 쏘았다. 화살은 노새의 내장을 뚫고 심장에 닿게 되었고, 노새는 승냥이 굴 앞에서 쓰러졌다. 사냥꾼은 화살을 뽑으면서 화살대만 뽑고, 몸속에 박힌 삼지창 모양의 화살촉은 빼지 않고 그대로 내버려두었다. 노새를 미끼 삼아 다른 야수가 노새를 먹으려고 다가올 때 잡으려는 방책이었다. 그러나 해 질 녘까지 아무 소득이 없자 노새를 그 자리에 놔둔 채 모두 돌아가버렸다.

승냥이는 하늘에 오를 듯 기뻐하며 노새에게 다가갔다.

"완전히 단념하고 있던 참에 알라께서 훌륭한 먹이를 일부러 굴 앞까지 보내주셨으니 이 얼마나 감사할 일이냐. 알라를 칭송할지어다."

승냥이는 단숨에 노새의 배를 찢고 머리를 처박은 채 코끝으로 내장을 휘저었다. 그리고 심장을 발견하자마자 덥석 물어 삼켰다. 그런데 심장을 삼킨 바로 그 순간 삼지창이 달린 화살촉이 그만 승냥이의 목구멍에 박혀 삼킬 수도 내뱉을 수도 없게 되었다.

그때에야 승냥이는 '이젠 죽었구나' 하고 깊이 뉘우쳤다.

"알라께서 허락하신 것 이상을 탐내는 건 좋지 않은 일이야. 내 분수에 만족했더라면 몸을 망치지 않았을 것을."

"우리 모두가 체념하고 있을 때 알라께서 자식 복을 주신 것은, 전하의 깨끗한 마음과 순수한 의도로 베푼 여러 공덕의 결과입니다. 그러니 모름지기 사람은 알라께서 정해주신 몫에 만족하고, 그 은총에 감사하면서 희망을 버리지 말아야 합니다."

세 번째 대신이 물러나자 네 번째 대신이 일어섰다.

"무릇 임금이 사려 깊고 지혜로우며 학예와 정경의 길에 밝고, 청렴 강직하고, 신하에게는 인자하면서도 권력을 부드럽게 행사하고 공명정대한 상벌을 행사하며, 백성을 보호하고 피를 아끼며 신의를 존중한다면 이런 임금이야말로 알라의 은총과 비호를 받아 현세와 내세의 복을 받고, 적에게 승리를 얻고, 소원을 성취할 수 있습니다. 그러나 그 반대의 임금이라면, 임금은 물론 모든 백성이 불행과 재액을 면치 못할 것입니다. 왜냐하면 박해가 미치는 범위는 원근을 가리지 않고 자국민과 외국인에까지 미치기 때문입니다. 그런 임금은 순례하는 왕자를 학대한 무도한 왕과 똑같은 불행을 겪게 될 것입니다."

무도한 왕과 순례하는 왕자

모리타니 왕은 잔혹한 폭군으로, 자기 백성은 물론 외국인에게도 소유한 재산의 8할을 몰수할 정도로 폭정을 일삼았다. 반면에 그의 아들은 부왕과는 영 딴판이었는데, 궁전을 떠나 순례자가 되어 계속 방랑하고 있었다.

어느 날, 왕자는 부왕의 도성으로 들어왔다. 도성의 경비병들은 왕자에게 달려들어 몸을 수색했으나 값나가는 물건이라곤 아무것도 없었다. 결국 그들은 두 벌뿐인 덧옷 가운데 새것을 빼앗아 갔다. 돌려주지 않으면 왕에게 호소하겠다고 불평하자 경비병들은 태연하게도 왕명에 따른 것이라고 대답했다.

왕자는 왕에게 호소하려고 궁전을 찾아갔으나 문지기들이 가로막아 들어갈 수가 없었다. 왕자는 왕이 출타하기를 기다렸다. 이윽고 호위병들과 함께 왕이 나타났다.

왕자는 왕 앞에 엎드려 문지기들의 무례를 비판했다. 그리고 자신의 덧옷을 빼앗은 경비병들을 엄벌하고 그 덧옷을 돌려달라고 호소했다. 그런데 왕은 오히려 왕자에게 호통을 쳤다.

"도대체 어떤 놈이 널 도성 안으로 들여놓았느냐? 이놈아, 덧옷을 빼앗겼다면 머리 숙이고 사과할 일이지 뻔뻔스럽게 불평을 늘어놓다니, 이번엔 네놈 혼을 빼놓겠다."

왕은 왕자를 감옥에 가두었다. 왕자는 올바른 심판자 알라에게 기도했다. 무도한 지배자에게 보복과 징벌을 내려달라고 비는 순례자의 기도 소리에 옥지기는 온몸을 부들부들 떨었다.

그 순간 왕궁에 불이 일어나 궁전도 사람도 모두 타버렸다. 옥지기와 왕자 이외에는 누구 하나 살아남은 자가 없었다. 옥지기는 이 모든 것이 순례자의 기도 때문이라 생각하고 왕자의 결박을 풀어 둘이 함께 불구덩이를 피해 다른 도시로 도망쳤다.

네 번째 대신은 앞으로 젊은 왕자를 현세의 왕 못지않은 훌륭한 후계자로 만들어 영광과 복됨을 영원히 베풀어달라고 알라께 기도했다.

이번엔 다섯 번째 대신이 앞으로 나섰다. 그동안 임금님의 후사가 없어 걱정이 이만저만이 아니었다고 말했다. 후사가 없으면 여러 분쟁이 생기고 까마귀에게 일어난 것과 같은 일이 일어날지 모르기 때문이었다.

까마귀와 매

어느 계곡에 까마귀 떼가 살고 있었다. 널찍한 계곡에는 개울물이 졸졸 흐르고, 수목이 우거지고, 과일이 풍성하게 열려, 까마귀들은 풍족함 속에서 행복한 나날을 보내고 있었다.

어느 날, 덕망 높은 까마귀 왕이 저세상으로 가버리자 까마귀들은 후사가 없는 왕의 죽음을 더욱 애도하며 이마를 맞대고 후계 문제를 의논하였다. 그러나 옥신각신 분쟁만 일어날 뿐 결론이 나지 않았다. 결국 긴 논의 끝에 모두 함께 날아올라 가장 높이 오른 새를 왕으로 모시자고 결정했다. 이튿날 모든 까마귀가 동시에 하늘로 날아올랐다. 그런데 마침 매 한 마리가 무리에 섞여 가장 높이 날아올라, 까마귀들은 매를 왕으로 삼기로 했다.

그런데 매는 매일같이 서너 마리의 까마귀를 데리고 먼 동굴로 날아갔다. 그리곤 까마귀를 떨어뜨리고 눈알과 골을 빼먹은 다음 사체를 강으로 던졌다. 까마귀를 몰살시킬 작정으로 매는 매일같이 똑같은 일을 되풀이했고, 까마귀의 숫자는 점점 줄어들었다. 이를 눈치챈 까마귀들은 매에게 몰려가 행방불명된 동료들의 행방을 추궁했다. 그러자 매는 펄쩍 뛰며 주동자 격인 까마귀 열 마리를 찢어버리고, 나머지 까마귀들은 때리거나 걸어차서 혼을 내 쫓아버렸다.

그때에야 까마귀들은 '자기 동족의 지배에 복종하지 않는 자는 그 어리석음 때문에 적에게 지배당하게 된다'는 격언을 깨닫고, 목숨을 걸고 도망쳐 사방으로 흩어졌다.

"임금께 후사가 없으면 까마귀들처럼 다른 족속의 왕에게 지배당할 수 있습니다. 그런데 다행히 알라께서 후사를 주셔서 모두 마음 편히 조국에서 살 수 있게 되었으니, 알라를 칭송하고 전하의 만수무강을 빕니다."

이번엔 여섯 번째 대신의 차례가 되었다.

"아무리 속세의 부귀를 바라고 이것저것 동경하며 찾아도, 최후의 결말이 어떻게 될지는 아무도 알 수 없습니다. 그러므로 인간은 결말을 알 수 없는 욕심을 탐해선 안 됩니다. 만약 그랬다가는 득보다 해를 입기 쉬우며, 스스로 무덤을 파는 결과를 맞게 될 것입니다. 마치 뱀을 부리는 자와 그 가족에게 닥친 불행과 같은 일이 일어날지도 모릅니다."

뱀 부리는 사내와 그의 아내

뱀에게 재주를 부리게 하는 일을 생계 수단으로 삼아 사는 사내가 있었다.

그는 뱀 세 마리를 큰 바구니에 넣고 뚜껑을 닫아 숨겨두었다. 그는 오랫동안 이렇게 뱀을 부리며 생업을 이어가면서도 가족에게조차 이 사실을 숨기고 있었다.

아내는 바구니에 든 것이 궁금해서 물어봤지만 남편은 화를 내며 한마디로 잘랐다.

"도대체 왜 그렇게 바구니에 관심이 많은 거야? 먹을 건 얼마든지 있잖아? 알라께서 주시는 것에 만족하고 쓸데없는 건 묻지 마."

하지만 아내는 바구니 안을 확인하지 않고는 직성이 풀리지 않았다. 그래서 아이들을 부추겨 아버지를 계속 조르게 만들었다. 아버지는 얼버무리며 피했으나 아이들은 날마다 집요하게 졸랐다. 아내는 끝내 집념을 버리지 않고 이번엔 아이들과 짜고 바구니를 열어줄 때까지 밥을 먹지 않겠다고 버텼다.

아버지는 가족을 구슬리기 위해 온갖 요리와 음료수를 잔뜩 사왔지만 아내와 아이들은 손도 대지 않은 채 시무룩한 표정으로 앉아 있었다.

"바구니 뚜껑을 열어 보여주지 않으면 우린 모두 굶어 죽을 작정이에요."

가족들은 막무가내로 고집을 부리며 떼를 썼다. 마침내 화가 난 아버지는 지팡이를 쳐들어 아이들을 때리려고 했다. 아이들은 집 안쪽으로 도망쳤다. 아버지는 바구니를 그 자리에 놓아둔 채 아이들을 쫓아갔다. 그사이에 아내는 바구니 뚜껑을 열었다. 그 순간 뱀이 튀어나와 느닷없이 독이빨로 아내를 물어 아내는 그 자리에서 죽었다. 뱀들은 온 집안을 돌아다니며 식구들을 물어 죽였다.

다만 뱀 부리는 사내만이 혼자 화를 면해 집을 뛰쳐나와 어디론가 사라졌다.

여섯 번째 대신은 알라께서 허락한 것 이외에 남에게 아무것도 탐내지 말고 신의 뜻만 따르라는 결론으로 이야기를 마쳤다.

마지막으로 일곱 번째 대신이 나섰다.

"현세에서 가장 훌륭한 하늘의 은혜는 아버지가 되는 일입니다. '자손 없는 자의 생애는 알맹이 없는 생애로서 후세에 전하는 일이 없다'는 속담도 있듯이, 이 옥동자야말로 알라께서 내려주신 최고의 선물이며, 이는 모두 임금님의 탁월한 경륜과 오래 참고 견뎌오신 덕분이라고 생각합니다. 이 점에서 '거미와 바람' 이야기와 흡사합니다."

거미와 바람

어느 집 높은 문에 거미 한 마리가 집을 짓고 알라께 평온한 나날을 감사하며 살고 있었다. 알라는 거미의 감사하는 마음과 인내심을 시험하기 위해 심한 돌풍을 보냈다. 바람은 거미를 집과 함께 큰 바다 한가운데로 날려버렸다. 흔들리는 파도에 표류하던 거미는 바닷가에 떠밀려 올라왔다. 거미는 무사한 것을 감사하고 돌풍을 원망하며 비난했다. 그러자 바람이 말했다.

"오, 거미여, 너는 이 세상이 재앙의 집이라는 걸 모르느냐? 이것 만은 내 몫이라며 영원히 변하지 않는 행복을 자랑할 수 있는 자가 과연 이 세상에 있을까? 알라께서는 얼마나 인내력이 있는지 알아보 기 위해 때때로 창조물을 시험하신다. 사실 저 망망대해에서 널 구 해준 건 바로 나다. 그런데도 나를 욕하다니."

거미가 사과하자 바람은 조금만 참고 있으면 먼저 살던 집으로 보 내주겠다고 약속했다.

얼마 지나지 않아 동북풍이 그치고 서남풍이 불기 시작했고, 약속 대로 바람은 조용히 거미를 싣고 그 전 집으로 날아갔다.

일곱 번째 대신은 알라께서 임금에게 주신 주권, 왕위, 영광을 어린 왕자에게도 물려주기를 간절히 기도드리며 이야기를 마쳤다.

쟈리아드 왕은 대신들의 덕담에 사의를 표하며 기도로 답례했다.

"알라의 은총과 자비심에 감사의 뜻을 표하는 바이다. 그리고 내 아들이 올바르고 공평하게 백성을 다스리고, 신의 끝없는 자비와 은 총을 입어 무서운 과오와 미흡한 소행으로부터 백성을 수호하는 진정 한 임금이 되기를 알라께 진심으로 기도드리는 바이다."

시마스 재상과의 질의응답을 통과한 왕자, 후계자로 지명되어 충성 맹세를 받다

왕자의 이름은 월드 한이었다. 왕자는 무럭무럭 성장하면서 학문을 갈고 닦아 어느새 학자로서의 기량을 갖추었다. 모든 스승이 이구동성으로 왕자에게 더 이상 가르칠 게 없으며 당대 누구도 왕자를 능가할 수 없을 정도가 되었다고 침이 마르도록 칭찬했다. 쟈리아드 왕의 기쁨은 이루 말할 수 없이 컸다. 시마스 재상 역시 극찬을 아끼지 않았다.

"보석 루비는 산중의 아무리 굳은 바위 속에 묻혀 있어도 등불처럼 빛을 발하지 않을 수 없습니다. 왕자님도 이와 다름없습니다."

왕은 왕자의 학문과 지혜를 시험하기 위해 총독들과 모든 문무 관료들을 소집했다.

시마스가 일어나 왕자의 손에 입을 맞추자 왕자도 일어나 재상 앞에 엎드렸다. 재상은 왕자를 일으켜 세우며 만류했다.

"사자 새끼는 어떤 짐승 앞에서도 엎드리지 않으며, 빛이 그림자에 속하는 것도 좋지 않습니다."

왕자는 시마스의 충성심에 지혜로움으로 답했다.

"사자 새끼는 표범을 만나면 옆으로 다가가 그 지혜를 존중하여 표범 앞에 엎드립니다. 또 빛은 안에 있는 것을 나타내기 위해 그림자에 힘입는 법입니다."

이윽고 시마스 재상과 왕자와의 본격적인 일문일답이 시작되었다.

재 상: 영원하며, 절대적인 것은 무엇입니까? 그 둘의 표시는 무엇이며, 어느 것이 영원불변합니까?

왕 자: 알라는 영원하며 절대적입니다. 왜냐하면 알라는 처음이 없는 알파이며 끝이 없는 오메가이기 때문입니다. 이 둘의 표시란 현세와 내세를 가리키는 것이며, 둘 가운데 영원불변한 것은 내세입니다.

재 상: 알라께서 표시한 것 가운데 하나가 현세고 또 하나가 내세라는 걸 어떻게 아셨습니까?

왕 자: 이 세상은 무에서 창조되었습니다. 존재하는 것에서 생긴 것이 아닙니다. 그래서 알게 된 것입니다. 그러므로 모든 만물은 시원적 본질로 돌아가게 됩니다. 그뿐 아니라 현세는 신속하게 끝나는 존재이며, 현세의 업은 행동이라는 보상을 요구하기 때문에 사라져버리는 모든 존재의 재현을 가정하게 됩니다. 따라서 내세는 제2의 표시입니다.

재 상: 현세의 행복보다 내세의 행복을 택하는 사람은 어떤 사람입니까?

왕 자: 덧없이 멸망하는 집에서 살고, 자기는 멸망하기 위해 만들어졌고, 멸망된 후에는 저세상으로 갈 것을 깨닫고 있는 사람입니다.

재 상: 내세의 생활은 현세의 생활이 없어도 영원히 존속할 수 있습니까?

왕 자: 현세의 생활을 갖지 못하면 내세의 생활도 갖지 못합니다. 이 세상, 이 세상 사람, 사람들이 지향하는 목적… 이런 것들을 한 장인에 비유해보겠습니다. 태수가 장인을 위해 조그만 집을 지어 살게 하고, 각자 일정한 일을 하도록 명령하고, 일정한 기한을 정해주고, 그 가운데 한 사람을 책임자로 임명했다고 가정합시다. 정해진

기한에 배당된 일을 해내면 책임자는 그 사람을 비좁은 집에서 밖으로 내보내줍니다. 반대로 이를 해내지 못하면 그 사람은 벌을 받게 됩니다. 그런데 뜻밖에 집의 어느 틈에서 꿀이 새어나오는 걸 발견했다고 칩시다. 장인들은 그 달콤한 맛에 빠져 배당된 일을 등한히 하게 됩니다. 그렇게 되면 그들은 벌 받을 걸 알면서도 비좁고 비참한 집에서 견디면서 보잘것없으나 쉽게 얻은 환경에 만족하게 됩니다. 그러나 책임자는 운명에 의하여 정해진 시기가 오면 어느 누구 가릴 것 없이 좋건 나쁘건 그 집에서 끌어냅니다. 이런 까닭에 우리는 현세라는 것이 모든 사람의 눈을 현혹하는 집이며, 사람은 누구나 각자 정해진 숙명을 갖고 있다는 걸 알게 됩니다. 그리고 현세의 자질구레한 쾌락을 좇기에 바쁜 자는 티끌과 같은 세속의 즐거움에 탐닉하여 자신을 버리는 셈이 되므로 구원받지 못하게 되고, 반대로 쾌락을 거들떠보지 않고 속세보다 내세의 일을 좋아하는 자는 구원받게 됩니다.

재상: 현세와 내세 이 둘은 마치 사람 위에 두 가지 주권이 놓인 것 같아서, 사람은 누구나 이 둘을 만족시켜야 합니다. 그런데 이 둘은 서로 상반됩니다. 가령 생계를 위한 양식을 악착스럽게 구하려면 장래의 자기 영혼에 해가 될 것이고, 내세를 위해 자기를 바치면 현세의 자기 몸에 해를 끼치는 결과가 됩니다. 이 상반되는 둘을 동시에 만족시키는 길은 없다고 생각합니다.

왕자: 아닙니다. 경건한 생각을 가지고, 올바른 방법으로 현세의 생계를 세우는 건 바로 내세의 선을 구하는 데 양식이 됩니다. 만일 인간이 육체를 유지하기 위해 생애의 일부를 희생하여 현세의 생계를 구하고, 다른 일부는 영혼을 편안케 하고 해독을 막기 위해 내세

의 선을 구하는 데 쓴다면 그런 결과가 되는 것입니다. 현세와 내세의 관계는 마치 선한 왕과 악한 왕의 관계와 흡사합니다.

두 사람의 왕

옛날에 선한 왕과 악한 왕이 있었다. 악한 왕은 나무와 과일과 약초 등이 풍성한 영토를 갖고 있었으나 상인들이 그 나라에 발을 들여놓기만 하면 그들의 재물을 약탈했다. 그래도 상인들은 꾹 참았다. 땅이 풍요로워 넉넉하게 살 수 있을 뿐 아니라 보석의 산지로도 유명했기 때문이다. 그런데 보석을 좋아하는 선한 왕이 이곳의 소문을 듣고 신하 한 사람에게 막대한 돈을 주며 보석을 사오라고 보냈다. 악한 왕은 곧 그 신하를 잡아들여 가진 돈을 몽땅 몸값으로 내놓지 않으면 죽여버리겠다고 위협했다.

신하는 두 왕 사이에서 고민했다.

'악한 왕의 마음에 들지 않으면 목숨도 돈도 뺏기고 임무도 완수할 수 없다. 그렇다고 돈을 다 주어버리면 선한 왕에게 변명할 길도 없고 몸의 파멸을 자초하게 된다. 우선은 악한 왕에게 얼마간 주어 그의 마음을 사서 곤란을 면하고 목숨을 건지는 길밖에 없다. 그러면 수입이 많은 이곳에서 살 수 있고, 그러는 동안 보석도 살 수 있을 것이다. 폭군에게는 선물을 주어 환심을 사고, 손수 번 몫은 내가 갖고, 돈 주인인 선한 왕에게는 심부름시킨 물건만 갖고 가면 되지 않을까. 선한 왕은 관대하고 정의감이 두터우니 폭군이 약탈했다 해도 약소한 정도라면 과히 나무라지 않을 것이다.'

신하는 제 몸값과 체류비 등으로 얼마간의 돈을 내놓았다. 악한 왕은 1년의 체류를 허락했다. 신하는 나머지 돈으로 온갖 보석을 사서 자기 나라로 돌아왔다. 신하가 변명을 늘어놓으며 전말을 보고하자 선한 왕은 변명을 인정하고 지혜롭게 처신한 것을 칭찬해주었다.

왕자: 선한 왕은 내세를, 악한 왕은 현세를, 보석은 선행과 경건함을 비유합니다. 신하는 인간을, 돈은 알라께서 주신 양식을 뜻합니다. 현세에서 생활의 밑천을 구하는 자는 단 하루라도 내세의 선과를 구하지 않고 보내서는 안 된다는 것을 압니다. 이렇게 해야만 인간은 비옥한 대지에서 얻는 것으로 현세에 만족시키고, 동시에 천국을 찾아 자기 생활의 일부를 희생시킴으로써 내세도 만족시킬 수 있게 됩니다.

재상: 인과응보라는 점에서 영혼과 육체는 똑같습니까, 아니면 육체만이 징벌을 받아야 합니까?

왕자: 영혼과 육체는 상을 타기 위해 경주하는 두 필의 말과 같습니다. 젖을 나누어 먹는 형제거나 아니면 사업상의 동업자와 비슷합니다. 뜻하는 바에 따라 선행은 식별되지만, 육체와 영혼은 동업자처럼 행위에서나 인과응보에서나 똑같이 분담하게 됩니다. 이 점에선 '장님과 앉은뱅이와 정원 지기'의 관계와 비슷합니다.

장님과 앉은뱅이

　장님과 앉은뱅이가 함께 동냥을 하러 다녔다. 어느 날, 그들은 인정 많은 한 사람에게 가서 그의 정원에서 하룻밤 자고 가게 해달라고 사정했다. 주인은 그들을 불쌍히 여기고 정원으로 데려와 과일을 몇 개 따준 다음, 정원을 망치거나 더럽히지 말라고 당부하고 떠났다. 앉은뱅이는 과일이 먹음직스럽게 익은 걸 보면서도 손이 닿지 않아 딸 수가 없었다. 그래서 두 다리가 성한 장님에게 과일을 따달라고 말했다. 하지만 장님은 볼 수가 없으니 딸 수가 없었다.

　때마침 정원 지기가 왔다. 앉은뱅이가 과일을 따먹고 싶다고 조르자 그는 주인이 당부한 주의 사항을 환기시키며 거절했다. 그래도 계속 조르자 그가 말했다.

　"앉은뱅이 양반이 장님 등에 업혀서 먹고 싶은 과일나무 아래로 가란 말이야. 그러면 손이 닿는 대로 딸 수 있을 게 아냐?"

　그 말에 장님은 앉은뱅이를 업고 마음대로 돌아다니며 과일을 따먹기 시작했다. 그러다보니 나뭇가지를 부러뜨려 못 쓰게 만드는가 하면, 이리저리 정원을 돌아다닌 통에 모든 나무가 벌거숭이가 되고 말았다.

　마침 정원 주인이 와서 보고는 불같이 화를 냈다. 두 사람은 거짓말로 변명을 늘어놓았다. 앉은뱅이는 설 수 없고 장님은 보이지 않는데, 무슨 수로 그런 짓을 했겠느냐며 발뺌을 했다. 주인은 그들의 뻔뻔한 거짓말에 더욱 화가 나서 소리쳤다.

　"너희들이 어떻게 해서 정원을 망쳤는지 내가 모를 줄 알고? 장님인 네놈이 앉은뱅이를 업고 지시하는 대로 과일나무 밑으로 갔고,

앉은뱅이 놈은 닥치는 대로 과일을 땄지."

주인은 사정없이 벌을 준 다음 그들을 정원에서 내쫓아버렸다.

왕자: 장님은 마음으로 보는 것 이외에는 아무것도 보이지 않는 육체의 권화를 뜻하며 앉은뱅이는 몸뚱이째로 움직이는 것 외에는 걸을 수도 없는 영혼의 권화를 뜻합니다. 그리고 정원은 인간의 상벌의 근원이며, 정원 지기는 선을 권하고 악을 금하는 이성에 비유됩니다. 그러므로 육체와 영혼은 둘 다 똑같이 상벌을 받게 되는 것입니다.

재상: 지식과 사려와 기지, 이 세 가지의 다른 점과 세 가지를 결합한 것은 무엇입니까?

왕자: 지식은 학문에서, 사려는 경험에서, 기지는 반성에서 생깁니다. 그리고 이 세 가지는 모두 이성 안에서 결합됩니다. 이 세 가지 특성을 결합하는 자는 누구나 완벽의 경지에 도달합니다. 여기에 주를 섬기는 마음과 두려워하는 마음을 가지면 올바른 길로 들어서게 됩니다.

재상: 경건한 일에 전심전력하게 되면 몸의 양식을 얻는 데 지장이 있습니다. 그럴 때는 어떻게 하면 좋습니까?

왕자: 하루 24시간 가운데 3분의 1은 생계유지에, 3분의 1은 기도와 휴식에, 나머지 3분의 1은 지식의 습득에 바쳐야 합니다. 지식이 없는 인간은 불모지와 같아서 경작도 할 수 없고 초목도 심을 수가 없습니다. 경작과 재배를 준비하지 않고는 그 땅에서 아무것도 수확할 수가 없습니다. 그러나 땅을 갈고 씨를 뿌리면 알찬 열매를 거둘 수 있습니다. 교양 없는 인간도 마찬가지입니다. 인간은 지식

을 심기 전까지 아무 성과도 없습니다. 지식이 있어야만 비로소 성과를 올릴 수 있습니다.

재상: 사리 분별이 따르지 않는 지식을 어떻게 생각하십니까?

왕자: 사리 분별이 따르지 않는 지식은 여물을 먹거나 눈을 뜨는 시각을 알아도 전혀 이성이 없는 마소의 지식과 다름없습니다.

재상: 왕에 대한 대신의 의무는 무엇이라고 생각하십니까?

왕자: 공사를 가리지 않고 훌륭한 조언으로 열심히 보좌하고, 올바른 판단을 내리며, 왕의 비밀을 엄수하는 것입니다. 마땅히 알려야 할 일을 숨겨선 안 되고, 왕명을 충실히 이행하며, 무슨 일이건 왕의 승낙을 구해 노여움을 피해야 합니다.

재상: 대신은 왕에게 어떻게 행동해야 한다고 생각하십니까?

왕자: 왕의 말을 잘 듣고 진언하며, 왕에게 기대 이상이 되도록 마음을 써야 하며, 지위에 맞는 요구를 해야 합니다. 이처럼 대신이란 자기 신분에 어울리도록 행동하여 왕의 미움을 사지 않도록 해야 하며, 자기 판단이 옳다고 우쭐대서는 안 됩니다. 또한 왕이 적합하다고 생각하는 것 이상의 지위에 올라가지 않도록 경계해야 합니다. 잘못하면 사냥꾼과 같은 일을 당하게 될 것입니다.

사자와 사냥꾼

사냥꾼은 평소 들짐승을 덫으로 잡아 자신은 모피만 갖고 고기는 버렸다. 그때마다 사자는 그곳에 와서 고기를 먹었다. 그렇게 지내는 사이에 사냥꾼은 사자와 친구가 되어 고기를 던져주고는 꼬리를 휘젓고 있는 사자의 등에 두 손을 닦기도 했다. 사자가 잘 따르고 순한 걸 본 사냥꾼은 마음속으로 생각했다.

'이 사자는 내게 순종하고 있다. 그러니까 나는 이 사자의 주인이다. 그렇다면 내가 이놈 등에 올라타고 앉아 다른 야수처럼 가죽을 벗겨도 될 것 같다.'

사냥꾼은 용기를 내서 사자 등에 뛰어올랐다. 상대가 순하니까 절대 안전하다고 믿었던 것이다. 그러나 사자는 이런 행동에 매우 화가 나서 느닷없이 앞다리를 쳐들어 사냥꾼을 후려쳤다. 그리고 사냥꾼의 몸속 깊이 발톱을 박아넣고는 짓밟아 갈가리 찢어서 아귀아귀 먹어버렸다.

재상: 왕이 폭정으로 신민을 괴롭히고 도에 벗어난 행위를 일삼는다면 대신은 어떻게 해야 합니까?

왕자: 만일 왕이 대신과 의논한다면 대신은 정의와 공정한 법도와 올바른 원칙을 진언해야 합니다. 인과응보의 이치를 풀이하여 선행을 권장하고 천벌이 무서운 것을 경계하여 비행을 억제하도록 해야 합니다. 만일 왕이 간언을 받아들이고 귀를 기울인다면 대신은 성심껏 왕을 보필할 것이지만 왕이 한사코 간언을 물리친다면 조용히 왕을 떠날 수밖에 없습니다.

그 밖에도 백성에 대한 왕의 의무, 군주에 대한 백성의 의무에 관한 문답이 이어졌다. 그리고 거짓말이나 허황한 말, 중상과 쓸데없는 말을 삼가라는 주의에서부터 가족과 친구, 친족, 형제 등에 관한 문답에 이르기까지 끝없이 계속되었다.

이윽고 시마스 재상의 질문에 대한 왕자의 대답이 끝났다. 시마스를 비롯하여 모든 학자들은 왕자 앞에 엎드려 왕자의 학식과 지혜를 극구 칭찬했다. 부왕 역시 아들을 가슴에 꽉 껴안고 감격하여 어쩔 줄을 몰랐다.

왕자는 자신의 지식이 빈약함에도 재상이 잘못을 봐주었다고 겸손하게 말했다.

"이번에는 제 쪽에서 여쭤볼까 합니다. 저로선 판단력이 모자라고 힘도 부쳐 잘 표현할 수가 없습니다. 마치 검은 그릇에 들어간 맑은 물이 검게 보이는 것처럼 침침하게 흐려서 똑똑히 보이지 않기 때문입니다. 그러니 모든 게 분명해지도록 가르쳐주셨으면 합니다. 알라께서는 목숨을 액체 속에, 체력을 음식 속에, 병자의 치료를 명의의 기술 속에 넣었다고 하셨습니다. 그와 마찬가지로 어리석은 자의 치료는 현자의 학문에 맡긴다고 하셨습니다. 그러니 이제부터는 제 질문에 귀를 기울여주십시오."

왕자: 조물주께서는 무엇으로 이 세계를 만드셨습니까? 이전의 세상에는 아무것도 없고 아무것도 존재하지 않았을 터인데, 그렇다면 도대체 무엇을 갖고 만드셨습니까? 신은 뭔가를 근본으로 하지 않고선 아무것도 만들지 못한다고 정하셨습니다.

재상: 장인들은 진흙으로 그릇을 만들거나 그 밖에 다른 물건 없이는 아무것도 만들 수 없기 때문에 그저 만들어진 존재에 지나지 않습니다. 하지만 조물주는 다릅니다. 신께서는 절대적인 무에서 사물을 창조하셨습니다. 왜냐하면 창조물의 실체인 원소는 단순한 무에 지나지 않기 때문입니다. 밤과 낮의 변화라는 기적의 표시를 보

면 그 사실을 잘 알 수 있습니다.

왕자: 신은 참된 말씀으로 세계를 창조했다고 하는데, 그럼 진실의 반대인 허위는 어디서 생겼습니까?

재상: 허위는 알라께서 인간에게 주신 능력으로 창조되었습니다. 생각과 탐욕이라 불리는 성품이 바로 그것입니다. 허위가 참된 것의 영역으로 침입하면서 인간의 사고와 능력, 인성의 약점인 동시에 의욕적인 면인 탐욕등은 진정한 것과 허위를 섞어버렸습니다. 그래서 알라께서는 인간의 허위를 몰아내시고 인간을 진실에 따르도록 하기 위해 후회하는 마음을 만드셨고, 또 허위의 암흑 속에 머물지 못하도록 징벌을 만드신 것입니다.

왕자: 허위와 진실이 혼동되고, 인간이 징벌을 받고 후회를 할 수밖에 없게 된 경위는 무엇입니까?

재상: 알라께서 참된 인간을 만드셨을 때는 신 그 자신을 사랑하게끔 만든 터라 후회나 징벌이란 것은 필요가 없었습니다. 그러나 알라께서 인간 속에 영혼을 깃들게 하자 비로소 인간은 완벽한 것이 되었으나, 한편으로는 영혼에 내재하는 번뇌 쪽으로 기울게 되었습니다. 여기서 허위가 생긴 것입니다. 본시 사람의 본성은 진실이며, 신은 인간의 성격과 감정을 사랑으로 만드셨음에도 불구하고 허위는 진실과 뒤섞이게 된 것입니다. 이런 상태에 이르면 인간은 진실을 거역하여 타락하고, 진실에서 타락하는 자는 누구나 허위에 빠지게 되는 것입니다.

왕자: 그렇다면 허위는 그저 불복종과 위배에 의해서만 진실을 범하는 것입니까?

재상: 그렇습니다. 그것은 알라께서 진실을 필요로 하는 인간을

깊이 사랑하기 때문입니다. 그러나 인간은 가끔 영혼이 번뇌에 기울기 때문에 바른길을 이탈하고 그릇된 길로 달리기 쉬우며, 이 때문에 주를 배반하고 허위에 빠지고 징벌을 받게 됩니다. 그러나 또 후회하고 허위에서 멀어져 진실을 사랑하는 마음으로 되돌아가면 내세의 보답을 받을 수 있습니다.

왕자: 죄는 어디서 비롯되었습니까? 진실의 본성으로서 알라의 손에 의해 창조된 아담이 자기 자신을 배반한 것은 어떻게 된 것입니까? 또 왜 같은 인간인데도 어떤 사람은 좋은 보답을 받고 어떤 사람은 천벌을 받는 것입니까?

재상: 인류에게 내려진 불복종의 근원은 악마에게 귀속됩니다. 악마는 알라께서 만든 천사와 인간, 그리고 마신 가운데 가장 신분이 높은 존재로, 본시 진실에 대한 사랑이 그 마음속에 숨어 있었습니다. 왜냐하면 진실 이외는 아무것도 몰랐기 때문입니다. 그런데 악마는 자기가 천하제일이라고 생각할 때마다 자만과 허영과 오만이 머리를 쳐들어 마침내 주의 명령에 대한 충성과 순종의 맹세를 저버리고 말았습니다. 이 때문에 알라께서는 악마를 모든 생물 가운데 가장 비열한 것으로 간주하시어 애정을 끊고 증오 속에 살 집을 정해주셨습니다. 그러자 악마는 아담에게 질투를 느끼고 아담을 바른길에서 끌어내려 자기와 마찬가지로 허위에 물들게 하려고 온갖 흉계를 꾸몄습니다. 그래서 아담은 감쪽같이 악마의 꾀에 넘어가 주를 저버리고 자기 번뇌에 사로잡혀 징벌을 받았습니다. 이 모든 것은 허위가 나타났기 때문입니다. 조물주는 인간의 약점과, 인간이 갑자기 적에게 마음을 바치고 진실을 버리는 경향이 있다는 것을 눈치채고 인자한 마음으로 인간에게 후회하는 마음을 내렸습니다. 이로써 인간은

모반의 수렁에서 일어나 회한의 무기를 들고 악마와 그 일당을 무찔러 본래의 성질인 진실로 돌아올 수 있었습니다. 인간의 본질은 본시 진실을 사랑하게끔 만들어졌으므로 만일 진실을 끝까지 지킨다면 내세의 보답을 받을 권리가 있고, 그 대신 육욕에 지고 번뇌에 굴복하면 징벌을 받게 됩니다.

왕자: 조물주의 힘은 무한하고 아무도 조물주를 굴복시키거나 의지에서 이탈하지 못하게 합니다. 그렇다면 인간은 도대체 어떤 힘에 의해 조물주를 배반할 수 있습니까?

재상: 알라께서는 정의로운 영감과 넘치는 자비심으로 만물을 공명정대하게 만들었습니다. 또 인간에게 자기 의도대로 행동하도록 자립의 권한도 주셨습니다. 그 밖에 정도를 가르쳐 자기 좋은 대로 선을 행하는 능력을 주셨습니다. 따라서 인간이 그런 권한과 능력을 배반하여 악용한다면 스스로 파멸을 자초하는 것으로 신의 뜻에 어긋나게 됩니다.

왕자: 그럼 왜 조물주는 처음부터 인간 사이에서 인간을 올바른 방향으로 강제하지 않습니까?

재상: 조물주의 너그러운 자비심과 뛰어난 지혜에 따른 것입니다. 왜냐하면 조물주는 일찍이 악마에게 노여움을 보이시고 조금도 연민을 나타내지 않으셨지만 그와는 반대로 아담에 대해서는 화를 내긴 하셨어도 뉘우치는 모습을 보고 자비를 베푸시어 용서해주신 것입니다.

왕자: 신의 뜻에 맞는 일을 행하여 내세에 그 보답을 받는 것과 신의 뜻에 어긋나는 일을 행하여 천벌을 받는 것, 이 두 가지는 무엇입니까?

재상: 그것은 선과 악이며 육체와 영혼 속에 내재하는 두 가지 것입니다. 선과 악은 영혼과 육체가 서로 힘을 합해 행하는 일입니다. 선은 신의 뜻에 합당하기 때문에 선이라 불리고, 악은 신의 악의를 불러일으키기 때문에 악이라 불립니다.

왕자: 인간의 육체에 깃들어 있는 오감, 즉 미각, 청각, 시각, 후각, 촉각 등 감각중추란 것은 선과 악 가운데 어떤 것을 위해 만들어진 것입니까?

재상: 알라께서는 인간에게 오감을 주시어 천국과 지옥을 얻는 수단으로 삼으셨습니다. 즉 말하기 위한 혀, 행위를 위한 손, 걷기 위한 발, 보기 위한 눈, 듣기 위한 귀를 만드셨습니다. 그리고 각각 특별한 힘을 주시어 그 기능을 완수하도록 유도하시고, 그 하나하나가 알라의 뜻에 맞도록 명령하셨습니다. 따라서 신의 뜻에 합당하도록 보고 듣고 말하고 움직여야 합니다. 반대로 신의 뜻에 반하여 보고 듣고 말하고 움직여서는 안 됩니다. 인간이 행하는 그 밖의 욕정에 관해 말하자면, 이것은 영혼의 명령에 따라 육체에서 생기는 것입니다. 육체에서 생기는 욕망에도 두 가지가 있으니, 하나는 생식의 욕망이고 또 하나는 먹고 싶은 욕망입니다. 생식의 욕망이라도 정당하게 채운다면 신의 뜻에 합당하지만, 그에 따른 법도를 어기면 신의 진노를 사게 됩니다. 먹고 싶은 욕망은 그 욕망의 크기에 상관없이 신께서 정해주신 몫만 취하면서 신께 감사드리면 신의 뜻에 합당한 것이 되지만 남의 몫까지 빼앗아 부당하게 취하면 신의 진노를 사게 됩니다.

왕자: 아담이 금단의 열매를 먹고 복종하는 마음에서 모반의 마음으로 달리게 될 것을 알라께서는 미리 아셨습니까?

재상: 그렇습니다. 아담을 창조하시기 전부터 이미 알고 계셨습니다. 그 명백한 증거는, 그걸 따먹지 말라고 경고하시면서 그걸 따먹는 날에는 모반의 마음을 일으킬 거라고 예고하신 데 있습니다. 이는 정의와 공정을 세우시려는 의도이며, 아담이 변명을 늘어놓는 일이 없도록 하시려는 예방 조치였습니다. 그 때문에 아담이 과오를 범하고 재앙을 초래하고 심한 오명과 그릇됨을 입었을 때, 마침내 그것은 자손만대에게까지 파급되었습니다. 그래서 알라께서는 예언자와 사도를 보내 책을 주시고, 신성한 계율을 가르치시거나 교훈을 친절히 설명하시기도 하고, 바른길을 밝혀 의무와 금기를 가르치신 것입니다. 또한 자유의사를 주시어, 그 정당한 한계 내에서 행동하면 소원을 성취하고 번영하게 하시고, 그렇지 않으면 현세나 내세에서 신세를 망치도록 하신 것입니다. 이것이 바로 선악의 길입니다.

왕자: 그럼 아담의 자식들이 현세에만 집착하는 것은 무슨 까닭입니까?

재상: 현세란 변하기 쉽고 무상한 것이라고 말합니다. 이것은 달리 말하면 행운아에겐 행운, 불운아에겐 불운이 영원무궁토록 계속되는 것이 아니라는 증거가 됩니다. 모든 인간은 변화하는 현상을 면할 길이 없으며, 권력자도 그 지위가 흔들리고 죽지 않을 수 없습니다. 이 때문에 사람은 이 세상을 믿을 수도 없고, 영화를 누리며 이익을 얻을 수도 없습니다. 이걸 깨달으면 세상에서 가장 비참한 인간이란, 흔들리는 현세에 현혹되어 영원한 내세를 마음에 두지 않는 사람이라는 걸 알 것입니다. 현세가 제아무리 편해도 이런 안일은 죽은 다음에 내리칠 공포와 불행과 전율에는 도저히 비할 수 없습니다. 이 때문에 만일 인간에게 죽음이 찾아와 덧없는 쾌락과 기쁨이 단절되

었을 때 어떤 변을 당할지 안다면 틀림없이 속세와 속된 일을 깨끗이 버리게 될 것입니다. 우리는 내세가 더 훌륭하고 더 복 받은 세상이라는 가르침을 굳게 믿기 때문입니다.

왕자는 시마스 재상의 지혜를 극찬하며 새삼 존경의 예를 갖췄다.
"재상의 빛나는 등불로 인해 제 마음에 덮인 어둠이 걷혔습니다. 재상께서는 제가 걸어가야 할 정도로 저를 인도해주신 것 외에도 발밑을 비출 등불까지 주셨습니다."

그때 어전에 합석해 있던 현자 하나가 왕자에게 물었다.

현자: 이 세상에서 가장 훌륭한 보물이란 무엇입니까?
왕자: 육체의 건강과 올바른 생활과 유덕한 후사입니다.
현자: 살아 있는 인간에게 공통된 네 가지란 무엇입니까?
왕자: 음식, 단잠, 색정 그리고 죽음에 대한 두려움입니다.
현자: 누구도 그 추함을 제거할 수 없는 세 가지란 무엇입니까?
왕자: 바보, 천한 성질, 허위입니다.
현자: 거짓말 가운데 가장 뛰어난 것은 무엇입니까?
왕자: 거짓말로써 재앙을 피하여 이익을 보는 것입니다.
현자: 진실 중에서도 추한 것은 무엇입니까?
왕자: 자기가 가진 걸 뽐내며 으스대는 것입니다.
현자: 허위 가운데 가장 추한 것은 무엇입니까?
왕자: 자기가 가지고 있지도 않은 것을 뽐내는 것입니다.
현자: 가장 어리석은 인간은 어떤 인간입니까?
왕자: 자기 배 속에 넣을 것밖에는 생각하지 않는 자입니다.

왕자의 탁월한 식견과 지혜에 시마스를 비롯한 모든 학자, 현자, 신하들은 혀를 내두르며 감복하였다. 왕은 왕자를 왕위 계승의 상속인이자 후계자로 정하였다. 모든 신하들은 왕자에게 충성과 복종을 맹세하였다.

방탕에 빠진 젊은 왕을 두고, 재상과 왕의 애첩이 치열한 설전을 벌이다

왕자의 나이 열일곱 되던 해 봄, 쟈리아드 왕은 중병에 걸려 병석에 누웠다. 그리고 끝내 일어나지 못했다. 임종이 다가온 걸 직감한 왕은 왕실과 조정의 측근을 모두 불렀다. 그리고 왕자에게 "진실을 눈동자의 표적으로 삼으라"고 당부했다. 그리고 십계를 굳게 지켜 알라의 은총을 받으라는 유언을 남기고 숨을 거두었다.

젊은 왕은 선왕을 본받아 인자하며 정의에도 두터운 정사를 폈다. 그러나 얼마 지나지 않아 뜬세상의 번뇌와 색욕에 눈이 어두워지고 쾌락의 포로가 되어 선왕의 유지를 저버렸다. 왕은 지금까지의 충성된 마음을 내던지고 국사를 내팽개친 채 몸과 영혼을 망치는 길에 발을 들여놓았다. 그리하여 솔로몬보다 더 많이 여인을 끌어 모아놓고 유희와 도락의 나날을 보내면서 신하들의 충간과 백성들의 원성도 아랑곳하지 않았다.

신하들은 무슨 재앙이 일어날지 몰라 걱정에 휩싸였다. 그리하여 재상 시마스에게 간언을 부탁했다. 그래도 시마스의 말이라면 무겁게 생각했기 때문이다. 시마스는 신하들의 간곡한 청을 받아들여 왕을 만나려 했으나 도무지 만날 길이 없었다. 왕의 얼굴을 본 지가 하도 오래되어서 왕이 어디서 무엇을 하며 지내는지조차 알 수 없었다. 그래서 우선 한 시동에게 연락할 방법을 물었다. 시동은 주방의 흑인 요리사에게 부탁해보라고 귀띔했다. 요리사는 시마스의 명령을 받들어, 왕이 식사를 마치고 느긋한 기분에 휩싸인 틈을 이용해 재상께서 알현을 청한다고 말했다. 왕은 뜨끔하고 가슴이 두근거려 곧 재상을 들이라고 명령했다.

시마스는 왕 앞에 엎드렸다.

"아뢰옵기 황송하오나, 신은 전하께서 다시 국사에 전념하시기를 충심으로 간청합니다. 그래야만 보잘것없고 덧없는 쾌락을 멀리하시고, 파멸의 심연에서 구제의 길을 발견할 수 있기 때문입니다. 만에 하나 어부에게 닥친 재앙이 전하에게도 내리칠까 염려되옵니다."

어리석은 어부

옛날에 어부 한 사람이 살고 있었다. 어느 날, 어부는 강으로 고기를 잡으러 나갔다가 큰 물고기를 발견했다. 그는 옷을 다 벗고 강으로 뛰어들어 멀리까지 쫓아가 마침내 물고기를 붙잡았다. 그런데 이미 둑에서 꽤 먼 곳까지 떠내려 와서 둑까지 한참을 헤엄쳐야만 했다. 그러나 물고기를 두 손으로 꽉 움켜쥐다보니 헤엄을 칠 수도 없었다. 그래서 파도가 흐르는 대로 몸을 맡기자 갑자기 소용돌이 속으로 휘말리고 말았다. 어부는 살려달라고 비명을 질렀다. 강의 감시원이 달려와 어부를 꾸짖었다.

"이 양반아, 왜 그런 위험한 곳에 들어갔단 말이오? 거기 빠지면 살아날 수 없다는 걸 알면서. 살고 싶으면 빨리 손에 쥐고 있는 물고기를 버리고 두 팔로 헤엄을 치시오."

감시원이 아무리 충고해도 어부는 물고기를 놓지 않았다. 끝내 어부는 물고기도, 목숨도 잃고 비참한 최후를 맞았다.

시마스는 왕에게 거듭 간청했다.

"신이 이 어리석은 어부의 우화를 들려드린 것은, 의무를 저버린 천한 행동을 그만두시고, 제왕의 본분을 다하시어 누구에게도 비난을 받거나 원성을 사지 않기를 바라기 때문입니다. 내일 당장 신하들을 부르시어 앞으로는 국사에 전념하겠다 맹세하시고 국태 안민에 진력하시기 바랍니다."

왕은 시마스의 충고를 받아들이겠다고 약속했다.

이튿날 왕은 약속대로 신하들을 불러놓고 변명을 늘어놓은 다음 앞으로는 모두의 뜻에 따라 선정을 베풀겠노라 약속했다. 신하들은 안도의 한숨을 내쉬었다.

왕은 재상의 간언을 들은 뒤부터 충심으로 왕국과 자신의 앞날을 두려워하고 염려하면서 침통한 얼굴로 앉아 있었다. 이런 왕의 모습을 본 애첩은 대신들을 모함하며 왕에게 아첨했다.

"임금님께서는 대신들에게 속으신 거예요. 그들은 전하를 괴롭혀 함정에 빠뜨리려고 애쓰는 자들이에요. 대신들의 말대로만 하면 전하는 쾌락도 맛보지 못하고 한가하게 인생을 즐기지도 못할 테니까요. 자기들은 그 고통을 피하면서 임금님께만 그 고통을 전가시켜 오뇌와 번민으로 임금님의 수명을 줄이려는 속셈입니다. 이는 마치 남을 위해 자기 몸을 죽인 사람, 아니면 소년과 도둑 이야기 그대로입니다."

소년과 도둑

어느 날, 일곱 명의 도둑이 물건을 훔치러 가는 길에 한 소년을 만났다. 소년은 빈털터리에 고아였다. 소년이 먹을 걸 구걸하자 도둑들은 한패가 되면 먹을 것과 입을 것을 모두 주고 돌봐주겠다고 소년을 유인했다. 도둑들은 소년을 데리고 남의 집 정원으로 들어가서는, 소년에게 호두나무에 올라가 호두를 던져달라고 했다. 소년은 시키는 대로 호두나무 위로 올라가 닥치는 대로 나뭇가지를 흔들어댔다. 호두는 우두둑 떨어졌고 도둑들은 배불리 맛있게 주워 먹고 주머니에도 두둑이 넣었다. 하나도 먹지 못한 건 소년뿐이었다.

때마침 주인이 나타났다. 도둑들은 주인에게 이렇게 발뺌했다.

"저희들은 죄가 없습니다. 지나가다가 저 애송이가 나무에 올라가 있는 걸 보고 주인인 줄 알고 호두를 좀 달라고 했더니 가지를 흔들었습니다. 우리는 땅에 떨어진 호두만 주워 먹었을 뿐입니다."

소년은 기가 찼다. 그래서 주인에게 죄를 변명했다.

"저 사람들 말은 모두 거짓말입니다. 난 저 사람들이 시키는 대로 나무에 올라가 나뭇가지를 흔들었을 뿐입니다. 난 호두 한 알도 먹지 못했습니다."

주인은 도둑들은 그냥 가라고 보내고 소년만 붙잡아 혼을 냈다.

"넌 정말 바보다. 일부러 재난을 자초해서, 자기를 망치고 남을 이롭게 했으니 말이다. 한심한 바보가 아니고 뭐란 말이냐?"

"이처럼 재상과 신하들은 도둑들이 자신의 이익을 위해 소년을 이용한 것처럼 임금님을 희생하여 이용하려는 것입니다."

왕은 애첩의 말이 옳다고 생각하고 이튿날부터는 알현실에 나가지도 않고 다시 애첩의 치마폭에 휩싸여 음락에 빠졌다.

재상 시마스와 대신들은 알현실 문이 잠기고 왕도 모습을 나타내지 않자 모두 실망하였다. 이젠 거짓말까지 서슴지 않으니 장차 그 죄를 어떻게 감당할지 염려되었다. 신하들은 왕을 신랄하게 성토하고, 왕이 약속을 저버린 연유를 따져 물을 것을 시마스에게 요청했다.

시마스는 또다시 왕을 알현했다.

"전하, 신과의 약속을 저버리고 다시 쾌락에 빠져 국사를 외면하시니 무슨 까닭입니까? 전하께서는 마치 젖을 짜기 위해 낙타를 기르던 어느 사내와 다름없습니다. 어느 날, 한 사내가 젖을 짜러 갔다가 젖이 너무 맛있어 깜박 잊고 낙타의 고삐를 매놓지 않았습니다. 그 바람에 낙타는 도망쳤고, 결국 사내는 젖도 낙타도 모두 잃어버려, 이익보다 손해를 더 많이 보게 되었습니다. 전하, 부디 전하의 행복과 백성의 행복이 어디에 있는지 잘 살펴보십시오. 먹을 게 필요하다고 1년 내내 부엌 입구에 앉아 있어서는 안 되는 것과 마찬가지로 여색을 좋아한다고 늘 여자 옆에만 붙어 있어서는 안 됩니다. 사람은 배고프지 않을 정도로만 먹고 갈증이 가실 정도로만 마셔야 음식의 맛을 알고 소중함을 간직할 수 있습니다. 인간의 온갖 유희와 도락도 그와 마찬가지로 지친 심신에 활력을 줄 정도로만 취해야 그 진정한 기쁨을 누릴 수 있는 법입니다. 나무에 뿌리가 있고 줄기가 있은 다음에야 잔가지와 이파리와 열매가 있을 수 있듯 세상만사도 그와 다르지 않습니다. 심신의 건강과 수양에 힘써 자기를 지키는 것은 나무의 뿌리를 튼튼히 하는 것과 같고, 백성들을 보살피고 나라를 튼튼히 하는 제왕의 본분은 나무의 줄기를 가꾸는 것과 같습니다. 하오나 전하께서는 지금 그 뿌리와 줄기는 전혀 돌보지 않은 채 열매에만 탐닉해 계시니 참으로 전하의 안위와 나라의 앞날이 염려되옵니다. 전하, 여자들이란 결코 도움이 되는 말을 하지 않고, 그렇게 하게 내버려두지도 않습니다. 그러므로 남자는 말이나 행동 모두 여자가 하라는 대로 하면 몸을 망치고 뜻을 그르칠 뿐입니다. 많은 남자들이 여자 때문에 신세를 망치고, 그 가운데는 여자의 말만 따르다가 파멸을 자초한 자도 있습니다."

남편과 아내

옛날 한 부부가 살았다. 남편은 아내를 극진히 사랑하여, 아내 말이라면 뭐든 다 들어주고 하라는 대로 다 했다. 그런데 남편은 정원을 소중히 가꾸는 걸 좋아했다.

어느 날, 아내는 정원에 나가서 나무가 잘 자라도록 기도하고 싶다고 했다. 남편은 아내를 데리고 정원으로 나왔다. 그런데 젊은 패거리들이 몰래 정원에 숨어들었다가 이 부부를 보고는 간통하기 위해 정원에 몰래 숨어들어온 남녀로 오인하고 숨어서 이 부부를 지켜보았다.

아내는 남편에게 아양을 떨며 한 번 안아주어야만 기도하겠다고 떼를 썼다. 하도 졸라대는 바람에 남편은 아내를 껴안고 누웠다. 그 순간 젊은 패거리들이 부부를 덮쳤다. 아무리 이 정원의 주인 부부라고 외쳐도 그들은 믿지 않고 오히려 아내를 겁탈하려 들었다. 남편이 달려들자 젊은이 하나가 단도로 남편을 찔러 죽였다. 그리고 젊은이들은 이번엔 그 아내에게 달려들어 강제로 몸을 더럽히고 말았다.

"이처럼 남자는 여자가 하자는 대로 무지하고 사악한 의견을 따라선 안 됩니다."

시마스의 일침에 왕은 깨달은 바 있어, 내일은 꼭 알현실에 나가겠다고 약속했다. 시마스는 대신들에게 왕의 약속을 전했다.

그러나 애첩이 곧장 왕에게 달려와 엎드렸다.

"신하는 임금의 노예여야 합니다. 그런데 어째 제가 보기에는 꼭 전하가 신하들의 노예가 된 것 같습니다. 신하들을 무서워하고 그들의 악의를 겁내고 계시니 말입니다. 신하들은 그저 전하의 심중을 시험해보려는 겁니다. 만일 겁을 내시면 신하들은 전하를 경멸할 것이고 완고하게 끄떡도 하지 않으시면 무서워할 겁니다. 전하께서 만일 신하들이 요구하는 조건을 고분고분 받아들이시면 저들은 전하의 지배권을 빼앗아 제 마음대로 할 것이고, 이래라저래라 하며 계속 지시하다가 끝내는 전하의 신세를 망쳐놓을 겁니다. 이는 '상인과 도둑' 이야기와 다를 바 없습니다."

상인과 도둑

옛날에 한 부자 상인이 있었다. 그는 장사를 하러 어느 도시의 숙소에 들었다. 도둑들은 상인의 물건을 훔치려고 숙소에 침입하려 했지만 도저히 접근할 방법이 없었다. 도둑 두목은 꾀를 내어 의사 행세를 하고 숙소로 들어왔다. 그런데 상인은 대식가였으므로, 도둑은 상인에게 접근하여 말을 걸었다.

"당신은 식욕이 퍽 좋으시군요. 하지만 그 때문에 배 속 어딘가 탈이 난 것 같군요. 겉보기엔 멀쩡하고 이상이 없어 보이지만 병은 분명 내장 어딘가에 잠복해 있습니다."

그러고는 자루 속에 든 약을 꺼내 먹으라고 줬다. 마취제가 든 약을 먹은 상인은 죽은 듯이 잠을 푹 자고 깨어났다.

이튿날 상인은 설사를 좀 하긴 했지만 꾹 참고 의심 없이 두 번째 약을 받아먹었다. 도둑은 상인이 자신을 신용하고 복종하자 이번엔 독약을 갖다주었고 상인은 대번에 숨이 끊어졌다. 도둑은 상인의 물건과 돈을 몽땅 훔쳐 도망쳤다.

애첩의 이야기를 들은 왕은 벼락을 맞는 한이 있어도 신하들 앞에 나가지 않겠다고 말했다.

이튿날 신하들은 알현실 앞에서 하루 종일 왕을 기다렸다. 그러나 또다시 왕이 약속을 어기자 마침내 화가 폭발하고 말았다.

"저 철없고 뻔뻔한 왕이 우리를 우롱하는 걸 더 이상 참을 수 없습니다. 이렇게 된 이상 왕국을 빼앗아 다른 자에게 주는 게 합당한 처사라고 생각합니다. 하지만 선왕에 대한 의리도 있고 충성을 맹세한 바도 있으니 한 번만 더 기회를 주기로 합시다. 내일 우리 모두 무기를 들고 여기 모여 성문을 때려 부숩시다. 만일 왕이 나와 우리가 바라는 대로 국사를 올바로 돌보겠다면 위해를 가하지 않겠지만 그렇지 않다면 쳐들어가 왕을 없애고 다른 사람에게 왕국을 맡깁시다."

신하들의 분노가 예사롭지 않다는 것을 느낀 재상 시마스는 세 번째로 왕 앞에 엎드렸다. 그는 진심으로 왕의 안위를 걱정하며 신하들의 심상치 않은 반역의 움직임과 백성들의 원성을 전하고 올바른 정사를 펼 것을 간절히 청했다. 국왕을 타도하겠다는 밀의까지 일어나게 되면 마치 승냥이가 늑대를 혼내준 것과 같은 결과가 될 것이라고 충고했다.

승냥이와 늑대

어느 날, 승냥이 한 떼가 먹이를 찾아 나섰다. 다행히 낙타 사체 하나를 발견한 승냥이들은 먹이를 공평하게 나누어줄 지도자가 있어야겠다고 생각하고, 의논 끝에 늑대에게 부탁했다. 일찍이 늑대의 아버지가 승냥이들을 다스린 적이 있었고 늑대 또한 용맹하고 힘이 세기 때문에 자신들을 보호해줄 것이라고 믿었다.

늑대는 청을 승낙하고, 하루 몫의 먹이를 골고루 나눠주었다. 그러나 차츰 늑대는 먹이를 혼자 독차지하고 싶은 욕심이 들었다. 그래서 이튿날 승냥이들에게 더 이상 나눠줄 먹이가 없다고 돌려보냈다. 승냥이들은 힘도 책략도 없었다. 그래서 늑대가 너무 배가 고파서 독식할 욕심이 들었는지 모르니 하루만 실컷 먹여보기로 했다.

그러나 이튿날도 그 이튿날도 갖은 수를 써서 구슬려도 늑대는 끄덕도 않고 먹이를 나눠주지 않았다.

결국 승냥이들은 사자에게 구원을 요청했다. 사자가 나타나자 늑대는 도망치다 붙잡혀 갈가리 찢기고 말았다. 사자는 낙타의 사체를 승냥이들에게 돌려주었다.

"이 이야기는 임금이 백성을 함부로 다루면 안 된다는 걸 가르쳐주는 교훈입니다."

시마스의 경고를 듣고 왕은 다시 알현실에 나가겠다고 약속했다. 시마스는 신하들에게 왕의 약속을 전하고 간신히 불만을 잠재웠다.

그때 애첩이 허겁지겁 왕에게 달려왔다.

"임금님께서 노예 따위에게 고분고분 굴복하시다니요? 절대로 신하들 말을 믿지 마십시오. 함부로 방자한 짓을 하게 내버려두셔도 안 됩니다. 그렇지 않으면 '양치기와 도둑' 이야기처럼 될 것입니다."

양치기와 도둑

옛날에 한 양치기가 살고 있었다. 그가 잠시도 한눈을 팔지 않고 밤낮으로 양 떼를 지키는지라 도둑들은 양 한 마리도 훔칠 수가 없었다. 그래서 도둑들은 한 가지 꾀를 냈다. 사자를 죽여 가죽을 벗긴 다음 짚을 잔뜩 배 속에 쑤셔넣고, 양치기 눈에 띄는 언덕에 세워놓았다. 도둑은 양치기에게 가서 말했다.

"사자의 심부름을 왔는데, 저녁거리로 양을 가져오라고 했다."

언덕 위를 올려다보니 정말 사자가 서 있었다.

양치기는 무서워 벌벌 떨면서 원하는 만큼 양을 가져가라고 했다. 양치기가 사자에게 겁을 먹은 걸 안 도둑들은 이후 계속 양치기에게 사자가 이거 달라 저거 달라 주문이 많다고 속이며 양들을 실컷 빼앗아갔다. 결국 양치기는 양을 모두 빼앗기고 말았다.

"전하의 온유한 성품 때문에 신하들이 방자해질까 봐 염려되어 해드린 이야기입니다. 사실 말하자면 그런 짓을 하게 내버려두는 것보다는 차라리 죽여버리는 것이 낫다고 생각합니다."

왕은 앞으로 신하들의 진언에 절대 귀를 기울이지 않을 것이며 알현실에도 나가지 않겠다고 말했다.

애첩의 농간에 넘어가 충신을 모두 죽인 왕, 외침에 직면하여 뒤늦게 후회하다

이튿날 신하들은 저마다 무기를 들고 왕궁으로 나갔다. 신하들이 문을 열라고 명령했으나 문지기는 이를 거부했다. 신하들은 문을 태워버리고 왕궁으로 진입하려고 했다. 문지기는 허겁지겁 왕에게 달려가 폭도들이 몰려왔다고 알렸다. 왕은 겁에 질려 애첩을 불렀다.

"재상의 말 그대로다. 모두가 나와 그대를 죽이려 몰려왔다. 이제 곧 불에 타죽게 됐으니 어찌하면 좋으냐?"

애첩은 태연자약했다.

"걱정할 것도 놀라실 것도 없습니다. 백성들이 반기를 들 시기가 온 것뿐입니다. 이제부터 전하는 머리를 수건으로 동여매고 병자 시늉을 하십시오. 그리고 시마스를 불러 '몸이 좋지 않아서 나갈 수가 없으니 가서 모두에게 전하고, 내일은 꼭 나가 정무를 보겠다'고 말씀하세요. 그러면 모두 화를 풀고 안심하여 돌아갈 것입니다. 내일 알현 시간 전까지 충성심 강하고 무예가 뛰어난 전하의 심복 열 명을 알현실 출입문 구석에 숨겨두세요. 그들로 하여금 알현실로 들어오는 신하들을 하나씩 죽이게 하는 겁니다. 반드시 신하들을 하나씩 차례로 들여보내라고 해야 합니다. 궁궐 문을 모두 활짝 열어 안심하고 입궐하여 알현을 청하게 한 뒤에 가장 먼저 시마스를 들여보내 죽이고, 그 뒤 차례차례로 반역자들을 죽여 순종의 맹세를 저버린 자들을 하나도 남김없이 몰살시키는 겁니다. 그러면 앞으로 반기를 들 사람도 없을 것이고 전하는 태평성대 속에 보위를 유지하면서 자유롭게 사실 수 있게 될 것입니다."

애첩의 기막힌 묘책에 탄복한 왕은 즉시 계획을 실행에 옮겼다. 우선 긴 천을 머리에 둘둘 감고 꾀병을 가장한 다음 시마스를 불렀다.

"이보시오, 시마스 재상. 보다시피 내가 느닷없이 병이 나서 일어나 앉기도 힘든 지경이오. 내가 오늘 알현실에 나가지 못한 부득이한 사정을 모두에게 알려 폭발해 있는 신하들의 불만을 무마해주시오. 인샬라! 내일부터는 반드시 알현실에 나가 신하들을 접견하고 국사를 돌보리다."

시마스는 반색하며 왕의 손에 입을 맞추었다. 그리고 신하들에게 왕의 말을 전하고 봉기 계획을 취소하라고 설득했다. 신하들은 왕의 맹세를 믿고 모두 집으로 돌아갔다.

왕은 근위병 가운데 용맹하고 과묵한 부하 열 명을 골라 어떤 경우에도 비밀을 지키고 순종할 것을 맹세시켰다.

"그대들도 알다시피 선왕이 돌아가신 후에 모든 신민이 내게 복종하여 명령을 거스르지 않겠다고 맹세했다. 그런데 유감스럽게도 오늘 반역의 무리가 나를 살해하려는 사태가 벌어졌다. 다시는 그런 재앙이 일어나지 않도록 반역의 무리를 모두 처단하여 본보기로 삼는 수밖에 없다. 따라서 너희들은 몸을 숨기고 있다가 반역을 주도한 자들이 내일 아침 차례로 알현실로 들어오거든 내 신호에 따라 한 놈씩 옆방으로 끌고 가 죽이고 시체를 감춰라."

이튿날 알현실 문이 활짝 열렸다. 내시장은 윤허를 받은 자는 어전으로 들라고 소리높이 외쳤다. 재상과 총독을 비롯한 신하 모두 신분에 따라 늘어섰다. 왕은 하나씩 알현의 윤허를 내주었다. 맨 먼저 재상 시마스가 들어왔다. 시마스가 알현실로 들어선 순간 근위병들이 그를 옆방으로 끌고 가 목숨을 거뒀다. 선왕의 충직한 신하들은 아무것도 모른 채 속절없이 차례로 현왕의 심복들에게 참살되었다. 시신이 쌓여 언덕을 이루고 선혈이 낭자하게 흘러 내를 이룬 자리는 차마 눈 뜨고 볼 수 없을 만큼 참혹하였다.

이렇게 귀찮게 굴 만한 신하를 모조리 제거한 왕은 이제 마음껏 방탕한 쾌락에 빠지고, 색욕의 번뇌에 넋을 빼앗겨 포악무도한 짓을 일삼는 천하의 폭군이 되었다.

그런데 원래 이 나라는 금은과 온갖 보옥이 무진장으로 나는 보고로 유명했다. 이 때문에 이웃 왕국들은 호시탐탐 이 나라를 탐내고 시기하여 이 나라에 무슨 재앙이라도 내리기를 은근히 바라고 있었다.

때마침 그들이 가장 두려워하는 시마스 재상을 비롯한 충신들이 모두 죽었다는 소문이 외인도 왕의 귀에 들어갔다. 외인도 왕은 이 기회를 틈타 인도의 영토를 침탈하려는 야욕을 드러냈다. 윌드 한 왕은 아직 철부지 애송인 데다 황음무도하고 폭정을 일삼고 있으며, 시마스 같은 지혜롭고 충성스러운 신하들과 일당백의 용맹을 지닌 총독과 장수들은 모조리 참살당하고 위기에 나라를 지킬 만한 어느 누구도 남아 있지 않다고 하니, 잘만 하면 거저 집어삼킬 수 있을 듯싶었다. 외인도 왕은 슬슬 싸움을 걸어보기로 하고, 우선 윌드 한 왕 앞으로 협박 편지를 보냈다.

　"그대는 재상을 비롯하여 어진 신하와 충성스러운 용사를 모두 참살하여 스스로를 재앙 속으로 몰아넣었다고 들었다. 그뿐 아니라 인륜을 저버리고 폭정을 일삼아 알라의 백성들을 도탄에 빠뜨렸다고 들었다. 이제 나는 알라의 뜻에 따라 그대의 왕위를 거두고 그대의 왕국을 지배할 권한을 갖게 되었다. 내 명령에 복종하여 나를 위해 바다 한복판에 어떤 공격에도 함락되지 않을 성채를 축조하라. 만약 이를 이행하지 못하겠거든 당장 항복하여 내 앞에 무릎을 꿇거나 왕국을 떠나 내 손길이 미치지 않는 곳으로 숨어라. 만약 명령을 어긴다면 당장 대군을 보내 그대의 영토를 짓밟고 그대를 붙잡아 목을 따서 성루에 높이 걸어 구경거리로 삼을 것이다."

　이 편지를 본 윌드 한 왕은 가슴이 콱 막히고 온몸이 부들부들 떨렸다. 이제 누구 하나 의논할 신하도 없으니 죽는 수밖에 없다고 체념한 채 애첩의 처소로 갔다. 애첩은 새파랗게 질린 왕의 안색을 보고 깜짝 놀랐다. 왕은 무슨 좋은 수가 없느냐고 물었지만 제 한 몸 영화를 누릴 탐욕과 간계로만 가득한 여자에게 그런 지혜가 있을 리 만무

했다. 애첩은 비겁하게 대답을 회피했다.

"원래 여자란 싸움에서는 아무 지략도 용맹도 분별도 없습니다. 이런 위난을 해결할 능력을 가진 건 남자뿐입니다."

왕은 애첩의 뻔뻔함에 그때에야 충신과 용장을 모두 죽인 걸 진심으로 뉘우치고 후회했다. 그리고 이런 모욕을 당하느니 차라리 죽는 편이 낫겠다는 생각이 들었다. 왕은 애첩을 향해 깊이 탄식했다.

"너 따위 계집 때문에 자고새와 거북에게 내리친 것과 같은 봉변을 당하게 되었구나."

자고새와 거북

옛날 어떤 섬에 거북들이 살고 있었다. 어느 날, 자고새 한 마리가 더위와 피곤에 지쳐 헐떡거리며 이 섬에서 쉬어 갈까 하는 생각에 거북의 집에 내려앉았다. 마침 먹이를 찾아 밖에 나갔다가 돌아온 거북은 자고새의 아름다운 모습에 마음이 끌려 진심으로 반가이 맞아 사랑해주었다. 거북들이 진심으로 사랑하는 걸 안 자고새는 그들과 허물없이 친한 사이가 되어, 아침에는 자기가 좋아하는 곳으로 날아갔다가 저녁에는 돌아와 거북들과 함께 자곤 했다.

거북들은 자고새가 낮에는 보이지 않고 밤에만 나타나는 것이 못마땅했다. 한시라도 떨어져 있기 싫을 만큼 자고새에 대한 연정이 열렬했기 때문이었다. 질투에 사로잡힌 거북들은 자고새에게 하루 종일 함께 있자고 했다.

"나도 그대들을 좋아해. 하지만 나는 날개가 있는 새이므로 그대들과 늘 함께 지낼 수가 없어. 이것이 나의 천성이니 어쩔 수 없어."

그러자 거북들은 자고새에게 말했다.

"그럼 그 날개털을 뽑아버리고 조용히 우리 곁에서 살아요. 우리가 먹는 걸 먹고 우리가 마시는 걸 마시면서 이 초원에서 평화롭게 살아요."

자고새는 솔깃하여 자기 몸의 안일을 바라며 서슴지 않고 거북이 하라는 대로 날개털을 뽑아버렸다. 그리고 거북들과 함께 덧없는 안일한 꿈에 빠져 나날을 보냈다.

그러던 어느 날 족제비가 나타났다. 족제비는 자고새의 날개털이 모두 뽑혀 날 수 없다는 것을 알고 살이 통통하게 찐 자고새를 붙잡았다. 자고새는 비명을 지르며 거북들에게 구원을 요청했으나 거북들은 꽁무니를 빼버렸다. 그러곤 울면서 말했다.

"우리는 족제비에게 대항할 힘이 없어요."

자고새는 살아날 길이 없다는 걸 안 순간, 그때에야 진실을 깨닫고 탄식했다.

"그대들이 나쁜 게 아니라 내가 어리석었어. 그대들이 하는 말을 정말로 믿고 손수 하늘을 나는 도구인 날개털을 뜯어버렸으니 말이야. 사리 분별도 못하고 그저 시킨 대로만 행한 이상 신세를 망친 것도 당연해. 이제 와서 그대들을 탓할 수도 없는 일이야."

왕은 애첩을 원망하고 비난하기보다 자기의 얼굴을 때리며 길게 탄식했다.

"그대를 탓하지는 않겠다. 아담이 몸을 망친 건 여자 탓이고, 그 때문에 에덴동산에서 쫓겨났다는 사실을 깜빡 잊고 있었던 나 자신을 탓할 뿐이다. 그대는 모든 죄의 근원이었건만 난 어리석게도 분별력을 잃은 채 그대의 말만 믿고 나와 이 나라의 충성스럽고 지혜로우며 용맹한 신하를 모두 죽여버렸다. 더구나 시마스 재상은 이 나라의 기둥이었고 내게는 아버지와 같은 분이셨다. 나는 명색이 임금의 탈을 쓰고 스스로 나라의 근간을 무너뜨리고도 위난에 처하여서야 비로소 내 잘못을 깨닫게 되었지만 이미 내 곁에는 아무도 없구나. 나는 이제 파멸의 구덩이에 빠지고 만 것이다."

왕은 침소에 틀어박혀 탄식과 비탄에 젖은 채, 식음을 전폐하고 시름의 바다에 잠겼다.

소년 대신의 지략으로 위난을 넘긴 왕, 처첩들을 징벌하고 현군으로 거듭나다

해가 저물자 왕은 헌 옷으로 바꿔 입고 궁전을 나와 도성을 이리저리 헤맸다.

때마침 성벽 한구석에 몸을 숨기고 서 있는 두 소년의 모습이 보였다. 둘 다 열두어 살쯤 되어 보였다. 두 소년은 왕이 다가오는 것도 모른 채 한참 이야기에 빠져 있었다.

한 소년은 시마스 재상의 아들이었는데, 다른 소년에게 비밀에 싸인 정치적 음모와 진실을 들려주고 있었다.

"지금의 임금님은 아무 죄도 없는 신하들을 모조리 죽였대. 임금님이 교활한 계집한테 빠져 넋이 나갔기 때문이지. 대신들은 이전부터 임금님에게 색욕에서 빠져나와 국사를 돌보라고 충언했지만 오히려 애첩의 간계에 속아 대신들을 살해한 거야. 내 부친이신 시마스 재상도 그래서 돌아가셨대. 하지만 이제 두고 봐. 틀림없이 임금님은 그 응보로 알라의 징벌을 받아 지옥으로 떨어질 테니까."

그러고 나서 소년은 외인도 왕이 보낸 편지 이야기를 꺼냈다.

"외인도 왕이 임금님을 깔보고 아주 치욕스러운 편지를 보냈대. 그리곤 사흘 이내에 대답하라고 협박했대."

소년은 모르는 것이 없었다. 왕은 어린 소년이 조정의 기밀 사항까지 훤히 알고 있다는 사실에 깜짝 놀랐다. 왕은 조심스럽게 소년에게 다가가 외인도 왕의 서신 내용을 어떻게 알았느냐고 물었다. 소년은 매일 치는 점으로 알았다며, 옛사람의 말을 인용하여 대답했다.

"아저씨, '어떤 비밀도 알라의 눈을 속일 수 없다. 왜냐하면 아담의 아들은 안에 마음의 덕성을 간직하고, 그로 인해 제아무리 어두운 비밀도 드러나기 때문이다'라는 옛말도 있잖아요?"

왕은 이 왕국을 비참한 재앙에서 구해낼 좋은 수가 있느냐고 묻자 소년은 한숨을 내쉬며 말했다.

"아저씨한테 그걸 말해봤자 무슨 소용이 있겠어요? 그러나 혹시 임금님이 불러 물어보면 알려드릴 수 있죠."

그러자 왕이 의아해하며 물었다.

"널 전혀 알지도 못하는 임금님이 어떻게 불러 물어볼 수 있겠느냐?"

소년은 거침없이 대답했다.

"만약 임금님이 이제라도 정신을 차려서 널리 현자를 구한다면 제가 입궐해서 우환을 막아낼 방책을 알려드릴 작정이에요. 그러나 임금님은 국사를 팽개치고 색욕에만 빠져 있으니, 제가 입궐해서 알려드려도 대신들을 죽인 것처럼 틀림없이 저를 죽일 거예요. 그러니 모처럼의 친절도 원수가 되어 제 신세만 망치는 결과가 될 것이고, 그런 저를 보고 세상 사람들이 뭐라고 비웃겠어요? '지식이 분별을 능가하는 자는 무지 때문에 멸망한다'고 저를 무지한 무리와 한통속으로 여기지 않겠어요? 그러니 스스로 무덤을 팔 까닭이 없지요."

왕은 소년의 영리함과 뛰어난 지혜에 감탄하고, 이 소년이라면 분명 자신과 왕국을 구원할 수 있을 거라는 확신이 들었다. 그래서 소년의 집을 잘 기억해두고 궁전으로 돌아왔다. 그리고 여색과 도락을 일절 멀리하고 단식을 행하면서 오로지 알라에게 기도하는 데만 전념하였다. 알라께 용서를 빌고 진심으로 참회하면서 본분을 되찾아 지킬 것을 맹세했다.

이튿날, 왕은 내시에게 소년의 집을 가르쳐주고, 소년을 정중하게 궁전으로 모셔오라고 명령했다.

소년은 어전에 나가 왕의 이마에 손을 얹고 인사를 했다. 왕 역시 답례했다.

그런데 놀랍게도 소년은 어젯밤에 만난 그 아저씨가 왕이라는 사실을 이미 알고 있었다. 왕은 소년이 시마스 재상의 아들이라는 걸 알고 있는 소년 앞에서 부끄러워 고개를 푹 숙이고, 눈물을 뚝뚝 흘리며 알라의 용서를 빌었다. 그리고 왕국을 구할 수만 있다면 소년을 재상으로 삼겠다고 약속했다.

소년은 왕에게 자기가 무슨 말을 하든 반대하지 않을 것과 자기가 두려워하는 재앙이 절대 닥치지 않게 하겠다는 맹세를 시켰다. 왕은 알라 앞에서 엄숙히 맹세하였다.

소년은 하나하나 계책을 일러주었다. 왕은 흡족히 여기고 소년의 계책에 따르기로 했다.

외인도 왕이 정한 사흘의 말미가 지나자 사신이 찾아와 회답을 독촉했다. 윌드 한 왕은 하루만 더 연기해달라고 부탁했다. 그러나 이튿날이 되자 왕은 또 회답을 연기했다. 잔뜩 화가 치민 사신이 사뭇 협박조로 다그치자 이번엔 언제라는 확실한 날짜도 정하지 않고 또 연기했다. 외인도 왕이 최종적으로 허락한 닷새의 유예기간이 지나자 더 이상 기다릴 수가 없었던 사신은 화를 버럭 내고는, 시내 한가운데로 나가 고함을 치며 돌아다녔다.

"여보시오, 세상 사람들. 나는 외인도 왕의 사신으로서 이곳 왕에게 편지를 가지고 왔소. 그런데 왕은 회답을 계속 연기하고 약속을 지키지 않고 있소. 우리 임금님이 정한 기한도 이제 끝났으니 이곳 왕은 변명할 여지도 없게 되었소. 그대들이 이 사실의 증인이 되어주시오."

사신은 시민들에게 증인이 되어달라고 떠들고 돌아다녔다. 왕은 당장 사신을 불러들였다.

"그대는 편지 심부름을 하는 한낱 밀사일 따름이다. 그럼에도 우리 백성들에게 왕의 비밀을 떠들고 비방했으니 목을 잘라도 시원치 않을 것이나, 회답을 전해야겠기에 자비를 베풀어 용서하겠다."

그리고 왕은 그동안 바빠서 편지를 읽을 새도 없었다며 비로소 꼼꼼히 읽는 척하고는 일부러 큰소리로 껄껄 웃으며 말했다.

"그대의 왕이란 자는 정말 한심하구나. 이런 편지로 우리의 분노를 사다니. 오히려 내가 먼저 군대를 보내 외인도의 영토를 빼앗고 싶은 생각이 드는구나. 그러나 이번만은 오만방자한 짓을 너그럽게 봐주

마. 편지로 미루어보건대 분별도 모자라고 한 치 앞도 못 보는 용렬한 위인임을 알겠는데, 굳이 탓하여 무얼 하겠느냐. 그래서 자비심으로 경고하노니, 다시는 어린애처럼 치졸한 짓을 일삼지 말 것이며 이를 어기는 것은 파멸을 자초하는 짓이라고 전해라. 그나저나 그대의 나라에는 왕을 비롯하여 죄다 무지몽매한 자들밖에 없는 듯싶구나. 이런 터무니없고 어리석은 편지를 아무 부끄러움도 없이 태연히 보내다니 말이다. 어쨌든 답장을 쓰려면 이 편지의 격에 어울리는 회답을 적어 보내야겠는데, 그러려면 어린애를 불러 답장을 쓰게 하는 것이 어울릴 듯싶구나."

그리고 왕은 시마스의 아들을 불렀다. 소년은 외인도 왕의 편지를 받아 들고 읽었다. 왕이 답장을 쓰라고 하자 소년은 껄껄 웃으며 당장 종이와 먹통을 꺼냈다.

"아니, 임금님이시여. 이런 편지 때문에 일부러 저를 부르셨습니까. 저는 무슨 중대한 용건이라도 있는 줄 알았습니다. 저보다 한참 어린아이도 이런 편지의 답장쯤은 쉽게 쓸 수 있을 텐데요. 하오나 임금님의 명이니 쓰겠습니다."

소년은 왕을 대신하여 편지에 이렇게 썼다.

"그대는 어찌하여 분수도 모르고 감히 바다 한가운데에 성채를 쌓으라고 명령하는가? 참으로 지혜롭지 못하고 천박한 탓일 것이다. 조금이라도 분별이 있는 자라면 어찌 굽이치는 파도와 몰아치는 바람을 생각지 못하느냐. 어쨌든 그대가 크고 작은 파도를 막고 광풍을 가라앉게 해준다면, 나는 기꺼이 그대를 위해 성채를 쌓아줄 것이다."

편지를 다 쓰고 난 소년은 편지지 하단 여백에 자신의 초상을 그리고 그 밑에 이렇게 덧붙였다.

"이 답신은 보잘것없는 일개 어린애가 작성한 것임."

이런 한바탕의 소동은 외인도 왕을 어린애로 취급하는 조롱이자, 어린애도 이만한 식견과 지혜를 갖추고 있을 만큼 인재가 널려 있으니 함부로 넘볼 나라가 아니라는 것을 과시하려는 의도였다.

소년은 편지를 봉인하여 왕에게 올렸고, 왕은 이를 사신에게 넘겨주었다.

사신에게 답신을 받아 읽은 외인도 왕은 벌써 자신의 영토가 적의 수중에 떨어진 것과 다름없다는 생각에 온몸이 부들부들 떨렸다. 자신의 장래가 걱정된 왕은 재상에게 답신을 넘겨주었다. 재상도 깜짝 놀라 공포에 가슴이 두근거려 터질 것만 같았다.

외인도 왕은 재상의 충고에 따라 월드 한 왕에게 답신을 썼다.

"저는 일찍이 전하의 위명을 전해듣고 전하를 경애해왔습니다. 문득 전하께서 신하들을 모살하셨다는 뜬소문에 걱정이 되어 편지를 보내 전하를 떠보려던 것일 뿐 다른 뜻은 없었습니다. 저는 전하께서 축복을 받으시고, 더욱 권세를 떨치시기를 알라께 빌어 마지않는 바입니다."

그리고 이 편지와 함께 상당한 선물을 준비하여 호위병 100기를 붙여 월드 한 왕에게 보냈다. 월드 한 왕은 소년으로 하여금 외인도 왕의 장수와 위세를 비는 화해의 답신을 작성하여 보냈다.

그 뒤 시마스의 아들 이븐 시마스는('시마스의 아들'이란 뜻) 선친의 자리를 이어받아 재상 자리에 올라 국왕의 신임과 백성들의 존경을 한 몸에 받았다. 진정으로 알라께 참회한 왕은, 알라를 두려워하여 유희와 도락을 일절 끊고 오직 국사를 보살피는 일에만 전념했다. 백성들은 왕의 회개와 선정을 기뻐했고, 시름과 공포는 사라졌다.

왕과 이븐 시마스는 진정한 왕도의 길에 대해 깊은 대화를 나누었다. 이븐 시마스는 왕이 두 번 다시 죄를 저지르지 않도록 단단히 충고했다.

"오, 임금님. 사악의 근본은 여색에 빠지고 색향에 눈이 어두워 여인의 충고나 감언에 따르는 것입니다. 색욕이란 제아무리 건전한 지혜라도 흐리게 하고 제아무리 강직한 성격이라도 타락시키니까요. 솔로몬 왕이 부친의 분노를 산 것도 여자 때문이었습니다. 알라의 특별한 은총에 따라 솔로몬은 어떤 임금도 가지지 못한, 이 지상에서 최고의 지식과 지혜를 부여받았습니다. 솔로몬의 예를 든 것은 임금님도 아시다시피 솔로몬이 받은 것과 같은 모든 주권을 부여받은 자는 일찍이 없었고, 따라서 온 세계의 임금은 모두 솔로몬의 법도에 복종했기 때문입니다. 이런 까닭에 여색은 모든 재앙의 근원이므로 남자는 저마다 필요에 따라 여자를 써야 하며 넋을 잃고 여자에게 빠지면 언젠가 타락과 파멸의 늪으로 빠지게 될 것입니다."

왕은 시마스와 같은 훌륭한 재상과 대신들이 없는 것을 어느 때보다 아쉬워하며, 그들을 죽인 자신의 잘못을 진심으로 뉘우쳤다.

"나는 진심으로 예전의 음탕한 행동을 버렸고, 정신없이 방사에 몰두하던 짓도 그만두었다. 내가 신하들을 죽인 것은 계집의 간계 때문이지 나의 본의는 아니었다. 계집의 간계가 잠시 내 정신을 흐려놓은 것이다."

이븐 시마스는 고개를 가로저었다.

"오, 임금님. 허물은 오직 여자에게만 있는 게 아닙니다. 여자란 기

185

분 좋은 상품과 같아서 보는 사람이 그 욕정에 끌리고 맙니다. 탐을 내고 사려는 자에게 팔리는 것이지 이쪽에서 요구하지 않으면 아무도 억지로 사라고 하지 않습니다. 그러므로 나쁜 것은 사는 쪽이며, 특히 상품이 유해하다는 걸 알고도 사는 경우에는 더욱 나쁩니다."

"그대의 말이 백번 지당하다. 나는 스스로 죄를 저질렀다. 신이 정해놓으신 전세의 숙명이라고 할 것 말고는 변명의 여지가 없구나."

이븐 시마스는 인간의 자유와 책임에 대해 강조했다.

"임금님, 알라께서는 우리에게 자유의지와 물건을 고르는 힘마저 주셨습니다. 그러므로 결국 우리는 저마다 자유의지에 따라 행동하는 것입니다. 그러니 우리의 행동이 선하든 악하든 우리 자신의 의도에서 나온 것입니다."

왕은 마음속 깊이 이븐 시마스의 말을 인정하지 않을 수 없었다. 또다시 그런 과오를 범하지 않도록 견제할 방법은 없을까? 왕은 자기 마음속 욕심을 이길 수 있는 분별에 대해 물었다.

"먼저 무지와 몽매의 옷을 벗으시고 세상의 근본 이치를 이해하고 선악을 분별하는 지성과 지혜의 옷을 입으십시오. 욕정이 아니라 알라를 따르며 공명정대하신 선왕의 유지를 지켜 알라와 백성에 대한 의무를 완수하십시오. 일의 원인과 결과를 잘 헤아리시고, 오만하지 않도록 언행을 삼가시고, 전능하신 신의 법도 앞에 공손히 무릎을 꿇으시고, 신의 뜻으로 임금님께서 다스리게 될 창조물을 위하는 데 전념하십시오."

이븐 시마스의 온정이 깃든 충고에 왕의 영혼은 소생되고, 가슴속 등불은 다시 켜지고, 어둠 속 어리석은 눈이 활짝 열렸다. 왕은 이븐 시마스에게 감사하면서 이렇게 말했다.

"나는 그대를 내 후계자로 삼겠다. 우선 예비 후계자로 지명하고 영내 고관대작들을 불러 증인이 되어달라고 할 테다."

왕은 포고령을 내려 태수와 총독은 물론 조정 중신들과 현자와 학자 들을 모두 입궐하라고 명했다. 그리하여 왕은 확대 어전회의를 열고 "이 자리에 모인 모든 신하는 재상에게 충성을 맹세하라"라고 일렀다. 모두들 이븐 시마스를 마음으로 경모하고 있던 터라 진정으로 충성을 맹세하였다.

성대한 잔치가 끝나고 모두 귀가한 다음 왕은 이븐 시마스와 여섯 대신에게 물었다.

"간특한 꾀로 대신들을 죽이고 나라를 망치려 한 여자들에게 어떤 벌을 내리면 좋을까? 앞으로 어떤 여자든 그런 사특한 짓을 일삼지 못하도록 본보기를 보여주어야겠기에 사형으로 다스리려는데 그대들의 뜻은 어떤가?"

이븐 시마스가 대답했다.

"여자만이 나쁜 게 아니라 죄는 여자와 그 말에 따른 남자, 둘 다에게 있습니다. 그러나 두 가지 이유에서 여자들에게 처벌과 보복을 하는 것이 마땅합니다. 첫째는 일단 전하께서 하신 말씀은 끝까지 이행해야 하기 때문이고, 둘째는 여자들이 임금을 충동질하여 자신에게 아무 관계가 없는, 입을 놀려서는 안 될 일에 입을 놀렸기 때문입니다. 그러므로 여자들은 확실히 사형에 처해야 마땅합니다. 그러나 지금까지의 과거는 불문에 부치고 신분을 노예로 낮추는 것이 어떨까 합니다."

대신 한 사람이 이븐 시마스의 의견을 지지하며 구체적 방법을 제시했다.

"천한 노예에게 명령하여 대신과 현자 들이 죽은 방에 여자들을 감금하고 겨우 목숨만 이을 정도의 먹을 것과 마실 것을 주십시오. 방에서 한걸음도 내놓지 못하게 하고, 어느 하나가 죽더라도 시체를 치우지 않고 마지막 하나가 죽어 없어질 때까지 버려두는 것입니다. 그토록 끔찍한 살인을 저질렀으니 이 정도의 징벌은 당연합니다. 이렇게 하면 '자기 동포의 무덤을 파는 자는 잠시 태평스러운 은총을 입을지라도 언젠가 반드시 스스로 무덤 속에 빠지고 말 것이다' 라는 세상의 속담이 입증될 것입니다."

왕은 대신의 권고를 받아들여, 여자들을 감금하고 다른 여자 노예에게 먹을 것과 마실 것을 아주 조금씩만 넣어주라고 명령했다. 알라께서는 여자들에게 생지옥을 주시어 보복하시고 내세에서도 갖가지 죄과를 준비하셨으니, 악취가 진동하는 컴컴한 방에 갇혀 하나가 죽고 둘이 죽어 마침내 마지막 남은 하나마저 모두 죽고 말았다. ☾

이발사의 돈을 훔쳐 달아난 염색공, 염색업을 독점하여 부와 권세를 거머쥐다

옛날, 알렉산드리아 시장 거리에 염색공 아부 키르와 이발사 아부 시르가 서로 이웃하여 가게를 열었다.

염색공 아부 키르는 사기꾼에 사악하기 그지없는 놈이었다. 선금 받은 돈으로 술을 마시는가 하면, 손님이 맡긴 물건을 팔아서 유흥비에 쓰기도 했다. 손님이 약속된 날짜에 물건을 찾으러 오면, 아파서 며칠이나 누워 있었다는 둥, 아내가 엊그제 해산을 하는 바람에 깜빡 잊었다는 둥 얼토당토않은 구실을 만들어 차일피일 하면서 능청을 떨었다. 더 이상 참을 수 없게 된 손님이 염색은 안 해도 좋으니 맡겨놓은 옷감이나 도로 내놓으라고 화를 내면, 염색을 기막히게 해서 줄에 널어두었는데 도둑놈이 감쪽같이 훔쳐갔다는 둥 요리조리 핑계를 대며 거짓말을 밥 먹듯 했다. 아부 키르에 대한 나쁜 소문은 점점 퍼져 신용을 잃은 아부 키르의 가게에는 손님의 발길이 뚝 끊겼다. 씀씀이는 헤프고 벌이는 시원찮은 아부 키르의 살림은 날로 옹색해져 마침내 끼니 걱정을 해야 할 판이었다. 그는 옆집 이발소에 앉아 있다가, 새로운 손님이 멋모르고 찾아오면 주문을 받았지만 맡긴 물건을 찾으러 오면 숨어버렸다.

그러던 어느 날이었다. 성미가 괄괄한 손님 하나가 단단히 화가 나 관청을 찾아가 아부 키르를 고소했다. 집행관은 염색 가게를 찾아와 문이란 문에는 모두 못을 박아 봉하고 아부 시르에게 전갈을 남기고 가버렸다.

"염색공놈이 오거든, 손님의 물건을 갖고 관청에 출두하라 이르고 가게 열쇠는 그때 오면 주겠다고 전하시오."

아부 시르에게 자초지종을 전해들은 아부 키르는 장사가 안돼 죽겠다는 푸념만 늘어놓았다. 아부 시르도 머리 깎는 일에는 선수지만 장사가 안되기는 마찬가지였다. 아부 키르는 아부 시르에게 함께 다른 고장으로 떠나자고 졸랐다. 아부 시르는 차츰 귀가 솔깃해져서 마침내 두 사람은 함께 떠나기로 하고 짐을 꾸려 범선에 몸을 실었다.

배가 출범한 뒤 두 사람은 뜻하지 않은 행운을 맛보게 되었다. 승객은 120여 명이나 되는데 이발사는 혼자인지라 아부 시르의 벌이가 짭짤했다. 아부 시르는 승객 사이를 돌아다니며 이발을 해주고 돈 대신 빵이나 치즈, 물 따위를 얻어다 아부 키르와 나눠 먹었다. 그 덕분에 두 사람은 끼니 걱정은 하지 않고 지낼 수 있었다. 아부 시르가 부지런히 일해서 먹을 것을 가져오면 아부 키르는 하루 종일 잠만 자며 맘껏 게으름을 피우다 일어나서는 걸신들린 아귀처럼 먹어치웠다. 그 바람에 아부 시르는 겨우 허기나 면하면 다행이었다.

한번은 아부 시르가 선장의 머리와 수염을 손질해주었는데, 선장은 아부 시르에게 저녁마다 와서 함께 식사를 하자고 청했다. 하지만 아부 시르는 동료가 있다며 완곡히 초대를 거절했고 선장은 음식을 푸짐하게 싸주면서 음식을 갖다놓고 동료와 함께 오라고 하였다. 아부 시르가 와서 소식을 전하자 아부 키르는 뱃멀미가 나서 자기는 갈 수 없다며 아부 시르가 가져온 음식을 낚아채서는 아귀아귀 입속으로 우겨넣었다. 아부 시르는 저녁마다 선장에게 음식을 받아 아부 키르에게 갖다주고 선장과 함께 식사를 하였다.

이럭저럭 20일이 지나 배는 어느 항구에 닿았다.

두 사람은 어느 대상 객주에 거처를 정했다. 아부 시르는 날마다 면도 기구를 가지고 온 시내를 돌아다니며 돈을 벌었지만, 아부 키르는 하루 종일 낮잠만 퍼질러 자다가 아부 시르가 먹을 걸 내밀면 달려들어 걸신들린 듯 먹어치웠다.

이렇게 40일이 지날 즈음에 아부 시르는 병이 나서 그만 돈벌이를 할 수 없었을뿐더러 거동조차 힘들어졌다. 그래서 아부 시르는 문지기에게 부탁하여 며칠 동안 시중을 받았으나 병세는 더욱 악화되어 의식마저 몽롱해지는 지경에 이르렀다.

그러나 아부 키르는 아랑곳하지 않고 여전히 방에서 빈둥거렸다. 잠에 취해 살던 그는 너무 배가 고파 잠에서 깼다. 그는 뱃가죽이 등에 붙은 듯 허기를 참다못해 아부 시르의 옷을 뒤져 1,000디르함을 꺼내 몰래 밖으로 나갔다. 그리고 500디르함짜리 비싼 옷을 사 입고 어슬렁거리며 시내를 구경했다.

그런데 사람들을 무심히 바라보던 아부 키르는 이상한 점을 하나 발견했다. 사람들이 입고 있는 옷 색깔이 하나같이 흰색과 푸른색뿐이었다. 의아하게 여긴 그는 이곳저곳 염색 가게에 들러 푸른색 외에 다른 색깔로 염색해줄 수 있는지 물었다. 하지만 그렇게 할 수 있는 가게는 어디에도 없었다.

아부 키르는 염색 가게를 돌며 여러 가지 색으로 염색하는 기술을 가르쳐주겠다고 제안했다. 그러나 그들은 하나같이 딱 잘라 거절했다. 하다못해 심부름꾼으로도 써주려 하지 않았다. 더구나 외국인은 절대로 염색업에 종사할 수 없다고 했다.

"이 도시에는 염색 기술자가 딱 40명 있소. 한 사람이 죽으면 그 아들 가운데 하나에게만 가르치고, 만약 아들이 없으면 비로소 다른 형제에게 기회가 돌아간다오. 그만큼 우리 직업은 규율이 엄격하지요."

도성 내의 염색공을 모두 찾아갔으나 대답은 모두 똑같았다. 화가 치민 아부 키르는 왕을 찾아갔다.

"오, 현세의 임금님. 이 도성 내 염색공들은 푸른색 외에는 염색을 할 줄 모릅니다. 그런 주제에 저를 따돌리고 스승으로도 도제로도 써주지 않았습니다."

아부 키르는 염색 업자들이 담합해서 직계가족 이외에는 기술을 가르치지 않을 뿐 아니라 염색공 숫자도 더 늘어나지 않게 조절하여 독점을 강화한다고 비난했다. 왕은 반색하며 말했다.

"그럴듯한 말이로다. 그럼 내가 그대에게 염색 가게를 내주고 밑천을 대줄까? 다른 염색 업자들에 대해선 조금도 걱정할 것 없다. 그대의 영업을 방해하는 자가 있으면 가게 문에 그놈의 목을 매달아놓을 테니까."

왕은 즉각 목수를 불러 아부 키르가 맘에 드는 곳이라면 어디든 가리지 말고 그가 원하는 대로 가게를 꾸며주라고 일렀다. 게다가 호화로운 옷 한 벌, 늠름한 말 한 필, 금화 1,000디나르를 하사하고, 백인 노예 둘을 주었다. 아부 키르는 옷을 입고 말에 올라 태수 못지않은 차림으로 왕이 하사한 집으로 들어갔다.

이렇듯 아부 키르는 왕명으로 세상에 다시없는 훌륭한 염색 가게를 차리고, 4,000디나르의 밑천을 받아 원료와 피륙을 사들였다. 우선 왕이 하사한 피륙을 오색 빛깔로 염색해서 왕에게 보였다. 왕은 기뻐하며 상금을 내렸다. 이후 왕을 비롯한 태수와 신하, 부호 들이 물밀 듯이 밀려왔다. 또한 임금님의 염색 가게라는 소문이 퍼지자 사방에서 주문이 밀려들고, 다른 염색공들도 그를 헐뜯기는커녕 도제로 써 달라고 사정하기에 이르렀다.

목욕탕으로 성공한 아부 시르를 시샘한 아부 키르, 왕에게 아부 시르를 모함하다

한편 이발사 아부 시르는 병석에 누운 채 혼자 끙끙 앓고 있었다. 사흘째 밤 문지기가 무심코 문을 쳐다보니 자물쇠가 채워져 있었다. 며칠씩 둘의 모습이 보이지 않아 혹시 방 값을 떼어먹고 도망쳤거나 죽었을지 모른다고 생각한 문지기는 문 앞으로 다가갔다. 그런데 안에서 이발사가 끙끙 앓는 신음 소리가 들렸다. 문지기는 열쇠 구멍에 그대로 꽂혀 있는 열쇠로 문을 열고 들어갔다. 아부 시르는 혼자 신음하다가 문지기를 보자 먹을 걸 사다달라고 부탁할 생각으로 전대를 찾았다. 그러나 전대는 텅 비어 있었다. 아부 시르는 아부 키르가 돈을 훔쳐 달아난 것을 알고 절망에 빠졌다. 문지기는 측은함에 못 이겨 두 달이나 자기 돈을 써가면서 고깃국을 끓여 이발사에게 먹이는 등 병간호를 했고, 그 덕분에 아부 시르는 알라의 은총으로 완쾌되었다. 아부 시르는 은혜에 보답할 것을 약속했으나 문지기는 알라의 권고로 간호했을 뿐이라며 완쾌를 기뻐하였다.

아부 시르는 시장을 어슬렁거리다가 아부 키르의 염색 가게 앞까지 갔다. 아부 시르는 사람들이 수군거리는 말을 듣고 염색공 아부 키르가 성공을 거둔 경위를 자세히 알게 되었다.

아부 시르는 마음속으로 중얼거렸다.

'비록 내가 사경을 헤맬 때 돈을 훔쳐 달아난 배은망덕한 친구지만 너무 바쁘다보니 나를 잊었을 거야. 저 녀석이 벌이가 없어 빈둥대고 있을 때 내가 얼마나 친절하고 후덕하게 대해주었던가. 아마도 날 보면 틀림없이 반색하고, 보답할 거야.'

아부 시르는 아부 키르의 염색 가게로 다가갔다. 가게 안에는 직공들과 노예들이 분주하게 일하고 있었다. 아부 키르는 마치 재상이나 태수가 된 것처럼 화려한 옷을 입고 보료에 깊숙이 파묻혀 손 하나 까딱하지 않고 이래라저래라 지시하고 있었다. 그러다가 문득 가게 앞에 서 있는 아부 시르와 눈이 딱 마주쳤다.

아부 키르가 갑자기 고함을 질렀다.

"이 도둑놈아. 왜 하필이면 내 가게 앞을 막아서는 거냐? 애들아 저 놈을 붙잡아라."

노예들이 달려들어 당장 아부 시르를 붙잡았다. 아부 키르는 아부 시르를 실컷 때려주라고 외쳤다. 노예들은 아부 시르를 내동댕이치고 몽둥이로 등줄기를 100대 때리고 다시 엎어놓고 배를 100대 때렸다.

"다시 나타나면 경비 대장으로 하여금 목을 베게 하겠다!"

아부 키르는 협박을 서슴지 않았다. 구경꾼들이 몰려와 뭘 잘못했느냐고 묻자 아부 키르가 말했다.

"저놈은 남의 물건을 훔친 도둑놈이오."

숙소로 돌아온 아부 시르는 생각하면 할수록 기가 막히고 분했다. 은혜를 원수로 갚아도 유분수지 세상에 그런 악당은 다시없을 것이었다. 쿡쿡 쑤시는 진통이 좀 가라앉자 아부 시르는 목욕탕에라도 가볼까 하고 거리로 나가 사람들에게 목욕탕이 어디냐고 물었다.

"목욕탕이라니, 그게 대체 뭐요?"

이렇게 되묻는가 하면 아예 바다로 가라고 일러주기도 했다.

"우린 목욕탕이 뭔지 몰라요. 때를 밀려면 모두 바다로 가요. 임금님도 몸을 씻으려면 바다로 가신다오."

아부 시르는 이 도성에는 목욕탕이 하나도 없을뿐더러 아예 목욕탕이라는 개념조차 없다는 걸 알았다. 그는 당장 왕궁으로 달려가 임금 앞에 엎드렸다.

"저는 외국인이며, 직업은 때밀이입니다. 이처럼 훌륭한 도성에 목욕탕이 없다니 도대체 어떻게 된 영문입니까? 목욕이란 이 세상의 쾌락 가운데 으뜸가는 쾌락입니다."

아부 시르는 목욕탕의 장점에 대해 장황하게 설명하고 그 필요성을 역설했다.

왕은 아부 시르를 아부 키르보다 더 후하게 대접하고, 목수를 시켜 시내 한복판, 아부 시르가 마음에 드는 곳에 기막힌 공중목욕탕을 짓게 하였다. 화공들이 마지막 끝손질로 곱게 내부를 장식하자, 아부 시르는 완공을 보고했다. 왕이 1만 디나르를 내놓았고 아부 시르는 그 돈으로 가구며 비품 따위를 사서 목욕탕 내부를 편리하고 아름답게 꾸며놓았다. 그리고 왕에게 하사받은 어린 백인 노예 열 명에게 때 미는 기술과 안마하는 기술을 가르쳤다. 목욕탕을 처음 본 시민들은 더운물이 나오는 분수와 커다란 욕조에 눈이 휘둥그레졌다. 시민들은 너나없이 목욕탕으로 몰려들었다. 아부 시르는 개업 기념으로 사흘 동안 시민들에게 무료 목욕과 안마를 베풀었다.

아부 시르는 왕과 신하들을 목욕탕에 초대했다. 그리고 직접 왕의 몸을 문질러 때를 벗기고 안마를 해주었다. 왕은 장미수를 뿌린 욕조에 몸을 담그고 휴식을 취했다. 몸은 개운하여 날 것만 같았고, 기분은 상쾌하기 그지없었다. 아부 시르는 왕을 높은 단에 앉히고 소년들을 시켜 안마를 하게 했다. 향로에서는 향기로운 침향 연기가 피어올랐다. 왕은 너무도 기분이 좋았다. 왕은 목욕탕이 생김으로써 도성에 구경거리가 하나 늘어나고 그만큼 도성의 위신이 섰다고 생각하자 아부 시르를 더욱 총애하여 상금을 듬뿍 내렸다. 400명의 신하들에게는 처음이니만큼 격려금으로 100디나르와 노예 세 명씩을 내라고 명령했다. 왕 자신은 1만 디나르와 노예 열 명을 상으로 하사했다. 왕은 목욕 값을 비싸게 받으라고 했지만 아부 시르는 그렇게 되면 가난한 사람들은 목욕탕을 이용할 수 없다며 저마다 형편에 맞춰 돈을 낼 수 있게 해달라고 간청하였다. 왕과 신하들은 아부 시르의 마음씨를 갸륵하게 여겨 그렇게 하도록 허락하였다.

소문을 들은 왕비도 시녀들을 거느리고 목욕탕에 갔다. 그 뒤부터 여자들도 목욕을 하기로 하고, 하루를 오전, 오후로 나누어 이른 아침부터 점심때까지는 남자가, 점심때부터 저녁때까지는 여자가 이용하기로 했다.

이렇듯 아부 시르의 목욕탕은 온 시내에 소문이 퍼졌고, 부자든 가난한 사람이든 누구나 부담 없이 목욕을 즐길 수 있게 했기 때문에 아부 시르에 대한 칭송이 자자했다. 왕은 일주일에 한 번씩 목욕을 하러 왔는데, 그때마다 1,000디나르를 놓고 갔다. 그 밖의 날은 일반 시민들에게 널리 개방되었다.

하루는 왕의 전속 선장이 목욕을 하러 왔다. 아부 시르는 손수 때를 밀고 재미난 이야기도 들려주면서 셔벗과 커피를 대접했다. 선장은 요금을 후하게 내려 했으나 아부 시르는 막무가내로 받지 않았다. 선장은 그의 정성 어린 환대에 감격하여 어떻게 보답해야 할지 어리둥절했다.

아부 키르는 아부 시르가 목욕탕 주인으로 성공했다는 소문을 듣고 직접 확인하고 싶었다. 그래서 호화로운 옷을 걸치고 노예들을 앞뒤로 거느리고 거드름을 피우며 목욕탕을 찾아갔다.

"이 사람아, 이럴 수가 있나? 날 찾아오지도 않고 어디 가서 죽었는지 살았는지 찾지도 않다니? 내가 자네를 얼마나 찾았는지 자네는 모를 거야. 온 시내를 다 뒤졌다네. 그런데도 아무도 자네 소식을 알려주는 사람이 없었네."

친구를 찾아오지 않았다고 핀잔을 주자 아부 시르는 매 맞고 쫓겨난 이야기를 들려주었다. 아부 키르는 시치미를 뚝 떼더니, 똑같이 생긴 도둑놈으로 오인했나 보다며 자기 손을 철썩철썩 때리고 후회하는 시늉을 했다. 아부 시르는 아부 키르의 사과를 받아주고 알라의 축복을 빌었다.

두 사람은 서로의 성공담을 나누었다.

아부 시르는 지난날의 서운함을 잊고 손수 아부 키르의 목욕 시중을 들어주고 저녁 식사와 셔벗까지 극진하게 대접했다. 목욕 요금도 사양하고 받지 않았다.

아부 키르는 아부 시르의 성공에 심술이 나 흉계를 꾸몄다.

"정말 기막힌 목욕탕이야. 그런데 옥에 티처럼 한 가지 흠이 있어. 탈모제가 없는 게 흠이야. 노란 비소하고 생석회를 찧어서 만든 고약인데 털이 잘 빠지는 약이야. 다음에 임금님이 오시거든 그 약을 발라드리고 깨끗이 털이 빠지는 방법을 가르쳐드리게."

아부 키르는 목욕탕을 나오자마자 그길로 왕을 찾아가 아부 시르를 모함하여 참소했다.

"오, 현세의 임금님. 그 목욕탕 주인놈은 악당입니다. 다시는 목욕탕에 가시면 안 됩니다. 생명을 잃을지 모릅니다. 그놈은 임금님의 적이요, 신앙의 적입니다. 목욕탕을 짓게 한 것도 임금님을 독살하려는 음모에서였습니다. 그놈이 독약을 섞은 고약을 만드는 걸 제가 직접 보았습니다. 만약 임금님께서 목욕하러 가시면, 그놈이 분명히 고약을 내놓으며 이걸 옥경에 바르면 털이 잘 빠진다고 말할 겁니다. 그러나 탈모제란 말은 새빨간 거짓말이고, 그건 무서운 독약입니다. 지금 그놈의 아내와 아이는 기독교도 왕의 포로로 잡혀 있습니다. 기독교도 왕은 그놈에게 전하를 살해하면 포로를 석방해주겠다고 약속했습니다. 그러니까 그놈은 처자를 살리기 위해서 반드시 전하를 죽이려 들 겁니다."

왕은 깜짝 놀라고 화가 나 치를 떨었다. 일단 왕은 이 사실을 비밀로 하고 증거를 잡기 위해 목욕탕으로 달려갔다. 아무것도 모르는 아부 시르는 왕의 몸을 손수 씻겨주며 시중을 들었다. 그리고 옥경의 털을 뽑는 데 효험이 있는 약을 만들었다며 탈모제를 가져왔다. 왕이 약병 뚜껑을 여니 속이 뒤집힐 듯 고약한 냄새가 코를 찔렀다. 독약이 틀림없다고 생각한 왕은 그 순간 호위병들에게 명령하여 아부 시르를 붙잡아 어전에 끌어냈다. 왕이 왜 그토록 불꽃처럼 진노했는지 아무도 그 까닭을 알 수 없었다. 하도 무섭게 화를 냈기 때문에 아무도 물어볼 엄두를 내지 못했다.

왕은 선장을 불러 명령했다.

"이 배은망덕한 놈을 끌고 가서 생석회 20관을 넣은 자루에 처넣고 주둥이를 단단히 묶어라. 그리고 배에 싣고 궁전 앞 바다로 오너라. 내가 격자창 앞에 나가 있을 테니 내 모습이 보이거든 던질 것인지 내게 묻거라. 내가 명령하면 자루를 바닷속에 던져라. 생석회가 타는 동시에 그놈도 타 죽게 될 것이다."

왕의 도장 반지를 찾아준 아부 시르는 금의환향하고, 죄가 드러난 아부 키르는 물귀신이 되다

선장은 아부 시르를 데리고 왕궁이 보이는 작은 섬으로 갔다.

"여보시오. 난 언젠가 당신의 목욕탕에서 후한 대접을 받은 그 선장이오. 그때 정말 극진한 대접을 받고 참으로 즐거웠소이다. 게다가 당신은 요금을 한 푼도 받지 않았소. 난 당신이 아주 마음에 들었소.

도대체 사연이 뭔지 이야기해보시오. 임금님이 저토록 진노한 까닭이 대체 뭐란 말이오?"

하지만 아부 시르는 자기도 아는 바가 없었다.

"난 아무 짓도 하지 않았고 이런 일을 당할 만한 죄를 저지른 기억도 전혀 없습니다."

선장은 그의 딱하고 안타까운 처지를 위로했다.

"당신은 지금까지 전례가 없을 만큼 임금님의 총애를 받았소. 그러나 누구나 성공하면 시기를 받게 마련이오. 아마 당신의 성공을 시기한 누군가가 고약한 모략을 꾸민 게 틀림없소. 당신이 베푼 은혜를 갚기 위해 이번엔 내가 당신을 구해주겠소. 다만 살려주더라도 이 섬에서 나와 함께 살아야 하오. 나중에 내가 고향으로 떠날 때 그 배에 태워주겠소."

아부 시르는 선장의 손에 입을 맞추고 친절에 거듭 감사했다.

선장은 그물 하나를 내주고 고기를 잡으라고 했다. 원래 선장이 맡은 소임은 매일 왕실 주방에 물고기를 대주는 일이었다. 그런데 오늘은 아무래도 고기 잡을 시간이 없을 것 같으니 대신 아부 시르에게 맡긴 것이다.

선장은 배에 오르기 전 사람 몸집만 한 돌을 생석회 자루에 넣고 배를 저어 궁전 앞으로 갔다. 멀리 궁전의 격자창에 앉아 있던 왕은 선장을 보자 자루를 처넣으라는 뜻으로 손을 번쩍 들어 신호를 보냈다.

그런데 바로 그 순간 왕의 도장 반지가 벗겨져 물속으로 퐁당 빠졌다. 그 도장 반지는 마법의 반지로, 왕이 누군가 죽일 생각을 하고 반지를 낀 손을 번쩍 쳐들면 불이 확 뿜어나와 상대방을 쳐서 순식간에 죽이고 마는 마력을 지니고 있었다. 태수나 총독을 비롯하여 대신이

나 장수 들이 왕에게 고분고분 복종하는 것은 반지의 위력 때문이라고 해도 과언이 아니었다. 그래서 왕은 반지가 물에 빠진 사실을 아무에게도 말할 수 없었으므로 찾아오라고 시킬 수도 없는 노릇이었다. 도장 반지를 잃어버렸다는 사실이 알려지면 행여 반란이라도 일어날까 두려웠기 때문이다.

한편, 아부 시르가 그물을 던지자 물고기가 제법 많이 잡혔다. 몇 번 던지는 사이에 물고기는 산더미같이 잡혔다. 생선을 먹고 싶은 마음에 큰 물고기 한 마리를 골라 칼로 가르려는데 칼이 아가미 근처에서 걸렸다. 아가미를 들춰보니 도장 반지가 걸려 있었다. 왕의 반지를 삼킨 물고기가 섬 근처로 헤엄쳐 온 모양이었다.

아부 시르는 반지가 지닌 무시무시한 위력도 모른 채 아무 생각 없이 자신의 새끼손가락에 반지를 꼈다. 그때였다. 마침 주방 소년들이 물고기를 가지러 왔다가 선장이 보이지 않자 아부 시르에게 선장은 어디 갔느냐고 물었다. 아부 시르는 아무 생각 없이 반지를 낀 오른손을 흔들어 모른다는 시늉을 해보였다. 그 순간 두 젊은이의 목이 바닥으로 뚝 굴러 떨어졌다.

아부 시르는 깜짝 놀라 뒤로 자빠지면서 도대체 누가 이들을 죽였느냐고 소리쳤다. 그러나 아무리 주위를 둘러봐도 자신 이외에는 아무도 보이지 않았다. 아부 시르는 두 소년의 죽음 앞에 망연자실했다. 그때 불쑥 선장이 나타났다.

선장은 죽은 두 소년과 고기 더미를 번갈아 쳐다보았다. 그리고 마침내 아부 시르가 낀 반지를 보았다. 선장은 갑자기 아부 시르에게 소리쳤다.

"절대로 반지 낀 손을 움직이지 마시오. 그 손을 움직이면 나도 죽을 거요"

선장은 아부 시르에게 단단히 주의를 준 다음 조심조심 다가왔다. 물고기 아가미 속에서 반지를 발견했다는 아부 시르의 말에 선장은 사태를 직감할 수 있었다. 임금이 자루를 바다에 처넣으라고 손을 흔들 때 뭔가 반짝반짝 빛나는 것이 바닷속으로 떨어지는 것을 보았기 때문이었다. 선장은 아부 시르에게 도장 반지의 위력에 대해 설명했다.

"이젠 임금 따위는 무서울 것이 없소. 임금을 죽이고 싶으면 반지 낀 손을 번쩍 쳐들어 신호만 하면 당장 임금 머리가 바닥으로 굴러 떨어질 것이오. 임금의 수만 군사도 그 반지를 쳐들어 한 번만 흔들면 순식간에 목이 달아날 거요."

아부 시르는 하늘에라도 오를 듯 기뻤다. 아부 시르의 요청에 따라 선장은 그를 배에 태우고 도성으로 돌아갔다.

아부 시르는 곧장 알현실로 들어갔다. 왕은 깜짝 놀랐다. 바닷속에 처넣은 사람이 살아서 나타났으니 놀랄 수밖에 없었다. 아부 시르는 솔직하게 모든 경위를 털어놓고 도장 반지를 내보였다.

"이 반지의 신비한 영험을 알지만, 임금님께서 제게 분에 넘치는 은총을 베풀어주셨고, 그 은총을 잊지 못하여 반지를 돌려드리니 받아주십시오."

왕은 도장 반지를 잃어버리고 전전긍긍하던 참인지라, 아부 시르의 갸륵한 마음씨에 감복하여 눈물을 흘렸다. 생기를 되찾은 왕은 자리에서 벌떡 일어나 아부 시르를 두 팔로 꽉 껴안고 감격하여 어쩔 줄을 몰랐다.

"그대는 귀인의 꽃이로다. 만약 그 반지가 악인의 손에 들어갔다면 나는 재앙을 면치 못했을 것이다."

아부 시르는 도대체 자신이 무슨 죄를 저질렀기에 죽이려 했는지 알려달라고 했다. 왕은 아부 키르가 한 말을 그대로 실토했다.

아부 시르는 알렉산드리아에 살던 시절부터 이 도성에 오기까지, 자신과 아부 키르 사이에 있었던 모든 일을 털어놓았다.

"하온데 임금님, 그 약은 독약이 아니라 목욕할 때 쓰는 탈모제입니다. 제가 깜박 잊고 준비하지 못한 것을 아부 키르가 알려준 것입니다. 어쨌든 객주 문지기와 염색 가게 직공을 불러 사실 여부를 가려주십시오."

왕은 객주 문지기와 염색 가게 직공을 불러 아부 시르의 말이 사실인지 물었다. 그들은 하나같이 아부 시르의 말이 모두 사실이라고 증언했다. 염색공 아부 키르의 고약한 죄상이 낱낱이 드러나자 왕은 노발대발하며 그의 옷과 두건을 벗기고 포박해오라고 명령했다.

한편 아부 키르는 아부 시르의 죽음을 기뻐하며 집에서 편히 쉬고 있었다. 그때 별안간 호위병들이 들이닥쳐 그를 꽁꽁 묶어 임금 앞으로 끌고 갔다. 왕은 병사들에게 그를 끌고 가 시장 거리에서 조리돌리라고 명령했다.

아부 시르는 아부 키르의 죄를 용서해달라고 청했지만 왕은 결코 그의 사악한 죄를 용서할 수 없었다. 결국 아부 키르는 생석회 자루에 넣어져 바닷속에 던져졌다. 그리하여 물속에서 타 죽는 끔찍한 형벌을 받았다.

아부 시르는 대신이 되어달라는 왕의 요청을 사양하고 고향으로 돌아가고 싶은 뜻을 밝혔다. 왕은 그에게 막대한 금은보화와 수많은 노예를 하사했다. 아부 시르는 고향 알렉산드리아로 금의환향하였다.

그런데 알렉산드리아에 상륙하자마자, 해안에 자루 하나가 떠밀려와 있었다. 열어보니, 시커멓게 타서 형체도 알아보기 힘든 아부 키르의 시신이 들어 있었다. 아부 시르는 시신을 꺼내 알렉산드리아 근처에 매장하고 무덤 옆에 참배소를 세운 다음 문 위에 경구를 새겨두었다.

> 사람은 그 행실에 따라 세상에 알려지는 것이니
> 마음을 닦으면 고귀한 성품은 절로 드러나리라.
> 남을 비방하면 자기도 비방을 받게 되는 법이며,
> 남을 해코지하면 자기도 해코지 당하게 되나라.
> 비록 개라도 행실이 선량하면 존중받을 것이로되
> 사자라도 행실이 포악하면 사슬에 묶일 것이니라.
> 현명한 참새는 괜히 매를 골려 화를 사지 않으며
> 진정으로 인정을 베푸는 사람은 보답을 받으리라.
> 명심할지니, 단지의 꿀도 근본이 쓰면 쓰다는 걸.

그 뒤 아부 시르도 세상의 안락을 모두 누린 뒤 저세상으로 떠났다. 사람들은 이발사를 염색공의 무덤 옆에 묻었다. 그때 이후 그 땅은 '아부 키르 아부 시르'라고 불렸다. 그러나 오늘날에는 다만 '아부 키르'라는 이름으로만 불리고 있다. 🌙

빵집 주인의 도움으로 살아가던 어부, 인어를 살려준 대가로 진귀한 보석을 얻다

옛날 옛적에 어부 압둘라가 살았는데, 그는 자식을 아홉이나 둔 가장이었다. 벌이는 시원치 않은데 대식구를 거느리다보니 살림은 궁핍에 찌들었다. 게다가 아내는 곧 열번째 아이를 해산할 예정이었다. 잘 먹지를 못하다보니 아내는 점점 기운이 없어져서, 남편에게 먹을 걸 좀 구해달라고 호소했다.

어부는 알라께 갓난아기의 행운을 빌며 바다에 그물을 던졌지만 계속 허탕만 쳤다. 장소를 옮겨봐도 마찬가지였다. 집엔 먹을 것이라곤

🐾 *이 이야기는 〈주다르와 그의 형들〉(606~624일째 밤)을 모델로 하였다. '압둘라'는 '알라의 종'이란 뜻으로 무슬림 사이에선 아주 흔한 이름이다. 어부, 빵집 주인, 인어, 왕의 이름이 모두 똑같이 '압둘라'인 것이 흥미롭다.

하나도 없고, 아내는 자리에서 일어나지도 못하는 상태였다. 걱정이 산더미 같았다.

압둘라는 빈 그물을 어깨에 메고 무거운 다리를 끌며 터벅터벅 집으로 돌아갔다.

빵집 앞에 이르렀을 때였다. 흉년이 들어 모두가 끼니를 걱정하는 때였으므로 빵집 앞에는 많은 사람들이 몰려 있었다. 서로 먼저 사려고 돈부터 건네주는 등 난리 법석이었고, 주인은 주인대로 일일이 손님을 돌아볼 겨를도 없을 만큼 바빴다. 압둘라는 가게 앞에 우두커니 서서 갓 구운 빵 냄새를 맡고 있었다.

그런데 주인이 갑자기 그를 부르더니 빵을 내미는 게 아닌가. 주인은 압둘라가 돈이 없다고 거절해도 외상으로 가져가라고 했다. 미안한 마음에 압둘라는 그물을 맡기려 했다.

"그건 안 될 말이오. 그물은 당신의 유일한 밑천이며 밥줄 아니오? 그물을 맡기면 도대체 무엇으로 고기를 잡겠다는 거요?"

빵집 주인은 5디르함어치의 빵을 주면서 5디르함까지 꿔주었다.

"이걸로 찬거리라도 사시오. 외상값은 내일 고기를 잡으면 고기로 갖다주고 설령 한 마리도 못 잡는다 해도 꼭 가게로 오시오. 또 빵과 5디르함을 꿔줄 테니까. 외상값은 당신 운이 트일 때 한꺼번에 받을 테니 걱정 마시오."

이튿날도 압둘라는 바다로 나가 부지런히 그물을 던졌으나 피라미 한 마리도 잡지 못했다. 그래서 그날도 시름에 젖어 집으로 가는 길에 빵집 앞을 지나게 되었다. 압둘라는 주인과 얼굴이 마주칠까 봐 잰걸음으로 가게 앞을 지나치려 했지만 주인이 그를 알아보고 불러 세우더니 또다시 빵과 돈을 꿔주었다.

이렇게 압둘라는 40일 동안 고기 한 마리도 잡지 못한 채, 빵집 주인에게 꼬박꼬박 끼니거리를 받았다. 빵집 주인은 외상값 이야기는 꺼내지도 않았을 뿐 아니라 그에게 한결같이 따뜻하고 친절하게 대했다. 미안한 마음에, 쌓인 외상값이 모두 얼마냐고 물어도 그는 지금은 셈할 때가 아니니 염려 말고 운이 트이면 그때 계산하자고 말했다. 압둘라는 죽고 싶은 심정이었다. 언제까지 이런 불운이 계속될 것인가. 빵집 앞을 지나는 것이 이젠 마치 지옥 길을 지나는 것만 같았다.

41일째 날이었다. 그날도 압둘라는 바다에 나가 알라에게 기도를 올린 다음 그물을 던졌다. 그런데 그물이 묵직했다. 끌어당겨보니 흐늘흐늘 썩어서 고약한 냄새를 풍기는 노새의 시체였다.

이번엔 다른 곳으로 옮겨 그물을 던졌다. 그래도 그물이 묵직했다. 손바닥에 피가 날 정도로 힘겹게 그물을 당겨보니 사람 같기도 하고 아닌 것 같기도 한 것이 올라왔다. 압둘라는 아무래도 솔로몬 왕이 항아리에 넣고 봉한 마신이 아닌가 싶어 비명을 지르고 저만치 물러나면서 외쳤다.

"오! 솔로몬의 마신님, 목숨만은 살려주십시오."

그런데 그물 속에서 어부를 부르는 사람의 목소리가 들리는 게 아닌가.

"어부 양반, 이리로 오시게. 나도 당신과 같은 인간이라네. 나를 그물에서 꺼내주면 알라에게 보상을 받을 걸세."

어부 압둘라는 옆으로 가까이 다가갔다. 그는 재차 자신은 인간이며 알라를 믿는 사도라고 고백했다.

"나는 바다의 자식이라 바닷속을 돌아다니다 그대가 던진 그물에 걸린 거라네. 우리는 알라의 법도에 따라 알라의 창조물에게 사랑을 품고 있지. 그러므로 나는 알라께서 계획하신 일에 대해선 거역하지 않아. 그러니 그물에서 나를 꺼내준다면 나는 그대를 주인으로 섬기 겠네. 제발 나를 꺼내서 나와 친구가 되겠다고 맹세해주게나. 그러면 날마다 이곳으로 오겠네. 그대는 육지에서 나는 과일과 채소를 바구니 하나 가득 담아 이곳으로 오시게. 그럼 나는 바다에서 나는 산호, 진주, 감람석, 취옥, 루비 등 온갖 보석을 가득 담아와 자네 바구니에 넣어주겠네."

어부와 인어는 코란의 첫 장을 외며 맹세를 나누었고 어부는 인어를 그물에서 꺼내주었다. 인어의 이름 역시 압둘라였다. 두 압둘라는 날마다 해가 뜨기 전에 여기서 만나자고 약속했다.

"바다에 나오거든 '압둘라 인어여, 어디 있는가?'라고 하게. 그럼 내가 곧 나타날 테니."

그리고 인어는 잠깐 바닷속으로 들어갔다가 다시 나왔다. 인어는 두 손 가득 보석을 들고 있었다. 인어는 어부에게 보석을 건네주고 바닷속으로 자취를 감추었다.

어부는 돌아오는 길에 빵집 주인에게 보석의 절반을 주고, 그 대신 보물을 팔 때까지 현금을 빌려달라고 했다. 빵집 주인은 몹시 기뻐하 며 어부의 하인이 되겠다고 자청했다. 빵을 전부 바구니에 담아 머리 에 이고는 어부의 집까지 따라가 식구들에게 나눠주고, 시장에 나가 고기며 채소며 과일을 사다가 나눠주었다. 어부는 한사코 말렸으나 빵집 주인은 계속 어부의 집에 머물면서 시중도 들고 일도 거들었다.

빵집 주인은 기꺼이 어부의 하인을 자처했다. 어부는 빵집 주인이

야말로 다시없는 은인이라고 치하했다. 이렇게 하룻밤 함께 지내면서
두 사람은 절친한 벗이 되었다.

이튿날 해가 뜨기 전, 어부는 바구니 하나 가득 과일과 채소를 담아
어깨에 메고 바닷가로 나가 인어를 불렀다.

"압둘라 인어여, 어디 있는가?"

인어가 곧 나타나더니 어부에게 과일과 채소를 받아 바닷속으로 들
어갔다. 한 시간쯤 지났을까. 인어는 온갖 보물을 가득 바구니에 담
아서 나타났다. 어부는 바구니에서 보석을 세 움큼 꺼내 빵집 주인에
게 주었다.

보석 도둑으로 몰려 왕 앞에 끌려온 어부, 대신이 되어 공주와 결혼하다

어부는 가장 비싸 보이는 보석을 하나 골라 주머니에 넣고 보석 시
장으로 갔다. 그리고 보석상 우두머리를 찾아가 보석을 보여주면서
사겠느냐고 물었다. 보석을 받아 자세히 살펴본 보석상은 이런 보석
이 얼마나 더 있느냐는 둥, 집은 어디냐는 둥, 이것저것 꼬치꼬치 캐
물었다. 그러더니 사환들을 불러서 왕비의 보석을 훔친 놈이니 붙잡
아 채찍으로 때리라고 명령했다. 사환들은 어부에게 달려들어 어부를
흠씬 두들겨 팬 다음 단단히 결박을 했다.

보석상 우두머리와 다른 보석상들은 어부를 끌고 우르르 왕궁으로
몰려갔다. 그리고 왕에게 왕비의 목걸이를 훔친 도둑을 잡아 끌고 왔

다고 보고하고, 압수한 보석을 왕에게 건네주었다.

왕은 내시장에게 보석을 건네 왕비에게 보여주고 왕비의 것이 맞는지 알아오도록 명령했다. 보석을 본 왕비는 보석의 광채에 깜짝 놀라 말했다.

"제 목걸이에 달린 보석은 제 방에 그대로 있으니 이 보석은 제 것이 아닙니다. 그러니 그 사람을 벌하시면 안 됩니다. 하지만 이 보석은 제가 가진 보석과는 비교도 안 될 만큼 훌륭하니, 만약 보석 주인이 팔겠다고 하면 움 알 스우드 공주에게 사주십시오. 목걸이에 달아주고 싶으니까요."

내시장의 보고를 받은 왕은 보석상 우두머리와 동료들에게 아드나 사무드(예언자 사리와 후트에게 무엄한 짓을 했기 때문에 지옥에 떨어진 유사 이전의 아라비아 종족)가 받았던 것과 똑같은 천벌을 받으라고 저주했다. 보석상들은 억울하다는 듯 변명을 늘어놓았다.

"가난뱅이 어부가 이만한 물건을 정당한 수단으로 얻었을 리 만무하지 않습니까. 그래서 훔친 게 틀림없다고 단정한 것입니다."

왕은 보석상들에게 호통을 쳤다.

"이 비열한 놈들아. 참된 신앙을 가진 신자의 행운을 시기할 셈이냐? 어째서 제대로 확인해보지도 않았느냐? 아마도 전능하신 알라께서 내려주신 선물일 것이다. 멀쩡한 사람을 도둑으로 몰아 많은 사람 앞에서 창피를 주었으니 썩 물러가지 않으면 물고를 내겠다."

보석상들은 왕의 진노에 잔뜩 겁을 먹고 떨면서 쫓기듯 왕궁을 나왔다.

왕은 어부에게 보석이 어디서 났느냐고 물었다. 어부는 인어 이야기를 들려주었다. 왕은 어부의 희한한 행운에 놀라며 말했다.

"보물을 보호하려면 보물을 가진 사람에게 그에 합당한 지위가 필요한 법이다. 당분간은 내가 그대를 보호해줄 수 있지만 내가 죽고 다른 사람이 왕위에 오르면 이 세상 재물에 눈이 어두워지고 탐욕에 분별을 잃어 그대를 죽일지도 모른다. 그러니 그대를 공주의 배필로 삼고 대신으로 임명하고자 한다. 그리고 내가 죽으면 왕국을 그대에게 물려주겠다. 그러면 내가 죽더라도 감히 그대의 재물을 탐내는 자가 없을 것이다."

왕은 시종들로 하여금 어부를 목욕시키고 대신의 신분에 맞는 옷을 입혀 데려오도록 했다. 그리고 어부를 대신으로 임명하였다.

그뿐 아니라 왕은 압둘라의 집으로 가마를 보내 귀족의 예를 갖춰 식구들을 모두 왕궁으로 데려오도록 일렀다. 왕은 공주 하나 외에는 자식이 없어 허전했던지라 압둘라의 아홉 자식들을 친손자 친손녀를 대하듯 예뻐했다. 한편 왕비는 압둘라의 아내를 환대하여 갖가지 은총을 베풀고 왕비를 측근에서 모시는 여자 대신으로 삼았다.

이윽고 어부 압둘라와 공주의 혼인 계약서가 작성되고 성대한 피로연이 열렸다.

첫날밤을 보낸 다음 날이었다. 어부 압둘라는 아침 일찍 과일과 채소가 가득 담긴 바구니를 들고 인어 압둘라를 만나러 갔다. 왕은 사위가 아침 일찍 나가는 것이 이상해서 불러다 물어보았다. 인어 압둘라를 만나러 가는 이유를 묻자 어부는 대답했다.

"약속을 어기고 싶지 않아서입니다. 저를 거짓말쟁이로 생각하고 제가 세상일에 매어서 친구와의 약속을 잊은 걸로 오해할지도 모르니까요."

그리고 어부 압둘라는 인어 압둘라와 만나 과일과 보석을 바꿔서 돌아왔다.

그런데 돌아오는 길에 보니 빵집 문이 닫혀 있었다. 열흘 동안 계속 살펴보았지만 빵집 주인은 보이지 않았다. 불길한 예감에 이웃들에게 물어보니 병이 나서 집에 틀어박혀 있다는 것이다. 집을 물어 찾아갔 더니 주인은 창밖으로 머리를 내밀고 어부가 온 것을 확인하고 나서 야 문을 열어주었다.

"이거 미안하게 되었습니다. 나는 별일 없습니다. 듣자니 누가 당 신을 모함하고 도둑 누명을 씌워 임금님께 끌고 갔다고 하더군요. 나 까지 잡혀가지 않을까 겁이 나서 일부러 병을 핑계로 가게 문을 닫고 종적을 감춘 것이라오."

어부는 빵집 주인에게 보석 한 바구니를 주고 그동안의 자초지종을 들려주었다.

왕은 어부가 빈손으로 돌아오자 이상하게 여겼다. 압둘라는 빵집 주인과의 인연을 들려주었다. 왕은 감동하여 모두가 알라의 좋은 형 제라고 칭송했다. 그도 그럴 것이 빵집 주인 이름도 압둘라이며, 왕 의 이름도 압둘라였기 때문이다.

왕은 어부 압둘라를 외무대신으로, 빵집 주인 압둘라를 내무대신으 로 임명했다.

인어를 따라 바다 세계를 구경하던 어부, 말실수로 헤어진 인어를 그리워하다

그렇게 1년이 지났다. 그동안 날마다 어부 압둘라와 인어 압둘라는 과일 바구니와 보석 바구니를 맞바꾸며 지냈다. 그러던 어느 날, 둘은 예언자의 묘지 순례를 화제로 이야기를 나누었다. 인어는 예언자 묘지를 순례할 수 있는 육지 사람들을 몹시 부러워했다.

"혹시 자네가 예언자의 묘지에 참배하거든 내 몫까지 참배해주게. 그 묘지에 내가 부탁한 제물을 바치고 '인어 압둘라가 기도드리오니 부디 지옥에서 구원해주십시오'라고 꼭 말씀드려주게."

인어는 예언자 묘지에 바칠 제물을 줄 테니 함께 자기 집으로 가자고 했다.

"난 바닷속에 들어가면 배가 퉁퉁 불어 숨도 못 쉬고 죽고 말걸."

인어 압둘라는 걱정 말라고 했다.

"고약을 가져다줄 테니 그걸 바르게. 그러면 깊은 바닷속에 들어가도 끄떡없고, 몸도 젖지 않고 숨도 막히지 않을 걸세."

인어는 바닷속으로 자취를 감추었다가 이윽고 쇠기름처럼 생긴 황금빛으로 빛나는 향기로운 고약을 손에 들고 돌아왔다.

"이 고약은 물고기 중에서 가장 크고 무서운 단단이라는 물고기의 간 기름으로 만든 것이라네. 덩치가 얼마나 큰지 낙타나 코끼리도 한입에 삼켜버릴 정도지. 단단은 바다의 물고기들을 먹고산다네. 하지만 인간을 무척 무서워해서 인간만 보면 겁을 먹고 죽어라 도망치지.

왜냐하면 단단은 사람의 살을 먹으면 죽기 때문이야. 사람의 기름은 단단에게는 무서운 독약이거든. 그래서 단단의 간 기름을 모을 때에는 바다에 빠져 죽은 사람의 시체를 미끼로 쓰지. 익사한 사람의 시체는 살이 갈가리 찢겨 있어 깊은 바닷속 물고기로 오인하기 쉽거든. 단단이 그걸 먹는 날엔 곧장 죽고 말지."

어부는 모래 구덩이를 파고 거기다 옷을 묻은 다음 온몸에 고약을 바르고 바닷속에 들어가 눈을 떠보았다. 정말 거짓말처럼 아무 문제도 없었다.

이렇게 어부는 인어 뒤를 따라 거침없이 나아가며 바닷속의 진기하고 황홀한 경치에 홀딱 빠졌다. 낙타보다 덩치가 큰 단단이 몰려들었지만 어부가 고함을 치자 그 자리에서 단번에 숨이 끊어졌다. 알라는 인간으로서는 따를 수 없고 또 알 수도 없는 신비하고 오묘한 힘을 가진 것이 분명했다. 그는 그 위대함에 새삼 몸을 떨며 알라를 칭송했다.

그런데 어느 도시에 도착하니 모두 여자뿐이고 남자는 그림자도 보이지 않았다.

"바다의 임금님에게 추방당한 여인들이야. 저 여인들은 아이를 배지도 낳지도 못한다네. 어떤 여자라도 바다 임금님의 노여움을 사면 이 도시로 추방되어 죽을 때까지 살아야 하지. 도시 밖으로 한 걸음만 나가도 바다짐승에게 당장 먹히고 마니까."

인어는 어부를 데리고 다른 도시도 구경시켜주었다.

"바다에도 육지와 다름없이 국왕이 있고 백성이 있으며, 여러 도시와 종교가 있다네."

그곳엔 수많은 남녀가 있었는데 모두 실오라기 하나 걸치지 않은 알몸이었다. 이들은 결혼을 하지 않는 대신 남자가 여자를 좋아하면 아무나 상관 않고 뜻을 이루었다. 정식으로 결혼을 하는 것은 이슬람 교도뿐이었다. 만약 여자가 불륜을 저지르면 죄 지은 여자는 여자만 사는 도시로 추방되는데, 임신했을 경우엔 분만 때까지 기다렸다가 딸을 낳으면 모녀를 함께 추방하고, 아들을 낳으면 바다의 왕에게 끌려가 살해되는 것이 관례였다.

어부는 이 말에 깜짝 놀랐다. 인어는 다시 그를 데리고 다니며 80개의 도시를 구경시켜주었다. 도시마다 주민도 모두 다르고 같은 모습이라곤 하나도 없었다. 그런데 더욱 놀라운 것은, 지금까지 본 도시들은 바다 도시 가운데 극히 일부분이라는 사실이었다. 1,000년 동안 매일 1,000개의 도시에서 1,000개의 불가사의를 보여준다 해도 전체의 24분의 1도 보여주지 못할 것이라고 했다. 이제껏 보여준 80개의 도시는 기껏 인어의 고국 한 곳에 불과하다고 했다.

마지막으로 인어는 어부를 어느 작은 도시의 동굴로 데려갔다. 그곳이 바로 인어가 사는 집이었다. 달처럼 아름다운 그의 딸이 나타났다. 머리카락은 길고 엉덩이는 크고 허리는 가늘고 눈언저리엔 검은 칠이 되어 있었다. 실오라기 하나 걸치지 않은 알몸에 꼬리가 달려 있었다.

딸은 꼬리 없는 어부의 모습에 연방 웃음을 터뜨렸다. 두 아이를 데리고 있는 그의 아내 역시 꼬리 없는 인간을 신기하다는 듯이 쳐다보며 웃었다.

삽시간에 꼬리 없는 인간이 왔다는 소문이 퍼져 이웃들은 인어 압둘라의 집으로 달려왔다. 인어 압둘라가 육지에서 모시고 온 손님이라고 해명했지만 이웃들은 아랑곳 않고 그를 왕에게 끌고 가야 한다고 우겼다. 결국 어부는 바다의 왕 앞에 나아갔다. 왕 역시 꼬리 없는 인간의 모습에 웃음을 터뜨렸다.

"이 사람은 육지에서 온 손님이며 제 친구입니다. 그러나 불에 익히지 않은 생선을 싫어하므로 우리와 함께 살 수 없습니다. 그러므로 임금님의 허락을 얻어 육지로 돌려보내고 싶습니다."

왕은 잘 대접해 보내라고 하고 보석의 집에 가서 원하는 보석을 마음대로 가져가라고 명했다. 어부는 보석을 골라 인어의 집으로 돌아왔다.

인어는 예언자의 묘지에 바칠 지갑을 꺼내 어부에게 주면서 자기 대신 꼭 바쳐달라고 신신당부했다. 어부는 그 안에 무엇이 들어 있는지도 모른 채 지갑을 받았다.

어부와 인어는 육지로 출발했다. 그런데 도중에 노랫소리와 떠들썩한 웃음소리가 들렸다. 마치 잔칫집처럼 흥겨운 광경이었다. 인어는 친구 하나가 죽어서 장례식을 치르는 광경이라고 했다.

"우리는 사람이 죽으면 기뻐하며 노래를 부르고 요리를 먹지."

어부는 이것이 장례식이라고는 도저히 믿기지 않았다.

"육지에서는 사람이 죽으면 눈물을 흘리지. 특히 여자는 자기 얼굴을 때리고 옷을 찢곤 하는데, 이것은 고인의 죽음을 슬퍼해서 하는 짓이라네."

그러자 느닷없이 인어가 눈을 부릅뜨고 어부를 노려보았다. 그리고는 맡긴 지갑을 도로 내놓으라고 버럭 소리를 질렀다. 어부가 지갑을 건네자 인어는 어부를 바닷가에 올려놓더니 갑자기 작별을 고했다.

"이것으로 나와 자네 사이의 우정은 끝났네. 지금 이후로 다시는 만날 일이 없을 걸세."

어부가 까닭을 묻자 인어가 말했다.

"인간의 목숨은 알라께서 잠시 맡기신 것을 가지고 있는 것이지. 그런데 알라께서 맡기신 것을 되돌려 보내는데 무엇이 슬프다는 겐가. 어찌 슬퍼하며 눈물을 흘린단 말인가. 알라께서는 그저 영혼을 맡고 계신 데 불과한데, 아이를 낳으면 기뻐하고 사람이 죽으면 슬퍼하여 탄식한다면 나는 도저히 예언자에게 바칠 예물을 자네에게 맡길수 없네. 알라께서 맡기신 것을 되돌려 보내는 일이 어렵다면, 예언자에게 드리는 물건을 맡았다가 바치는 일이 쉬울 리가 없지. 그러므로 앞으론 더 이상 자네와 우정을 나눌 수가 없다네."

인어 압둘라는 말을 마치자마자 바닷속으로 사라져버렸다.

어부는 한동안 어안이 벙벙하여 물끄러미 바다만 바라보고 있었다. 한참 뒤 정신을 차린 어부는 옷을 찾아 입고 보석을 잔뜩 안은 채 왕궁으로 돌아왔다. 오랫동안 사라져 보이지 않은 사위 때문에 왕은 걱정이 이만저만 아니었다. 그런 차에 사위가 무사 귀환하자 왕은 뛸 듯이 기뻐했다. 어부는 신기하기 짝이 없는 바다 세계 이야기를 들려주고, 인어와 작별하게 된 사연을 말했다. 왕은 깜짝 놀라며 아쉬워했다.

어부는 한동안 언제나처럼 바닷가로 나가 인어 압둘라를 불렀다. 그러나 인어는 끝내 모습을 보이지 않았다.

마침내 어부도 인어와의 재회를 단념하고, 뭍 세상의 행복을 누리며 여생을 보냈다. 🌙

칼리프 하룬 알 라시드는 하도 잠이 오지 않아 자파르를 불러 불면증을 몰아낼 방법이 없느냐고 물었다. 자파르는 좋은 방법이 있다며 말을 시작했다.

"배를 타고 썰물을 따라 티그리스 강을 내려가 카룬 알 시라트로 가보면 어떨까요? 속담에 따분함을 몰아내는 세 가지 방법이 있는데, 한 번도 못 본 걸 보는 것, 한 번도 못 들은 걸 듣는 것, 한 번도 가보지 못한 곳을 가보는 것이라고 했습니다. 가보시면 불면증도 씻은 듯이 나을 것입니다. 양쪽 강가에 집이 늘어서 있답니다. 창과 발코니가 마주 바라보고 있다니 혹시 재미있는 일들을 보고 들을 수 있을지도 모르겠습니다."

칼리프는 흡족해하며 자파르를 길잡이 삼아 알 파즈르, 술친구 이사크, 아브 노와스, 아브 다라흐 등과 검사 마스룰을 대동하고 떠나기로 했다. 일행 모두 상인 복장으로 갈아입고 티그리스 강으로 나가 황금 배를 타고서 목적지 카룬 알 시라트에 도착했다.

때마침 어디선가 아름다운 비파에 맞춰 처녀가 노래를 부르는 소리가 들렸다. 칼리프 일행은 노랫소리가 들리는 집으로 찾아갔다. 젊고 수려한 용모의 집 주인은 일행을 환대하여 맞아주었다. 칼리프 일행은 집 주인과 어울려 먹고 마시며 노예 처녀의 기막힌 비파 연주와 노래 솜씨에 반해 한참 넋을 잃었다.

그러면서도 칼리프는 자꾸만 젊은 주인에게 눈길이 갔다. 뛰어난 용모와 우아한 풍채에 마음이 끌렸으나 그보다는 어딘가 얼굴색이 창백하고 곧 기절할 듯 기진맥진한 기색이 역력했기 때문이었다. 칼리프는 젊은이에게 일행의 신분을 밝혔다. 칼리프가 눈앞에 앉아 있다는 말에 젊은 주인은 깜짝 놀라 벌벌 떨며 당장 바닥에 머리를 조아렸다.

"그대의 얼굴이 그처럼 창백하고 수심에 잠긴 까닭을 말해줄 수 있겠느냐?"

젊은이는 칼리프 일행 앞에서 지나온 자기 신세를 털어놓았다.

포주의 딸에게 미쳐 재산을 탕진한 하산, 바그다드에서 쫓겨나 바스라로 향하다

젊은 주인은 오만의 한 도성에서 부유한 상인의 아들로 태어났는데 이름은 아브 알 하산이다. 무역상인 부친은 36척의 상선을 부렸는데 거둬들이는 세만 해도 연간 100만 디나르가 넘었다. 부친이 돌아가

신 뒤 어느 날, 상인들과 어울려 세상 이야기꽃을 피우다가 우연히 바그다드 이야기를 하게 되었다. 바그다드 시내가 아름답다는 둥, 공기가 맑다는 둥, 주민들의 예의범절이 뛰어나다는 둥, 바그다드에 대한 이야기가 쏟아지자 그는 단번에 마음을 빼앗기고 말았다. 그래서 무슨 일이 있어도 바그다드에 가고 싶어 견딜 수가 없었다.

결국 그는 모든 재산을 처분하여 마련한 현금 1,000만 디나르와 보석을 챙겨서 배를 타고 바그다드에 갔다. 상인들이 사는 마을에서도 가장 살기 좋은 사프란 거리에 집을 하나 빌려 그곳에 살기로 했다.

그런데 어느 금요일이었다. 그는 만수르 대사원에서 기도를 마친 후 얼떨결에 사람들을 따라가다가 '카룬 알 라시드'라는 사창가로 가게 되었다. 일행은 포주인 타히르 이븐 알 아라아 노인의 안내로 2층에 올라가 먹고 마시는 동안 여자를 소개받았다.

"우리 집에 여자는 아주 많소. 하룻밤에 10디나르 하는 여자도 있고, 40디나르 이상 가는 여자도 있소. 나리께서 원하는 여자를 마음대로 고르세요."

그는 하룻밤에 10디나르를 받는 창녀를 골라 한 달 치 화대 300디나르를 선금으로 주고 창녀와 살았다. 그다음엔 20디나르를 받는 창녀를 골라 600디나르를 선금으로 주고 또 한 달을 살았다. 다음엔 40디나르를 받는 창녀를 골라 1,200디나르를 선금으로 주고 또 한 달을 살았다.

그러던 어느 날, 밖이 시끌벅적하여 내다보았다. 강가에서 남녀가 무리 지어 축제의 밤을 즐긴다는 말에 그는 축제를 구경하기 위해 지붕으로 올라갔다. 많은 사람이 횃불과 화롯불을 환히 밝히고 즐기는 광경이 보였다.

그때 어느 집 창가에서 남녀가 부둥켜안고 즐기는 광경이 눈에 띄었다. 그는 여자의 아름다운 용모와 날씬한 맵시를 보자 한눈에 반해 넋을 잃고 말았다. 가슴이 떨리고 다리가 후들거려 서 있지도 못할 지경이었다.

그런데 알고 보니 그 여자는 포주의 딸로 하룻밤 화대가 500디나르나 하는 비싼 여자였다. 그는 포주에게 달려가 한 달 치 화대 1만 5,000디나르를 치르고 여자의 방으로 안내되었다. 방으로 들어가자 훌륭한 방 한가운데 젊고 아름다운 여자가 앉아 있었다.

여자는 눈부신 미인인 데다가 황홀한 자태는 어떤 사내라도 단번에 녹여버릴 정도였다. 여자에게 푹 빠진 그는 몇 달이 흘러가는 줄도 모르고 여자와 환락을 누리며 지냈다. 밤낮의 구별조차 모를 정도로 여자에게 빠져 살다보니 마침내 그는 전 재산을 탕진하고 빈털터리가 되고 말았다. 그는 여자를 부둥켜안고 다가올 이별의 쓰라림에 폭포처럼 눈물을 흘렸다. 여자는 그를 위로하며 이렇게 말했다.

"당신께서 원하시기만 하면 제 곁에서 살 수 있게 해드리겠어요. 저도 당신을 죽도록 사랑하니까요. 그러니까 이렇게 하세요. 제가 아침마다 500디나르가 들어 있는 지갑을 드릴 테니까 당신은 그걸 아버지에게 내놓으며 앞으로는 하루치씩 드리겠다고 하는 거예요. 아버지는 돈을 전부 제게 맡기시니까, 제 수중에 돈이 얼마 있는지 모르세요. 아버지가 제게 돈을 주시면 저는 또 그 돈을 당신에게 드리는 거예요. 그렇게 하면 언제까지나 우리 둘이 같이 지낼 수 있지 않겠어요?"

여자의 말대로 그는 여자에게 매일 500디나르씩 받아 포주인 아버지에게 하루치 화대를 지불하고, 그 돈을 여자에게 다시 받아서 또

주는 식으로 꼬박 1년을 함께 살았다.

그러던 어느 날, 한 시녀가 잘못을 저지르는 바람에 여자가 시녀를 몹시 때리고 말았다. 시녀는 복수심에 사로잡혀 여자의 아버지에게 여자가 매일같이 남자에게 500디나르를 준다는 사실을 고자질해버렸다.

화가 난 포주는 하산의 옷을 모두 벗기고 헌옷을 입혀 당장 내쫓아버렸다.

하산은 절망에 사로잡혔다. 바그다드에 와 불과 몇 해 사이에 사창가에서 어마어마한 재산을 모두 탕진하고 알몸이 되어 애끓은 슬픔을 안고 쫓겨났으니 후회와 탄식에 젖지 않을 수 없었다. 하산은 사흘 동안 제대로 먹지도 마시지도 못하고 배고픔에 지친 몸을 바스라로 가는 배에 실었다.

우연히 진귀한 홍옥수 부적을 얻은 하산, 그 가치를 모른 채 팔고 후회하다

바스라에 도착한 하산은 시장 거리를 걷다가 우연히 부친의 친구이자 자신의 친구인 잡화상을 만났다. 그리고 그 친구의 잡화 가게에서 장부 일을 해주고 봉급을 받기로 했다. 그는 봉급을 착실히 모아 어느새 100디나르를 저축하였다. 그래서 강둑 근처에 방을 얻고 이제나저제나 바그다드로 갈 꿈에 부풀었다.

어느 날, 상품을 가득 실은 배가 항구에 도착했다. 상인들이 거래를 하러 몰려들었다. 한 선원이 갑판 위에 양탄자를 펴놓고는 그 위에 안장 주머니를 꺼내 속에 든 것들을 모두 쏟아놓았다. 거기엔 진주, 산호, 홍옥수 등 온갖 종류의 보옥들이 눈부시게 빛나고 있었다.

"오늘은 몸이 피곤해서 이것만 팔겠소. 용돈이나 벌 생각이오."

상인들이 앞다투어 값을 올려 부른 나머지 경매 가격은 400디나르까지 올라갔다. 시간이 지날수록 더욱 빠르게 가격이 솟구칠 기세였다.

그런데 안장 주머니의 주인이 구경꾼들 사이에 서 있는 하산을 알아보고 반색하며 다가왔다. 그는 하산과 오래전부터 알고 지내던 사이였다. 그래서 하산이 예전처럼 대단한 부호인 줄 알고 물건을 사라고 권했다. 하산은 우물쭈물하며 대답했다.

"글쎄, 원래 세상이란 변화무쌍하고 무상한 법이라서 말이야. 어쩌다 보니 재수가 없어서 재산을 모두 탕진하고 겨우 100디나르밖에 없다네."

"아니 오만의 대부호가 수중에 지닌 돈이 겨우 100디나르라니, 어찌된 영문이오?"

하산은 자신의 처지가 부끄럽고 처량했다. 선원에게 신세 이야기를 하다 보니 자기도 모르게 눈에 눈물이 가득 고였다. 선원은 하산을 측은하게 생각하고 모여든 상인들을 향해 이렇게 말했다.

"아시다시피 여기 있는 이 물건들은 적어도 수천 디나르를 호가하는 것들입니다. 하지만 여러분이 증인이 되어주신다면 이 보석들을 모두 여기 아브 알 하산에게 단 100디나르에 드리기로 하겠습니다. 나의 선물이랍니다."

선원은 양탄자와 안장 주머니를 챙겨 그 안의 모든 보석을 몽땅 하산에게 선물했다. 하산은 거듭 고맙다는 인사를 했고 모여 있던 상인들도 선원의 선심을 침이 마르도록 칭송했다.

하산은 보석 시장에 가서 이 보석들을 팔아 짭짤한 수입을 올렸다. 이렇게 1년 동안 사고판 끝에 가장 아껴둔 보석 하나만 남게 되었다. 그런데 이 보석은 명인이 만든 둥근 부적으로 무게가 반 파운드는 족히 나가는 진분홍색 홍옥수였다. 게다가 이 부적의 양면에는 개미가 기어가는 것 같은 글씨가 깨알같이 새겨 있었다.

그는 홍옥수가 아주 특별하다는 느낌이 드는 이 부적의 사연이나 가치는 도무지 알 수 없었다. 거간꾼에게 알아보게 했더니 그는 시장을 한 바퀴 돌아본 다음에 10디르함 이상은 안 된다고 말했다. 잠시 후 다시 한 번 알아봤으나 15디르함을 넘지 못했다.

그는 보석을 헐값에 팔지 않고 돌아가 수반 속에 던져버렸다.

그런데 며칠 후 가게에 앉아 있으려니까, 여행에 지친 한 나그네가 찾아왔다. 그는 이것저것 물건을 살펴보다가 문득 부적을 바라보고는 눈을 희번덕거렸다. 그리곤 자기 손에 입을 맞추고는 기쁨의 환성을 질렀다.

그는 당장 팔라고 외쳤다. 값은 점점 올라가 1,000디나르까지 나왔다. 하산은 그가 놀리는 줄 알고 절대 팔지 않겠다며 대답하지 않았다. 그러자 나그네는 점점 값을 올려 2만 디나르까지 불렀다. 구경꾼들이 몰려와 흥정을 붙이기 시작했다. 상인들은 만약 값만 부르고 사지 않으면 두들겨 패서 쫓아버릴 테니 걱정 말고 팔라고 했다. 하산은 정말로 살 의향이 있다면 팔겠다고 말했다.

"그렇다면 3만 디나르에 사겠소. 어서 대금을 받고 흥정을 끝냅시다."

하산은 먼저 부적의 영험을 가르쳐달라고 했다. 나그네는 거래가 끝난 다음 꼭 알려주겠다고 약속했다. 하산은 약속을 지킬 것을 알라께 맹세하도록 하고 구경꾼들을 증인으로 삼아 3만 디나르를 받고 부적을 넘겨주었다. 나그네는 부적을 품에 간직하더니 느긋하게 하산을 돌아보며 말했다.

"가엾은 양반, 당신이 팔려고 하지 않았으면 나는 10만 디나르, 아니 100만 디나르라도 기꺼이 치렀을 것이오!"

그 말을 듣는 순간 하산의 얼굴에서 핏기가 싹 가시고 안색이 새파랗게 변하고 말았다. 하산이 부적의 영험과 그에 얽힌 사연을 들려달라고 조르자 마침내 나그네가 입을 열었다.

"실은 인도의 한 임금님에게 세상에서 가장 아름다운 공주님이 하나 있었소. 그런데 불행하게도 공주님은 간질병 환자였소. 임금님은 의사, 학자, 성자를 모두 불렀으나 누구 하나 공주님의 병을 고치지 못했소. 왕은 몹시 비탄에 젖었지. 나는 임금님에게 바빌로니아 사람인 사둘라 노인이 불치병 치료에 가장 뛰어나다는 정보를 알려주었소. 임금님은 내게 홍옥수 하나를 주고 10만 디나르의 돈과 선물을 내놓았지요. 나는 즉시 바벨의 나라로 가서 노인을 찾아내 돈과 선물을 내놓으며 부탁했다오. 노인은 옥 장인을 불러 홍옥수로 부적을 만들라고 명령했소. 7개월간 성좌를 관찰하고 생활하며 글씨와 그림 조각을 새긴 다음, 뒷면에 병을 몰아내는 글자를 새긴 것이지요. 나는 이 부적을 가지고 가서 임금님에게 바쳤소.

그동안 공주는 네 개의 쇠사슬에 묶여 있었소. 임금님께서 공주의 몸에 부적을 올려놓자 그 즉시 공주님의 간질병이 씻은 듯이 나았소. 그 뒤로 공주는 부적을 목걸이에 걸고 다녔다오. 그런데 어느 날 공주는 시녀를 데리고 바다에서 뱃놀이를 하던 중 장난을 치다가 시녀가 손으로 목걸이를 치고 말았지 뭐요. 그 바람에 목걸이가 끊어지면서 파도 속으로 떨어져버렸던 거요. 그 후 공주는 다시 간질병이 도졌고, 임금님은 나를 불러 더 많은 돈을 주면서 사둘라 영감에게 가서 또 하나의 부적을 만들어달라고 부탁했소. 그러나 내가 바벨 나라로 가보니 노인은 벌써 세상을 떠난 뒤였소. 임금님은 나와 다른 신하 10명에게 온 세상을 돌아 공주님 병을 고칠 수 있는 약을 구해오라고 명령했소. 그런데 알라의 덕택으로 뜻밖에 잃어버린 부적을 이렇게 손에 넣을 수 있게 된 것이오."

말을 마친 나그네는 바람처럼 사라져버렸고, 하산은 자신의 어리석음을 탓하며 가슴을 쳐서 얼굴이 창백해졌다.

부적을 팔아 큰돈을 번 하산, 바그다드로 가서 포주의 딸과 결혼하다

아브 알 하산은 부적 판 돈을 갖고 바그다드로 갔다. 그리고 포주 영감의 집을 찾아갔다. 그런데 예전의 그 집은 전혀 다른 모습으로 변해 있었다. 발코니가 없어지고 격자창은 깨끗이 수리되어 있었다. 하산은 집 앞에 장승처럼 서서 신세를 한탄하고, 덧없는 속세의 변화를 떠올리며 상심에 젖어 있었다.

그때 하인 하나가 나타나, 타히르 이븐 아라아 영감에 대해 뜻밖의 소식을 전해주었다.

"그분은 창녀를 모두 팔아버리고 전능하신 알라께 참회하셨답니다."

포주 영감이 참회하게 된 사연은 이러했다. 하산이 쫓겨난 뒤 그 딸이 하산을 그리워한 나머지 그만 병이 들었다는 것이다. 부친은 딸의 병을 고치려고 하산의 행방을 찾아 10만 디나르의 현상금까지 걸었으나 끝내 찾아내지 못했고 그 때문에 딸의 목숨이 오늘내일 하고 있다고 전했다. 하산은 하인에게 말했다.

"지금 당장 타히르 영감한테 가서 이렇게 전하시오. '반가운 소식을 가지고 왔으니 상금을 주시오. 오만 태생의 아브 알 하산이 문전에 와 있소' 하고 말이오."

하인은 마치 방앗간에서 해방된 당나귀처럼 뛰어갔다가 얼마 후 타히르 영감을 데리고 돌아왔다. 영감은 하산을 보자마자 자기 집으로 달려가서 하인에게 10만 디나르를 주었다. 하인은 하산에게 연방 축복의 말을 하며 절을 하고는 가버렸다.

영감은 하산을 끌어안고 눈물을 흘렸다. 그리고 그를 딸에게 안내했다. 딸은 하산을 보자마자 기절하여 쓰러졌다. 얼마 후 정신을 차린 딸과 하산은 서로 끌어안고 눈물을 흘렸다. 이윽고 딸은 건강을 회복했다. 하산은 딸과 혼인 계약서를 작성하고 성대한 결혼식을 올렸다.

하산은 아내와 아들을 데리고 와 칼리프 일행에게 소개하였다.

칼리프는 일행과 함께 궁전으로 돌아오자마자 마스룰에게 명하여 바스라, 바그다드, 호라산에서 바친 1년분의 공물을 금화로 바꿔 대청에 쌓아놓게 하였다. 그러자 알라 외에는 아무도 모를 만큼 막대한 금액이 되었다.

이윽고 칼리프는 대청 앞에 휘장을 친 다음, 하산을 불러들였다. 하산은 칼리프 앞에 무릎을 꿇고 벌벌 떨었다. 칼리프에 대한 대접이 소홀해서 호출한 것이 아닌가 싶어 잔뜩 겁을 집어먹은 것이다. 칼리프의 명령으로 휘장이 걷히자 하산의 눈앞에 금화가 산처럼 쌓여 있었다. 하산은 깜짝 놀라 눈을 휘둥그레 떴다. 칼리프의 목소리가 들렸다.

"여봐라, 여기 이 돈과 그대가 부적에서 손해를 본 돈 가운데 어느 쪽이 더 많은가?"

"오, 충성된 자의 임금님, 이쪽이 몇 배 더 많습니다."

"그렇다면 여기 참석한 신하들이여. 나는 이 돈을 젊은이에게 줄 테니 증인이 되어다오."

하산은 너무도 감격한 나머지 바닥에 엎드려 얼굴을 붉히며 울었다. 울고 있는 동안 두 볼의 혈색이 살아나 얼굴은 보름달처럼 아름다워졌다. 칼리프는 거울을 하산의 얼굴에 대어주었다. 하산은 거울에 비친 자기 얼굴을 보자 칼리프에게 감사하고 알라를 칭송하며 바닥에 엎드렸다.

이후 아브 알 하산은 자주 입궐하여 칼리프의 술친구가 되었다. 🌙

이브라힘과 자밀라의 이심전심 사랑

초상화 속 미인에 반한 이브라힘, 그녀를 찾아 바그다드를 거쳐 바스라로 향하다

이집트의 대신 알 하시브에게는 이브라힘이라는 외아들이 있었다. 그는 세상에 다시없을 만큼 인물이 수려했다. 이 때문에 아버지는 아들을 걱정하여 금요일 기도 이외에는 외출을 허락하지 않았다.

어느 날, 이브라힘은 사원에서 돌아오다가 책을 팔고 있는 노인을 만났다. 이브라힘은 말에서 내려 책을 뒤적거리다가 우연히 온 세계를 다 뒤져도 찾을 수 없는 아름다운 미녀의 초상화를 발견했다. 분별을 잃고 넋이 나간 그는 노인에게 100디나르나 주고 그림이 있는 책을 샀다. 그리고 밤마다 초상화를 들여다보고 눈물을 흘리며 밥도 못 먹고 잠도 이루지 못했다. 그리움에 견디다 못한 이브라힘은 책 장수를 찾아가 초상화에 대해 물어보기로 했다. 만일 실제 초상화의 미녀가 살아 있다면 무슨 수를 써서라도 찾아갈 것이지만, 만일 실물이 없는 그저 상상 속의 인물이라면 깨끗이 잊어버리기로 했다.

다음 금요일이 되자 이브라힘은 책 장수를 찾아가 초상화에 대해 물었다.

"나리, 이 초상화를 그린 화공은 바그다드의 아브 알 카심 알 산다라니이며, 알 카르프 거리에 산다고 합니다. 하지만 누구의 초상화인지는 저도 모릅니다."

이브라힘은 집안 식구들에게는 아무 말도 남기지 않고 3만 디나르에 이르는 금화와 보석을 주머니에 가득 넣고 한밤중에 몰래 집을 빠져나왔다. 그리고 바그다드로 향하는 어느 대상에 합류했다. 바그다드까지는 두 달이 걸리는 길이었다. 이브라힘은 안내인 바다위인에게 빨리 데려다주면 사례금을 얹어주겠다고 제안했다. 바다위인은 지름길로 접어들어 잠시도 한눈팔지 않고 강행군을 한 끝에 예정보다 일찍 바그다드에 도착했다. 이브라힘은 약속대로 바다위인에게 사례금 100디나르 외에 1,000디나르짜리 말을 얹어 주었다.

이브라힘은 곧장 알 카르프 거리를 찾아 어느 뒷골목으로 들어섰다. 골목 양쪽으로 다섯 채씩 마주 바라보며 집이 열 채 늘어서 있는데 가장 바깥으로 은고리가 달린 두 짝의 문이 있었다. 문 옆에는 비할 데 없이 아름다운 양탄자를 깐 대리석 걸상이 두 개 놓여 있고, 그 하나에 천박해 보이지 않고 풍채 좋은 사내가 화려한 옷을 입고 여러 명의 백인 노예를 거느린 채 앉아 있었다.

그 골목을 바라본 순간 이브라힘은 책 장수가 가르쳐준 거리임을 직감했다. 이브라힘은 사내에게 깍듯이 인사하고, 한동안 기거할 집을 소개해달라고 부탁했다. 사내는 노예 계집을 시켜, 빈 집 하나를 깨끗이 청소하고 가재도구를 갖춰 내주었다. 사내는 집세는 안 받을 테니 얼마든지 묵으라고 친절을 베풀었다. 집을 청소하고 가재도구를 들여놓을 동안 사내와 이브라힘은 장기를 두었다. 이브라힘이 계속 이기자 사내는 장기 솜씨가 대단하다며 칭찬했다.

모든 준비가 끝나자 사내는 집 열쇠를 이브라힘에게 건네주고 자기 집으로 데려가 식사를 대접했다. 사내의 집은 황금빛이 찬란하고 온갖 종류의, 말과 글로는 이루 다 표현할 수 없는 그림과 세간이 즐비했다. 이브라힘은 진수성찬을 배불리 먹고 난 다음 문득 가죽 주머니가 없어진 사실을 깨달았다. 기껏 1디르함 어치의 음식을 대접받고 3만 디나르나 하는 금품을 잃어버리다니 너무도 기가 막혔다. 이브라힘은 속으로 알라께 구원을 빌면서 입도 떼지 못하고 너무나 슬퍼서 그저 가만히 있을 수밖에 없었다.

사내는 또다시 장기 한 판을 더 두자고 청했다. 그런데 가죽 주머니 때문에 집중이 안 되어 그런지 이번엔 사내한테 지고 말았다. 이브라힘이 장기를 그만두고 일어서자 사내가 웬일이냐고 물었다.

"금품이 든 가죽 주머니를 잃어버렸소."

그러자 사내는 가죽 주머니를 가져와서 건네며 장기 한 판을 더 두자고 했다. 이번엔 이브라힘이 이겼다. 사내는 웃으며 말했다.

"주머니에 마음을 빼앗겼을 때는 내가 이겼지만, 주머니를 돌려줬더니 내가 지고 말았구려."

이브라힘은 자신의 신분을 밝히고 초상화 때문에 여기까지 오게 된 사연을 들려주었다.

"아니, 이런. 내가 바로 그 '아브 알 카심 알 산다라니'라는 사람이

오. 알리지도 않고 느닷없이 찾아오다니 정말 놀랍소."

이브라힘은 사내를 끌어안고 머리와 두 손에 입을 맞췄다. 그리고 누구의 초상화인지 가르쳐달라고 호소했다. 사내는 똑같은 초상화가 들어 있는 책 두어 권을 보여주었다.

"실은 말이오. 이 초상화의 주인공은 내 사촌 동생으로 이름은 자밀라('미인'이라는 뜻)라고 하오. 그녀의 부친은 아브 알 라이스인데 지금 바스라의 총독이오. 이 세상에서 그녀만큼 아름다운 여자는 없소. 그러나 그녀는 남자를 몹시 싫어해서 '남자'라는 말만 들어도 경기를 일으킬 정도라오. 나는 그녀를 아내로 삼고 싶어서 백부에게 청혼하고 돈을 아낌없이 마구 뿌렸소. 하지만 백부는 아무 대답이 없었소. 동생은 동생대로 몹시 화를 내고 다른 사람 편에 이런 말을 전해왔소. '분별이 있다면 이 도시를 떠나시오. 안 그러면 파멸을 초래할 것이오.' 아, 이러지 않겠소. 사실 그녀는 여걸 중의 여걸이라오. 그래서 난 할 수 없이 바스라를 떠나 바그다드로 온 것이오. 그 뒤 나는 여러 책에 이 초상화를 그려서 여러 나라에 뿌렸소. 혹시 당신처럼 잘생긴 남자 눈에 띄어, 머리를 써서 그녀에게 접근할 수 있게 되면, 여자 쪽에서 반할지도 모르니까 말이오. 나는 바그다드에서 당신처럼 잘생긴 남자를 본 적이 없소. 자밀라도 당신을 한번 보는 날엔 미치고 말 것이오. 만일 당신이 뜻을 이루어 그녀와 결혼하는 날에는 비록 멀리서라도 좋으니 꼭 내게도 그녀 얼굴을 한 번 보게 해주시오."

이브라힘은 그러겠다고 약속했다. 사내는 바스라로 떠날 배를 준비할 테니 기다리라고 했다. 사흘 후 배는 바스라를 향해 출발했다.

여러 사람의 도움으로 자밀라를 만난 이브라힘, 바그다드로 사랑의 도피를 떠나다

이브라힘이 바스라에 도착해 시장 거리를 걷고 있는데, 사람들은 너무나도 아름다운 젊은이의 미모에 눈을 크게 뜨고 넋을 잃은 채 바라보았다.

이브라힘은 객주에 숙소를 정하고, 우람한 풍채의 문지기 노인과 친해지고 인심을 후하게 써 그의 마음을 얻었다. 이브라힘이 여자 때문에 혼자 눈물을 흘리고 있는 걸 본 노인은 술친구를 해주며 위로하였다. 고마운 마음에 이브라힘은 문지기에게 비싼 여자 옷 꾸러미를 내밀고 부인에게 주라고 했다. 문지기의 부인은 옷을 선물받자 감격하여 남편과 함께 이브라힘에게 달려왔다. 부부는 이브라힘이 눈물을 흘리며 비탄에 잠겨 있는 걸 보고 창자가 끊어질 듯 마음이 아팠다. 그래서 이브라힘이 홀딱 반해 울먹이는 여자가 누구냐고 물었다.

"총독 아브 알 라이스의 딸 자밀라요."

자밀라의 이름을 듣는 순간 문지기 부인은 펄쩍 뛰며 만류했다.

"젊은 나리, 제발 그런 이야기는 그만두세요. 소문이 퍼지는 날엔 목숨이 없어요. 이 세상에 자밀라 공주만큼 사나운 여자는 없어요. 모두 다 겁을 먹지요. 그 여자 앞에선 감히 '남자'라는 말조차 꺼내지 못한답니다. 그만큼 남자를 싫어한다니까요. 그러니 단념하고 다른 여자를 찾아보세요."

부인의 충고를 듣고는 이브라힘이 흐느껴 울었다. 문지기 내외는 불쌍한 마음에 일이 잘 되게끔 힘써보겠다고 위로했다. 이튿날 내외는 공주의 옷을 만드는 꼽추 재봉사를 소개해주며 사정을 잘 이야기해서 소원을 이룰 방법을 알아보라고 귀띔했다.

이브라힘은 재봉사를 찾아가 옷 수선을 부탁하고 사례금을 듬뿍 주면서 후하게 인심을 베풀었다. 재봉사는 젊은이의 미모와 너그러운 태도에 놀라면서도 다른 한편으로 후한 인심에는 분명 무슨 까닭이 있을 것이라고 여겼다.

"여보시오, 젊은 나리. 아무래도 무슨 곡절이 있는 듯싶은데 털어놔보십시오."

이브라힘이 자밀라 이야기를 하자 재봉사는 펄쩍 뛰었다.

"목숨을 소홀히 여기지 마십시오. 함부로 입을 놀리다가는 큰코다칩니다."

하지만 이브라힘이 엉엉 울면서 도와달라고 애원하자 재봉사는 마음이 아프고 불쌍해서 내일까지 궁리해보겠노라고 대답했다.

이튿날 아침 이브라힘은 재봉사를 찾아갔다. 재봉사는 한 가지 계책을 일러주었다.

"이제부터 살진 닭 세 마리, 사탕 과자 3온스, 술 두 항아리에다 술잔 하나를 준비하십시오. 항아리엔 술을 가득 담고, 아침 기도가 끝난 뒤 준비한 물건을 모두 커다란 주머니에 넣어 지고 나룻배를 타세요. 뱃사공이 '1파라산다 이상은 갈 수 없습니다'라고 하거든 건성으로 아무래도 좋다고 승낙하고 일단 배에 올라탄 뒤에, 그 근처까지 오거든 돈을 미끼로 사공에게 사정을 해서 배를 좀 더 멀리까지 가게하는 겁니다. 그러는 사이에 화원이 눈에 띌 텐데, 가장 먼저 보이는 화원이 자밀라 공주의 화원이니까 그 화원 앞에 배를 대고 내리세요.

그리고 화원 문으로 가세요. 비단 천을 깐 높은 계단 위에 나처럼 꼽추가 한 사람 앉아 있을 텐데요. 그에게 사정을 털어놓고 도와달라고 부탁하면 혹시 먼발치에서나마 잠깐 동안 공주의 모습을 보게 해줄지도 모릅니다. 내 힘으로 해줄 수 있는 건 이 정도가 고작입니다. 만에 하나 그가 당신을 동정하지 않으면 나도 당신도 목숨은 없는 걸로 아십시오."

이브라힘은 재봉사가 가르쳐준 대로 무작정 배를 타고 가다가 사공에게 돈을 주며 좀 더 멀리 가자고 꼬셨다. 그리하여 화원에 당도한 이브라힘은 꼽추 정원 지기에게 다가가 사정을 털어놓았다. 그의 동생인 꼽추 재봉사가 보냈다는 말에 정원 지기는 한참 고개를 숙였다가 어렵게 말문을 열었다.

"여보게, 젊은이. 내가 당신을 좋게 생각하고 있지 않았다면 당신 목숨은 벌써 없어졌을 거요. 내 아우는 물론 객주 문지기와 그 마누라도 마찬가지요. 왜냐하면 이 화원은 하늘 아래 둘도 없는 훌륭한 곳으로 '들송아지 동산'이라 불린다오. 난 20년 동안 여기서 정원 지기로 일하고 있지만, 임금님과 자밀라 공주님 그리고 나 이외에는 아직 누구 하나 여기 들어온 적이 없소. 자밀라 공주는 40일마다 한 번씩 배를 타고 수많은 부인과 시녀에게 둘러싸여 화원으로 들어오지만 난 한 번도 얼굴을 본 적이 없소. 어쨌든 당신을 위해 하나밖에 없는 내 목숨을 걸어보기로 하겠소."

이브라힘을 감격하여 그의 손에 입을 맞추었다. 정원 지기는 이브라힘을 데리고 화원 여기저기를 구경시켜주었다. 화원은 천국의 동산과 같았다. 정자와 정자 안의 수반을 바라보며 이브라힘은 낙원에 온 것 같은 착각에 빠졌다. 정원 지기는 이브라힘을 정자 건너편으로 데려가서, 친절하게도 나무 사이에 시렁을 매주었다.

"내일 공주가 올 때까지 여기 올라가 계시오. 그러면 공주 눈에는 당신이 보이지 않을 테지만 당신 눈에는 공주가 잘 보일 것이오. 그 다음 일은 알라의 뜻에 맡깁시다!"

이브라힘은 정원을 거닐면서 과일을 따먹거나 바람을 쐬며 보내다가 밤에는 정원 지기와 함께 잤다. 이튿날 아침 정원 지기가 새파랗게 질려서 달려왔다. 공주 일행이 행차했으니 얼른 시렁 위로 올라가 들키지 않게 숨어 있으라고 했다.

이윽고 공주가 수십 명의 시녀와 수행원의 호위를 받으며 나타났다. 공주의 아름다운 자태를 보자 이브라힘은 이성이고 무엇이고 다 잃어버린 채 그저 멍하니 넋을 잃고 바라보기만 했다. 한참 먹고 노래하며 춤추며 놀던 일행은 공주를 부추겨 춤을 추게 하였다. 공주는 덧옷을 벗어버리고 비단 내의 한 겹만 걸치고 춤을 추기 시작했다. 두 젖가슴은 석류처럼 봉긋하고 베일을 벗은 얼굴은 보름달처럼 눈부시게 환했다. 춤추는 공주의 모습에서 신기가 느껴졌다.

이브라힘이 뚫어져라 공주를 응시하고 있는데, 문득 공주가 고개를 들어 나뭇가지 사이로 드러난 이브라힘의 모습을 보게 되었다. 공주는 갑자기 안색이 변하면서 시녀들에게 잠깐 어디 좀 다녀올 테니 기다리라고 말하고 단도를 들고 이브라힘에게 다가왔다. 그런데 얼굴을 마주 대한 순간 공주는 단도를 툭 떨어뜨리고 말았다.

"사람의 마음을 바꿔놓으시는 신에게 영광 있기를! 여보세요, 젊은 서방님. 겁내실 것 없어요. 너무 걱정 마세요."

그 말에 이브라힘은 겁에 질려 울음을 터뜨렸다. 공주는 손수 눈물을 닦아주며 물었다.

"도대체 당신은 누구세요? 무슨 일로 여기 오셨나요?"

이브라힘은 공주 앞에 무릎을 꿇고 소맷자락을 잡아당기며 살려달라고 애원했다. 공주는 그를 안심시키고 계속 누구냐고 물었다.

"부탁이니 가르쳐주세요. 혹시 당신은 이브라힘 빈 알 하시브라는 분이 아니세요?"

이브라힘은 그렇다고 고개를 끄덕였다. 그러자 공주는 당장 이브라힘에게 몸을 던졌다.

"저로 하여금 사내를 싫어하게 만든 건 바로 당신이에요. 글쎄, 저는 이집트에서 이 세상에 둘도 없는 미남자 이브라힘이 살고 있다는 소문만 듣고 당신을 사모하여 완전히 사랑의 포로가 되었습니다."

이브라힘과 공주는 그때부터 먹을 걸 서로 입에 넣어주고, 먹고 마시며 정답게 이야기를 나누었다. 마치 꿈만 같았다. 공주는 이대로 헤어질 수 없다며 다시 만나기로 약속했다.

"저는 배를 한 척 가지고 있어요. 물론 선원들도 있고요. 제가 배를 가지고 갈 때까지 거기서 기다리고 계세요."

공주는 일행에게 궁전으로 돌아가자며 서둘렀다. 으레 화원에 왔다 하면 최소한 사흘은 묵는 게 관례였는데 갑자기 돌아가겠다는 공주의 말에 시녀들은 어리둥절할 수밖에 없었다. 공주는 머리가 아프다는 둥 온갖 핑계를 댔다.

공주 일행은 모두 강둑으로 내려가 배에 올랐다. 정원 지기는 사정도 모르고 이브라힘을 위로하고 격려했다. 공주가 사흘씩 묵는 관례를 깨고 한나절 남짓 있다가 가버렸으니, 공주 얼굴도 구경하지 못했을 이브라힘이 불쌍하기 짝이 없었다. 그래서 자기 집에 가서 후일을 기약하며 기다려보자고 친절을 베풀었다.

이브라힘은 고향이 걱정되어 귀국해야겠다며 아쉬운 작별 인사를 했다. 정원 지기는 젊은이를 가슴에 꺼안고 이별을 아쉬워했다.

숙소로 돌아온 이브라힘은 문지기 부부에게도 작별 인사를 했다. 소원을 이룰 방법이 없으니 포기하고 귀국할 수밖에 없다고 둘러댔다.

이렇게 해서 이브라힘은 짐을 꾸려 배에 옮기고 공주와 약속한 장소에 도착해 공주를 기다렸다. 이윽고 사방이 어두워지자 배가 나타났다. 둥글게 턱수염을 기르고 허리엔 띠를 두른 장사꾼으로 변장한 공주는 활과 칼로 무장하고 있었다. 두 사람이 배에 오르자마자 배는 쏜살같이 달려 금세 바그다드에 도착했다.

그런데 티그리스 강가에 배 한 척이 닻을 내리고 있었다. 선원들은 이브라힘을 보자 고래고래 소리를 지르며 인사를 했다.

"무사히 돌아오게 된 걸 축하합니다."

배가 점점 가까이 다가오는데, 이게 웬일인가. 배에 화공 산다라니가 타고 있는 게 아닌가. 산다라니는 이브라힘을 보고 외쳤다.

"겨우 찾아냈군. 무사히 돌아오니 반갑소. 그래, 소원은 이루었소?"

이브라힘이 그렇다고 대답했다. 산다라니는 횃불을 높이 쳐들고 배 안을 비춰보았다.

자밀라 공주는 화공의 모습을 보자 가슴이 떨리고 얼굴이 새파랗게 질렸다. 화공은 태연하게 인사를 했다.

"먼저 가십시오. 나는 임금님에게 볼일이 있어 바스라에 가야 합니다. 오래간만에 만난 기념으로 젊은 나리에게 이걸 선물로 드리겠소."

산다라니는 이브라힘에게 과자 한 상자를 던졌다. 공주는 걱정이 이만저만 아니었다.

"저분은 제 사촌 오빠예요. 제게 청혼했다가 거절당했어요. 그러니까 바스라에 가면 반드시 우리 둘의 일을 아버지에게 일러바칠 게 분명해요."

이브라힘은 공주를 위로하고 안심시켰다.

"아니오. 우리 둘이 모스르에 도착할 때까지는 저 사람도 바스라에 도착하진 못할 거요."

그리고 이브라힘은 공주에게 과자를 권하고 자기도 한 입 먹었다. 그런데 과자가 배 속에 들어가기도 전에 이브라힘은 갑판에 머리를 부딪치며 쓰러지고 말았다. 과자 속에는 마약이 들어 있었다.

위험에 빠진 공주와 이브라힘, 고난을 극복하고 사랑의 결실을 맺다

재채기를 하는 바람에 깨어보니 벌써 날이 밝아 있었다. 그런데 자신은 속바지 하나만 걸친 알몸으로 어느 낡은 움막 안에 내동댕이쳐 있는 게 아닌가. 그때에야 이브라힘은 산다라니에게 감쪽같이 속은 것을 깨달았다. 하지만 이런 몸으로 어디로 가야 할지 막막했다.

그래서 앞으로 막 걸어가려는데 뜻밖에 경비 대장이 칼과 방패로 무장한 포졸들을 거느리고 다가왔다. 이브라힘은 도망갈 곳을 찾아 두리번거리다가 낡아빠진 목욕탕 안으로 몸을 숨겼다. 그런데 뭔가 발에 걸려 넘어졌다. 뭔가 하고 만져보는데 손에 피가 흥건히 묻어났다. 하지만 이브라힘은 피가 묻은 줄도 모르고 무심결에 손을 속바지에 쓱 닦았다. 그리곤 다시 한 번 손을 뻗어 그만 시체의 머리를 움켜쥐게 되었다. 그는 소스라치게 놀라 손을 풀고 목욕탕 구석에 있는 벽장 속으로 도망쳐 들어갔다.

그때 경비 대장이 문간으로 들어섰다. 부하들이 횃불을 들고 구석구석을 샅샅이 뒤졌다. 결국 이브라힘은 발각되어 끌려나왔다.

"아니, 이렇게 아름다운 얼굴을 만드신 알라께 영광 있어라! 도대체 넌 어디서 굴러들어온 뼈다귀냐? 그리고 왜 이 여자를 죽인 거지?"

이브라힘은 강하게 부인했다.

"알라께 맹세코 나는 사람을 죽인 기억도 없을뿐더러 누가 죽었는지도 모릅니다. 나는 단지 당신들이 무서워서 여기 숨었을 뿐입니다."

경비 대장은 그의 손과 속바지에 피가 묻어 있는 걸 보고 범인이라고 단정해서는 당장 목을 치라고 명령했다. 이브라힘은 흐느껴 울다 기절해 쓰러졌다. 사형 집행인은 젊은이의 생김새가 워낙 수려하기도 하려니와 하는 품을 보아하니 도저히 살인할 사람 같지는 않아 보여 측은한 생각이 들었다. 하지만 경비 대장의 명령에 따라 가죽 깔개 위에 이브라힘을 꿇어앉히고 두 눈을 가렸다. 칼을 뽑아 목을 막 내리치려는 찰나였다.

뜻밖에 다급한 말굽 소리와 함께 기다리라는 고함이 들렸다. 여기엔 세상에서도 희한한 곡절이 있었다.

이집트의 대신 알 하시브는 1년 전 집을 나가 행방이 묘연한 아들을 찾기 위해 시종장에게 편지 한 통과 선물을 주어 칼리프 하룬 알 라시드에게 보냈다.

"들리는 소문에 따르면 제 아들 이브라힘이 바그다드에 있다고 합니다. 칼리프의 너그러운 뜻에 의지하는 바이니 아무쪼록 아들을 찾아 시종 편으로 제게 보내주시면 감사하겠습니다."

칼리프는 편지를 읽자마자 경비 대장에게 이브라힘을 찾으라고 명령했다. 칼리프는 경비 대장에게 이브라힘이 바스라에 있다는 소식을 전해듣고 알 하시브에게 이 사실을 알렸다. 알 하시브는 시종장에게 당장 바스라로 가라고 명령했다. 시종장은 하루라도 빨리 대신의 아들을 찾아내려는 조바심에서 즉각 길을 떠났다. 그런데 공교롭게도 가는 도중 가죽 깔개 위에 앉아 있는 젊은이를 발견하고 혹시 이브라힘이 아닌지 확인하기 위해 사형 집행을 멈추라고 한 것이다.

시종장은 경비 대장에게 사형수의 결박을 풀어 데려오라고 일렀다. 이브라힘은 시종장 앞에 끌려왔다. 그는 공포에 시달려 품위 있는 평소 모습이라곤 조금도 찾아볼 수 없었다. 그 때문에 시종장은 그가 이브라힘이라고는 꿈에도 생각하지 않았고, 그래서 처음엔 그를 알아보지 못했다. 시종장은 젊은이에게 신분을 밝히고 왜 여자를 살해했는지 연유를 털어놓으라고 말했다. 이브라힘은 고개를 들고 물끄러미 시종장을 바라보더니 깜짝 놀라 외쳤다.

"고약한 놈 같으니! 그대는 나를 모르는가? 난 알 하시브의 아들 이브라힘이다."

그때에야 시종장은 이브라힘이 틀림없다는 걸 알고 그의 발밑에 몸을 던졌다. 시종장은 경비 대장에게 으름장을 놓았다.

"이 얼빠진 놈아! 너는 이집트의 대신이신 알 하시브 님의 아드님을 죽일 작정이었더냐?"

경비 대장은 안색이 새파랗게 질려 벌벌 떨었다. 경비 대장과 일행은 다시 한 번 목욕탕으로 들어가 대대적인 색출 작업을 벌인 끝에 용케 진범을 체포하여 칼리프 앞에 연행하였다. 칼리프는 살인자에게 사형을 언도하였다.

이윽고 칼리프는 이브라힘을 불러내 웃으면서 자초지종을 물었다. 이브라힘은 그동안의 사연을 털어놓았다.

칼리프는 검사 마스룰로 하여금 산다라니 집에 가서 그와 공주를 데려오라고 명령했다. 마스룰이 쳐들어가니 자밀라 공주는 자신의 머리칼로 결박되어 곧 숨이 끊어질 지경이었다. 검사는 곧장 공주의 결박을 풀어주고, 화공을 체포하여 칼리프 앞으로 끌고 왔다. 칼리프는 자밀라 공주의 아름다운 자태를 넋을 잃고 바라보았다.

칼리프는 공주를 때린 산다라니의 두 손을 자르고 책형에 처했다. 그리고 그의 전 재산을 몰수하여 이브라힘에게 주었다.

그때 바스라의 총독이며 자밀라 공주의 부친인, 아브 알 라이스가 달려왔다. 그는 이브라힘이 자기 딸을 꾀어 달아났다고 칼리프에게 고발하러 온 참이었다.

칼리프는 총독에게 말했다.

"저 젊은이의 손에 그대의 딸은 고통에서 구원되고 살해를 면했도다. 그대는 이집트 임금의 후사인 이 젊은이를 사위로 맞을 생각이 없는가?"

총독은 당장 허락했다. 칼리프는 법관과 증인을 불러 이브라힘과 자밀라의 혼인 계약서를 작성하게 했다. 이브라힘은 자밀라 공주를 데리고 고국 이집트로 돌아가 죽을 때까지 환락을 누리며 행복하게 살았다. 🌙

어느 날, 상인 차림으로 변장한 칼리프 알 무타즈*가 이븐 함둔 등의 일행을 거느리고 민정시찰을 나갔다.

한낮의 찌는 듯한 무더위를 피해 뒷골목으로 들어간 칼리프 일행은 추녀가 높은 어느 깨끗한 주택 문간에서 쉬고 있었다. 그때 집 안에서 시종이 나와 주인과 함께 식사할 손님을 기다린다고 말했다. 칼리프는 집주인의 인품이 대범함을 직감하고 시종에게 외국 상인이라 속여 집 안으로 들어갔다.

집주인은 반색하며 일행을 맞았다. 집 안은 마치 천국인가 싶을 만큼 호화스러웠다. 화원은 온갖 수목이 우거져 눈을 황홀하게 하고,

---

*칼리프 알 무타즈는 뛰어난 미남인 데다가 기골이 단단하고 지적 능력이 상당히 높은 임금이었다. 아바스왕조 13대 칼리프(재위 866~869)로 용맹한 군인이자 탁월한 행정가로서 아바스왕조를 재건한 공로로 아바스왕조 1대 칼리프의 이름을 따 제2의 사파흐로 불린다. 아바스왕조 칼리프 가운데 가장 용맹스러워 한때 사자를 공격한 적도 있다. 광신자에다 호색한이라는 얘기도 듣는데, 마지막 순간에 시를 지었을 만큼 감수성도 풍부했다고 전해진다.

집 안엔 값비싼 가구가 수두룩했다. 그런데 방 안의 세간을 이것저것 둘러보던 칼리프의 안색이 삽시간에 변했다.

때마침 하인들이 산해진미를 차려 내왔다. 칼리프 일행은 모두 배불리 먹고 마신 다음 별실로 자리를 옮겼다. 별실 역시 으리으리했고 상큼한 향기가 은은히 감돌았다. 그런데 이상하게도 칼리프는 아까부터 뚱한 채 웃지도 않았다. 원래 칼리프는 남을 시기하거나 교만한 폭군이 아니었다. 그래서 일행은 왜 칼리프가 화가 났는지, 어찌하여 시름이 풀리지 않는지 궁금하기 짝이 없었다.

술이 들어오고 집 주인이 등 지팡이로 구석방 문을 때리자 세 명의 처녀가 나와 비파와 하프를 연주하고 춤을 추었다. 칼리프는 그런 일에는 도무지 관심이 없다는 듯 주인을 돌아보며 귀족 출신이냐고 물었다. 주인은 자신의 신분을 밝혔다.

"저는 호라산의 아마드라는 상인의 아들로, 아브 알 하산 알리라고 합니다."

"그럼 내가 누군지 알고 있소?"

칼리프가 묻자 주인은 전혀 모른다고 대답했다. 그때 이븐 함둔이 나섰다.

"여기 이분은 바로 알 무타즈 칼리프이시다."

집주인은 벌떡 일어나더니 공포에 질려 몸을 부들부들 떨며 칼리프 앞에 엎드렸다.

"오, 임금님. 무슨 부족한 점이나 실례되는 행동이 있었다면 제발 용서해주십시오."

칼리프는 인자한 미소를 띠며 주인을 안심시켰다.

"정중한 환대에 대해서는 더 이상 바랄 것이 없다. 또한 내가 그대를 나무라고 싶은 일에 관해서도 내가 납득할 수 있도록 사실대로 말하면 용서하리라. 그러나 만일 거짓을 말한다면 움직일 수 없는 증거를 들어 극형에 처하리라."

주인은 온몸이 굳어졌다.

"오, 임금님. 제 허물이란 도대체 어떤 것입니까?"

"난 그대 집에 들어와 세간이나 그릇, 아니 입고 있는 옷까지 자세히 살펴보았다. 그런데 세간이나 그릇 그리고 옷이란 옷에는 빠짐없이 내 조부님 알 무타와킬(아바스왕조 10대 칼리프. 재위 847~861)의 이름이 새겨 있는 걸 발견했다. 그 연유를 사실대로 말하라."

아브 알 하산은 칼리프 앞에 머리를 조아렸다.

"오, 진실은 폐하의 내면의 옷이요 성의는 외면의 옷이라고 할진대, 아무도 폐하 앞에서 거짓을 고할 수 없을 것입니다."

이렇게 운을 뗀 그는 자신의 기구한 사연을 들려주었다.

호라산의 상인 하산, 미지의 여자에 반해 사랑에 빠지다

아브 알 하산의 부친은 환전, 약재, 마포 등 여러 업종에서 두루 성공을 거둔 대부호였다. 하지만 인명은 신의 뜻에 달렸는지라 그도 알라의 부르심을 받게 되었다. 그는 유일한 혈육인 아브 알 하산에게 뒷일을 신신당부하고 숨을 거두었다.

부친이 돌아가신 뒤 하산은 쾌락을 찾아 주색에 빠지고 불량한 친구들과 사귀면서 전 재산을 탕진했다. 마침내 살던 집 하나만 덩그러니 남았다. 어머니는 입이 닳도록 잔소리를 했으나 쇠귀에 경 읽기였다. 어머니는 절망에 빠졌다.

"이 집마저 남에게 팔아먹는다면 네 체면은 땅바닥에 떨어질 것이고, 세상 어디에도 네 한 몸 의지할 곳 없을 것이다. 그러니 차라리 이 집을 어미한테 팔아라."

그는 어머니에게 집값으로 5,000디나르를 받았다. 어머니는 혹시나 아들이 어머니에게 숨겨진 재산이 있을 것으로 오해할까 봐 집값으로 치른 돈의 출처를 말해주었다.

"이 돈은 네 아버지의 유산이 아니다. 이것은 일찍이 네 외할아버지께서 내게 남기신 유산이다. 만일의 사태를 대비해 지금까지 쓰지 않고 간직했던 것이다."

하산은 어머니에게 받은 집값마저 방탕한 생활로 탕진하고 다시 집을 팔겠다고 우겼다. 어머니는 가재도구를 포함해 집을 다시 자기에게 팔라고 했다. 집안 살림은 일체 어머니가 맡는다는 조건이 따랐다. 어머니는 아버지 대리인들에게 각각 1,000디나르씩 주고 외국에 나가 물건을 사오게 했다. 그리고 남은 돈은 자신이 갖고 살림을 꾸려나갔다. 아들에게도 장사 밑천을 주고 아버지 가게에 나가라고 말했다.

하산은 환전 시장의 뒷방에 거처하면서 장사를 시작했다. 아는 사람과 친구가 찾아와 거래를 트면서 장사도 곧잘 되었다. 아들이 마음을 다잡고 장사를 잘해나가는 걸 본 어머니는 감춰둔 금은보석을 팔아 아들이 팔아먹은 부동산을 모두 되찾았다. 하산 집안의 재산은 시나브로 불어나 예전의 영화를 회복하였다.

하산은 환전 가게 뒤편에 방 하나를 따로 만들어 기거하면서 장사에만 전념하였다.

어느 날, 한 여자가 가게에 찾아와 조심스럽게 물었다.

"여기가 아마드의 아들 아브 알 하산 나리께서 비밀리에 차리신 가게가 맞습니까?"

여자는 천하의 절색이었다. 선녀 같은 여자의 자태를 본 하산은 그만 넋을 잃고 말았다. 여자는 대뜸 장부에 달아놓고 300디나르만 내달라고 했다. 하산은 사환을 시켜 돈을 갖다주었다. 여자는 받아들더니 아무 말도 없이 그대로 나가버렸다.

사환이 그 여자가 어디 사는 누군지 아느냐고 물었다. 그러고 보니 그는 여자에 대해 아는 바가 전혀 없었다. 깜짝 놀란 사환이 그길로 여자 뒤를 따라갔다. 사환은 얼마 뒤 얼굴을 얻어맞아 퉁퉁 부어 돌아왔다. 미행을 알아챈 여자가 사환을 붙들어 눈알이 튀어나오도록 때렸다는 것이다.

그 뒤 여자에게 아무 소식도 없이 한 달이 지났다. 그는 여자가 그리워 미칠 지경이었다. 그런데 어느 날 여자는 예고도 없이 불쑥 나타나 인사를 했다.

"아마 당신은 속으로 혹시 내가 당신 돈을 갖고 도망친 사기꾼인가 의심했을 겁니다."

그는 아니라고 부인했다.

"천만에요. 제 돈이고 목숨이고 모두 당신 것인걸요."

여자는 하산의 고백을 듣더니 베일을 벗고 앉아 잠시 쉬었다. 얼굴과 가슴에는 아름다운 장신구와 패물이 반짝반짝 빛나고 있었다. 이

옥고 여자는 다시 300디나르만 내어달라고 해서 돈을 받아 가버렸다. 사환이 뒤를 밟았으나 또 붙들려서 얻어맞고 돌아왔다. 그러고는 한동안 나타나지 않았다.

그러던 어느 날, 여자가 다시 나타났다. 이번엔 500디나르만 내어달라고 했다. 여자에게 홀딱 빠진 하산은 군말 없이 돈을 내주었다. 하산은 여자를 만날 때마다 온몸이 부들부들 떨리고 얼굴이 파랗게 질린 채 말도 한마디 붙이지 못했다.

이번엔 하산이 직접 여자의 뒤를 밟았다. 여자는 어느 보석 가게로 들어가서 목걸이를 하나 골라들더니, 문득 뒤돌아서 하산을 알아보고는 이렇게 말했다.

"보세요. 이리 와서 보석상에게 500디나르를 치러주세요."

하산이 그 말을 듣고 가게로 들어서자 보석상이 알아보고는 공손히 인사를 했다. 하산이 보석상에게 말했다.

"이분께 목걸이를 드리시오. 대금은 내가 치를 테니까."

여자는 목걸이를 집어 들고 나가버렸다. 그는 계속 여자를 미행했다. 여자는 티그리스 강가로 가더니 작은 배에 올라탔다. 배가 강을 미끄러져 가기 시작했다.

그는 한 손으로 땅을 가리키면서 '자, 난 이처럼 당신 앞에 무릎을 꿇겠다'는 시늉을 해보였다. 여자는 웃으며 멀어져갔다. 그는 강둑에 서서 물끄러미 여자의 뒷모습을 지켜보았다. 여자는 맞은편 강둑에 오르더니 알 무타와킬 칼리프의 궁전으로 들어갔다.

온 세상의 시름이 하산의 가슴을 짓누르는 것 같았다. 여자는 그에게 적잖은 돈을 가져가고 분별마저 앗아갔다. 이러다간 사랑 때문에 목숨마저 잃을 것 같았다.

어머니는 아들의 이야기를 듣고 잘못하다간 패가망신할지 모르니 조심해서 상대하라고 신신당부했다. 부친의 친구인 약재상 대리인이 찾아와 안색이 좋지 않은 까닭을 묻기에 여자 이야기를 들려주었더니, 그 여자는 칼리프의 하녀 아니면 측실이 분명하니 이미 준 돈은 알라께 헌납한 셈치고 앞으로는 상대도 하지 말라고 충고했다.

그러나 하산의 가슴은 욕정의 불꽃으로 타들어갔다.

한 달 뒤 여자가 다시 나타났다. 하산은 춤이라도 출 듯이 기뻤다. 여자는 왜 자신을 미행했느냐고 물었다. 하산은 너무 깊이 사랑한 나머지 그랬다며 부끄러움도 체면도 잊고 울기 시작했다. 놀랍게도 여자 역시 눈물을 흘리며 자신의 심정을 고백했다.

"당신의 가슴속 불길쯤은 아무것도 아니에요. 내 가슴속은 그 이상으로 타고 있어요. 그런데 어떻게 하면 좋죠? 알라께 맹세코, 당신을 한 달에 한 번밖에 뵐 수 없으니 말이에요."

그리고 여자는 종이쪽지 하나를 건네면서 자신의 대리인이 운영하는 가게를 알려주었다. 그곳에 가면 가게 주인이 종이쪽지에 적힌 액수만큼 돈을 줄 거라고 했다.

"돈 같은 건 필요 없습니다. 재산도 목숨도 모두 당신을 위해 바치겠습니다."

하산은 애타는 심정으로 여자에게 매달렸다. 여자는 가까운 시일에 다시 만날 수 있는 계획을 짜보겠다고 그를 안심시키고 가버렸다.

그는 약재상 노인에게 자초지종을 털어놓고 함께 칼리프의 궁전 앞으로 갔다. 아무리 둘러봐도 여자가 모습을 감춘 곳은 확실히 궁전밖에 없었다. 정말 여자가 궁전 안에서 산다면 이는 보통 일이 아니었다. 두 사람은 당황하여 어쩔 줄을 몰랐다.

이윽고 노인이 궁전 바로 앞에 있는 한 가게를 가리켰다. 재봉사가 도제들과 열심히 일하고 있었다. 노인은 재봉사에게 접근할 방도를 귀띔해주었다.

"우선 나리의 호주머니를 찢고 그걸 수선해달라고 하세요. 수선비를 후하게 주면서 일단 안면을 트는 겁니다."

하산은 그리스산 비단 두 필을 들고 가서 소매 긴 옷 두 벌, 소매 없는 옷 두 벌을 만들어달라고 했다. 그리곤 삯을 후하게 치르고 완성된 옷은 재봉사와 그 제자들에게 선물로 주었다. 이런 식으로 재봉사를 찾아가 한참 동안 앉아서 이런저런 세상 이야기를 나누며 친분을 쌓았다. 또한 주문한 옷이 완성되면 그 옷을 가게 앞에 걸어놓고 궁전을 드나드는 사람들이 지나가다 보고 마음에 들어하는 눈치가 보이면 누구든 가리지 않고 그 옷을 무료로 선물했다. 이런 식으로 궁전의 문지기에게도 비싼 옷을 선물했다.

어느 날, 재봉사가 그에게 물었다.

"젊은 나리, 이젠 당신의 진짜 속마음을 알고 싶군요. 벌써 옷을 100벌이나 주문하셨어요. 그것도 하나같이 비싼 것들뿐인데, 다 남에게 줘버리지 않았습니까. 이건 도무지 제정신으로 할 짓이 아닙니다. 무슨 사연이 있는지 솔직하게 말씀해보세요. 무슨 일인지 모르겠지만 어떻게든 당신을 돕고 싶으니까요."

그때에야 하산은 궁전을 드나드는 한 여자와 사랑에 빠진 사실을 고백했다. 아직껏 이름도 모르는 여자의 인상을 자세히 설명해주었다. 그러자 재봉사가 소리를 질렀다.

"어이구, 저런! 그 여자는 알 무타와킬 임금님의 비파 타는 여자예요. 임금님이 총애하는 애첩인데 이름은 셰에라자드 알 두르라고 하지요. 그 여자 시중을 드는 백인 노예가 하나 있는데, 혹시 모르니 그 사내와 사귀어두면 좋은 방도를 찾을지도 모릅니다."

때마침 재봉사가 말한 바로 그 백인 노예가 가게 앞에 불쑥 나타나 진열해놓은 형형색색의 옷들을 이리저리 구경하기 시작했다. 하산은 얼른 백인 노예에게 다가가 인사를 건넸다. 그리고 백인 노예가 마음에 들어하는 옷 다섯 벌을 고르자 그 옷을 선물로 주고, 그것도 모자라 집으로 뛰어가 보석으로 수를 놓은 3,000디나르짜리 옷 한 벌도 가져와 선물로 주었다. 백인 노예가 이름을 물었으나 하산은 한사코 대답하지 않았다.

"나는 하찮은 일개 상인으로 이름을 말할 처지가 아닙니다."

그런데 놀랍게도 백인 노예가 그를 알아보았다.

"당신은 확실히 호라산의 환전상 아브 알 하산이란 분이 맞죠?"

그 말에 하산은 그만 울음을 터뜨리고 말았다.

"울지 마세요. 알라께 맹세코, 당신이 사모하여 눈물을 흘리는 부인은 당신보다 몇 배나 더 당신을 사모하고 계신답니다. 두 분 이야기는 궁중 여인들 사이에 모르는 사람이 없을 정도로 소문이 파다합니다. 그런데 당신이 원하는 게 뭐죠?"

하산은 여자를 만날 수 있게 도와달라고 간청했다. 백인 노예는 내일 자기를 찾아오라고 말했다. 이튿날 하산은 백인 노예가 가르쳐준 대로 그의 방을 찾아갔다.

"어젯밤 부인에게 당신을 사귀게 된 자초지종을 말씀드렸어요. 그러자 부인께서는 꼭 당신을 만나고 싶다고 했어요. 그러니 해가 질 때까지 내 방에서 기다리십시오."

어두워지자 백인 노예는 금실을 섞어 짠 속옷과 칼리프의 어의 한

벌을 가져와 하산에게 입히고 향도 피워주었다. 하산의 모습은 마치 칼리프처럼 보였다. 백인 노예는 하산을 데리고 양쪽으로 방이 죽 늘어선 회랑으로 나갔다.

"이곳은 지체 높은 측실들의 처소입니다. 임금님은 저녁에 이곳을 지날 때마다 문 앞에 콩을 한 알씩 놓아줍니다. 그게 관례이니 그대로 하십시오. 그러다가 오른쪽 두 번째 통로로 들어서 대리석 문지방이 있는 문이 보이면 손을 대십시오(무슬림에서 문지방에 손을 대는 행위는 존경한다는 표시이다). 그리고 얼마만큼의 문을 세어가다가 이런 표가 붙은 문으로 들어가십시오. 부인께서 당신임을 알게 되면 손을 잡아 안으로 들어오게 하실 겁니다. 돌아가실 땐 제가 큰 궤짝에 넣어 내오겠습니다. 반드시 알라의 가호가 있을 것입니다."

이윽고 백인 노예는 하산을 남겨놓고 돌아갔다.

사랑에 목숨을 건 하산, 왕궁으로 잠입하여 셰에라자드를 만나다

하산은 백인 노예가 일러준 대로 주의 사항을 되새기며 조심스럽게 여자들의 방문 앞에 콩을 한 알씩 놓으며 앞으로 나아갔다.

그때였다. 회랑 한가운데서 말소리가 들리더니 횃불이 보였다. 칼리프 일행이 여자들에게 둘러싸여 다가오고 있는 것이었다. 측실들이 귓속말로 소곤거리는 소리가 들렸다.

"아니, 임금님이 두 분인가? 아까 임금님이 향냄새를 풍기며 내 방

앞을 지나 문 앞에 콩알을 놓고 가셨는데 이번엔 저쪽에서 임금님이 횃불을 밝히며 오시니, 이상하네."

그 순간 하산은 간이 콩알만해졌다. 그런데 다행히 칼리프 일행은 셰에라자드의 방 앞에 멈췄다. 셰에라자드가 방 밖으로 나오더니 칼리프의 발에 입을 맞추었다. 칼리프를 수행하던 일행은 칼리프를 따라 모두 셰에라자드의 방으로 들어갔다.

그때 한 처녀가 하산에게 다가와 그의 손을 붙잡고 어느 방으로 들어갔다. 여자는 누군데 무엇 때문에 이런 금단의 구역에서 서성거리느냐며 다부지게 추궁했다. 하산은 이제 죽었구나 생각하고 울음을 터뜨렸다.

"제발 부탁이니 목숨만은 살려주십시오."

틀림없이 간 큰 도둑이라고 생각한 여자는 정체를 밝히라고 계속 닦달했다. 하산은 겁에 질린 나머지 탄식하며 자백했다.

"저는 얼빠진 놈이고, 세상모르는 놈입니다. 사랑 때문에 어리석게도 이런 일을 저질러 절망의 구렁텅이에 빠지고 말았습니다."

처녀는 잠시 나갔다가 다시 들어오더니 그에게 여자 옷을 입히고 다른 방으로 데리고 들어가 아주 훌륭한 양탄자가 깔린 침상을 가리키며 앉으라고 권했다.

"여긴 제 방이니 걱정하실 거 없어요. 당신은 호라산의 환전상 아브 알 하산 님이시죠?"

처녀는 바로 셰에라자드의 동생 화티르였는데, 어쩌자고 이렇게 자기 자신을 호랑이 굴로 밀어넣었느냐며 안타까워했다. 하산은 그저 사랑하는 사람을 한 번 보고 싶어서 그랬을 뿐 그 사람의 영예를 손상할 생각은 전혀 없었다고 말했다. 그러자 화티르는 동생인 자기를 만났기에 망정이지 하마터면 큰일 날 뻔했다며 가슴을 쓸어내렸다.

"언니는 입버릇처럼 당신 이름을 외고 다녔어요. 당신은 언니가 원할 때마다 무조건 돈을 내주면서도 조금도 아까워하지 않았다는 것, 강까지 따라와 무릎을 꿇는 시늉까지 했다는 것도 모두 얘기해주었거든요. 게다가 언니가 애태우는 모습이라니, 아마도 당신 몇 곱절일 거예요."

화티르는 시녀를 시켜 언니를 불렀으나 셰에라자드는 칼리프의 시중을 드느라 좀처럼 짬을 낼 수 없었다. 화티르는 비밀리에 의논하고 싶은 급한 일이 있다고 속였다.

온갖 핑계를 둘러대서 칼리프를 겨우 돌려보낸 셰에라자드가 마침내 동생의 방으로 들어섰다. 벽장에 숨어서 기다리다가 뛰쳐나온 하산을 본 셰에라자드는 그를 으스러져라 껴안고 감격하여 울음을 터뜨렸다.

셰에라자드는 동생에게 속마음을 밝혔다.

"우린 법도에 어긋난 짓은 하지 않기로 했어. 허락받지 못한 정분은 맺지 않기로 약속했단 말이야. 하지만 이분은 나 때문에 아예 목숨을 버릴 작정을 하신 거야. 나 같은 건 이분에 비하면 발밑의 먼지에 불과해. 두고봐, 나는 어떤 고난이 따르더라도 반드시 이분과 결혼하고 말 거야."

셰에라자드는 말을 마치자마자 하산을 자기 방으로 데려갔다.

그런데 그때 여자 생각이 간절해진 칼리프가 체통도 잃고 다시 셰에라자드의 방으로 오고 있었다. 셰에라자드는 하산을 지하실에 숨기고 바닥 문을 닫았다. 그리고 시치미를 떼고 칼리프를 맞아들였다.

사실 칼리프가 사랑하는 여자는 카비하였다. 그녀는 뒷날 알 무타즈(아바스왕조 13대 칼리프. 뛰어난 미남이며 최초로 금 장신구를 단 말을 타고 다녔지만 투르크인의 손아귀에 사로잡힌 뒤엔 무력해졌다. 투르크인들이 군중을 선동하여 그를 폐위시켜 죽였다는 등 그의 죽음에 여러 설이 있다. 재위 866~869)의 어머니가 된 여자다.

그런데 당시 둘은 사이가 나빠져 있었다. 한창 나이의 카비하는 그리스 노예로서 뛰어난 미인인 데다가 고집이 세, 여간해서 화해하려 들지 않았다. 칼리프 역시 임금의 체면도 있으니 비록 그리울망정 먼저 머리를 숙이고 화해를 청할 생각은 꿈에도 없었다. 이 때문에 칼리프는 다른 여자들의 방을 찾아다니며 마음을 풀어보려고 노력했다.

일찍이 칼리프는 셰에라자드의 노래를 특히 좋아했으므로 그날도 노래를 청했다. 셰에라자드는 비파를 뜯으며 노래를 불렀다. 사랑의 환희에 빠진 연인의 노래는 칼리프의 울적한 마음을 위로하는 데 손색이 없었다. 흡족한 마음에 칼리프가 말했다.

"셰에라자드 알 두르여. 갖고 싶은 게 있으면 무엇이든 말해보라."

셰에라자드는 자유의 몸으로 해방시켜달라고 청했다. 칼리프는 즉석에서 셰에라자드를 자유의 몸으로 풀어주었다. 셰에라자드는 이번엔 칼리프의 마음을 헤아려 헤어진 연인의 애달픈 마음을 노래했다. 자신의 이야기를 교묘하게 빗댄 노래를 듣자 칼리프는 카비하와 화해하고 싶은 마음이 굴뚝같았다. 그래서 칼리프는 그길로 당장 카비하의 방으로 갔다.

카비하는 뛰어나와 칼리프를 맞이하였고, 이렇게 하여 두 사람은 화해하고 사랑을 이루었다.

셰에라자드는 지하실에서 나온 하산을 보고 춤을 출 듯 기뻐하며 소리쳤다.

"당신께서 오신 덕분에 자유의 몸이 되었습니다! 이제 정식으로 당신과 결혼할 수 있게 되었어요."

이제 남은 문제는 하산을 무사히 궁전 밖으로 빠져나가게 하는 일이었다. 하산은 백인 노예와 동생 화티르까지 가세하여 머리를 맞댄 끝에 시녀 차림으로 방을 나왔다. 그리고 궁전 한가운데를 지날 때였다.

사랑 행각을 들킨 연인, 칼리프의 은총으로 결혼하다

때마침 공교롭게도 칼리프가 내시들을 거느리고 궁전 한가운데 앉아 있는 바람에 하산은 곧장 칼리프에게 들키고 말았다.

"여봐라, 허겁지겁 밖으로 나가려는 저 시녀를 이리 데려오너라."

하산은 칼리프 앞으로 끌려갔다. 베일을 벗기자 남자임이 드러났다. 칼리프의 무서운 문책이 떨어졌다. 죽음을 각오한 하산은 셰에라자드를 향한 사랑을 숨김없이 고백했다. 칼리프는 잠시 생각에 잠긴 뒤 사실 확인을 위해 곧장 셰에라자드에게로 갔다.

"그대는 어찌하여 칼리프인 나를 제쳐놓고 상인의 아들 따위를 선택한 것이냐?"

셰에라자드 역시 엎드려 솔직하게 낱낱이 고백했다. 칼리프는 잠시 생각에 잠겼다. 사랑의 고통에 시달렸을 연인을 생각하니 측은하기도 했고, 그러다보니 차츰 노여움도 풀어졌다. 칼리프는 셰에라자드의 죄를 용서해주었다. 칼리프는 하산에게로 가서 물었다.

"어찌하여 그대는 당돌하게도 감히 칼리프의 궁전으로 숨어들었단 말인가?"

"오, 충성된 자의 임금님. 제가 철없는 사랑의 노예가 되었나 봅니다. 그 때문인지 몰라도 저는 폐하의 관대하신 마음을 믿어 의심치 않았습니다."

이윽고 칼리프는 두 사람을 용서해주기로 했다. 그리하여 즉시 법관을 불러 둘의 혼인 계약서를 작성하게 하고 여자에게 하사한 가재도구며 장신구와 보석 일체를 혼수로 주라고 허락했다. 그리고 셰에라자드의 방에서 결혼 피로연까지 열어주었다.

사흘 후, 부부는 궁전을 나왔다. 셰에라자드의 가재도구와 물건은 모두 하산의 집으로 옮겨졌다.

그날 이후 가끔 칼리프는 노래를 듣고 싶을 때 하산의 집으로 사자를 보냈고, 그때마다 셰에라자드는 궁전으로 들어가서 칼리프에게 노래를 불러주곤 했다.

그러던 어느 날이었다. 그날도 아내는 칼리프의 부름을 받고 궁전에 갔다가 돌아왔는데, 옷은 찢기고 두 눈에는 눈물이 가득했다. 혹시 칼리프께서 진노한 것인가 걱정이 되어 물었더니 아내의 입에서 청천벽력과 같은 소식이 나왔다.

"이제 알 무타와킬 임금님의 통치는 끝나고 흔적도 없이 사라졌어요. 임금님께서 휘장을 치고 술친구들과 함께 주연을 즐기는 자리에 아드님인 알 문타시르가 투르크인 병사들을 이끌고 들이닥쳐 임금님을 살해했어요. 흥겹던 잔치는 참담한 살육의 현장으로 변했고, 기쁨은 비탄으로, 비탄은 지옥으로 변하고 말았죠. 저는 노예들과 간신히 도망쳐 알라의 덕으로 목숨을 건졌지 뭐예요."

아내의 이야기를 듣고 난 하산은 그 즉시 강을 타고 바스라로 나왔다. 그때에야 알 문타시르(아바스왕조 11대 칼리프)와 알 무스타인(아바스왕조 12대 칼리프로 노예 측실 소생. 유능하고 덕망이 높았으나 당시 바그다드를 수비하던 투르크인 집정관과 사이가 좋지 않아 살해당했는데, 13대 칼리프 알 무타즈가 시종을 시켜 암살했다고 전해진다. 재위 862~866)과의 사이에 싸움이 시작되었다는 소문이 들려왔다.

하산은 깜짝 놀라 아내와 함께 재산을 모두 바스라로 옮겼다.

아브 알 하산의 이야기는 여기서 끝났다. 이 집 안의 모든 물건에 칼리프 알 무타와킬의 이름이 새겨진 사연은 이로써 모두 밝혀지게 되었다.

칼리프 알 무타즈는 크게 놀라며 아주 감격했다.

숱한 난관에도 아랑곳없이 무모하고 위험하기 짝이 없는 사랑을 끝내 성취한 연인의 열정도 대단하지만, 죽을죄를 용서하고 오히려 은총을 베푼 조부 알 무타와킬 칼리프의 너그러움에 새삼 감탄하지 않을 수 없었다.

칼리프 알 무타즈는 아브 알 하산에게 금후 20년 동안 토지 및 가옥에 대한 조세를 면세하는 특허장을 써주고, 술친구로 삼아 궁궐 안에서 함께 살았다. 🌙

미소년 카마르를 보고 눈물 흘리던 수도사, 미로의 귀부인 이야기를 들려주다

옛날 옛적에 아브드 알 라만이라는 상인이 살고 있었다. 그에게는 딸 카우바브 알 사바와 아들 카마르 알 자만 남매가 있었다.

아버지는 원수들의 험상궂은 눈초리와 시기심 많은 자들의 험담과 교활한 자들의 꾐과 사악한 자들의 속임수 따위가 겁이 난 나머지, 14년 동안이나 남매를 집에 가둬놓고 남의 눈에 띄지 않게 길렀다. 시중드는 노예 외에는 아무도 두 남매를 본 적이 없을 정도로 비밀스럽게 키운 것이다.

자식들이 성인이 되자 어머니는 아버지에게 자식들에게 세상을 보여주자고 졸랐다.

"여보, 당신 언제까지 사람들 눈을 피해가며 자식들을 키울 작정이

세요? 카마르가 아들이에요 딸이에요? 아들이라면 왜 시장에 데리고 나가 장사를 가르치지 않는 거죠? 그래야 아들도 세상을 알게 되고 세상 사람들도 우리 아들을 알게 될 거 아니에요. 살다보면 당신 신상에 안 좋은 일이 생기지 않는다고 보장할 수 없잖아요. 그럴 땐 세상이 그 애를 당신의 후사로 인정해줘야 당신 뒤를 이을 텐데, 지금 같으면 누가 우리 애를 상인 아브드 알 라만의 아들이라고 믿겠어요. 사람들이 입을 모아 저 집에는 아들도 딸도 없다고 하면 관청에서는 당신의 유산을 몰수할 거고, 그러면 우리 애들은 빈털터리가 되겠죠. 또 딸애는 널리 알려놔야 어울리는 혼처에서 혼담이 들어올 거 아니에요."

결국 아브드 알 라만은 아내의 말에 수긍하고, 이튿날 아들을 데리고 시장으로 나갔다.

사람들은 카마르 알 자만의 아름다운 모습에 황홀하여 넋을 잃고 바라보며 부러워했다. 그리고 카마르 알 자만을 보기 위해 어슬렁어슬렁 뒤따라왔다. 아버지는 못마땅했으나 구경꾼들은 개의치 않고 계속 뒤따라왔다. 결국 가게 앞에도 큰 거리에도 구경꾼이 구름처럼 몰려들어 떠날 줄을 몰랐다.

그때 수도사 하나가 가게 앞으로 다가왔다. 카마르 알 자만의 모습은 마치 사프란이 핀 언덕에 돋아난 가리륵의 가는 가지를 무색케 했다. 수도사는 하염없이 눈물을 흘리며 오른손으로 흰머리를 쓰다듬으며 이리저리 가게 부근을 돌아다니다가, 문득 카마르 알 자만의 옆으로 다가와 달콤한 바질 뿌리 하나를 주었다. 아버지는 얼른 지갑에서 잔돈을 꺼내 수도사에게 주고는 빨리 돌아가라고 했다. 그러나 수도사는 은화를 받고도 가지 않고 카마르 알 자만과 마주보기 위해 가게 앞 돌 걸상에 앉아 카마르 알 자만의 얼굴만 뚫어져라 바라보며 샘처럼 눈물을 흘리면서 한숨을 내쉬었다.

구경꾼들은 수도사를 흘깃흘깃 바라보며 헐뜯기도 하고 공감도 하며 쑥덕거렸다.

"수도사란 것들은 모두가 음탕한 동성애자들이야."

"젊은이가 너무 잘생겨서 그러는 거 아니겠어?"

아버지는 이런 광경을 참다못해 결국 가게 문을 닫고 아들을 데리고 집으로 돌아왔다. 수도사는 집까지 뒤따라와 하룻밤 신세를 지게 해달라고 간청했다. '알라의 손님'이라는 한마디에 아버지는 차마 거절할 수가 없어서 그를 집 안으로 들였지만 만약 수도사가 아들에게 음탕한 짓이라도 한다면 당장 숨통을 끊어놓겠다고 다짐했다.

아버지는 아들에게 넌지시 일러두었다.

"내가 없을 때 수도사 옆에 앉아 일부러 수작을 걸어보렴. 일부러 꾸며서 정담을 나누는 거야. 난 객실이 내려다보이는 저 창에서 지켜보고 있을 테니까. 그자가 음탕한 짓을 하려고 하면 곧 뛰쳐나가 그놈의 숨통을 끊어놓을 테다."

아버지는 객실에 아들과 수도사 둘만 남겨놓고 객실 밖으로 나와 몰래 지켜보기로 했다. 수도사는 여전히 카마르를 쳐다보며 한숨을 쉬고 눈물을 찔끔거렸다. 아들이 몇 마디 이야기를 걸자 몸을 부들부들 떨며 대답하고는, 괴로운 듯 신음하다가 불안하게 주위를 두리번거렸다. 저녁 식사를 마치고 드디어 잠잘 시간이 다가왔다.

아버지는 아들에게 말했다.

"수도사님의 시중을 잘 들어드려라. 무슨 말씀이든 잘 듣고 거역해선 안 된다."

아버지가 둘만 남겨놓고 나가려 하자 수도사가 외쳤다.

"주인 나리, 아드님을 데리고 나가시오. 아니면 당신도 여기서 같이 주무시든지."

아버지는 계속 수도사의 시중을 들게 한다는 명분으로 둘만 한 잠자리에 들게 하고 자신은 객실이 내려다보이는 방으로 들어가 동정을 살폈다.

아버지가 나가자 카마르는 일부러 수도사 옆에 달라붙어 당장 몸을 맡길 듯 친근한 태도를 보였다. 수도사는 비키라며 화를 내고 카마르를 피하여 멀리 떨어져 앉았다. 그래도 카마르는 계속 수도사에게 몸을 던지며 함께 즐기자고 유혹하였다. 수도사는 단호하게 뿌리쳤다.

"알라께 맹세코, 난 절대 그런 장난은 안 합니다. 비록 날카로운 칼로 내 몸을 저민다 해도!"

수도사가 벌떡 일어나 문을 열고 나가려 하자 카마르는 수도사를 꽉 붙들었다.

"이 귀여운 얼굴과 빨간 볼, 그리고 부드러운 살갗과 달콤한 입술을 잘 보세요."

아들은 종아리와 가슴은 물론 은밀한 곳까지 드러내는가 하면 우아한 교태를 지으며 노골적으로 집요하게 상대방을 유혹하기 시작했다. 수도사는 외면했다. 몇 번이나 되풀이했으나 그때마다 수도사는 외면하고 기도에 전념하였다.

아버지는 눈을 크게 뜨고 귀를 잔뜩 열고 객실의 동정을 빠짐없이 살폈으나 수도사에게선 눈곱만치도 음탕한 구석이라곤 찾아볼 수 없었다. 기도를 올릴 때마다 카마르가 방해하자 마침내 수도사는 몹시 화를 내며 난폭하게 카마르를 때렸다. 카마르가 울기 시작하자 아버지가 객실로 들어왔다. 그리고 솔직히 털어놓았다.

"당신은 왜 수도사의 몸으로, 우리 아들을 보고 눈물을 흘리며 한숨을 쉬며 탄식하셨습니까? 그런 당신을 보고 나는 혹시 음심을 품지는 않았는지 의심했습니다. 그래서 외람되이 시험해본 겁니다. 하지만 이젠 당신이 얼마나 신심이 굳은지 알았습니다. 그럼 아까는 왜 그렇게 눈물을 흘리며 탄식했는지 사연을 들려주십시오."

수도사는 묵은 상처를 건드리지 말라며 회피했으나 아버지가 끈질기게 조르자 할 수 없이 말문을 열었다.

수도사가 눈물을 흘리며 탄식한 사연

나는 어느 금요일, 한낮에 바스라의 도성으로 들어섰다.

그런데 가게는 열린 채 물건도 그대로 쌓여 있음에도 거리엔 인기척이라곤 없고 사람 그림자도 찾아볼 수 없을뿐더러 개나 고양이조차 보이지 않았다. 도대체 사람들은 다 어디로 간 걸가. 땅속으로 꺼진 듯, 하늘로 솟은 듯 사람들만 사라졌으니 정말 괴이한 일이었다.

하지만 그땐 너무나 배가 고팠으므로 우선 빵집 아궁이에서 갓 구운 빵을 꺼내서, 기름 가게로 들어가 빵에다 투명 버터와 벌꿀을 발라 먹기 시작했다. 그리고 셔벗 물을 파는 가게에 들어가 맘껏 마시고, 커피 가게의 불 위에 냄비가 그대로 놓인 채 커피가 하나 가득 들어 있기에 아무 생각 없이 커피까지 맛있게 마셨다.

"정말 세상에 괴이한 일도 다 있군. 마치 무슨 변괴가 생겨 이 도시의 백성들이 방금 막 한꺼번에 하늘로 솟았거나 멀리 도망친 것

같구나."

그때 갑자기 시끄러운 북소리가 들렸다. 나는 와락 겁이 나서 얼른 몸을 감추고 가만히 거리를 내다보았다.

보름달 같은 처녀 수십 명이 얼굴도 머리도 다 드러내놓고 두 줄로 행렬을 지어 시장 한복판을 걸어오고 있었다. 그리고 그 한복판에는 천하절색의 젊은 귀부인이 얼굴을 드러내고 호화로운 옷차림에 말을 타고 있었다. 귀부인이 탄 말은 보석을 잔뜩 박은 황금 장신구로 장식되어 있었다. 귀부인은 내가 숨어 있는 곳 바로 앞에서 말을 멈추었다.

"여봐라, 저 가게에서 무슨 소리가 난 것 같다. 집을 샅샅이 뒤지거라. 우리 얼굴을 몰래 숨어 엿본 자가 있나 보다."

처녀들은 우르르 몰려가 커피 가게 건너편 상점을 뒤지기 시작했다. 그리고 얼마 후 사내 하나를 끌고 나왔다. 귀부인이 목을 치라고 명령하자 즉시 칼을 찬 처녀가 사내의 목을 쳤다. 일행은 시신을 그대로 던지고 지나가버렸다.

나는 순식간에 벌어진 일에 놀라서 멍하니 서 있었다. 한편으로는 귀부인의 얼굴이 머리에서 사라지지 않았다. 귀부인의 얼굴을 본 순간 홀딱 반해버린 것이다.

그런데 얼마 지나지 않아 사람들이 하나둘 나타나더니, 시장 안은 언제 그랬느냐는 듯 금세 사람들로 북적이기 시작했다. 구경꾼들은 시신 주위에 모여 신기한 듯 들여다보았다. 나는 몰래 남의 눈에 띄지 않게 거리의 인파 속으로 섞였다.

그때부터 내 눈에는 귀부인의 모습이 어른거리고 점점 더 그리워져서 견딜 수가 없었다. 그러나 아무리 그 행방을 찾아봐도, 누구 하나 여자의 소식을 전해주는 사람이 없었다. 그렇게 연정에 가슴을 태우며 바스라를 떠났는데, 뜻밖에 귀부인을 닮은 아름다운 카마르를 보자 귀부인에 대한 욕정의 불이 되살아나고 마음이 뒤숭숭하고 부끄러워져 나도 모르게 눈물을 흘린 것이다.

수도사는 이야기를 마치자 그길로 떠나버렸다.

수도사의 이야기를 듣고 난 카마르 알 자만은 그 즉시 귀부인에게 마음이 끌렸다. 그래서 그날부터 욕정의 포로가 되어 들끓는 연정에 미칠 듯했다.

이튿날 아침, 아들은 아버지에게 나아갔다.

"모름지기 상인은 상품을 사기도 하고 팔기도 하며 온 세상을 떠돌아다니는 사람이라고 들었습니다. 그런데 아버님은 왜 제게는 상품을 마련해주시지 않습니까? 저도 여행을 떠나 행운을 잡을지 모르는 일 아닙니까?"

그러나 부친은 거절했다. 돈이라면 얼마든지 있고 더 이상 원하지도 않는데, 무엇 때문에 귀한 아들을 외국으로 보내겠느냐는 것이었다. 더구나 여행이란 고생길이 훤한데, 귀한 아들을 그런 고생길에 내보낼 마음은 추호도 없었다.

그러나 아들은 뜻을 굽히지 않았다. 온 세상을 구경하고 싶으니 여행 떠나는 걸 허락해달라고 간청했다. 만약 허락해주지 않으면 그냥 집을 뛰쳐나가겠다고 했다. 아들이 하도 졸라대자 아버지는 어머니와 의논했다. 어머니는 아들 편을 들고 나섰다.

"만약 우리가 승낙하지 않으면 저 애는 가출할 겁니다. 그럼 아들은 행방불명되고 집안 망신만 당할 게 뻔합니다. 차라리 만반의 준비를 갖추어 떠나게 해줍시다."

아브드는 아내의 충고를 받아들여 9,000디나르에 해당하는 상품을
마련해주었다. 또한 어머니는 보석 40개가 들어 있는 주머니를 건네
주며 비상시에 요긴하게 쓸 수 있도록 잘 간수하라고 일렀다. 마침내
카마르는 여행 준비를 마치고 바스라를 향해 길을 떠났다.

귀부인을 찾아 떠난 카마르, 강도를 당하고 보석 40개만 건지다

바스라를 하루 일정 남겨둔 곳에 당도했을 때였다. 느닷없이 아라
비아인들이 일행을 습격해 옷을 벗기고 모두 죽였다. 카마르는 피에
흠뻑 젖은 채 시체들 사이에 몸을 파묻고 죽은 듯이 누워 있었다. 도
둑들은 그가 죽은 줄 알고 뒤집어보지도 않고 약탈한 물건만 챙겨 달
아나버렸다.

겨우 목숨만 건진 카마르에게 남은 거라곤 오직 허리띠 속에 간직
한 보석 주머니뿐이었다.

마침 그날은 금요일이라 바스라 시내에는 사람의 그림자라곤 찾아
볼 수 없었다.

카마르는 수도사의 말대로 빈 가게에 들어가 배불리 식사를 한 다
음 북소리가 들리자 몸을 감춰 숨었다. 이윽고 처녀들의 행렬이 나타
나고 그 한가운데 말을 탄 귀부인의 모습이 보였다. 순간 그는 사랑
의 포로가 되어 미칠 듯 들끓는 욕정을 견뎌내느라 사지가 꼬이고 오

금이 저렸다.

얼마 뒤 다시 사람들이 돌아오고 시장이 활기를 띠었다.

카마르는 보석 하나를 팔아 현금 1,000디나르를 마련한 다음, 숙소를 잡고 하룻밤을 묵었다. 이튿날 다시 보석 4개를 4,000디나르에 팔아서 기막힌 비단옷을 사 몸에 두르고 번화가를 구경하다가 이발소에 들어갔다.

머리를 손질하는 동안 카마르는 이발사에게 말을 걸면서 넌지시 금요일의 기이한 행렬에 대해 물어보았다. 이발사는 절대 입 밖에 내면 안 된다고 주의를 주었다.

"젊은 나리, 절대로 다른 사람에게 그 얘길 해서는 안 됩니다. 잘못하면 당신도 나도 목숨을 잃습니다. 금요일의 일은 이 도시 밖에선 누구 하나 알고 있는 사람이 없으니까요. 사실, 바스라 시민들은 그 문제 때문에 죽을 고생을 하고 있습니다. 금요일 아침이 되면 개나 고양이도 얼씬 못하게 가두고 사람들은 모두 다 이슬람교 사원에 들어가 문을 잠가버립니다. 아무도 시장을 걷거나 창밖을 내다볼 수 없습니다. 또 왜 그래야 하는지 아는 사람도 하나 없답니다. 하지만 오늘 밤 집사람에게 사연을 알아보겠습니다. 아내는 산파라 높은 분들의 저택에도 자유롭게 출입하기 때문에 시내의 소식이라면 모르는 게 없으니까요."

카마르는 이발사에게 금화를 한 움큼 꺼내주었다. 이발사는 즉시 집으로 달려가 아내에게 말했다. 한 젊은이가 귀부인에게 홀딱 반한 모양인데 정보를 알려주면 사례금을 듬뿍 받을 수 있다고 꼬드겼다. 아내는 당장 젊은이를 집으로 초대했다. 카마르가 사례금으로 100디나르를 건네자 마침내 이발사의 아내가 입을 열었다.

금요일의 기이한 행렬에 얽힌 곡절

인도의 왕이 바스라의 왕에게 보석 하나를 선물했다. 바스라의 왕은 보석상들을 불러 보석에 구멍을 뚫어 세공을 해오라고 분부했으나 모두가 겁을 먹고 피했다.

그런데 보석 세공에 뛰어난 보석상 우두머리 오바이드가 구멍 뚫기에 성공했다. 왕은 너무 기뻐 약속대로 그의 소원을 들어주기로 했다. 그런데 오바이드는 부인을 몹시 사랑했기 때문에 왕에게 하루만 여유를 달라 하고는 부인과 의논했다. 사실 보석상 부부에게는 불을 질러도 다 태울 수 없을 만큼 많은 재산이 있었다. 그러니 더 이상 무엇을 바라겠는가.

그런데 부인 하리마가 기가 막힌 소원을 말했다.

"제 소원은 단 한 가지, 베일을 벗고 맨 얼굴을 드러낸 채 거리를 활보하고 싶어요. 그러니까 당신이 날 사랑한다면 임금님께 바스라 거리에 이런 포고를 내려달라고 부탁드리세요. '매주 금요일 기도 시간 두 시간 전부터 모든 시민은 가게 문을 열어놓은 채 사원으로 들어가 사원 문을 걸어 잠그고 상하 귀천 구별 없이 누구 하나 거리에 나오거나 시내에 남아 있어선 안 된다. 만약 밖에 나오거나 어딘가에서 몰래 숨어서 내다보는 사람이 있으면 가차 없이 죽여버린다.' 이런 포고를 내려달라고 해보세요. 그럼 저는 노예 계집들을 데리고 맘껏 시내 번화가를 말을 타고 지나가는 겁니다."

오바이드는 부인 하리마가 말한 대로 왕에게 소원을 알렸다. 왕은 쾌히 승낙하고 모든 시민에게 포고령을 내렸다. 그때부터 금요일 기도 시간 두 시간 동안 온 시내는 금족령이 떨어졌다. 그리고 금요일 두 시간 동안 오바이드의 부인 하리마와 그 수행 시녀들은 베일을 벗은 맨 얼굴로 위풍당당하게 거리를 누비고 다니게 되었다.

이발사 아내는 카마르에게 귀부인을 만날 수 있는 계책을 귀띔했다. "우선 보석 시장으로 가서 보석상 우두머리인 오바이드의 가게를 찾아가세요. 나리가 가진 보석 하나를 주고 그 보석을 순금 도장 반지에 박아달라고 주문하는 겁니다. 모양은 가장 좋은 것으로 하고 크지 않으며 무게는 1미스칼(약 5그램)로 하되 그 이상 무거우면 안 된다는 조건을 내거십시오. 그리고 주인은 물론 직공과 거지에게도 후하게 돈을 뿌려서, 누구에게나 인심 좋은 사람으로 알게 하십시오."

보석상 오바이드의 신임을 얻은 카마르, 그의 집으로 초대받다

카마르는 이발사 아내가 이른 대로 보석상 오바이드를 찾아가 보석을 박은 도장 반지를 주문했다. 착수금을 주고 나중에 세공비를 더 주겠다고 하여 환심을 사두는가 하면, 직공이나 거지에게도 금화를 1디나르씩 주어 인심 후한 부자라는 인상을 심었다. 그리고 가게에 앉아 오바이드와 이런저런 이야기를 하면서 친분을 쌓아갔다.

그런데 원래 오바이드는 특별한 세공은 집에서 하는 버릇이 있었다. 그래서 가게에 있는 것과 똑같은 세공 도구 일습을 집에도 갖추고 있었다. 직공들에게 기술의 비밀을 알리고 싶지 않은 이유도 있지만, 작업할 때마다 옆에서 구경하는 아내의 사랑스러운 얼굴을 바라보고 저런 아름다운 사람들에게 어울릴 온갖 종류의 보석을 생각하며 절묘한 솜씨로 세공하는 기분을 아주 좋아했기 때문이었다.

이번에도 오바이드는 주문을 받은 반지를 갖고 집에 돌아와 묘기를 발휘하여 반지 세공을 시작했다. 하리마는 정성껏 일에 골몰하는 남편을 보면서 주문자가 누구냐고 물었다. 남편은 젊은 상인의 아름다운 용모를 침이 마르게 묘사하며 칭찬을 아끼지 않았다.

"그 젊은이는 잘생긴 데다가 보는 사람의 마음을 황홀하게 하는 눈과 타는 듯 발그레한 볼에, 입은 솔로몬의 옥새 그대로고, 빨간 입술은 홍 산호 같고, 목덜미는 가늘기가 아름다운 영양을 연상케 하더군. 살결은 눈같이 희면서도 붉은 기가 돌고, 집안이 좋은지 명랑하고 인심도 아주 후해."

이렇듯 남편이 젊은이의 사내다운 점과 남달리 돈을 잘 쓰는 점을 칭찬하자, 하리마 역시 그 젊은이에게 호감을 갖고 호기심이 불같이 타올랐다. 그러고 보면 오바이드만큼 얼빠진 남편은 이 세상에 없을 것이라 생각했다. 하리마가 물었다.

"나만큼 매력적인가요?"

"당신이 언짢지 않다면 당신보다 천 배나 더 매력적이라고 말하고 싶소."

하리마는 그 젊은이를 꼭 한 번 만나보고 싶었다. 젊은이에 대한 연정을 느끼는 순간 하리마의 가슴속에 음욕의 불이 훨훨 타올랐다.

세공이 끝나자 오바이드는 하리마에게 반지를 보여주었다. 하리마가 반지를 끼어보니 꼭 맞았다.

"이 반지 아주 마음에 들어요. 갖고 싶어요. 빼고 싶지 않은데요."

오바이드는 내일까지 기다리라며 하리마를 달랬다.

"반지 주인은 인심이 후하니까 한번 팔라고 말해보겠소. 만일 팔겠다면 사서 당신에게 주리다. 안 팔겠다면 똑같은 보석이 있는지 알아보고 그걸 사서 이 반지와 똑같이 만들어주겠소."

이튿날, 카마르는 이발사의 아내를 찾아가 100디나르를 건네며 앞으로의 계책을 물었다.

"반지를 끼어본 다음에 반지가 너무 빡빡하다고 말하세요. 오바이드는 더 헐겁게 고쳐주겠다고 할 겁니다. 그러면 그 반지는 그냥 노예 계집한테나 주라고 하세요. 그리고 더 좋은 고급 보석을 내놓고 새로 만들어달라고 주문하세요. 전처럼 또 돈을 후하게 뿌리고요."

카마르는 보석상에 들러 이발사의 아내가 이른 대로 하고 700디나르짜리 새 보석을 꺼내 더 고급품이니 잘 만들어달라고 주문했다.

집에 돌아온 오바이드는 아내에게 반지를 끼워주었다.

"당신은 운이 참 좋은 여자야. 그 젊은이가 반지를 거저 주더군. 아무래도 상인이 아니라 왕족인 것 같아."

남편은 또다시 침이 마르게 젊은이를 칭찬했다. 아내 하리마는 젊은이를 향한 연정에 가슴을 태웠다. 어떤 것으로도 젊은이를 향한 불타는 연정을 누를 수 없을 것 같았다.

남편은 이전보다 반지를 조금 크게 만들었다.

이튿날 카마르는 이발사의 아내를 찾아가 200디나르를 건넸다.

"이번엔 반지가 너무 헐겁다고 말하세요. 손가락 치수를 정확히 쟀다면 실수하지 않았을 것 아니냐고 넌지시 충고하고, 어쨌든 이 헐거운 반지는 노예 계집에게나 주라며 그냥 던져주세요. 그리고 이번엔

1,000디나르짜리 보석을 도장 반지에 박아달라고 주문하는 겁니다. 또 후하게 인심을 쓰는 것도 잊지 마시고요."

카마르는 이번에도 이발사의 아내가 이른 대로 했다. 오바이드는 손가락 치수를 재고 다음엔 틀림없이 꼭 맞게 만들어줄 것을 약속했다. 두 번째 반지를 선물받은 아내는 남편에게 말했다.

"당신은 참 염치도 없으시군요. 그렇게 인품이 훌륭한 데다가 이처럼 값비싼 반지를 둘씩이나 주신 분이라면 집에 초대하여 정성껏 대접해야지요. 당신은 주변머리가 없어요. 내일까지 갈 것도 없이 오늘 밤 당장 초대해 모시고 오세요. 만약 싫다고 하시거든 이혼을 맹세하고서라도 끈덕지게 설득해보세요."

남편은 승낙하고, 반지 세공을 서둘러 끝낸 다음 이튿날 아침 가게로 나갔다.

한편 카마르는 이발사 아내를 찾아가 300디나르를 내놓았다.

"아마 오늘쯤은 반드시 집으로 초대할 것입니다. 만일 그 집에서 하룻밤을 지내게 된다면 내일 아침에 이리 오셔서 자세한 이야기를 해주세요. 그땐 400디나르를 갖고 오십시오."

카마르는 보석상을 찾아갔다. 오바이드는 주문한 반지를 내주었다. 끼어보니 꼭 맞았다.

"이거 기막힌 명장의 솜씨로군요. 특히 마무리가 아주 마음에 들어요. 근데 왠지 보석이 맘에 안 드는군요. 사실 내겐 이보다 더 기막힌 보석이 있거든요. 그러니까 이 반지는 당신이 갖든지 다른 사람에게 주든지 하세요."

그리고 카마르는 새 보석을 내밀며 반지를 다시 주문했다.

"저는 젊은 나리에게 반했습니다. 제발 부탁이니 오늘 밤 저희 집에 와주실 수 없을까요?"

카마르는 쾌히 승낙하고 일단 숙소로 돌아갔다. 오바이드는 오늘 밤 손님을 초대하지 못하면 아내가 화를 낼 것이라고 생각하여 해가 지기도 전에 카마르가 묵고 있는 대상 객주로 가서 카마르를 데리고 집으로 갔다.

카마르와 보석상 아내 하리마, 연정을 불태우며 환락을 즐기다

하리마는 집 안으로 들어오는 카마르를 보기가 무섭게 마음을 빼앗기고 말았다. 먹고 마시고 기도까지 마친 보석상과 카마르는 시녀가 가져온 음료수를 마시고 잠에 푹 빠졌다.

하리마는 두 사람이 잠든 곳으로 들어와, 젊은이의 아름답고 앳된 모습을 넋을 잃고 바라보다가 자기도 모르게 격렬한 춘정에 사로잡혀 젊은이의 가슴에 올라타고 두 볼에 입맞춤을 퍼부었다. 카마르의 볼은 새빨개졌고 광대뼈조차 발그레 빛났다. 이번엔 입술을 마구 빨아대는 바람에 핏발이 솟아올랐다. 하리마는 욕정으로 온몸이 타드는 듯했다. 하리마는 동창이 훤해질 때까지 끌어안기도 하고 다리에 다리를 휘감기도 하다가, 카마르의 호주머니에 작은 뼈 네 개를 넣고 방을 나갔다. 그리고 시녀를 시켜 두 사람 코에 무언가를 댔다. 보석상과 카마르는 재채기를 하면서 번쩍 눈을 떴다.

아침에 일어나니 카마르의 두 볼과 입술이 타는 것처럼 얼얼했다.

혹시나 하여 주인의 얼굴을 살펴보니 오바이드는 말짱했다. 보석상은 카마르에게 미안한 마음에 그럴듯하게 둘러댔다.

"아마 모기에게 물렸나 봅니다. 젊은이 같은 손님이 오면 이튿날 아침 한사코 모기에 물렸다면서 투덜거렸거든요. 특히 젊은이처럼 수염이 없는 손님은 늘 그랬습니다. 수염이 있으면 모기가 물지 못하는데, 수염이 없어서 그랬나 봅니다."

카마르는 그럴듯한 말이라고 무심히 넘기고 보석상 집을 나서 곧장 이발사 아내를 찾아갔다. 400디나르를 건네자 이발사 아내는 그의 얼굴부터 살펴보고 웃었다. 어젯밤 즐거움의 흔적이 역력하다며 재미 본 애기를 들려달라고 놀리는 것이었다. 그는 아무 일도 없었다고 부인했다. 수염이 없기 때문에 모기에게 물렸을 뿐이라고 설명했다. 그리고 호주머니 안에 든 조그마한 뼈 네 개를 보여주었다.

"이건 그 부인이 넣은 게 분명해요. 그리고 이런 뜻의 암호랍니다. '만일 당신이 사랑에 빠져 있다면 잠들지 않았을 거다. 사랑하는 사람은 자지 않으니까. 그러나 아직 당신은 어린애라서 이 작은 뼈나 가지고 노는 게 딱 맞다. 그런 어린애가 대관절 어쩌다 여자 같은 것에 반했냐?' 이런 뜻이거든요. 부인은 당신이 잠든 새에 볼에 입을 맞추어 흔적을 남겨놓은 모양입니다. 그러나 이 정도에서 뜻을 포기할 부인이 아니에요. 아마 반드시 오늘 밤에도 초대할 겁니다. 이번엔 절대 주무시면 안 됩니다."

카마르는 귀부인과 뜻을 이루었다는 흥분에 젖어 집으로 돌아왔다.

한편 하리마는 남편에게 또다시 손님을 초대하라고 했다. 오바이드는 대상 객주집에 가서 카마르를 데리고 집으로 가 먹고 마시고 밤 기도를 올린 다음, 평상시처럼 시녀가 준 음료수를 마셨다. 이번에도 카마르가 곤히 잠든 걸 본 하리마는 맥이 빠졌다.

"이런 쓸개 빠진 사람 같으니라고! 사랑에 빠진 사람이 어떻게 이리 잠이 잘 들지?"

하리마는 또다시 카마르의 가슴에 올라타 입술을 깨물고 빨고 갖가지 애무를 계속하다가, 날이 밝자 호주머니에 단도를 한 자루 넣고 시녀로 하여금 두 남자를 깨우게 하였다.

아침이 되자 카마르는 두 볼이 타는 듯 달아오르고 입술은 산호처럼 빨간색을 띠었다. 호주머니에는 단도가 들어 있었다. 이 모든 것이 부인의 농간임을 알게 된 그는 잠자코 있다가 보석상 집을 나와 곧장 이발사의 집으로 갔다. 500디나르를 내놓자 이발사의 아내가 말했다.

"단도는 이번에 또 잠이 들면 목을 잘라 죽이겠다는 뜻입니다. 그러니 이번에야말로 절대로 잠들면 안 됩니다. 잘못하면 목숨을 잃게 될지도 모릅니다."

이발사의 아내는 거듭 주의를 당부했다. 그리고 잠들기 전에 뭘 먹는지 물었다. 잠자리에 들기 전에 시녀가 주는 음료수 한 잔을 먹는다는 말에 노파가 말했다.

"그 음료수를 갖고 부인이 장난을 치는군요. 그러니까 시녀가 주는 음료수를 절대 마시지 마세요. 주인이 마시고 잠들 때까지 꾹 참고 기다렸다가 시녀에게 냉수를 한 잔 갖다달라고 시킨 다음 시녀가 나간 사이에 음료수를 버리고 누워서 잠든 체하면 시녀는 당신이 음료수를 마시고 잠든 줄 알고 그대로 나가버릴 겁니다."

오바이드는 예의상 손님은 사흘 동안 대접해야 한다며 또다시 숙소로 찾아가 카마르를 데리고 집으로 갔다. 밤 기도가 끝난 후 카마르는 음료수를 마시지 않고 잠든 체하고 기다렸다. 하리마는 이번에도 카마르가 잠이 들었으면 차라리 죽여버리겠다고 벼르고 단도를 들고 다가왔다. 카마르가 웃으며 몸을 일으키자 하리마가 깜짝 놀랐다.

"그 암호의 뜻을 어떻게 알았죠? 스스로 알아챘을 리 만무하고, 누가 가르쳐주었죠?"

이발사의 아내라고 대답하자 하리마는 이제부터 자기에게 맡기고 그 여자는 찾아가지 말라고 했다. 그리고 절교하는 방법까지 가르쳐주었다.

그날 밤 두 남녀는 껴안고 뒹굴며 밤새도록 남근을 옥문에 넣었다 뺐다 하며 합환의 열락을 맛보았다. 이렇게 정신없이 정사에 빠진 사이 어느새 날이 훤히 밝아오기 시작했다.

"하룻밤으로는 도저히 만족할 수 없어요. 하루, 아니 한 달, 아니 일 년도 모자라요. 난 이제부터 평생 당신 옆에서 살고 싶어요. 하지만 시간이 필요해요. 아무리 영리한 사람도 감쪽같이 속이고 우리의 소원을 이룰 수 있는 계략을 짜볼 테니 기다리세요. 남편과 이혼하고 돈도 재산도 모두 갖고 함께 살 수 있는 길을 찾아보겠어요."

하리마는 이번에 남편이 초대하거든 거절하라고 했다. 그럴듯하게 거절할 구실과 대안까지 상세하게 가르쳐주었다.

"남편에게 이렇게 말하세요. '사람이란 뭐든 지나치면 귀찮아지게 마련입니다. 너무 자주 폐를 끼치면 인심이 후한 사람이나 인색한 사람이나 다 싫어하는 법이니까요. 그러니 매일 밤 댁에 폐를 끼치며 객실에서 당신과 함께 자는 건 이제 그만둬야겠습니다. 당신은 괜찮을지 몰라도 부인께서 가만 계시지 않을 겁니다. 나 때문에 당신과 함께 지낼 수 없으니까요. 그러니까 앞으로 계속 나와 사귈 생각이라면 다른 집을 한 채 마련해주십시오. 그러면 서로 즐겁게 보내다가 잘 시간이 되면 나는 숙소로, 당신은 부인 곁으로 돌아가면 좋지 않겠습니까. 밤마다 두 분을 방해하기보다 그쪽이 훨씬 나을 겁니다.' 당신이 이렇게 말하면 남편은 내게 와서 의논할 겁니다. 그럼 나는 세를 내준 이웃집을 비워 만남의 장소로 사용하라고 권할 겁니다. 당신이 바로 이웃집에 들어온다면 그다음은 어떻게든 잘 처리해볼 게요."

하리마가 먼저 나가고, 카마르는 잠든 체하고 있다가 시녀가 와서 깨우자 눈을 떴다. 남편은 젊은이의 얼굴에 아무 흔적이 없는 걸 보고는 이젠 모기에 익숙해졌다고 생각했다. 보석상의 집을 나오자마자 카마르는 이발사의 아내를 찾아갔다.

"이젠 어떻게 해야죠? 저 여자를 마음 놓고 즐길 수 있는 묘안은 없을까요?"

"이제 내 계략도 바닥이 드러났나 봐요. 더 이상 묘안이 떠오르지 않는군요."

이 말에 카마르는 이발사의 아내와 작별을 고하고 대상 객주로 돌아갔다.

저녁때가 되자 오바이드가 또다시 숙소로 찾아왔다. 카마르는 정중히 거절하고 하리마가 일러준 그대로 말했다.

"우리의 우정을 지속하고 싶으면 당신 댁 근처에 집을 한 채 마련해주십시오. 그러면 언제든 마음 내킬 때 같이 밤늦게까지 지낼 수 있을 겁니다. 그리고 잘 시간이 되면 각자 자기 집으로 가면 되고요."

오바이드는 내일까지 좋은 방법을 마련할 테니 오늘 밤만 같이 가자고 이끌었다.

그날 밤도 식사가 끝나자 시녀가 음료수를 내왔다. 오바이드는 약이 든 음료수를 마시고 곧 잠이 들었다. 한밤중이 되자 하리마가 카마르 곁으로 왔다. 그리하여 세상모르고 자고 있는 남편 옆에서 두 남녀는 밤새도록 열락을 누렸다.

이튿날 카마르는 옆집으로 거처를 옮겼다. 오바이드는 카마르와 초저녁을 보낸 뒤 자기 집으로 돌아갔다.

온갖 꾀로 남편을 속인 하리마, 재산을 빼돌려 카마르와 함께 도망치다

이튿날 하리마는 목수를 불렀다. 그리고 뇌물을 듬뿍 주고 자기 방에서 옆집 카마르의 방까지 지하도를 파고, 문을 달아 출입구를 만들게 했다. 하리마는 지하도가 완성되자 돈이 잔뜩 들어 있는 자루 두 개를 안고 카마르 앞에 불쑥 나타났다. 그리고 깜짝 놀라 어리둥절해 있는 그에게 돈 자루를 잘 보관해두라고 말했다.

두 남녀가 온갖 희롱을 즐기는 사이에 날이 밝아오자 하리마는 남편에게 돌아갔다. 남편이 출근한 다음 하리마는 곧장 돈 자루를 네 개나 가지고 지하도를 통해 옆집으로 옮겼다. 어느새 카마르의 방에는 돈 자루 10개와 그 밖에 온갖 보석이 잔뜩 쌓였다.

사흘이 지나자 하리마는 카마르에게 단도를 하나 건넸다.

"이건 남편이 손수 세공하여 조각한 것으로 500디나르를 호가하는 비싼 물건입니다. 비할 데 없이 기막힌 칼로 아무리 남들이 부러워서 팔라고 해도 안 팔고 소중히 아끼던 물건이죠. 이 단도를 허리띠에

꽂고 남편의 가게로 가세요. 그리고 단도를 꺼내 보여주며 이렇게 말하세요. '방금 산 물건인데 감정 좀 해주십시오.' 남편은 분명 어디서 샀느냐고 물을 겁니다. 그럼 이렇게 말하는 겁니다. '두 명의 레반트인이 서로 입씨름하는 걸 들었는데, 한 놈이 말하기를, 자기는 정부와 만날 때마다 10디르함을 받았는데 정부가 돈이 없다며 주인의 단도를 들고 왔다지 뭡니까. 그 말을 듣고 내가 선뜻 나서서 300디나르에 단도를 샀죠. 근데 엉터리 물건인지 아니면 보물인지 알 수가 있어야지요. 그러니 감정을 좀 해주십시오.' 그런 다음 남편이 뭐라고 대답하는지 잘 들어두었다가 얼른 내게로 오세요. 난 지하도 입구에서 기다릴 테니 그때 단도를 돌려주세요."

카마르는 오바이드에게 단도를 가져가 감정을 부탁했다. 오바이드는 자기 것이 분명하다는 걸 알았지만 차마 말하지 못하고 뚱하게 앉아 있다가 단도의 가격은 500디나르 정도 한다고 대답했다. 그러나 질투의 불길이 가슴속에 훨훨 타올라 두 손이 결박당한 것처럼 도무지 일이 손에 잡히지 않았다. 시름의 바다에 빠진 오바이드는 카마르가 말을 걸어도 겨우 건성으로 대답할 뿐, 가슴은 뛰고 온몸은 위축되고 생각은 흐트러졌다. 카마르는 바쁜 모양이니 가겠다고 둘러대고 서둘러 하리마에게로 달려가 단도를 돌려주었다.

오바이드는 심한 질투심에 앉지도 서지도 못한 채 안절부절못했다. 아무래도 의혹을 풀기 위해선 집에 가서 단도가 있는지 확인해봐야만 했다. 그래서 집으로 달려가 단도를 찾았다. 그런데 이게 웬일인가. 단도는 상자 속에 그대로 있는 게 아닌가. 남편은 그때에야 안심이 되었다. 하리마는 자신을 의심했다며 불같이 화를 냈다. 오바이드는 이런저런 변명으로 아내를 겨우 달래놓고 가게로 돌아갔다.

하리마는 이번엔 카마르에게 남편의 시계를 주었다. 카마르는 하리마가 이른 대로 오바이드에게 감정을 부탁했다. 시계 역시 레반트인이 정부에게서 얻은 것이라고 속였다. 카마르가 가게를 나가자마자 오바이드는 부리나케 집으로 달려와 확인했지만 시계는 제자리에 그대로 있었다. 오바이드는 탄식하며 울부짖었다.

"어쩌면 좋지? 나는 운명의 희롱을 당해 도무지 갈피를 잡을 수가 없구려! 마음이 뒤죽박죽되어 앞으로 무슨 일이 생길지 짐작조차 할 수가 없구려."

하리마는 벌컥 화를 냈다.

"단도도 그렇고 시계도 그렇고 당신은 날 나쁜 여자라고 의심하고 있군요. 그렇다면 앞으로는 절대 당신과 함께 식사를 하거나 술을 마시지 않겠어요. 내가 금지된 것을 싫어하듯이 당신이 정말 싫어서 견딜 수 없어요."

오바이드는 변명하고 달래며 아내의 비위를 맞추었다.

오바이드가 카마르를 초대하지 않고 혼자 집에 돌아가자 하리마는 카마르를 데려오라며 남편을 그의 집으로 보냈다. 그런데 카마르의 집에 가보니 자기의 물건이 여기저기 흩어져 있는 게 아닌가. 하지만 차마 대놓고 내 물건이 왜 여기 있느냐고 물어볼 수가 없었다. 기분이 내키지 않았지만 아내의 핀잔이 듣기 싫어 그를 데려온 오바이드는 시름에 잠겨 그가 말을 걸어도 대답도 잘 하지 않았다.

밤이 되어 오바이드가 잠들자 하리마는 카마르 곁으로 다가왔다.

"앞으론 남편을 살살 달래서 이혼하게끔 유도할 겁니다. 내일 내가 노예 계집으로 꾸미고 당신 뒤를 따라 그 사람 가게로 갈 테니 당신은 남편에게 이렇게 말하세요. '이 노예 계집을 1,000디나르나 주고

샀는데 가격이 적당한지 좀 봐주세요.' 그리고 내 베일을 벗겨 얼굴과 가슴과 온몸을 보여주세요. 당신이 날 데리고 당신 집으로 가면, 난 지하도를 통해 내 방으로 갈 테니까요. 그다음에 어떤 일이 벌어질지 구경하세요."

두 남녀는 그날 밤도 남편이 잠든 옆에서 합환의 즐거움에 빠져 도원경에서 놀았다.

이튿날 카마르는 하리마를 데리고 오바이드에게로 갔다. 그리고 노예시장에서 산 1,000디나르짜리 여자 노예를 감정해달라고 했다. 그런데 베일을 벗겨보니 바로 자기 아내가 아닌가. 얼굴과 옷은 말할 것도 없고 자기 손으로 세공한 패물까지 다 눈에 익은 것 투성이었다. 더욱이 카마르가 주문했던 도장 반지까지 끼고 있으니 틀림없었다. 이름도 아내와 똑같은 하리마였다.

"1,000디나르에 샀다면 거저 산 것이나 다름없군요. 반지와 옷과 패물만 해도 그 이상은 나가니까요."

카마르는 기분이 좋은 듯 싱글거리며 여자 노예를 데리고 집으로 돌아갔다.

오바이드는 부글부글 끓어오르는 질투의 불길을 억누를 수 없어 한달음에 집으로 달려갔다. 그런데 아내가 아까 본 그대로 비단옷과 패물을 걸치고 방에 앉아 있는 것이었다. 오바이드는 자기 얼굴을 때렸다. 그리고 아내에게 자초지종을 들려주었다.

"내 얼굴을 잘 보세요. 어쩌면 그 친구 분이 산 노예는 바로 나이며, 그 친구 분은 나의 애인인지도 모르죠. 내가 노예 처녀로 변장하여 서로 짠 다음 날 당신에게 보여드려 당신을 함정에 빠뜨리려고 꾸몄을지도 모르고요."

하리마는 깔깔대며 웃었다.

"그게 무슨 소리요? 설마 당신이 그런 짓을 하리라고는 꿈에도 생각해본 적이 없소."

오바이드는 여자의 속임수에 어두웠고 여자가 남자를 어떻게 다루는지도 알지 못했다.

"나는 지금부터 여기 이 방에 가만히 앉아 있을 테니까, 당신은 지금 당장 그 친구 분의 집으로 가서 문을 두드리고 무작정 안으로 들어가 그 노예 처녀가 있는지 확인해보세요. 만약 그 처녀가 있으면 그건 나를 닮은 노예 처녀일 거고, 만약 그 처녀가 없으면 당신이 가게에서 본 처녀는 바로 나일 거 아니에요? 그땐 당신의 의심이 들어맞는 게 아니겠어요?"

오바이드는 고개를 끄덕이고 아내를 방 안에 남겨놓고 대문 밖으로 나갔다. 그리고 카마르의 집으로 달려가 문을 두드렸다. 그동안 하리마는 지하도로 해서 카마르의 방으로 달려갔다.

오바이드가 카마르의 방으로 들어가니 아내와 똑같이 닮은 여자가 앉아 있었다. 여자는 두 사람의 손에 입을 맞췄다. 오바이드는 여자를 뚫어져라 바라보았다. 너무나 아내와 똑같았다. 오바이드는 한층 풀이 죽어 집으로 돌아왔다. 아내는 여전히 자기 방에 앉아 있었다. 하리마는 한 발 먼저 지하도를 통해 돌아와 있었던 것이다.

"이제 가게에 나가보세요. 의심은 그만하시고. 두 번 다시 날 이상하게 생각지 마세요."

오바이드는 풀이 죽어 가게로 나갔다. 그사이에 하리마는 돈 자루를 계속 날랐다. 카마르는 노새와 여행용 가마, 노예들을 사서 도성 밖에 옮겨놓았다. 모든 준비가 끝났다. 하리마가 말했다.

"제가 이런 짓을 한 것은 순전히 당신을 사랑하기 때문이에요. 내 사랑이여. 당신을 위해서라면 남편 따위는 천 번 버려도 상관없어요, 하지만 남편은 아직도 내게 반해서 정신이 없어요. 속이기도 하고 화내기도 하고 정 떨어지게도 하고 할 데까지는 힘껏 했어요. 이젠 나로서도 더 이상 어쩔 수가 없네요. 당신 나라로 도망칠 수밖에는."

카마르는 오바이드의 가게로 찾아가 사흘 후 고국으로 돌아갈 뜻을 밝혔다. 두 사람은 눈물을 흘리며 작별을 고했다. 오바이드가 카마르와 함께 그의 집에 가보니 하리마가 시중을 들고 있었다. 그런데 자기 집에 돌아와 보니 아내가 여전히 방에 앉아 있었다. 이런 상태로 보석상은 사흘 동안 두 집에서 하리마를 계속 보았다.

사흘 후, 하리마는 자기의 노예 처녀를 함께 데리고 가야 한다고 우겼다. 밤마다 약을 탄 음료수를 갖다주던 하리마의 수족 같은 시녀였다. 하리마는 그 시녀를 데리고 갈 수 있는 간교한 계책 하나를 일러주었다.

"제가 그 시녀에게 화를 내며 막 때리다가 남편이 집에 돌아오면 팔아버리라고 할 겁니다. 그러면 남편은 그 애를 팔려고 할 거고, 그때 당신이 사서 데려가면 되잖아요?"

카마르는 고개를 끄덕였다. 이사 준비를 마친 카마르는 곧바로 집 앞에 준비해놓은 가마에 올라탔다. 그때 오바이드가 시녀를 데리고 노예시장으로 가려고 막 카마르의 집 앞을 지나갔다. 하리마는 남편이 나가자마자 비밀 통로를 통해 카마르의 집 앞에 대령한 가마에 올라타 있었다.

오바이드가 시녀를 팔 예정이라고 하자 카마르가 말했다.

"부인에게 미움을 샀다면 도저히 함께 살기 어렵겠네요. 어떠세요?

제게 양보해주시면. 당신을 기리는 추억도 되고 좋지 않겠어요?"

그 말에 오바이드는 승낙하고 노예 처녀를 그에게 선물로 주었다.

이렇게 하여, 카마르와 하리마, 노예 처녀 세 사람은 오바이드의 손에 입을 맞추고 정중한 작별 인사를 나눈 뒤 그곳을 떠났다.

오바이드는 그들과 작별한 뒤 눈물을 흘리며 가게로 나갔다. 카마르와는 오랜 친구 사이였고, 우정에는 의리와 인정이 따르게 마련이니 그와 헤어지는 것이 너무나도 가슴이 아팠다. 하지만 한편으로는 그가 없어짐으로써, 의심할 근거도 없어지고 의혹이 풀린 것이 너무나 기뻤다.

한편, 카마르와 하리마 일행은 외진 길을 골라 여행을 계속했다.

귀향 후 하리마는 감금당하고, 카마르의 결혼식 날 오바이드가 나타나다

마침내 카마르 일행은 고국 이집트에 도착했다. 부친 아브드 알 라만은 아들의 귀환 소식을 전해듣자 몸소 마중을 나가 아들을 맞았다. 그런데 부친은 하리마를 보자마자 첫눈에 모든 남자의 마음을 호리기 족한 요부라는 걸 직감했다. 그래서 얼른 하리마와 하리마의 시녀를 이층의 으리으리한 방으로 안내했다.

손님들이 모두 돌아간 뒤, 아버지는 아들을 불러 여자에 대해 물었다. 카마르는 수도사가 들려준 이야기와 그 이야기를 들은 직후 고국을 떠나게 된 때부터 시작해 바스라에서 겪은 모든 일을 들려주었다.

"저 여자와는 결혼하기로 약속한 사이입니다. 하지만 아버님이 승낙하면 결혼하겠지만 승낙하지 않으시면 결혼은 하지 않겠습니다."

아브드는 단호한 어조로 말했다.

"만약 네가 저 여자와 결혼한다면 난 부자 인연을 끊겠다. 저 여자가 남편을 그 지경으로 만든 걸 보면 절대 결혼해선 안 된다. 너를 위해 남편을 버렸듯이 앞으로 다른 좋은 사내가 생기면 그 사내를 위해 언제 너를 버릴지 누가 알겠느냐. 저 여자는 간사한 여자야. 간사한 여자의 말이란 믿을 게 못 된다. 네가 내 말을 따른다면 저 여자보다 몇 배 더 예쁜 처녀를 찾아보겠다. 순진하고 정숙한 여자를 말이다."

아버지는 여러 가지 증거와 실례와 비유를 들어 하리마와의 결혼을 단념하도록 아들을 설득했다.

"아버님, 그렇다면 저 여자와 결혼하는 건 온당치 못한 일이겠군요."

카마르는 마침내 아버지에게 하리마와 결혼하지 않겠다고 약속했고, 아버지는 아들의 이마에 입을 맞추었다.

아브드 알 라만은 그 즉시 하리마와 시녀가 묵고 있는 이층 방에 자물쇠를 채우고 흑인 노예로 하여금 지키게 한 다음 하리마에게 일침을 놓았다.

"그대도 시녀도 이 방에서 한걸음도 떼선 안 되오. 그대들을 살 사람이 생기면 그 사람에게 팔아버릴 작정이오. 만일 싫다고 하면 죽여버리겠소. 그대는 남편을 배반한 간부로 조금도 성실성을 엿볼 수 없기 때문이오."

알 라만은 창문으로 음식을 넣어줄 뿐, 집안 식구들에게도 절대 접근하거나 말을 걸지 말라고 으름장을 놓았다.

얼마 뒤 알 라만은 중매인을 통해 카이로에서 가장 아름답고 순진한 처녀를 골라 카마르와의 혼인 계약서를 작성하고 성대한 결혼식을 올렸다. 그리고 40일 동안 집을 개방하고 피로연을 베풀었다. 피로연 마지막 날은 가난한 도사들을 초청했다.

그런데 가난뱅이 무리 속에 뜻밖에도 오바이드가 들어 있었다. 거지나 다름없는 행색에 얼굴에는 고생스러운 나그네 기색이 역력했다. 먼지투성이의 누런 얼굴에, 길을 가다 쓰러진 순례자와 같은 가련한 모습이었다. 오바이드는 주린 배를 움켜쥔 병자처럼 신음하며 비틀비틀 좌우로 몸을 못 가누며 걷고 있었다. 카마르는 아버지에게 오바이드가 왔음을 알렸다.

오바이드가 여기까지 온 사정은 이러했다.

오바이드가 퇴근하여 집에 돌아오니, 아내는 보이지 않았다. 더구나 집 안은 차마 눈 뜨고 볼 수 없는 비참한 꼴이었다. 벽장문을 열자 돈도 보물도 다 사라졌다. 오바이드는 그때에야 색향의 도취에서 깨어났다. 남편을 배반하고 호색을 미끼로 감쪽같이 자기를 속인 건 아내라는 걸 깨달은 것이다. 오바이드는 재난을 슬퍼하며 탄식했지만 아무에게도 이 일을 입 밖에 내지 않았다. 만일 비밀이 새나가면 체면은 엉망진창이 되고 세상의 웃음거리가 된다는 걸 그는 누구보다 잘 알았기 때문이다. 특히 그의 불행을 손뼉치며 기뻐할 적을 생각하고, 또 가슴 아파할 친구들을 생각하니 이래저래 입을 다물 수밖에 없었다.

그는 사환에게 가게를 맡기고, 왕이 찾거든 친구가 초청해서 카이로로 부인과 함께 순례 여행을 떠났다고 대답하라고 일러두었다. 그리고 가재도구를 팔아 여자 노예를 사서 가마에 태워 아내라고 속이고 길을 떠났다.

오바이드가 떠났다는 소식을 들은 바스라 시민들은 환호했다. 금요일마다 사원이나 집에 갇혀 있지 않아도 된다고 생각하니 춤을 출 듯 기뻤다. 어떤 이들은 심지어 오바이드가 부인과 함께 돌아오지 않기를 바라기까지 했다.

그런데 오바이드가 떠난 걸 모르는 포고관이 여전히 금요일에 금족령을 내리자, 바스라 시민들은 분노하여 모두가 합세하여 알현실로 우르르 몰려가 어전에 아뢰었다.

"오, 현세의 임금님. 저 보석상은 부인을 동반하여 알라의 성전으로 순례를 떠났습니다. 그러므로 이제 금족령도 풀어주어야 한다고 생각합니다."

왕은 불같이 화가 났다. 왕에게 보고도 하지 않고 허락도 받지 않고 무단으로 떠난 보석상이 괘씸해서 돌아오면 반드시 혼을 내주리라고 생각했다.

"그렇다면 이 시끄러운 행사도 이젠 끝났도다."

왕은 마침내 금요일의 금족령을 풀어주었다.

한편, 보석상은 열흘 후 바그다드 근교에 도착했다. 그 역시 카마르가 당한 것처럼 근처에서 출몰하는 아라비아 도둑을 만나, 재물은 물론 입고 있던 옷까지 모두 약탈당하고 겨우 목숨만 건지게 되었다. 그래서 헌옷을 얻어 겨우 알몸을 가린 채 구걸하면서 이 도시 저 도시를 방랑하다가 마침내 카이로에 당도했다.

시민들은 길을 묻는 거지 행색의 오바이드에게 카마르의 결혼 피로연으로 안내했다. 마침 그 잔치는 가난뱅이와 외국인들을 위해 베풀어진 피로연이었기 때문이다.

알 라만은 오바이드를 불렀다. 잔칫집 주인이 부른다기에 아무 생각 없이 갔더니 그 자리에 카마르가 앉아 있는 게 아닌가. 오바이드는 수치심으로 얼굴이 달아올랐다. 그가 인사도 없이 서먹서먹해하자, 카마르가 먼저 벌떡 일어나 그를 와락 끌어안고 이마에 손을 얹어 인사한 다음, 하염없이 흐느껴 울었다.

알 라만은 아들의 무례를 나무라고 시동을 시켜 오바이드를 목욕시킨 뒤 호화롭고 값비싼 옷으로 갈아입혔다.

몰라보게 풍채가 당당해져 나타난 오바이드의 모습에 손님들은 호기심을 드러냈다. 카마르는 손님들에게 오바이드를 한껏 칭송하며 소개했다.

"이분은 제 은인입니다. 제가 비참할 때 친절을 베풀어 도와주신 분입니다. 특히 이 분은 보석상의 우두머리로 이 길에서는 따를 사람이 없는 명장이십니다. 또한 바스라의 임금님도 높이 존경해서 이분의 소원은 무엇이나 들어주십니다. 이런 분에게 받은 은혜를 무엇으로 보답해야 할지 분간이 가지 않습니다."

카마르가 침이 마르도록 극찬을 아끼지 않자 손님들은 의아해했다.

"그런 분이 도대체 왜 고국을 떠나 차마 눈 뜨고 볼 수 없는 처참한 모습으로 여기까지 오셨습니까?"

"의아해할 거 없습니다. 아담의 아들은 언제나 영화로움과 고통, 성함과 쇠퇴함의 운명을 면할 길이 없고, 이 세상에 살고 있는 한 재난을 피할 길이 없는 법이니까요."

카마르는 거듭 오바이드를 칭송하면서 오바이드에게는 말할 겨를도 주지 않았다. 만일 오바이드가 자기 아내의 이름이라도 꺼내 간통한 사실을 입 밖에 내놓으면 큰일이었기 때문이다. 그래서 입심 좋게 쉴 새 없이 속담, 교훈, 시가 등 있는 얘기 없는 얘기를 늘어놓았다. 이 모습을 보면서 오바이드는 카마르의 의중을 짐작하고 과거지사에 대해서는 아무 말도 하지 않았다.

이윽고 객실에는 알 라만과 카마르 그리고 오바이드, 이렇게 세 사람이 마주 앉았다. 먼저 알 라만이 말문을 뗐다.

"눈치를 챘겠지만 남들 앞에서 당신에게 말을 못하게 한 건 서로가 망신당할 것이 두려웠기 때문입니다. 이젠 당신 내외분과 내 아들 사이에서 일어난 모든 일을 털어놓아보십시오."

오바이드는 처음부터 끝까지 사건의 전말을 털어놓았다. 알 라만이 물었다.

"어느 쪽이 나쁠까요? 제 아들과 당신 부인 가운데?"

"댁의 아드님이 나쁠 까닭은 없습니다. 남자란 본시 여자를 보면 색정을 느끼는 것 아닙니까? 이런 남자에게 몸을 지키는 건 여자의 의무입니다. 그러므로 나를 감쪽같이 속이고 음탕한 짓을 한 제 아내에게 죄가 있습니다."

아브드는 아들을 한쪽 구석으로 데리고 가서 귓속말로 소곤거렸다.

"아들아, 이것으로 저 사내의 아내가 남편을 배신한 간부라는 걸 확인한 셈이다. 이번엔 사내를 시험하여 과연 의리가 두터운 인물인지 아니면 그저 사람 좋은 남편인지를 알아야겠다. 일단 저자에게 아내와 화해하라고 권하고 저자가 아내를 용서한다면 한칼에 베어 죽이고 여자도 하녀도 죽일 작정이다. 왜냐하면 마누라를 뺏긴 남편이나 바람둥이 여자 따위를 살려둔대도 소용없는 일이니까. 그러나 아내가 싫어서 돌아보지 않겠다면 저 사내를 너의 누이동생과 짝 지어주고, 네가 저 사내에게 뺏어온 것 이상의 재산을 듬뿍 나눠줄 작정이다."

알 라만은 다시 자리로 돌아와 오바이드에게 말했다.

"여자를 상대하려면 인내와 도량이 필요하고, 여자를 사랑하려면

강한 의지의 힘이 있어야 합니다. 여자는 남자보다 얼굴이 예쁜 걸 내세워 남자를 우롱하거나 배신하기 때문입니다. 더구나 여자는 예쁘다는 걸 내세워 교만해지기 일쑤여서 남자를 깔보고 남편이 아내에게 반해 있을 경우엔 더 그렇습니다. 그렇다고 아내에게 마음에 들지 않는 점을 발견했다고 화를 내면 부부 사이가 원만해질 수도 없습니다. 관대하게 용서하지 않으면 같이 살아도 이로울 게 없으니까요. 옛말에도 '비록 몸은 하늘에 있을지라도 남자의 얼굴은 여자 쪽을 향하라. 힘이 있어 아내의 죄를 용서하는 남편은 알라의 좋은 보답을 받으리라'고 하지 않았습니까? 저 여자는 당신 부인으로서 오랫동안 함께 살아온 반려자입니다. 그러니 무슨 일이 있어도 너그럽게 봐주어야 합니다. 내외 금슬이 좋아야 성공의 비결이 있는 법이니까요. 아내가 죄를 저지르고 후회한다면 너그럽게 용서하고 화해하라고 권하고 싶습니다. 그러면 나는 부인이 갖고 도망친 재산보다 더 많은 재산을 당신에게 드리겠습니다."

알 라만은 이층 방에 하리마와 시녀를 가둔 경위를 들려주었다.

"언젠가 남편이 찾아올지 모른다고 생각했습니다. 그래서 처음 도착했을 때부터 따로 격리 감금해두었습니다. 부인이 워낙 미인이라 절대 남편이 버리지는 않을 것이라고 짐작했거든요. 아들은 다른 처녀와 결혼하여 오늘 첫날밤을 지내게 될 겁니다. 그러니 부인이 있는 이층으로 올라가셔서 마음껏 즐기십시오."

아내를 응징한 오바이드, 카마르의 여동생과 결혼하여 새로운 인생을 얻다

오바이드는 열쇠를 받아 이층 객실로 올라갔다. 알 라만은 칼을 들고 몰래 뒤를 밟아 숨어서 거동을 엿보았다.

방문 앞에 이른 오바이드의 귀에 아내 하리마가 카마르의 결혼을 원망하며 목 놓아 통곡하는 소리가 들렸다. 옆에서 달래는 시녀의 목소리도 들렸다.

"그러기에 제가 몇 번이나 충고하지 않았어요? 교제를 끊으시라고요. 결국 아씨의 바보 같은 사랑놀음이 이런 신세가 되고 말았군요."

그러자 하리마가 소리를 꽥 질렀다.

"입 닥쳐! 그이가 아무리 다른 여자와 결혼했어도, 언젠가는 반드시 내 생각이 날 거야. 난 그이와 함께 보낸 즐거운 밤이 잊히지 않아. 그이도 나와 지낸 밤의 환락을 잊지 못해 반드시 나를 다시 찾을 거야. 나는 언제까지나 그이를 사랑할 거야. 그이도 마음이 변했을리 만무해. 그이는 나의 애인이며 생명의 은인이니까. 언젠가 꼭 나한테 돌아올 거야."

하리마의 말을 듣자마자 오바이드는 방문을 왈칵 열었다.

"이 못된 년 같으니라고! 아직도 미련을 가지고 있는 모양인데, 그건 마치 악마가 천국에 미련을 갖는 것과 마찬가지다. 난 미처 몰랐다. 네년 마음속에 이런 패륜의 악덕이 깃들어 있는 줄. 네년의 방탕한 행실을 하나라도 알았다면 한시도 내 옆에 그대로 두지 않았을 것이다. 이제야 네 죄상이 분명해졌다. 설사 너 때문에 죽는 한이 있어도 살려둘 수가 없다. 이 간사한 계집년아!"

오바이드는 두 손으로 하리마의 목을 꽉 졸라 그대로 꺾어버린 다음 시녀에게로 달려들어 똑같이 목을 졸라 죽였다. 정신을 차리고 보니 자기가 사람을 둘씩이나 죽였다는 걸 깨달은 오바이드는 당황하고 두려워 어쩔 줄을 몰랐다. 앞으로 이 일을 어떻게 할 것인가 몸 둘 바를 모르고 몸을 벌벌 떨기만 했다.

문틈으로 이 모든 광경을 지켜본 알 라만이 불쑥 나타났다.

"조금도 걱정하실 거 없습니다. 당신이 한 일은 자신을 살릴 만한 가치가 충분히 있으니까요. 보십시오. 내가 쥐고 있는 이 칼을. 만일 당신이 저 여자와 화해하고 다시 사랑하게 되면 난 당신을 살려두지 않을 작정이었어요. 셋 다 죽이려 했습니다. 그러나 당신 스스로 죽였으니 이보다 더 반가운 일이 없습니다. 이제 내 딸을 당신과 짝지어 은혜를 갚겠습니다."

알 라만은 조용히 두 여자의 시신을 수습하여 매장했다. 카이로 시내에는 곧바로 카마르가 바스라에서 데려온 두 노예 계집이 죽었다는 소문이 퍼졌다.

며칠 뒤 알 라만은 카이로의 수많은 명사와 수도사를 초대하고 오바이드와 딸 카우바브 알 사바와의 혼인 계약서를 작성했다. 성대한 결혼식이 끝나고 오바이드가 신부의 방으로 들어가니, 하리마보다 더 우아하고 아름다운 처녀가 앉아 있었다. 그는 곧 카우바브의 순결한 그릇을 깨고 합환의 기쁨을 맛보았다.

얼마 뒤 오바이드는 고향 바스라가 그리워졌다. 그래서 장인에게 허락을 구하고 카우바브와 함께 귀국했다. 바스라 왕은 오바이드가 귀국했다는 말에 화가 나서 그를 불렀다.

"그대는 어찌하여 내 허락도 없이 순례 여행을 떠난 것이냐?"

왕이 꾸짖자 오바이드는 그동안의 사건을 설명하고 새 아내를 맞은 사실까지 보고했다. 왕은 그가 겪은 불행을 측은히 여겨 노기를 가라앉히고 너그럽게 받아주었다.

"만일 내가 알라를 두려워하지 않았다면 널 죽여서라도 너의 새 아내를 뺏어 후궁으로 삼을 작정이었다. 비록 막대한 돈이 들지라도 왕자에게 어울리는 여자라고 생각했기 때문이다. 그러나 알라의 뜻에 의해 그 여자는 그대에게 주어진 것, 그렇게 된 이상 알라의 축복이 있기를 기도하마. 정성껏 아내를 위해주도록 하라."

이후 오바이드는 카우바브와 정답게 살다가 5년 후 허무하게 세상을 떠났다. 왕은 당장 과부가 된 카우바브에게 구혼했다. 카우바브는 머리를 가로저었다.

"오, 임금님. 우리 집안에는 재혼한 여자가 없습니다. 목숨을 뺏기는 한이 있어도 임금님에게 시집갈 생각은 전혀 없습니다."

결국 왕은 고향에 가고 싶어 하는 카우바브의 마음을 헤아려 오바이드의 전 재산과 왕이 하사한 재보를 덧붙여, 호위병으로 하여금 카이로까지 데려다주도록 일렀다.

카우바브는 여생을 부친의 집에 머물며 살다 저세상으로 떠났다.

남자들은 여자를 다 똑같다고 생각하는 고질병과 편견이 있다. 하지만 여자도 여자 나름, 전혀 다르다는 걸 알아야 한다. ☽

바스라의 총독,
매일 밤 개 두 마리에게 채찍질을 하다

칼리프 하룬 알 라시드는 기한이 넘도록 바스라의 공물이 도착하지 않았다는 전갈을 받았다. 그 까닭조차 알 수가 없어 궁금증과 의혹이 일었다.

칼리프는 술친구인 아브 이사크 알 마우시리를 바스라로 보내기로 결정했다.

"이 길로 바스라의 총독 압둘라 빈 화지르에게 가서 기한을 20일이나 넘기면서도 공물을 보내지 않은 이유를 조사해오시오. 또 만약 공물이 준비되었다면 즉시 받아서 돌아오도록 하시오."

---

*이 이야기의 핵심 내용은 제1권에 나오는 〈바그다드의 짐꾼과 세 여자〉(9~19일째 밤) 이야기와 비슷하다.

아브 이사크는 병사들을 이끌고 바스라에 도착한 다음 총독에게 납기가 지난 공물을 받으러 왔다고 전했다. 총독은 잘못했으면 길이 엇갈릴 뻔했다며 웃었다.

"공물 준비는 완전히 끝나 내일이라도 보낼 작정이었습니다. 마침 귀하께서 오셨으니 사흘간 푹 쉬고 계시면 사흘 후 귀하께 확실히 맡기겠습니다."

아브 이사크는 안심하고서 먹고 마시며 편히 쉬다가 총독 압둘라와 함께 으리으리한 침실에 들었다. 아브 이사크는 시인이라 매일 밤 시를 짓는다 뭐다 해서 밤늦도록 깨어 있는 것이 습관이었다. 그는 그날 밤도 잠이 오지 않아 명상에 빠져 있었다. 그런데 한밤중 옆자리에서 압둘라가 벌떡 일어나 벽장에서 채찍을 꺼내들더니 촛불을 켜들고 객실 밖으로 나가는 것이었다. 아브 이사크는 호기심이 생겨 몰래 그의 뒤를 밟았다.

압둘라는 식당에 들어가서 접시 네 개에 고기와 빵을 수북이 담고 물병과 함께 손에 들고 다른 객실로 들어갔다. 문틈으로 들여다보니 호화로운 가재도구를 갖춘 넓은 객실 한가운데 휘황찬란하게 빛나는 황금 입힌 상아 침상이 있었고 그 위에 개 두 마리가 황금 쇠사슬에 묶여 있었다.

압둘라는 먼저 한 마리의 쇠사슬을 풀고 개의 네발을 묶더니 마루에 내동댕이쳤다. 그리고 채찍으로 사정없이 마구 때리기 시작했다. 개는 죽을 것처럼 몸부림을 쳤으나 발이 묶여 맘대로 몸을 움직이지도 못했다. 개는 사정없이 내리치는 채찍에 캥캥거리지도 못하다가 그만 기절하고 말았다. 이번엔 또 한 마리를 아까처럼 사정없이 채찍으로 때린 다음 개의 눈물을 닦아주고 연신 쓰다듬으며 달랬다.

"날 원망하지 마라. 알라께 맹세코 내 본의가 아니니까. 언젠가 알라의 뜻에 따라 이 괴로움에서 해방되고 고통을 면하게 될 것이다."

압둘라는 개들을 위해 기도를 올렸다. 그리고 접시에 담은 음식을 손수 배불리 먹여주고 나자 주둥이를 닦아주고 병을 높이 쳐들어 물까지 먹여주었다. 그리고 접시와 물병과 초 따위를 들고 그 방을 나왔다.

아브 이사크는 너무나 기이한 총독의 행동에 충격을 받아 한잠도 자지 못하고 밤을 꼬박 새웠다. 아무래도 의혹이 풀리지 않았다. 그런데 다음 날도, 그다음 날도 개를 구타한 뒤 음식을 먹이는 똑같은 광경을 목격하였다.

나흘째 날 아브 이사크는 그 사건을 비밀에 부친 채 공물을 싣고 바그다드로 돌아왔다.

아브 이사크는 칼리프에게 총독의 기이한 행동을 들려주었다. 칼리프는 당장 총독과 개를 데려오라고 명령했다. 아브 이사크는 입장이 난처했다.

"오, 충성된 자의 임금님, 그 일만은 제발 용서해주십시오. 압둘라는 신을 너무나 정중하고 융숭하게 환대해주었고, 이 일을 안 것도 제가 몰래 뒤를 미행한 결과입니다. 그런데 어떻게 신이 되돌아가 그를 끌고 올 수가 있겠습니까. 그러니 다른 사신에게 친서를 들고 가게 하여 총독과 개들을 데려오는 게 상책일 듯합니다."

그러나 칼리프의 생각은 달랐다.

"아니다. 다른 사람을 보내면 그가 딱 잡아뗄지도 모르는 일 아니냐? 그러니 직접 두 눈으로 본 사람이 가야만 그놈도 시치미를 뗄 수 없을 것이다. 만일 싫다고 하면 그대의 목숨을 뺏을 뿐이다."

그 순간 아브 이사크는 자신의 죄를 탓하며 후회했다. 이렇게까지 일이 커질 줄 알았다면 함부로 누설하지 않았을 것을 하는 후회가 밀려들었다. 하지만 이미 엎질러진 물, 후회해도 소용없었다.

"오, 충성된 자의 임금님. 잘 알았습니다. '재앙은 입에서 나온다'는 속담이 딱 맞군요. 폐하께 경솔하게 입을 놀려 누설한 것은 바로 저이니, 제가 다녀오겠습니다."

친서를 받아든 아브 이사크는 무거운 발걸음으로 바스라를 향했다. 갑자기 되돌아온 아브 이사크를 보자 총독은 깜짝 놀랐다. 혹시나 하는 마음에 겁부터 났다.

"오, 압둘라 총독님. 제가 돌아온 것은 공물이 부족해서가 아닙니다. 실은 귀하에게 용서를 빌 일이 하나 있습니다. 제가 손님으로서의 의무를 다하지 못하고 과오를 저질렀기 때문입니다."

아브 이사크는 압둘라를 미행한 일과 압둘라의 괴이한 행동을 보고 돌아가 칼리프에게 알린 것 등 모든 경위를 솔직하게 털어놓았다.

"이렇게 된 이상, 할 수 없지요. 개를 데리고 같이 갑시다. 제가 임금님께 귀공의 말이 거짓이 아님을 아뢰겠습니다. 귀공은 저의 벗이니 거짓말쟁이로 만들 수 없습니다. 다른 사람이었다면 딱 잡아떼고 거짓말을 했을지도 모르지만요. 비록 신세를 망치고 목숨을 잃어도 어쩔 수 없는 일이지요."

아브 이사크는 총독의 너그러움에 거듭 미안해하며 몸 둘 바를 몰라 쩔쩔맸다.

그리하여 아브 이사크는 압둘라 총독과 개를 데리고 함께 바그다드로 떠났다.

압둘라는 개 두 마리를 데려와 칼리프 앞에 엎드렸다. 칼리프는 추상같이 명령했다.

"거짓을 말하지 않도록 조심하라. 남을 속이는 건 위선자의 상투적 수단이니까. 정직하게 있는 대로 말해야 한다. 정직은 안전의 방주이며 유덕한 인사의 표시니라."

"제 말이 사실인지 거짓말인지는 이 개들이 증언해줄 겁니다."

칼리프는 허황된 말장난으로 여기고 버럭 소리를 질렀다.

"이 개들은 짐승이야. 말도 못하는 짐승이 어찌 진실과 거짓을 증언한단 말이냐?"

압둘라는 사람에게 말하듯 개들을 향해 말했다.

"이봐라, 형제들아. 내가 거짓말을 하면 너희는 머리를 쳐들고 잔뜩 노려보라. 그러나 진실을 말하거든 머리를 숙이고 눈을 내리깔라."

그러고 나서 압둘라는 사연을 이야기하기 시작했다.

압둘라와 두 형 이야기

이 두 개는 나의 친형들이다. 우리는 한 부모 밑에서 태어나 자란 형제다. 부친의 이름은 화지르('살아남은 자'라는 뜻)이다. 할머니가 쌍둥이를 낳았는데 하나는 곧 죽고 하나만 살아남았기 때문에 할아버지가 '살아남은 자'라는 이름을 지었다고 한다. 아버지는 피륙 가게를 경영하는 상인이어서 우리는 남부러울 것 없이 유복하고 화목하게 살았다. 그러는 동안 맏형 만수르와 둘째형 나시르 그리고 나 압둘라 이렇게 3형제는 양친의 슬하에서 무럭무럭 자라 성인이 되었다. 어느덧 세월이 흘러 부친이 돌아가시고 우리 3형제는 유산을 똑같이 상속받았다.

나는 장사를 시작했고, 두 형은 전 재산을 가지고 여행을 떠났다. 1년이 지나자 나는 행운을 맞아 부친의 유산만큼 재산을 모았으나 두 형은 빈털터리가 되었다. 그리하여 어느 겨울 두 형은 다 해져빠진 속옷 한 벌로 추위에 입술은 파랗게 질리고 부들부들 몸을 떨면서 돌아왔다. 두 형이 말하기를 "한동안 장사를 잘해 돈을 산같이 벌었으나 풍랑으로 배가 난파되는 바람에 모든 재산이 바닷속에 가라앉아 일순간에 빈털터리가 되었다"는 것이다.

"형님들, 상심할 것 없습니다. 알라께서 형님들을 살려주셨으니 그보다 더 다행한 일이 어디 있겠어요? 재물이란 허무하기 짝이 없는 꿈이니까 말입니다."

그래서 나는 관리를 증인으로 삼고, 나의 전 재산을 삼등분하여 형들에게 똑같이 나누었다. 그뿐 아니라 나는 두 형이 장사해서 모은 돈을 아끼게 하려고 두 형의 의식주 비용까지 도맡았다. 그러나 두 형은 틈만 나면 여행을 찬미하고 회고담을 늘어놓으며 여행에서 벌어들인 큰 돈벌이를 의기양양하게 뽐내면서 나더러 같이 여행을 가자고 졸랐다. 형들의 체면을 봐서라도 함께 떠나지 않을 수 없었다.

3형제는 공동 계약을 맺고 온갖 상품을 배에 실어 바스라를 출발하였다. 이 도시 저 도시로 다니며 물건을 사고파는 동안 우리 3형제는 엄청난 이익을 남겨 막대한 재산을 모았다.

그러던 어느 날, 배가 어떤 섬에 정박하였다. 선장은 닻을 내리고 말했다.

"손님 여러분, 상륙하십시오. 물이 떨어졌으니 모두 같이 물을 찾아보지요."

물을 구하러 여기저기를 다니던 중 뜻밖에도 한 마리의 백사가 흉악하고 소름 끼치게 생긴 흑룡에게 쫓기는 광경이 눈에 띄었다. 흑룡은 백사에게 덤벼들더니 백사의 머리를 짓누르고 자기 꼬리를 상대 꼬리에 감았다. 그 순간 백사가 비명을 질렀다.

나는 흑룡이 백사를 능욕하려는 흉계임을 직감하고, 무게 5파운드나 되는 화강암 덩어리를 집어 들어 흑룡을 향해 힘껏 던졌다. 다행히 돌은 흑룡의 머리를 정통으로 맞혀 으스러뜨렸다. 흑룡은 자기 몸속에서 내뿜는 불길에 타서 재가 되었다.

그사이 백사는 보름달처럼 아름답고 고상한 처녀로 바뀌어 내게로 다가오더니 손에 입을 맞추었다.

"당신께서는 저의 정조를 구해주셨습니다. 그 은혜 가슴에 사무쳐 결코 잊지 않겠습니다. 어떻게든 그 은혜를 갚아드리겠습니다."

그리고 처녀는 한 손을 휘둘러 땅에 신호를 보냈다. 그 순간 땅이 둘로 갈라지고 처녀는 그 속으로 모습을 감추니 대지가 닫히고 다시 원상태로 돌아왔다. 처녀는 바로 마족의 후예였다. 우리는 이윽고 다시 배에 올랐다.

그 뒤로 스무 날 동안이나 작은 섬 하나도 없는 망망대해를 항해하던 배는 항로를 잃고 떠돌다가 다행히 높은 산이 보이는 육지를 발견하였다. 모두 상륙하여 식수를 찾아 헤맸다.

나는 산꼭대기에 올랐다가 반대쪽 넓은 분지를 발견하였다. 그곳엔 성벽과 요새, 목초지로 둘러싸인 도성이 보였다. 틀림없이 그 도시에 가면 식량과 물을 얻을 것 같았다. 그래서 함께 가자고 권했으나 형과 선원, 승객 모두가 그 도시 주민은 다른 신을 섬기는 이단자이므로 가지 않겠다고 거절했다. 알라의 뜻이라면 무슨 일이든 맞설

각오가 되어 있던 나는 혼자 가보기로 했다.

그곳은 세상에서 보기 드문, 꾸밈새가 웅장한 도시였다. 가로수는 높고 탑은 견고하게 우뚝 솟아 있고 웅장한 누각은 하늘을 뚫을 듯했다. 그런데 그 도성 사람은 모두 살아 있는 사람이 아니라 돌로 만든 조각상이었다. 도성의 모든 시내와 번잡한 시장거리는 훌륭했으나 사람만은 살아 있는 진짜 사람이 아니라 하나같이 돌로 만들어진 사람의 형상이었다. 상품들은 손만 대면 먼지처럼 가루가 되어 부숴졌다. 큰 궤짝이 눈에 띄기에 열어보니 금화가 가득 차 있었다. 궤짝은 부숴졌지만 금화는 변하지 않았다. 형들도 함께 왔다면 마음껏 금화를 가져갈 수 있을 텐데 하는 아쉬움이 남았다. 심지어 개나 고양이까지도 돌로 변해 있었다. 은장이 가게에서 세공물도 약간 바구니에 넣고, 보석 시장에서 온갖 보석을 주머니에 넣을 만큼 넣었으나, 마음껏 다 가져갈 수 없는 것이 너무나 애석했다.

이번엔 궁전으로 들어가 옥좌에 앉아 왕관을 쓰고 있는 왕을 보았으나 그 역시 돌이었다. 다음 후궁들이 거처하는 방을 여기저기 돌아다녔다. 너무나 화려하고 사치스러운 보석과 보물들이 즐비했다. 어느 것을 집고 어느 것을 남겨둬야 할지 망설이지 않을 수 없었다.

이윽고 좁은 문을 지나 40계단을 올라가니 어디선가 낮은 속삭임처럼 코란을 외는 여자의 목소리가 들렸다. 비단 휘장 뒤쪽에서 소리가 들려 휘장을 들쳐보니 화려한 황금색 문이 나타났다. 문을 열자 엄청나게 큰 방 안에 맑게 갠 창공에 비치는 햇빛조차 무색할 만큼 아름다운 처녀가 앉아 있었다.

호화로운 옷에 값비싼 패물을 걸친, 세상에 다시없이 아름다운 미인을 보자 나는 그만 한눈에 반해 사랑에 빠지고 말았다. 그래서 조심스럽게 인사를 했더니 처녀도 내게 인사를 건넸다.

"압둘라여, 화지르의 아드님이시여. 당신께 진정으로 인사드립니다. 그리운 분, 나의 눈을 서늘하게 해주시는 서방님, 정말 잘 오셨습니다."

나는 깜짝 놀라 어떻게 내 이름을 알며, 당신은 누구이며, 왜 이 도성의 주민은 모두 돌이 되었는지 숨이 넘어 갈 정도로 질문을 쏟아냈다.

처녀는 도성과 자신에 얽힌 사연을 들려주었다.

"저는 이 도성의 공주 라지화입니다. 한때 이 곳은 나는 새도 떨어뜨릴 만큼 세도가 당당했었으며 아무도 본 적도 들은 적도 없는 갖가지 금은보화와 진귀한 보물이 산처럼 쌓여 있는 도시였지요. 그러나 부왕을 비롯한 이곳 주민들은 알라가 아닌 다른 신을 섬기고 있었어요. 어느 날 뜻밖에 한 사내가 나타났습니다. 키가 크고 무릎까지 이르는 긴 팔에 초록빛 옷을 걸치고 있었는데, 보기에도 거룩한 기품을 지니고 얼굴에는 한 줄기 서광이 비쳐, 그 빛으로 구석구석까지 환해질 정도였죠. 그는 바로 아브 알 아바스 알 히즈르였습니다. 그는 부왕에게 알라신을 받들 것을 주장했으나 부왕은 듣지 않았어요. 알 히즈르는 우상을 부수었습니다. 부왕이 그를 죽이라고 명했지만 누구 하나 그 자리에서 움직일 수가 없었습니다. 알 히즈르는 계속 이슬람교를 설파했으나 아무도 개종하려 들지 않자, 마침내 그는 알라께서 얼마나 진노하고 있는지 보여주었습니다. 그가 두 손을 펴고 기도를 올리자 알라께서는 사람들을 모두 돌로 바꿔놓았습니다. 저는 신의 위력을 확실한 증거로 확인한 순간 알라 앞에 엎드렸으므로 다행히 재앙을 모면한 것입니다. 그 뒤 저는 알 히즈르에게 입신을 맹세했습니다. 그때 제 나이는 일곱 살이었고, 지금은 서른 살이 되었습니다. 알 히즈르가 석류나무 한 그루를 심자 나무는 금세 잎이 돋고 꽃이 피며 열매를 맺었습니다. 알 히즈르는 석류하나를 따 제게 주고 그때부터 이슬람 교의와 기도문, 예배 방법, 코란 암송을 함께 가르쳐주었습니다.

23년 동안 알라를 섬기며 이 궁전에 살면서 저는 매일 석류 하나를 따먹으며 목숨을 이었고, 알 히즈르는 금요일마다 찾아와 교의를 설파하였죠. 알 히즈르는 압둘라 님의 이름을 가르쳐주며 머잖아 그가 올 것이니, 그의 말을 거역하지 말고 그와 부부가 되라고 하셨습니다."

나는 공주에게 말했다.

"그럼 저와 함께 바스라로 돌아가 더불어 백년해로하실 생각은 없으십니까?"

공주는 쾌히 승낙했다. 공주와 나는 서로 변치 않을 맹세를 나누고, 왕의 보물 창고에서 가질 수 있을 만큼의 보물을 가지고 배로 돌아왔다.

나는 모두에게 보물을 보여주며 '돌의 성'에서 목격한 것들을 들려주었다.

그리고 선장을 비롯하여 형들과 똑같이 보물을 나누고, 하인과 선원 들에게도 얼마씩 선물하였다. 모두가 기뻐하며 나와 공주를 축복하였다.

그러나 두 형만은 여기에 만족하지 않고 안색을 바꾸고 두 눈을 뒤룩거렸다. 나는 두 형이 허욕에 빠진 걸 알아채고 형들을 달래고 위로했다. 그리고 형들에게 바스라에 도착하는 대로 공주와 결혼할 것이라고 말했다. 두 형도 다른 처녀들과 결혼하여 한날한시에 신방을 꾸미자고 약속했다.

40일 동안의 항해 끝에 바스라의 도성이 보이기 시작했다. 다 왔구나 하고 기뻐하며 나는 완전히 마음을 턱 놓고 그날 밤 세상모르고 잠에 곯아 떨어졌다. '알라 외에는 숨겨진 미래에 대해 아는 사람은 없다' 라는 말이 딱 맞았다. 내가 눈을 뜨고 보니 어느새 형들은 나의 두 다리와 두 팔을 붙잡고 바다로 떠밀려 하고 있었다. 난 도대체 왜 그러느냐고 소리를 쳤다. 그러자 두 형이 버럭 화를 내며 말했다.

"넌 건방진 놈이야. 그까짓 여자 하나 때문에 형제 간의 우애를 버릴 셈이냐? 너 같은 놈은 바다에 던져야 돼!"

그리고 나를 물속으로 던져버렸다.

그런데 나는 바다 깊이 가라앉았다가 다시 수면으로 솟아올랐다. 그때 눈 깜짝할 새에 사람만 한 크기의 새 한 마리가 날아오더니 나를 낚아채서 하늘 높이 날았다. 정신이 아찔해 눈을 떠보니 내 몸은 육중한 기둥이 죽 늘어선 궁전 안에 누워 있었다.

얼마 후 새는 부들부들 몸을 떨더니 햇빛조차 무색할 만큼 아름다운 처녀로 바뀌었다.

그 처녀는 바로 내가 흑룡에게서 구해준 백사였다. 처녀는 마족의 대왕 붉은 왕의 딸로, 이름은 사이다였다. 내가 죽인 흑룡은 검은 왕의 대신 다피르였다. 그는 추남에다 간교한 자로서, 사이다에게 청혼했다가 거절당한 이후 계속 사이다를 따라다니며 갖은 흉계를 꾸미며 기회가 있을 때마다 범하려고 했다. 사이다 공주가 날마다 겉모습과 피부색을 바꾸며 도망을 쳐도, 그자는 적의 모습으로 변신하여 어디로 도망을 치든 냄새를 맡고 쫓아왔고, 마침내 음탕한 욕정을 채우려는 그 순간 내가 구출해준 것이었다.

　은혜를 잊지 않았던 사이다는 마침 두 형이 나를 바다에 내던지는 걸 보자마자 새로 변신해 나를 구출해준 것이었다.

　사이다는 나를 자신의 나라로 데려갔다. 그녀의 아버지 붉은 왕은 딸을 구한 은인이라며 내게 엄청난 보물을 선물로 주었다. 사이다는 나를 업고 하늘로 날아올랐다.

　그사이에 두 형은 선장에게 내가 소변을 보다가 미끄러져 바다에 빠졌다고 거짓말을 하고 내 몫의 재물을 나눠 가졌다. 그런데 라지화 공주를 차지하려던 두 형 사이에 대립이 생겼다. 서로 저 여자는 내 것이라며 욕을 퍼붓고 양보하지 않았다. 동생이 죽은 것 따위는 염두에도 없었고 애도하는 기색은 털끝만큼도 없었다.

　이런 와중에 갑자기 사이다 공주가 나를 데리고 배 한가운데로 날아가 내렸다. 두 형은 나를 보자 끌어안고 무사함을 기뻐하는 척했다. 그러나 그녀는 두 형에게 덤벼들어 숨통을 끊어놓으려 했다. 나는 두 형을 살려달라고 애원했다. 사이다는 딱하다는 듯이 혀를 끌끌 찼다.

　"배반자들은 죽여야 합니다. 하지만 당신의 낯을 보아 죽이지는 않겠어요. 그 대신 요술을 걸겠어요."

　그리고 사이다는 물그릇을 꺼내 바닷물을 가득 담고 그 위에다 뭐라고 알 수 없는 말을 중얼거리며 두 형에게 물을 끼얹었다. 그러자 두 형은 대번에 개 두 마리로 둔갑하였다. 사이다는 아주 강하고 단호하게 내게 경고했다.

　"개의 목을 잘 묶어두세요. 그리고 매일 밤 채찍으로 기절할 때까지 때려야 합니다. 만약 하룻밤이라도 때리지 않으면 내가 당신을 맘껏 때린 다음 두 형을 때리겠어요."

바스라에 도착한 그날 밤은 개를 방에 가두고 밤새도록 짐을 풀고 정리하는 일을 했고, 다음 날은 상인들이 하루 종일 인사차 몰려와 대접하고 환담하느라 사이다 공주의 말은 까맣게 잊고 밤이 되어 잠이 들어버렸다.

그런데 갑자기 사이다 공주가 나타나 채찍으로 나를 사정없이 때렸다. 내가 기절하자 이번엔 개들을 기절할 때까지 때리고 내게 윽박질렀다.

"매일 밤 잊지 말고 개들을 때리세요. 하룻밤이라도 때리지 않으면 내가 당신을 때리겠습니다."

이튿날 나는 대장장이를 불러다 개의 목에 쇠 족쇄를 만들어 채우고 사이다 공주가 하라는 대로 매일 밤 개들에게 채찍질을 했다.

이 일은 아바스왕조 3대 칼리프인 알 마디(재위 775~785) 시대에 일어난 사건이었다.

그후 나는 칼리프의 총애를 독차지하고, 많은 금은보화를 바친 결과 바스라의 총독에 임명되었다.

어느 날, 나는 마음속으로 지금쯤 공주의 노여움이 풀렸을 것이라 생각했다. 그래서 하룻밤 개를 때리지 않았다. 그러자 사이다 공주가 곧장 나타나더니 또다시 나를 때렸다. 그때의 쑤시는 통증은 아마도 죽는 날까지 잊지 못할 것이다.

그날 이후 나는 하루도 빠짐없이 개들을 때리게 되었다.

다시 인간으로 돌아와 동생의 보좌관이 된 두 형, 동생을 목 졸라 강에 던지다

칼리프는 압둘라의 기구한 사연에 크게 놀랐다.

"여봐라, 압둘라여. 인샬라! 내가 두 형의 죄를 용서받도록 힘써주 겠다."

칼리프는 사이다 공주 앞으로 친필 편지를 썼다. 두 형을 용서하고 다시 인간의 모습으로 되돌려줄 것을 부탁한다는 내용이었다. 그리고 그 편지를 도장 반지로 봉하고 압둘라에게 주었다.

"사이다 공주가 오거든 이 편지를 주고 칼리프께서 잘 부탁한다고 말씀하셨다고 꼭 전하라."

압둘라는 칼리프 앞에서 앞으로는 절대로 개를 때리지 않겠다고 맹 세한 후, 개를 데리고 숙소로 돌아왔다.

압둘라는 식탁에 개 두 마리를 앉히고 함께 식사를 했다. 노예와 하 인 들은 깜짝 놀라 주인이 실성한 게 아닌가 하고 고개를 갸웃했다. 식사를 마친 후 압둘라는 개의 주둥이와 손발을 씻겨주었다. 그뿐이 아니었다. 침상에 개들과 나란히 눕기도 했다.

이렇게 압둘라와 개들이 침상에 나란히 누워 한참 잠에 곯아 떨어 졌을 때였다.

한밤중 대지가 둘로 갈라지는가 싶더니 별안간 사이다 공주가 나타 났다.

"압둘라 님. 왜 오늘 밤엔 개를 때리지 않으셨죠? 목걸이는 또 왜

벗겼어요? 당신은 어찌하여 내 말을 조롱하고 이렇게 고집을 부리는 거죠?"

압둘라는 칼리프가 써준 친필 편지를 꺼내 보여주었다. 사이다 공주는 편지를 다 읽고 나더니 서둘러 자리를 떠났다. 공주의 부친인 붉은 왕과 의논하기 위해서였다.

칼리프의 편지를 읽고 난 붉은 왕은 칼리프의 새벽 기도가 얼마나 위력적인가를 설명하고 끈질기게 딸을 설득했다.

"애야, 칼리프께서는 인간이므로 우리보다 뛰어나다. 칼리프께서는 알라의 대리인이시다. 또한 시종일관 이마를 두 번 조아려 새벽 기도를 올린다. 그러므로 일곱 세계의 마신족이 모여 칼리프에게 덤벼든다 해도 상처 하나 낼 수가 없다. 반대로 칼리프께서 진노해 새벽 기도를 올리며 단 한마디만 소리치면 우리 모두는 도살장에 끌려온 양처럼 굽실거릴 수밖에 없다. 칼리프의 한마디면 우리는 황무지로 갈 수도 있고, 당장 서로 죽이며 자멸할 수도 있다. 그러니 칼리프의 명령은 절대적인 것이다. 애야, 우리의 힘이 미치지 않는 일을 무리하게 바라지 말거라. 그까짓 두 인간 때문에 자멸하는 어리석은 짓을 할 필요가 있겠느냐? 당장 가서 둘을 석방해주고 요술에서 풀어주거라."

사이다 공주는 부왕의 충고를 듣고 압둘라에게 돌아와 당장 개들을 인간의 모습으로 바꾸어주었다. 두 형은 울고 불며 자신의 죄를 뉘우치고 용서를 구했다. 압둘라는 형들을 껴안고 함께 흐느꼈다.

압둘라는 형에게 '돌의 성'에서 데려온 라지화 공주의 행방을 물었다.

"너를 바닷속에 던진 다음 우리 두 형제는 라지화 공주를 차지하려고 서로 자기 것이라고 주장하며 싸웠단다. 그때 라지화는 우리가 싸우는 소리를 듣고 너를 바다에 던진 걸 알게 되었지. 라지화는 우리 두 형제에게 이러더구나. '나는 누구의 것도 될 수 없으니 나 때문에 서로 싸우지 마세요. 남편이 바다에 빠진 이상 나도 남편의 뒤를 따르겠어요.' 그리고는 바닷속으로 뛰어들어 죽어버렸어."

압둘라는 라지화 공주의 불행한 최후를 슬퍼하며 하염없이 탄식하였다.

옆에서 모든 이야기를 들은 사이다 공주는 압둘라에게 원망하듯 쏘아붙였다.

"당신은 그런 변을 당하고도 두 형을 용서해주는 겁니까?"

"오, 공주여. 권력을 가지고 있으면서 죄를 용서하는 사람은 누구건 알라의 좋은 보답을 받는답니다."

사이다는 뼈 있는 한마디를 남기고 모습을 감췄다.

"이 사람들은 배신자들입니다. 부디 방심하지 마세요."

압둘라는 두 형을 데리고 칼리프의 알현실로 갔다. 두 형을 본 칼리프는 크게 감격했다.

"여봐라, 압둘라여. 부디 알라의 보답이 그대에게 있기를! 나는 그대로 인하여 내가 아직까지 모르고 있던 힘을 알았다. 앞으로는 내 목숨이 있는 한 절대로 이마를 두 번 조아리는 새벽 기도를 그만두지 않겠다."

칼리프는 형제를 화해시킨 다음, 두 형을 압둘라의 보좌관으로 임명하고 아우를 잘 섬기라고 분부했다.

압둘라는 두 형을 데리고 바스라로 돌아왔다.

압둘라는 두 형을 극진히 대해주었으나 신하들은 하나같이 형들을 무시하고 거들떠보지도 않았다. 그 때문에 압둘라가 아무리 다정하게 대해주어도 형들의 가슴속에는 질투심이 자라났다. 그리하여 어느 사이엔가 압둘라가 잘해줄수록 두 형은 반대로 증오심과 질투심만 커졌다. 압둘라는 두 형에게 각각 보기 드문 미인 측실 한 사람과 내시와 시녀 그리고 노예 40명을 주었다. 호위병들과 순종마 50필을 비롯하여 적잖은 봉록까지 지급하면서 온갖 배려를 아끼지 않았다. 그리고 때마다 두 형들을 치켜세웠다.

"형님들, 형님들은 저와 동격이며 우리 형제 사이엔 아무 차이도 없어요. 그러니 제가 있건 없건 두 형님이 바스라의 통치를 맡아주세요. 형님들의 명령은 신속하게 이행될 겁니다. 그러나 포고령을 내릴 때는 알라를 두려워하여 부디 압제하지 말고 올바른 정사에 전념하도록 힘쓰십시오. 정의를 오래 행하면 백성이 불어나게 되니까 절대로 포악한 행동을 삼가고, 제물이 탐나면 필요한 만큼 제 재물을 가지세요."

이렇듯 압둘라는 간곡히 당부하고 다정하게 타일러주었다. 그렇게 함으로써 두 형이 그만큼 한층 더 자기를 존중해주리라고 믿고 지극히 정중하게 대접했다. 그러나 아무리 너그럽게 배려해줘도 두 형의 시기심과 질투심은 날로 늘어갔다.

마침내 두 형제는 단둘이 있을 때마다 툴툴거리며 동생에 대한 불평불만을 늘어놓기 시작했다.

"언제까지 아우의 시중을 들어줘야 한단 말이냐? 동생 놈은 총독이 되어 우쭐거리고 있는데 말이야. 보잘것없는 장사꾼 놈이 일약 총독으로 출세했는데 우리는 이게 뭐냐? 그런데 저놈 하는 꼴 좀 보라고. 우리를 깔보고 있잖아. 말이 보좌역이지 우리를 제놈 머슴처럼 이래라저래라 마음대로 부려먹지 않느냐 말이야."

"저놈이 활개치는 한 우리는 평생 출세할 수도 없어. 그러니까 저놈을 죽이고 그 권세와 재산을 빼앗지 않으면 우리 희망은 영영 이룰 수가 없어. 그러니 저놈을 죽이고 우리가 총독이 되어 뭐든 마음대로 하자고. 만약 칼리프가 묻거든, 사이다 공주가 칼리프의 힘이 얼마나 큰가를 시험하기 위해 동생을 죽였다고 속이면, 칼리프는 동생 대신 우리에게 통치권을 줄 게 분명해. 그럼 쿠파를 다스리게 해달라고 부탁해서 넌 쿠파 총독이 되고 난 바스라 총독이 되는 거야."

이렇듯 형들은 동생을 죽이고 총독이 되어 모든 걸 빼앗자고 모의하기에 이르렀다.

둘째 형 나시르는 압둘라를 자기 집 잔치에 초대했다. 압둘라는 기뻐하며 맏형 만수르와 부하들을 이끌고 나시르의 집으로 갔다. 하루 종일 먹고 마시며 흥겹게 놀다가 이윽고 잠자리에 들 시간이 되었다. 3형제는 한 방에 모여, 세상 이야기에 꽃을 피웠다. 두 형은 쉬지 않고 계속 기담과 모험담을 늘어놓았고, 그사이에 압둘라는 가물가물 졸음이 왔다.

압둘라가 깊은 잠에 곯아떨어지자 두 형은 동생의 가슴 위를 타고 앉았다. 압둘라는 눈을 뜨고 무슨 짓이냐고 외쳤다.

"우린 네 형도 아니고, 너같이 버릇없는 놈은 모른다. 넌 살아 있기보다 죽는 편이 나아."

두 형은 압둘라의 목을 잡고 눌렀다. 압둘라가 기절하여 움직이지 않자 죽은 것으로 판단하고 압둘라를 강물에 던져버렸다.

두 형은 처형되고, 돌고래 덕분에 살아난 압둘라는 라지화 공주와 결혼하다

압둘라가 강물에 처박히는 순간, 알라의 뜻으로 돌고래 한 마리가 압둘라를 구원하러 헤엄쳐왔다.

나시르의 집은 강가에 지어져 있었다. 특히 강 쪽으로 뚫려 있는 주방 창문으로 짐승을 잡은 고기 찌꺼기를 던져 버린 까닭에 돌고래는 늘 얼씨구나 하고 먹이를 먹으러 나시르의 집 쪽으로 헤엄쳐왔다. 그날은 잔치까지 벌어져 고기 찌꺼기가 많아서 어느 때보다 배불리 먹고 원기왕성해진 돌고래는 물소리를 들은 순간 먹이가 떨어진 줄 알고 급히 달려갔다. 그런데 아담의 아들이 떨어진 걸 안 돌고래는 압둘라를 자기 등에 태우고 강을 가로질러 반대편 강둑에다 내려놓았다.

마침 그곳은 사람들이 왕래하는 길이었다. 대상 일행이 그 길을 지나가다가 압둘라를 발견했다. 물에 빠져 죽은 사람의 시신이 파도에 밀려 강둑으로 왔다고 생각한 사람들은 시신을 구경하러 몰려들었다. 그런데 그 대상 일행을 이끄는 대장은 학문에 통하고 의술을 익혔으며 분별력이 확고한 기품 있는 노인이었다. 그는 압둘라의 상태를 살펴보고는 아직 맥이 뛰고 있어 살아날 가망이 있다고 생각했다. 또한 옷이며 풍채로 보아 아주 지체가 높은 사람임이 분명하다고 판단하고 압둘라를 맡기로 했다. 그리하여 압둘라의 젖은 옷을 벗기고 마른 옷으로 갈아입혀 화롯불에 몸을 녹여주었다. 그 후 사흘 동안 데리고 다니면서 극진히 간호한 결과 압둘라는 겨우 숨을 쉴 수 있게 되었다. 그러나 타격이 워낙 커 몸이 쇠약해져 있었으므로 온갖 약초를 달여 먹였다. 그러는 동안 30일이나 지나 대상 일행은 바스라로부터 멀어져 페르시아인의 나라 아우지라는 도시에 도착했다.

일행은 한 대상 객주에 여장을 풀었다. 그런데 그날 밤 압둘라가 밤새도록 끙끙 앓는 게 아닌가. 노인은 당황했다. 그때 객주 문지기가 용한 의사가 있다며 수도녀 라지화를 소개해주었다. 라지화는 신앙심이 두터운 성녀로 온갖 병을 고쳐주는 명의로 소문나 있었다.

노인은 압둘라를 부축하여 성녀가 기거하는 암자를 찾아갔다. 안으로 들어가 성녀의 얼굴을 본 압둘라는 깜짝 놀랐다. 성녀는 다름 아닌 '돌의 성'에서 만나 결혼을 맹세한 라지화 공주였다. 공주가 압둘라의 뒤를 따라 바다에 몸을 던진 순간, 장로 알 히즈르가 나타나 이 암자로 데려온 것이다.

금요일이 되자 알 히즈르가 찾아왔다. 그는 두 남녀를 단숨에 암자에서 바스라의 궁전으로 데려갔다. 그런데 시끄럽게 떠드는 소리가 들려 궁전의 창밖을 내다보니, 두 형이 각기 십자가에 매달려 있는 게 아닌가.

압둘라를 강에 던져버린 두 형은 이튿날 칼리프에게 사신을 보내, 사이다 공주가 동생을 납치했다며 압둘라의 변사를 보고하고, 바스라의 통치권을 맡겨달라고 청했다.

칼리프는 두 형을 소환하여 심문했다. 두 형은 계속 발뺌했다. 칼리프는 새벽 기도를 올린 뒤 마신족을 불렀다. 붉은 왕의 사이다 공주가 나타나더니 모든 진상을 털어놓았다. 칼리프는 두 형에게 태형을 가했다. 마침내 견디다 못한 두 형은 압둘라를 살해한 것을 자백했다. 칼리프는 불처럼 화가 나 즉시 바스라의 압둘라 궁전 문 앞에 매달라고 명령했다.

압둘라는 사건의 전말을 듣고 바그다드로 달려가 칼리프를 알현하였다. 칼리프는 압둘라가 무사히 살아 돌아온 걸 기뻐하며 법관과 증인을 불러 압둘라와 라지화의 혼인 계약서를 작성해주었다. 두 사람은 바스라에서 오래도록 행복하게 살았다. 🌙

구두 수선공 마아루프와 악처 파티마

악처에게 시달리던 마아루프, 마신의 도움으로 머나먼 도성으로 피신하다

옛날 옛적 카이로에, 헌 신을 고쳐주고 겨우 먹고사는 구두 수선공 마아루프가 있었다.

그는 경우 밝고 체면을 차릴 줄 아는 사내였지만 살림이 너무도 구차했다. 반면에 그의 아내 파티마 알 우라는 세상에서 가장 소문난 악처로 '똥계집'이란 별명까지 붙은 여자였다. 음탕하고 상스럽고 수치도 체면도 아랑곳없이 잔꾀로 나쁜 짓만 저질렀기 때문이다. 파티마는 걸핏하면 마아루프를 깔고 앉아 욕설을 퍼붓거나 행패를 부리는 버릇이 있어 남편은 늘 파티마의 눈치만 흘금흘금 살필 수밖에 없었다. 파티마는 마아루프의 벌이가 두둑하면 그런대로 지나치지만, 벌이가 적으면 밤새도록 분풀이로 남편을 들볶아댔다.

어느 날 파티마는 꿀을 바른 튀김 국수를 사달라고 졸랐다.

"지금은 땡전 한 푼 없지만 돈만 벌면 사다주고말고. 주께서 어떻게든 도와주시겠지."

"신께서 도와주건 말건 그건 내 알 바 아니고, 어쨌든 튀김 국수를 안 사들고 맨손으로 들어왔다간 국물도 없을 줄 알라고. 차마 눈뜨고 볼 수 없게 만들어줄 테니까."

아내의 으름장에 겁이 난 마아루프는 온몸에 슬픔을 뿌리고, 가게 문을 열면서 새벽 기도를 올렸다.

"오, 주여! 제발 튀김 국수를 살 돈을 베푸시어 오늘 밤 저 짓궂은 마누라한테 시달리지 않게 해주소서!"

그러나 하루 종일 누구 하나 일을 맡기러 오는 손님이 없었다. 날이 저물자 마아루프는 가게 문을 닫고 터벅터벅 걸어서 국수 가게 앞까지 왔다. 그리고 가게 앞에서 눈에 눈물을 가득 머금은 채 얼빠진 사람처럼 서 있었다. 국수집 주인은 마아루프의 사정을 듣고 튀김 국수를 외상으로 주었다.

"그런데 이걸 어쩌지? 공교롭게도 꿀이 떨어졌소. 조청이 있긴 한데, 사실은 조청을 바른다고 나쁠 건 없어요. 조청 맛이 꿀보다 낫거든요."

마아루프는 외상을 얻는 주제에 싫다고 할 수 없어 조청을 바른 튀김 국수를 받아들었다.

"마아루프 영감님, 모두 15디르함 빚졌어요. 알라의 뜻으로 나날의 양식을 받게 될 때까지 얼마든지 융통해드리리다. 아주머니가 괴롭히지 않도록 말예요. 외상값은 여유가 생길 때까지 기다릴 테니 걱정 말아요."

주인은 빵과 치즈에, 목욕 값까지 보태주며 친절을 베풀었다.

마아루프는 집에 돌아가자 파티마에게 외상으로 얻어왔다며 튀김 국수를 내밀었다. 파티마는 꿀을 바르지 않은 건 안 먹는다고 화를 내며 남편 얼굴에 국수를 내던졌다. 그것도 모자라 빨리 꿀 바른 국수를 가져오라며 불이 번쩍 나게 마아루프의 따귀를 때려 이를 하나 부러뜨렸다. 아무리 사람 좋은 남편도 피가 가슴으로 흘러내리자 참지 못하고 욱하여 파티마의 머리를 아주 가볍게 때렸다. 그러자 파티마는 마아루프의 수염을 움켜쥐고 사람 살리라고 비명을 질렀다. 이웃들이 달려와 마아루프에게서 파티마를 떼어내고 타이르며 둘을 화해시켰다.

이웃들이 돌아가자 파티마는 누가 이따위 국수를 먹느냐며 또다시 바가지를 긁기 시작했다. 배가 너무나도 고팠던 마아루프는 참다못해 쏟아진 튀김 국수를 먹기 시작했다. 파티마는 그걸 먹고 돼지라고 악담을 퍼부었다. 마아루프는 개의치 않고 꾸역꾸역 먹으며 아내를 달랬다.

"알라는 인자하신 신이야. 내일이면 틀림없이 꿀 바른 튀김 국수를 내려주실 거야."

그러나 파티마는 더욱 거칠게 아침까지 욕을 퍼부었다. 마아루프는 아침이 되자 사원으로 가서 기도를 올린 뒤 가게로 나갔다.

그런데 법원의 말단 포졸 두 명이 찾아와 아내가 고소했다며 마아루프를 법관 앞으로 끌고 갔다. 가보니 파티마가 한 팔을 붕대로 감고 베일은 피투성이를 하고 울고 서 있었다. 법관은 그를 보자마자 호통을 쳤다.

"여봐라, 그대는 어찌하여 선량한 아내를 때리고 두 팔과 이를 부러뜨려 이 모양으로 만들었느냐?"

마아루프가 사태의 진상을 털어놓자 인정 많은 법관은 오히려 25디르함을 주면서 아내에게 꿀 바른 튀김 국수를 사주고 화해하라고 말했다. 마아루프는 그 돈을 파티마에게 주라고 했다. 그리하여 법관의 주선으로 둘은 화해하고 각기 집과 가게로 헤어졌다.

그런데 마아루프가 가게에 앉아 있으려니 두 포졸이 와서 수고비를 내라고 떼를 썼다. 법관이 오히려 돈을 주었다고 말해도 그건 자기들이 알 바 아니고 수고비를 내지 않으면 가만두지 않겠다고 을러댔다. 마아루프는 할 수 없이 시장으로 끌려가서, 구두 골과 구두 수선용 연장 도구들을 팔아 그 돈의 반을 주었다.

연장과 도구가 없으니 돈벌이를 할 수도 없는 처지가 되었다. 마아루프는 턱을 괴고 슬픈 얼굴로 앉아 있었다. 그런데 이번엔 인상 나쁜 두 사내가 오더니 법관의 명령이라며 그를 다시 끌고 갔다. 출두해보니 또 파티마가 서 있었다. 화해고 뭐고 없다며 막무가내로 나오는 파티마를 당해낼 재간이 없었다. 마아루프는 법관에게 나아갔다. 그리고 조금 전에 이미 화해했다며 자초지종을 밝혔다. 법관은 파티마에게 화를 내며 꾸짖었다.

"이 못된 계집 같으니라고! 서로 화해해놓고 왜 또 고소한 것이냐?"

그러자 파티마는 남편이 화해한 다음에 또 자기를 때렸다고 말했다. 법관은 마아루프에게 화해를 명령하고 포졸들에게 수고비를 지불하라고 명령했다. 마아루프는 할 수 없이 연장을 팔고 남은 돈 일부를 주고 분통이 치미는 걸 억지로 참고 가게로 돌아가 취한 듯 앉아 있었다. 그런데 이번엔 웬 사내가 가게로 찾아와 말했다.

"마아루프 영감, 꾸물거리지 말고 빨리 어디로든 몸을 피하시오. 당신 마누라가 또 고등법원에 제소해 포졸들이 당신을 잡으러 오는 중이오."

마아루프는 가게를 닫기 무섭게 개선문 쪽으로 달아났다. 연장을
판 돈 중 남은 돈으로 빵과 치즈를 샀다. 마침 겨울이고 오후의 예배
시간이었는데, 소나기가 가죽 물 부대 주둥이에서 쏟아지듯 좍좍 퍼
붓는 게 아닌가.

마아루프는 흠뻑 젖어 마디리야 사원(개선문 밖의 이슬람 사원. 서기
1501년에 세워짐)으로 뛰어 들어갔다. 그곳은 황폐한 사원으로 문짝도
없는 승방이 하나 있을 뿐이었다. 마아루프는 승방에 피신하여 비가
멎기를 기다렸다.

마아루프는 흘러넘치는 눈물을 닦지도 않고 신세를 한탄하면서 기
도를 올렸다.

"오, 주여. 아무쪼록 마누라가 오지 못할 먼 나라로 저를 인도할 사
람을 보내주소서."

그런데 이게 웬일인가. 그 순간 승방 벽이 갈라지며 보기만 해도 오
싹 소름이 끼칠 만큼 무서운 거인 괴물이 나타나 쩌렁쩌렁 울리는 소
리로 외쳤다.

"내 잠을 방해하는 놈이 누구냐? 200년 동안이나 여기서 살았지만
너 같은 짓을 하는 놈을 처음 본다. 네가 불쌍해서 그러니까, 사연을
말하면 도와주마. 어디 말해봐라."

마아루프는 아내와의 일을 낱낱이 털어놓았다. 마신은 마아루프를
등에 업고 이튿날 아침까지 계속 날아가 어느 높은 산꼭대기에 내려
주고 한마디를 남기고 사라졌다.

"이 산을 내려가면 도성이 나올 테니 그리로 가. 거긴 네 마누라도
오지 못할 거야."

부자 상인 행세를 한 마아루프,
거짓말을 일삼다가 거액의 빛을 지다

아침 해가 떠올랐다. 마아루프가 산을 내려가니 마신이 말한 대로
도시가 나타났다. 누각과 건물 들이 빗살처럼 늘어선 거리가 눈에 띄
었다. 그의 슬픈 마음을 위로해주기에 족한 기막힌 도시였다.

한참 거리를 걷고 있는데 사람들이 홀금홀금 쳐다보면서 마아루프
의 주위로 차츰 몰려들었다. 마아루프의 옷차림이 그곳 사람들과는
사뭇 달랐기 때문이었다. 어디서 왔느냐고 묻기에 마아루프는 카이로
에서 어제 오후 기도 시간에 떠났다고 말했다. 구경꾼들이 와르르 웃
었다.

"이 양반아. 그런 엉터리 수작을 늘어놓다니, 당신 머리가 돈 게 아니
오? 어제 오후에 카이로를 떠나 오늘 아침 여기에 도착하다니 어쩌면
그렇게 넉살이 좋소? 이 도성에서 카이로까지는 꼬박 1년이나 걸리는
거리요."

마아루프는 자기 말을 믿지 않는 구경꾼들을 쏘아붙이며 빵을 꺼내
보여주었다.

"머리가 돈 건 당신들이오. 카이로에서 가지고 온 이 빵을 보시오.
아직 싱싱하잖소."

카이로의 빵을 구경하기 위해 구경꾼은 점점 더 불어났다. 때마침
한 상인이 지나다가 군중을 헤치고 다가왔다.

"여러분, 외국인을 놀리는 건 부끄러운 일이오."

상인은 사람들을 꾸짖어 쫓아버렸다. 그리고 마아루프를 자기 집으로 데려가서 노예를 시켜 비싼 옷으로 갈아입히고 푸짐한 식사도 대접해주었다. 서로 소개를 하다 보니 뜻밖에 상인 역시 카이로 태생이었다.

"그런데 '붉은 거리'의 약재상 아마드 노인을 아십니까? 건강하십니까? 아들은 몇이죠? 아들들은 지금 무얼 하고 있습니까?"

상인은 계속 질문을 퍼부었다.

"아마드 노인은 내 이웃이며, 아들은 셋인데 무스타파, 무함마드 그리고 알리입니다. 무스타파는 공부를 잘해서 지금은 선생 노릇을 하고 있고, 무함마드는 아버지 가게 옆에 약재 상점을 열고 결혼한 후 아들 하산을 두었습니다."

고향 소식을 들은 상인은 반가워서 어쩔 줄을 몰랐다.

"막내아들 알리는 나와 어릴 때 단짝 친구였죠. 둘이서 기독교도로 가장하고 교회에 몰래 들어가 기독교도 책을 훔쳐 팔아서 군것질도 하고 그랬어요. 그러다 어느 날 그만 들켜서 붙잡혔는데, 그놈들이 알리의 아버지에게 일러바치면서 아들 버릇을 고치지 않으면 왕께 일러바친다고 협박했지 뭡니까. 화가 난 알리의 부친은 알리를 채찍으로 때렸어요. 그러자 알리는 어디론가 자취를 감췄고 20년이 넘게 집에 돌아오지 않았어요. 아무도 그의 소식을 모릅니다."

마아루프의 말이 끝나자마자 상인은 자기가 바로 그 알리라고 말했다.

"내가 바로 아마드 노인의 막내아들이며 네 소꿉친구 알리야."

마아루프는 옛 친구를 만난 재회의 기쁨에 들떠 환호의 소리를 질렀다. 그리고 둘은 얼싸안았다. 마아루프는 알리에게 신세를 망친 자초지종을 들려주었고 알리 역시 어린 나이에 고향을 떠나 타향을 떠돌다 이 도성에 정착하게 된 경위를 들려주었다.

"이곳은 이후티야 알 하탄이라는 도성이야. 이곳 시민들은 매우 친절하고 가난한 자에게 동정을 베풀고 외상도 잘 주고, 남의 말을 잘 믿는 사람들이거든. 내가 처음 도성에 도착했을 때 경험담을 들려주지. 나는 사람들에게 상인이라고 속였어. 며칠 뒤에 짐이 도착할 텐데 짐을 맡겨둘 창고가 필요하다고 거짓말을 했지. 그랬더니 사람들은 모두 내 말을 믿고 숙소를 마련해주더란 말이야. 또 짐이 도착하면 갚을 테니 돈을 좀 꿔달라고 하자 돈도 꿔주었어. 그래서 그 돈을 밑천 삼아 장사를 해서 어느 정도 돈을 벌어 꾼 돈도 갚을 수 있게 되었어. 그 후에도 쉬지 않고 장사를 계속하는 동안 난 부자가 되었지. 속담에도 있듯이 세상은 겉치레와 속임수요, 타관에서 당하는 망신은 곧 잊히게 마련이라네. 그러니까 자네도 말이야. 과거 경력을 곧이곧대로 말하지 말란 말이야. 가난뱅이 구두 수선공이었다든가, 마누라한테서 도망쳤다든가 해봤자 믿지도 않지만 잘못하면 웃음거리가 되기 십상이거든. 더욱이 마신이 어제 카이로에서 여기로 데려다주었다는 얘기는 절대 하지 말게. 머리가 돌았다고 여길 테니까. 그런 소문이 퍼지는 날엔 같은 카이로 출신이라는 걸 모두 알고 있으니 자네나 나나 체면이 말이 아니게 될 거네."

알리는 앞으로 마아루프가 처신할 방법을 가르쳐주었다.

"내일 자네에게 우선 금화 1,000디나르와 노새, 노예를 주겠네. 노예가 자네를 시장 입구까지 안내하면 자네는 안으로 들어가게. 난 상인들 사이에 앉아 있다가 자네를 보자마자 벌떡 일어나 깍듯이 예를 갖춰 인사를 하고 어른으로 모시겠네. 내가 무슨 '피륙을 얼마나 가져왔습니까' 하고 물으면 많이 가져왔다고 대답하라고. 상인들이 자네에 대해 물으면 내가 나서서 자네를 극구 칭찬하면서 창고와 가게를 주선해주라고 말하겠네. 또 자네가 인심 후한 부자라고 치켜세울 테니 거지가 오거든 후하게 대접하게. 그럼 모두 내 말 대로 자네가 부자이며 인심 후한 사람이라 믿고 모두의 존경을 받을 걸세. 마누라의 행패 따위는 깨끗이 잊게나. 아무 걱정 말고."

이튿날 아침 마아루프는 알리가 시키는 대로 노새를 타고 노예의 안내를 받으며 시장으로 들어섰다. 그러자 알리가 가게에서 뛰어나왔다.

"마아루프 나리! 어서 오십시오."

그리고 마아루프에게 몸을 내던지고 정중하게 손에 입을 맞추었다. 그리고 이웃 상인들을 둘러보며 소개했다.

"여러분들은 이제 마아루프 님과 가까워질 영광을 얻게 된 것입니다."

알리는 마아루프를 부축해 노새에서 내리게 하고 이마에 한 손을 얹고 인사했다. 그리고 상인 하나하나에게 데리고 가서 큰소리로 소개했다.

"이 분은 상인 가운데서도 가장 부유한 상인입니다. 돈 잘 쓰기로도 유명합니다. 나 같은 건 저 양반의 하인에 지나지 않습니다."

알리가 입이 마르도록 칭송하자 상인들은 마아루프 주위에 몰려들어 인사하고 빵이나 셔벗 물을 내밀었다. 상인 총수도 나와 인사를 했다. 알리는 이것저것 물건 이름을 대며 마아루프에게 가지고 왔냐고 물었고 마아루프는 많이 가져왔다고 대답했다.

때마침 거지 하나가 다가왔다. 상인들은 대부분 반 디르함을 내놓거나 아니면 동전 한 닢도 내놓지 않았다. 마아루프는 금화 한 움큼을 쥐어주었다. 이번엔 가난한 여자가 다가왔다. 마아루프는 또 금화 한 움큼을 쥐어주었다. 삽시간에 거지들 사이에 소문이 퍼지자 거지들이 무리를 지어 슬슬 몰려왔다. 마아루프가 한 움큼씩 금화를 뿌려주는 바람에 1,000디나르가 순식간에 다 없어지고 말았다.

마아루프는 자기 손을 찰싹찰싹 때렸다. 상인 총수가 무슨 일이냐고 물었다.

"이 도시 주민들이 이렇게 가난한 줄 알았더라면 안장 주머니에서 금화를 잔뜩 가져올걸 그랬소. 난 본시 거지를 보면 가만히 내버려두지 못하는 성질이거든요. 그런데 돈이 다 떨어졌으니 큰일이네. 거지들이 또 몰려오면 어떡하지? 내 짐이 올 때까지 1,000디나르만 더 있으면 좋을 텐데…."

그 말을 들은 상인 총수는 하인을 시켜 1,000디나르를 마아루프에게 주었다. 마아루프는 정오의 기도 시간이 될 때까지 거지에게 계속 돈을 뿌리고 사원에 들어가서도 사람들 머리 위로 금화를 뿌려, 모두가 마아루프를 주목하며 그의 후한 인심과 배짱에 감탄하고 축복을 빌었다.

마아루프는 또 다른 상인에게 1,000디나르를 더 빌려 아낌없이 베풀어주었다. 이렇게 오후의 기도 시간에 다시 사원에 들어가 예배를 드린 다음 남은 돈을 다 뿌리는 식으로 하다 보니, 마아루프는 시장 문을 닫을 때까지 5,000디나르를 꾸게 되었다. 마아루프는 상인들에게 큰소리를 쳤다.

"짐이 올 때까지 기다려주십시오. 그때가 되면 원하는 대로 돈이면 돈, 피륙이면 피륙으로 갚아주겠습니다. 무진장 가져왔으니까요."

밤이 되자 알리는 시장 상인들을 자기 집에 초대하고 마아루프를 상단 귀빈석에 앉혔다. 그리고 사람들이 옷과 보옥 이야기를 할 때마다 그런 건 얼마든지 갖고 있다고 큰소리를 외쳤다. 이튿날도 마아루프는 더 많은 돈을 꾸어 가난한 이들에게 뿌렸다.

이런 식으로 20일이 지나자 빚은 6만 디나르로 불었다.

기다리던 짐은 오지 않았고, 슬슬 걱정이 된 상인들은 빚 독촉을 하기 시작했다. 마아루프는 아직 짐이 도착하지 않았다는 말만 되풀이했다. 상인들은 알리에게 찾아갔다. 알리 역시 계속 짐이 곧 올 테니 기다리라는 말만 되풀이했다.

마침내 알리도 걱정이 되어 마아루프를 꾸짖기 시작했다. 대책 없이 6만 디나르나 되는 거금을 꾸어 마구 뿌려댄 무모한 행동을 어떻게 책임질 거냐고 질책했다. 마아루프는 짐이 오면 곱절로 쳐서 갚을 테니 걱정 말라고 큰소리를 쳤다. 알리는 기가 막혔다. 언제는 침이 마르도록 칭찬했다가 이제 와서는 친구를 헐뜯을 수도 없는 일, 어떻게 수습해야 할지 막막할 뿐이었다.

또다시 상인들이 알리에게 몰려와 빚 독촉을 하자 알리는 당황했다.

"나도 1,000디나르를 꿔주고 말 한 마디 못하고 있습니다. 당신들은 저 양반에게 돈을 꿔줄 때 나와 한마디 의논도 하지 않았잖습니까? 그러니까 내게 요구할 권리가 없습니다. 당신들이 직접 그에게 독촉하십시오. 만일 그 양반이 갚지 못하면 왕에게 고소하십시오."

그 말에 상인들은 당장 궁전으로 몰려갔다.

왕을 속여 공주와 결혼한 마야루프, 궁지에 몰리자 공주의 도움으로 피신하다

　상인들은 왕을 알현하고 자초지종을 일러바쳤다.

　"임금님, 우리는 마음씨가 너무도 착한 상인 때문에 골치를 앓고 있습니다. 그 사람은 6만 디나르나 꾸어서 가난한 사람들에게 남김없이 다 뿌렸습니다. 금화를 아낌없이 희사하는 걸 보면 큰 부자인 게 틀림없습니다. 하지만 온다던 짐은 아직 하나도 오지 않았습니다. 이를 어쩌면 좋습니까?"

　사람들은 마야루프를 원망하고 비난하다가도 후덕한 인품과 두둑한 배짱을 칭송하는 등 횡설수설했다.

　그런데 이 도성의 왕은 아슈아브(칼리프 오스만을 섬긴 메디아인으로서 서기 675년에 죽었는데, 탐욕스럽고 잔인하기 짝이 없는 인물이었음)와 비교도 되지 않을 만큼 탐욕스러운 자였다. 그래서 마야루프의 후한 인심과 두둑한 배짱에 혹한 왕은 단번에 눈이 어두워져 대신에게 이렇게 말했다.

　"사내가 대부호가 아니라면 그만한 인심을 쓸 까닭이 없지 않겠느냐? 짐은 반드시 올 것이다. 그러면 상인들이 그 사내 앞으로 더 많이 모여들 거고, 그는 더 많은 돈을 뿌릴 것이다. 그러니까 사내의 짐이 오기 전에 미리 호의를 보여 친해놓아야겠다. 그래야 짐이 도착하면 상인들이 받을 몫을 내가 가로챌 것 아니냐. 더 좋은 방법은 사내에게 공주를 시집보내 두 재산을 합치는 거야."

그러나 대신은 아무래도 사기꾼 같아 보이니 조심하라고 충고했다. 왕은 마아루프가 사기꾼인지, 착실한 사람인지, 아니면 운이 좋은 벼락부자인지 시험해보기로 했다. 마아루프에게 1,000디나르짜리 애지중지하는 보석 하나를 보여주고, 만약 그 보석 값을 알아맞히면 진짜 부자일 것이고, 진가를 모른다면 사기꾼이며 벼락부자일 테니 그땐 죽여버릴 작정이었다.

마아루프는 왕 앞에 불려갔다. 왕은 마아루프에게 개암 열매만 한 크기의 보석을 보여주며 값이 얼마쯤 나갈 것 같으냐고 물었다. 마아루프는 보석을 엄지와 검지 손가락 사이에 끼고 힘을 주더니 부숴버렸다. 원래 무른 보석이라 꽉 누르면 대번에 부서지는 것이었다. 마아루프는 껄껄 웃었다.

"임금님, 이것도 보석이라고 할 수 있습니까? 이런 건 1,000디나르 정도의 광석 조각에 지나지 않습니다. 보석이라고 한다면 최소한 7만 디나르 정도는 되어야 합니다. 이 정도는 돌 부스러기일 뿐입니다. 또 크기도 호두 열매 정도는 되어야 보석이라고 할 수 있을 것입니다. 이런 건 제 안중에도 없습니다. 하긴 이곳 주민은 모두 가난하니까 그럴 만도 합니다."

마아루프는 계속 허세를 부리며 큰소리를 뻥뻥 쳤다.

"저는 진짜 보석을 무진장 갖고 있습니다. 짐이 도착하면 얼마든지 임금님께 그냥 드리겠습니다."

탐욕 때문에 눈과 귀가 어두워진 왕은 허풍에 속아 넘어갔다.

"여봐라, 상인들이여. 걱정 말고 물러가서 조금만 더 기다려라. 짐이 도착하거든 내게 오너라. 내가 손수 그대들의 돈을 치러줄 테니."

왕은 이번엔 대신에게 마아루프와 도냐 공주의 결혼을 주선해보라고 했다. 대신은 그만두라고 충고했지만 왕은 오히려 화를 버럭 냈다. 대신은 일찍이 공주에게 청혼했다가 거절당한 적이 있으므로, 왕은 그 때문에 대신이 마아루프를 중상모략한다고 생각했다. 대신도 왕의 그런 속마음을 아는지라 감히 계속 충언할 엄두를 내지 못하고 공주를 시집보내겠다는 왕의 뜻을 마아루프에게 전했다. 마아루프는 쾌히 승낙했다.

"그러나 내 짐이 올 때까지 기다려주십시오. 공주님께 바치는 지참금, 증여재산, 또 결혼 비용 등 모든 것이 최고가 아니면 안 되기 때문입니다."

대신을 통해 마아루프의 대답을 들은 왕은 그를 더욱 신임했다.

"그게 그자가 바라는 것이라면 어찌 사기꾼이나 허풍선이라고 할 수 있겠느냐 말이다."

그러나 대신은 여전히 의심을 거두지 않았다. 왕은 버럭 역정을 내고 앞으로 또 의심하면 죽여버리겠다고 엄포를 놓았다. 이렇듯 대신이 의심할수록 왕은 마아루프를 더욱 신임했고 급기야 마아루프에게 국고의 열쇠까지 맡겼다.

"내 보물 창고에는 금은보화가 얼마든지 있다. 이 열쇠를 줄 테니 필요한 만큼 쓰고 마음껏 사람들에게 베풀라. 가난한 사람들에게 희사하고 그대 마음껏 베풀라. 공주의 일은 아무 걱정할 것 없다. 짐이 도착하면 인심을 써서 그대 마음에 찰 만큼 공주에게 선물하고 지참금도 그때 주면 되느니라."

왕은 당장 마아루프와 공주의 혼인 계약서를 작성하고 성대한 결혼식을 열었다. 마아루프는 보물 창고지기를 불러 금은보화를 가져오게 하고, 광대와 구경꾼 들에게 마구 금화를 뿌려주고, 가난뱅이들에게도 맘껏 희사했다.

알리는 마아루프에게 계속 위험을 경고하며 자제를 촉구했다. 마아루프는 짜증을 냈다.

"제기랄, 정말 지긋지긋해! 될 대로 되라지. 전생의 숙명은 피할 길이 없구나."

마아루프는 알리의 경고는 귓등으로도 듣지 않고 여전히 돈을 마구 뿌려댔다. 공주와의 첫날밤, 마아루프는 평생 한 번도 누려보지 못한 환락을 다 맛보았다.

첫날밤을 보낸 지도 그럭저럭 20여 일이 지났다.

국고는 바닥을 보이는데 짐은 고사하고 무엇 하나 올 기미가 보이지 않았다. 창고지기는 크게 걱정이 되어 마아루프가 없는 틈을 타서 왕과 대신 단둘이 앉아 있는 어전에 나아가 사실대로 알렸다. 왕도 은근히 걱정되어 대신에게 무슨 좋은 수가 없겠느냐고 의논했다. 대신은 공주로 하여금 마아루프의 비밀을 캐내 진상을 알아보자고 했다.

왕은 은밀히 공주를 불렀고 대신은 공주에게 용건을 말했다.

"공주님, 부군께서는 지참금도 내놓지 않은 채 공주님을 얻었사온데 부왕의 재산을 거덜내고 있습니다. 그리고 늘 약속만 하고 한 번도 지킨 적이 없습니다. 곧 도착하리라던 짐은 여태 감감무소식입니다. 그러니 오늘 밤 부군과 이야기할 때 잘 구슬려보십시오. 절대로 누설하지 않겠다고 안심시킨 뒤 진실을 고백하도록 설득해보십시오. 그리고 제게 사실대로 알려주셨으면 합니다."

그날 밤 공주는 마아루프에게 갖은 애교를 떨며 애무하고 감언이설로 살살 녹여 진실을 털어놓도록 하였다. 마아루프는 마침내 분별을 잃었다.

"이제 우리는 부부가 되었으니 거짓 없는 진실을 말씀해주세요. 당신 얼굴엔 늘 불안한 기색이 떠날 날이 없어요. 그러니까 짐이니 뭐니 하는 게 다 엉터리라고 하면 그렇다고 말해주세요. 제가 어떻게든 궁리하여 감쪽같이 빠져나갈 수 있는 방도를 강구해볼 테니까요. 인샬라!"

결국 공주의 설득에 넘어간 마아루프는 모든 진실을 고백했다.

"여보, 난 상인도 아니고 짐 같은 것도 없소. 고향에서는 가난뱅이 구두 수선공으로 고약한 마누라에게 도망쳤다오."

마아루프는 모든 진상을 털어놓았다. 공주는 너무나도 기가 막혀 웃음만 나왔다.

"정말이지 당신은 대단한 거짓말쟁이군요! 만약 이 사실이 밝혀지면 당신은 목이 열 개라도 살아남지 못할 거예요. 하지만 저는 당신의 아내니까 절대로 당신을 배신할 수는 없어요. 또 세상 사람들은 제가 허풍쟁이 사기꾼에게 시집갔다고 떠들어낼 테니 제 체면은 뭐가 되겠어요? 그리고 만약 아버지가 당신을 죽인 뒤 다른 남자에게 시집가라면 또 어떻게 해야 합니까. 전 죽어도 싫어요! 그러니까 자 어서 이 길로 당장 도망치세요. 백인 노예의 옷으로 변장하고요. 제가 5만 디나르를 드릴 테니 가장 날랜 준마를 타고 아버님의 손이 미치지 못하는 곳으로 가세요. 상인이 되어 어느 나라에 계신지 편지를 써서 전령에게 맡기면 남의 눈에 띄지 않게 제 수중에 들어올 겁니다. 그러면 저도 어떻게든 수를 써서 당신께 답장을 보내드리겠어요. 그러는 동안 당신이 진짜로 돈을 많이 벌어 큰 부자가 되거나 아니면 부왕이 돌아가시거나 하면, 그땐 버젓이 귀국할 수 있지 않겠어요?"

공주의 충고에 따르기로 하고 마아루프는 날이 밝기 전에 도성 밖으로 빠져나갔다.

이튿날 공주는 부왕에게 나아갔다.

"아버님, 부디 저 대신의 얼굴을 까맣게 태워버리소서. 왜냐하면 저사내는 남편 앞에서 내 얼굴을 까맣게 태워버리려고 했기 때문입니다. 어젯밤 남편과 함께 앉아 있는데 내시장 화라지가 편지를 하나 들고 오더니, 궁전 창 아래 열 명의 백인 노예가 와서 편지를 전해주었다는 거예요. 급히 편지를 펴보니 내용은 이러했습니다. 아라비아인들의 습격을 받아 치열한 난투극을 벌이는 바람에 길이 막혀 30일간 일정이 늦어졌다는 것이었어요. 그리고 피륙 200짝을 빼앗기고 노예 50명이 살해당했다고 적혀 있었습니다. 남편은 버럭 화를 냈어요. 고작 200짝 피륙 때문에 늦어지다니 말이 되느냐면서요. 그리고 자기가 직접 가서 일행을 재촉하겠다며 어젯밤 짐을 가지러 떠났습니다. 만일 아버님이 내린 분부를 한마디라도 지껄였다면 남편은 저와 아버님을 멸시하고 어쩌면 싫어하게 되었을지도 모릅니다. 모두가 대신 때문입니다. 터무니없는 말로 남편을 헐뜯었으니까요."

대신을 벌주라는 공주의 계략에 넘어간 왕은 대신에게 화풀이를 하고 딸을 달랬다.

농부의 친절에 보답하려고 쟁기질하던 마아루프, 보물과 도장 반지를 얻어 금의환향하다

한편 마아루프는 공주와 이별한 슬픔에 젖어 터벅터벅 발걸음을 옮기고 있었다. 그리하여 한낮쯤에 어느 작은 도시에 당도했다. 허기에 지칠 대로 지친 마아루프는 소 두 마리에게 멍에를 메우고 밭을 가는 농부에게 다가갔다. 농부는 마아루프의 호화로운 옷차림을 보고 궁전의 노예라고 생각했다. 그래서 깍듯하게 예의를 갖추고 함께 식사라도 하자고 권했다. 그런데 이곳은 작은 부락이라 시장이 없었다. 농부는 마을로 가서 먹을 것을 구해올 테니 기다리라며 자리를 떠났다. 참 친절하고 인심 후한 농부였다.

마아루프는 농부가 자기 때문에 하던 일을 내팽개친 것이 미안해서 농부 대신 밭을 갈기로 했다. 쟁기를 잡고 소를 몰며 얼마동안 밭을 갈고 있는데 갑자기 쟁기가 무엇인가에 걸려 소들이 걸음을 멈췄다. 아무리 채찍으로 몰아도 소는 쟁기를 앞으로 끌 수가 없었다. 그런데 쟁기 끝을 자세히 살펴보니 금 고리에 쟁기가 걸려 있는 게 아닌가. 흙덩이를 헤치자 고리는 맷돌만 한 석판 한가운데에 박혀 있었다. 마아루프가 있는 힘을 다해 석판을 들어보니 계단이 달린 지하실이 나타났다. 지하실 안에는 목욕탕처럼 큰 네 개의 단이 있는 방이 있고, 방 안에는 황금, 취옥과 진주, 산호, 루비와 터키석, 금강석과 주옥이 바닥에서 천장까지 산처럼 쌓여 있었다. 그리고 방 맨 위쪽 투명한 수정 궤짝 안에는 호두알만큼 굵은 주옥이 가득 들어 있었다. 그리고 궤짝 위에는 레몬만 한 황금 상자가 얹혀 있었다.

호기심에 상자 뚜껑을 열어보니 이게 웬일인가. 황금 도장 반지가 들어있는 게 아닌가. 반지의 표면엔 개미가 기어간 자국처럼 이름과 주문이 새겨 있었다.

무심코 반지의 글씨를 문지르니, 그 순간 정체를 알 수 없는 목소리가 들렸다.

"주인님, 저는 여기 있습니다. 분부만 내리십시오. 무슨 일이든 소원을 이루어드리겠습니다."

마아루프는 깜짝 놀라 누구냐고 외쳤다.

"저는 반지의 노예로 이름은 아브 알 사라트입니다. 저는 반지에 묶인 노예이므로 반지의 주인에게는 절대 복종해야만 합니다. 그러니 뭐든 분부만 내리시면 소원을 들어드리겠습니다. 다만 한 가지 금기 사항이 있는데, 그건 절대로 반지를 두 번 문지르지 말아야 한다는 겁니다. 두 번 문지르면 반지에 새겨진 이름의 불덩이에 반지의 노예인 제가 불타버리게 되고, 그러면 결국 주인님께서도 저를 잃고 후회하시게 될 테니까요."

마아루프는 다시 물었다.

"아브 알 사라트여, 여기는 어떤 곳이며, 도대체 누가 너를 이 상자 속에 가두었느냐?"

"주인님, 사실 이곳은 아드의 아들 사라트의 보물 창고입니다. 사라트님은 '세계에서 둘도 없는 원주가 많은 이람'의 주춧돌을 놓으신 분입니다. 저는 사라트님이 살아 계신 동안 그 분을 섬기고 있었습니다. 반지도 사라트님의 것으로, 보물 창고 속에 간직해둔 것이 공교롭게도 주인님의 손에 들어가게 된 것입니다."

마아루프는 반지의 노예에게 설명을 듣고 여기 있는 보물들을 하나
도 빠짐없이 밖으로 내놓으라고 명령했다. 그리고 상자에 보물을 넣
어 당나귀에 실어놓으라고 명령했다. 보석을 따로 분류하여 황금 안
장을 얹은 말에 실으니 300상자나 되었다. 이번엔 각 종류별로 피륙
100짝씩을 구해오라고 일렀다. 반지의 노예가 피륙을 준비하러 떠난
동안 마아루프는 천막을 설치하고 반지의 노예 아들들의 시중을 받아
가져온 음식을 먹으며 앉아 있었다.

때마침 편도가 든 사발과 보리가 가득 든 여물 자루를 구해 부리나
케 돌아온 농부는 천막과 노예들을 보고 임금님께서 행차한 줄 알고
입을 딱 벌린 채 멍하니 서 있다가, 병아리라도 잡아 다시 음식을 장
만해와야겠다고 서둘러 돌아섰다.

마아루프가 큰소리로 농부를 불러 세웠다.

"친절한 농부 양반, 나는 임금님의 사위요. 임금님과 가벼운 다툼
이 있었는데 임금님께서 신하를 보내 화해를 요청하시기에 도성으로
돌아가려던 참이오. 그대는 내가 누군 줄도 모르고 이 편도를 만들어
온 모양인데 어디 먹어봅시다. 그대의 음식 외엔 아무것도 먹지 않을
것이오."

마아루프는 농부가 가져온 편도 이외엔 아무것도 먹지 않았다. 그
덕분에 농부는 반지의 노예 아들들이 차려놓은 산해진미를 배불리 먹
었다. 마아루프는 편도를 다 먹고 나서, 빈 사발 안에 금화를 가득 담
아 농부에게 주었다. 농부는 소를 몰고 왕이라도 된 듯 의기양양하게
집으로 돌아갔다.

이튿날 아침, 피륙을 실은 당나귀 무리가 나타났다. 마아루프는 반
지의 노예에게 편지 한 장을 써주고 이후티얀 알 후탄 도성으로 가서

왕에게 전하라고 했다.

마침 궁전에서는 왕과 대신이 마아루프 이야기를 하고 있는데, 마신이 들어와 편지를 전했다. 편지에는 짐꾼을 이끌고 도성 근처에 당도했으니 왕이 몸소 군대를 끌고 마중을 나와달라는 전갈이었다. 왕은 대신이 공연히 사위를 헐뜯었다며 화를 내고는 부랴부랴 마중 나갈 준비를 하고 도냐 공주에게 달려가 소식을 전했다. 공주는 왕의 전갈을 듣고 어찌 된 영문인지 종잡을 수가 없었다.

'혹시 그이가 나를 놀리려 했던 걸까. 아니면 가난뱅이라고 속여 날 떠보려 했던 걸까. 어느 쪽이 진실인지 알 수가 없다. 어쨌거나 남편에게 정조를 지키고 의무를 소홀히 하지 않은 것은 다행이야.'

마아루프의 친구 알리 역시 의아하긴 마찬가지였다. 왕의 사위 마아루프의 짐이 도착한 걸 환영하기 위해 거리를 장식한다는 말을 듣자 알리는 기막힌 운명에 놀라지 않을 수 없었다. 혹시 공주가 체면 때문에 연극을 꾸민 건 아닌지, 어쨌든 제발 친구가 체면을 세우고 세상의 웃음거리가 되지 않게 되기를 빌 뿐이었다.

마아루프 일행과 왕의 군대가 마주쳤다. 왕은 마아루프의 무사 귀환을 축하하며 진심으로 환영해주었다. 마아루프 일행은 사자의 쓸개조차 터질 만큼 으리으리한 행렬을 이루며 도성으로 들어왔다. 구경꾼들이 구름처럼 몰려왔다. 친구 알리가 다가왔다.

"여보게, 사기꾼 두목. 성공을 진심으로 축하하네."

마아루프는 두 배 이상으로 빚을 갚고, 또다시 가난뱅이와 궁색한 사람들에게 부지런히 선물을 나눠주었다. 그러자 700개의 궤짝도 곧 바닥이 드러났다. 왕은 이를 말리지도 못한 채 탐욕스러운 눈만 번쩍이며 안절부절못했다.

"사위여, 이제 그만둬라. 그러다 짐도 바닥나겠다."

마아루프는 도장 반지가 있는 한 걱정이 없었다.

"임금님, 얼마든지 있으니까 걱정 마십시오."

마아루프는 큰소리를 땅땅 치면서 여전히 보옥을 한 움큼씩 뿌려주었다.

이윽고 그리운 도냐 공주의 방으로 들어가자 공주는 연유부터 물었다.

"난 말이오. 당신이 나를 진정으로 사랑하는 것인지, 아니면 뜬세상의 재산이 탐나서 사랑을 가장한 것인지 알고 싶었던 거요. 그러나 이제는 당신의 사랑엔 거짓이 없다는 것을 확실히 알았소."

마아루프는 도장 반지를 문질러 반지의 노예에게 아내를 위해 기막힌 옷과 패물, 40개의 주옥으로 만든 목걸이를 갖다달라고 했다. 반지의 노예는 곧장 물건들을 가져왔다. 마아루프는 아내와 시녀들에게 옷과 진귀한 패물들을 선물하였다. 왕은 눈이 휘둥그레졌다.

대신에게 도장 반지를 빼앗긴 마아루프, 왕과 함께 사막으로 추방되다

대신은 왕을 꾀었다.

"원래 상인이란 한 필의 아마포를 몇 해씩 쌓아놓고도 이익이 남지 않으면 팔지 않는 지독한 사람들입니다. 그런데 어찌 한낱 상인이 저렇듯 귀한 물건들을 마구 뿌리며 인심을 쓸 수 있겠습니까. 이는 상식에 맞지 않는 일입니다. 왕자도 갖지 못할 금은과 주옥을 어디서 구한 것일까요? 어떻게 평범한 상인에게 저런 귀한 물건들이 있는 것일까요? 여기엔 반드시 무슨 곡절이 있을 겁니다. 허락하신다면 이 일의 진상을 밝히고자 합니다."

대신은 왕에게 이렇게 귀띔했다.

"부마를 화원으로 불러내십시오. 셋이서만 따로 술을 마시며 놀자고 유인해 계속 술을 먹이는 겁니다. 술이 취하면 분별력이 없어질 것이니 그 틈을 타 설득하면 틀림없이 비밀을 털어놓을 겁니다. 술이란 배반자이니까요. 어쩌면 부마는 왕위를 노리고 있는지도 모릅니다. 금품을 뿌려 인심을 얻은 다음 백성들과 군사들을 자기편으로 끌어들여 왕위를 빼앗지 말란 법도 없으니까요."

듣고 보니 그럴듯했다. 왕은 귀가 솔깃했다.

마침 그때 마부와 하인 들이 달려와 왕에게 고했다.

"부마의 백인 노예와 하인 500여 명, 그리고 말과 당나귀 1,000마리가 감쪽같이 사라졌습니다."

죄다 반지의 노예를 섬기는 마신들이라는 걸 모르니 놀랄 수밖에 없었다. 그러나 정작 당사자인 마아루프는 화를 내지도 애석해하지도 않고 태연해하며 대수롭지 않게 웃어 넘겼다.

"그까짓 게 얼마나 된다고 그 난리야? 마음 쓸 거 없어."

왕은 아무래도 이러한 사위의 행동이 이해되지 않았다. 보물 같은 걸 우습게 생각하는 걸 보니 분명 곡절이 있을 것 같았다.

왕은 대신이 이른 대로 마아루프에게 화원에 나가 술이나 마시며 놀자고 꾀었다.

세 사람이 한 자리에 앉았다. 대신은 갖가지 진귀한 술을 내놓고 마아루프에게 거듭 권했다. 그 바람에 마아루프는 곤드레만드레 만취하여 분별이고 뭐고 다 잊고 끝내 사물의 선악도 가리지 못하게 되었다. 마아루프가 정신을 가누지 못하는 걸 보자 대신이 물었다.

"여보시오, 마아루프 님. 정말 놀랍군요. 도대체 어디서 그렇게 많은 보옥들을 얻었소? 당신만큼 재물을 많이 모은 사람도 처음 보고 당신만큼 인심이 후한 사람도 처음 보오. 도저히 한낱 상인으로만 볼 수가 없소. 당신의 근본이며 신분을 털어놓을 수 없겠소?"

마아루프는 사리분별을 잊고 대답했다.

"사실은 나는 상인도 왕자도 아닙니다."

그리고는 처음부터 끝까지 모든 진실을 고백했다.

"제발 부탁이오. 마아루프 나리. 세공이 보고 싶어서 그러니 그 도장 반지를 한 번만 보여주시겠소?"

대신이 간청하자 마아루프는 실컷 보라면서 선뜻 도장 반지를 빼주었다. 대신은 반지를 끼고서 이걸 문지르면 노예가 나오느냐고 물었다. 마아루프가 그렇다며 한 번 해보라고 했다. 대신이 반지를 문지르자 갑자기 마신 아브 알 사라트가 나타났다. 대신은 마아루프를 가리키며 소리쳤다.

"저놈을 끌어다 먹을 것도 마실 것도 없는, 사막 중에서도 가장 황량한 곳에 버리고 오너라. 들에서 굶어 죽어도 아무도 아는 사람이 없으리라."

명령대로 마신 아브 알 사라트는 마아루프를 솔개가 병아리를 낚아채듯 하여 하늘과 땅 사이를 날았다. 그리고 마아루프에게 욕을 퍼부으며 그의 어리석음을 조롱하듯 꾸짖었다.

"이 얼빠진 놈아! 그토록 신비한 보물 반지를 남에게 보이는 법이 어디 있다더냐! 네놈은 스스로를 파멸의 구덩이에 떨어뜨린 거야."

마신은 마아루프를 몸서리쳐지는 사막 한가운데 내던지고 날아가 버렸다.

대신은 이번엔 왕을 돌아보며 말했다.

"왕이여, 어떻게 생각하는가? 그놈은 허풍선이에 사기꾼이라고 내가 얼마나 입이 닳도록 말했는가? 그런데도 그대는 왕이랍시고 내 말은 믿지 않은 채 오히려 화를 내면서 그놈 역성만 들었지? 그대는 지금 이 순간부터 더 이상 왕이 아니다."

대신은 분풀이로 왕의 얼굴에 침을 뱉고 반지의 노예를 시켜 마아루프를 내버린 곳에 갖다버리고 오라고 명령했다. 반지의 노예는 마아루프가 울고 있는 사막 한가운데 왕을 내던지고 사라져버렸다.

왕과 마아루프는 갑자기 들이닥친 재앙을 탄식하며 눈물을 흘렸다. 먹을 건 고사하고 마실 것도 눈에 띄지 않았다. 굶주림과 갈증에 시달려 비참한 죽음을 맞을 걸 생각하니 두 사람은 눈앞이 캄캄했다.

마아루프는 반지를 되찾아 왕위에 오르고, 악처는 반지를 훔치려다 붙잡혀 죽다

한편 대신은 왕도 사위도 다 몰아낸 다음, 장수들을 비롯한 신하들을 모두 모아놓고 협박했다.

"나를 국왕으로 섬기지 않으면 모두 사막에 내동댕이쳐 죽게 만들 것이다."

결국 신하들은 모두 두려운 나머지 대신을 국왕으로 받들고 충성을 맹세할 수밖에 없었다.

대신은 옥좌에 앉자마자 도냐 공주에게 오늘 밤 공주의 침소에 들 것이니 맞을 준비를 하라고 통고했다. 공주는 사자를 보내 완곡하게 거절의 뜻을 알렸다.

"부디 과부 기간(4개월 10일)이 끝날 때까지만 기다려주세요. 그다음에 혼인 계약서를 작성하고 법도에 따라 동침을 명하시면 기쁜 마음으로 따르겠습니다."

대신은 사자를 돌려보내며 명령했다.

"나는 과부의 기간 따위도 모르고 혼인 계약서나 법도 따위도 모른다. 그러니 오늘 밤 당장 나를 맞으라."

도냐 공주는 더 이상 대꾸하지 않고 은밀히 계략을 세웠다. 호화로운 옷에 찬란한 패물을 걸치고 활짝 웃으며 대신을 맞았다. 그리고 교태를 부리며 희롱하기 시작했다. 대신은 정신이 멍해졌다. 공주의 마음에는 오직 도장 반지를 뺏을 생각밖에 없었다. 대신이 공주의 몸을 뜨겁게 어루만지며 옷을 벗기려 하자 공주는 몸을 빼내며 와락 울음을 터뜨렸다.

"아, 낭군님. 제발 저 사내의 눈에 제 알몸이 보이지 않게 해주세요! 저기 저 사내가 도장 반지 홈 속에서 얼굴을 내밀고 빤히 저를 보고 있잖아요? 저는 저 마신이 무서워 죽겠어요. 빨리 도장 반지를 빼서 멀리 던져버리세요."

대신은 반지를 빼 요 위에 놓고 발정난 망아지처럼 헐떡거리며 공주 곁으로 다가왔다. 그 순간 공주는 발로 힘껏 대신의 불알을 걷어찼다. 대신은 멀리 나가떨어지면서 그대로 기절하고 말았다. 공주는 시녀들을 불러 대신을 꼼짝 못하게 결박하라고 명령했다. 그리고 얼른 반지를 집어 문질렀다. 반지의 노예가 나타나자 공주는 명령했다.

"여봐라, 저 이교도 놈을 잡아다 '분노의 감옥'에 처넣고 족쇄를 채워라. 그런 다음, 사막에 버려진 아버지와 남편을 속히 데려오너라."

반지의 노예는 대신을 감옥에 가둔 다음 즉시 날아가 두 사람을 데려왔다. 공주는 아버지에게 그동안 대신이 저지른 악행을 고하고 당장 대신을 죽이라고 요청했다.

"도장 반지는 제가 간직하고 있겠어요. 두 분이 원하는 게 있으면 말씀만 하세요. 그럼 제가 반지의 노예에게 명령할 테니까요. 제가 죽은 다음에는 두 분 마음대로 하십시오."

신하들이 대신의 악행을 성토하며 어떻게 해야 할지 의논하고 있는 참에 불쑥 왕과 마아루프가 들어왔다. 왕은 신하들에게 대신을 세상에서 가장 끔찍한 형벌에 처하라고 명령했다. 신하들은 대신의 목숨을 빼앗고 불에 태워버렸다. 처참한 시신은 곧장 지옥으로 떨어졌다.

마아루프는 우대신에 임명되어 즐겁고 평온한 나날을 보냈다.

그렇게 5년이 흘렀다. 부왕이 세상을 떠나자 마아루프가 왕위를 이어받았다. 도냐 공주는 왕비가 되어서도 여전히 도장 반지를 마아루프에게 돌려주지 않았다. 그러나 왕비는 옥 같은 아들이 다섯 살이 될 무렵 불행하게도 병석에 눕고 말았다. 왕비는 마아루프에게 도장 반지를 돌려주며 부디 잘 간수하라고 당부하고 세상을 하직하였다.

마아루프는 왕위를 지키고 오직 국사에 전념하였다. 그렇게 몇 년이 흘렀다.

어느 날, 마아루프는 여느 때와 마찬가지로 퇴궐하여 친구들과 술을 마신 뒤 잠자리에 들었다. 그런데 침상에서 이상한 낌새가 느껴져 눈을 떠보니 이게 웬일인가. 바로 옛날의 마누라인 파티마가 누워 있는 게 아닌가.

"당신이 사라진 후 그때에야 내가 나빴다는 걸 알고 몹시 후회했어요. 수중엔 돈도 한 푼 없고, 그래서 할 수 없이 거지 신세로 구걸로 연명했지요. 이루 말할 수 없는 궁지에 빠져 남에게 톡톡히 망신도 당하고 창피도 겪으며 갖은 고생을 다했어요. 어제도 하루 종일 발이 부르트도록 구걸했지만 아무것도 얻지 못했어요. 그래서 너무나 배가 고파 울면서 탄식하고 있는데, 웬 낯선 사내가 나타나 당신의 소식을 전해주더니 나를 업고 하늘과 땅 사이를 날아 이 집까지 데려다줬지 뭐예요?"

파티마는 머리를 숙이고 자기를 버리지 말라고 애원했다. 인정에 약한 마아루프는 차마 아내를 내칠 수 없어 과거를 뉘우친다면 여기서 살아도 좋다고 받아주었다.

"그러나 만약 고약한 행실이 드러나면 즉시 목숨을 빼앗겠소."

마아루프는 궁전 하나를 파티마에게 주었다. 그 때문에 파티마는 얼마 안 가 왕비가 되고 말았다. 아직 어려서 철이 없는 왕자는 왕과 왕비를 보러오곤 했으나, 파티마는 자기가 낳은 아들이 아니라는 이유로 왕자를 미워했다. 그러다보니 왕자 역시 파티마를 피하고 싶어 하게 되었다.

마아루프는 아름다운 측실만 상대했고 파티마 생각은 털끝만치도 염두에 없었으므로 파티마와 동침의 의무를 다하려고 하지 않았다. 그런 남편 때문에 파티마는 질투의 화신이 되었고 악마의 꾐에 넘어가 도장 반지를 훔쳐 마아루프를 살해한 다음 자기가 왕위에 오르려는 배반의 음모를 품게 되었다.

어느 날 한밤중 파티마는 자기 궁전을 나와 마아루프가 자고 있는 방을 향해 조심조심 걸어갔다. 마아루프는 측실과 동침할 때면 반지를 빼 베개 위에 놓는 버릇이 있었다. 파티마는 그 점을 알았기에 남편이 푹 잠이 들었을 때 몰래 방에 들어가 반지를 훔칠 작정이었다.

그런데 그날 밤 공교롭게도 왕자가 화장실에서 용변을 보고 있었다. 왕자는 무서워서 화장실 문을 열어놓은 채 어둠 속에 쭈그리고 앉아 있었다. 그때 파티마가 부친의 궁전으로 숨어들어 가는 게 눈에 보였다. 워낙 성격이 고약한 노파인 데다 한밤중이었으므로, 여기엔 반드시 나쁜 의도가 있을 거라고 짐작한 왕자는 몰래 파티마의 뒤를 밟았다.

왕자는 평소에 무늬 있는 강철 단도 하나를 소중히 간직하고 있었다. 알현실에 갈 때도 꼭 지니고 다녔다. 부왕은 칼은 좋은데 한 번도 사람의 목을 친 적이 없는 칼이라고 놀려댔다. 그때마다 왕자는 언젠가 베어야 할 목이 있다면 반드시 베어보이겠다고 호언장담했다. 왕자는 단도를 빼어들고 파티마의 뒤를 계속 밟았다.

파티마는 주위를 살피면서 "반지가 어디 있지?" 하고 중얼거렸다. 왕자는 파티마가 노리는 게 반지라는 걸 알고는 반지를 찾을 때까지 가만히 기다렸다. 파티마는 이윽고 반지를 찾아 집어들고 발길을 돌렸다. 그리고 방 밖으로 나와 반지를 문지르려는 순간, 왕자가 칼을 치켜들어 파티마의 목덜미를 내리쳤다. 파티마는 외마디 날카로운 비명을 지르며 그 자리에 쓰러져 죽고 말았다.

비명 소리에 놀라 왕이 뛰어나와보니 파티마는 피를 흘리며 쓰러져 있고 왕자는 칼을 손에 쥔 채 장승처럼 서 있었다. 파티마가 손에 반지를 꽉 움켜쥔 걸 본 마아루프는 왕자의 대담한 용기와 날랜 무예에 감탄하며 연신 칭찬을 아끼지 않았다. 파티마는 멀리 카이로에서 찾아와 탐욕 때문에 결국 무덤을 집으로 삼게 되었다.

마아루프는 오래전 자기에게 친절을 베풀었던 농부를 불러 내무 대신 겸 고문관에 임명하고, 농부의 외동딸을 왕비로 맞았다. 그리고 왕자도 좋은 배필을 찾아 결혼시켰다. 이렇듯 모두가 세상의 위락과 환희를 다하며 태평성대를 보냈다. ☽

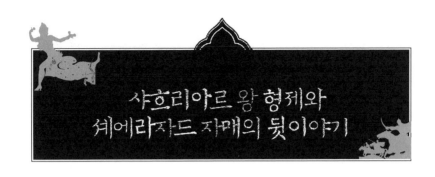

1,001일이 지나는 사이에 셰에라자드는 샤흐리아르 왕의 씨를 받아 세 아들을 낳았다. 셰에라자드는 샤흐리아르 왕 앞에 엎드렸다.

"임금님, 천 일하고도 하룻밤 사이에 저는 재미있는 이야기와 새겨들을 만한 교훈을 들려드렸습니다. 이제는 제가 한 가지 부탁드려도 괜찮겠습니까?"

왕은 무슨 부탁이든 다 들어주겠다고 약속했다. 셰에라자드는 세 아들을 불러들였다.

"임금님, 이 아이들은 임금님의 핏줄입니다. 그러니 세 아이에게 주는 선물로, 저를 참수의 운명에서 구해주시어 부디 이 아이들이 어미 없는 고아가 되지 않게 해주십시오. 여자는 많지만 어미의 손으로 기르는 것만 못하니까요."

왕은 눈물을 흘리며 아이들을 가슴에 꽉 끌어안았다.

"오, 셰에라자드. 알라께 맹세코, 난 이미 이 아이들이 태어나기 전부터 그대를 용서하고 있었다. 그대가 깨끗하고, 정숙하고, 영리하며, 신을 공경하는 마음이 두텁다는 걸 알고 있었기 때문이다. 절대로 그대를 해치는 일은 하지 않을 것이다!"

샤흐리아르 왕이 맹세하자 셰에라자드는 감격하여 왕의 손과 발에 입을 맞추었다.

"임금님께서는 여자 때문에 재난을 당해 큰 욕을 보셨으나 그 옛날의 호스로 1, 2세도 임금님보다 훨씬 지독한 재난과 슬픈 불행을 맛보셨습니다. 천 하룻밤의 이야기는 지각이 있는 사람에게 좋은 훈계가, 현자에게 훌륭한 가르침이 될 수 있다고 생각합니다."

샤흐리아르 왕은 마음속에서 우러나오는 진심을 다해 셰에라자드를 치하했다.

"호스로 1, 2세조차 나보다 수십 배 더 심한 일을 당했으니, 앞으로는 목숨이 붙어 있는 한, 과거의 업보는 나 자신이 지기로 하겠다. 셰에라자드는 비범한 재원이며 세상 어디를 뒤져도 이만한 여자를 찾아볼 수 없을 것이다. 그러니 셰에라자드 압제와 살육에서 백성을 구해내는 기틀로 삼으신 신을 칭송할지어다!"

이튿날 왕은 문무백관이 늘어선 가운데 셰에라자드의 부친에게 은총을 내리고 치하했다.

"그대는 품성이 고상한 딸을 아내로 주었다. 그 덕택으로 나는 무고한 백성의 딸을 죽이는 잘못을 깨닫고 후회하는 계기가 되었다. 알라의 은총을 칭송할지어다!"

이어서 왕은 짤막하게 셰에라자드와의 일에서 과거의 비행을 깨닫고 자신의 행동을 뉘우쳤다는 것, 그래서 정식으로 셰에라자드를 아내로 맞아 혼인 계약서를 작성하겠다고 설명했다. 문무백관들은 이구동성으로 왕과 왕비를 축복했다.

왕은 결혼식을 준비하면서 사자를 보내 아우 자만 왕을 불렀다.

자만 왕은 지체 없이 형을 찾아왔다.

샤흐리아르 왕은 과거 3년 동안 셰에라자드와 보낸 날들을 아우에게 들려주었다. 그녀에게 들은 속담, 우화, 연대기와 재담, 경구와 익살과 일화, 대담과 사화, 만가, 그 밖의 시가에 이르기까지 모두 들려주었다. 자만 왕은 크게 놀라며 감탄을 금치 못했다.

"저는 형님의 동생인 둔야자드를 아내로 맞고 싶습니다. 그럼 우리는 동복의 형제요, 여자들은 동복의 자매가 되어 한층 더 깊은 인연으로 맺어지게 될 것입니다."

샤흐리아르 왕은 기뻐하며 당장 셰에라자드에게 뜻을 전했다. 셰에라자드 역시 기뻐하며 환영했으나 한 가지 조건을 제시했다.

"저는 한시도 동생과 헤어져서 살 수 없으니 아우인 자만 왕도 여기서 함께 사셨으면 합니다."

자만 왕도 형과 헤어지기 싫어했으므로 샤흐리아르 왕은 쾌히 허락했다.

이리하여 샤리야르 왕과 셰에라자드, 자만 왕과 둔야자드와의 혼인계약서가 작성되고 결혼 잔치가 열렸다.

자만 왕이 다스렸던 사마르칸트는 셰에라자드의 아버지에게 맡기고 태수 다섯 명을 부관으로 삼아 보좌하게 하였다. 재상은 두 딸과 작별하고 사마르칸트로 떠났다.

두 왕은 왕비와 함께 세상의 일락과 위안과 환희를 다하며 태평성대를 이었다.

시간이 흘러 후세에 지덕을 겸비한 고결한 군주 하나가 나타났다.

그는 항간에 전하는 이야기와 전설을 좋아했는데, 특히 왕후 군주의 다스림과 그 업적과 언행을 다룬 이야기에 심취하였다.

어느 날 왕은 우연히 보물창고에서 서른 권의 책을 발견하고 진담과 기담, 갖가지 사담을 독파한 뒤 책에 완전히 매료되었다. 그리하여 온 나라 사람이 읽을 수 있게 전권을 베껴 널리 퍼뜨리도록 했다. 이후 외국으로까지 퍼져나갔고, 그때부터 사람들은 이 책의 이름을 '천 하룻밤의 기담집'이라고 불렀다. 🌙

《아라비안나이트》를 위한
이슬람교*

1. 코란과 하디스

코란은 이슬람교의 경전으로 이슬람교 창시자 무함마드가 절대신에게 받은 계시를 그대로 기록한 것이다. 알라(신神이라는 뜻)가 20여 년간 천사 가브리엘을 통해 무함마드에게 내린 것으로 신앙과 일상생활의 규범까지 서술하고 있다.

계시의 첫마디는 "읽어라"이다. 따라서 경전 이름의 어원은 아랍어 '까라아'(읽다)의 동명사 '꾸르안'(읽기)에서 연유한다. 이 동명사가 종교적으로 전의되어 이슬람의 경전 이름으로 승화된 것이다. 아랍어의 정확한 표기는 '알 꾸르안'이지만, '알'은 정관사이므로 발음하지 않아도 된다(이 책에서는 '코란'으로 표기했다).

"알라가 인간에게 내린 경전은 하나밖에 없는데, 원본은 천상에 보

🔖 * 이슬람교는 《아라비안나이트》를 관통하는 중요한 정신적 배경이다. 여기서는 이 책을 읽는 데 필요한 정도로만 이슬람교를 소개한다.

관되어 있다. 그 원본과 일치하는 것이 코란인바, 코란이야말로 가장 완전무결한 경전이다."

절대신은 모든 예언자와 선지자에게 계시로 경전을 내렸는데, 이런 경전이 총 114부나 되고, 그중 중요한 것이 모세오경과 다윗의 시편, 예수의 복음서, 그리고 코란이라는 것이다.

모든 경전은 인간이 만든 것이 아니라 절대신의 언어로 만들어진 일종의 초인간적인 기적이므로 어떤 경전이든 신뢰하고 존중하지만, 다른 모든 경전이 모두 미완성인 데 반해 오직 코란만이 가장 완벽한 마지막 경전이라는 것이다.

하디스는 신앙의 규범서로, 교조 무함마드의 평소 언행을 기록한 것이다. 하디스에 따르면 무함마드는 알라가 파견한 성스러운 사도이기 때문에 그의 언행은 언제 어디서나 명확하고 오류가 없다. 따라서 모든 신도는 그것을 믿고 따라야 한다고 한다.

2. 이슬람교의 기초 교리, 육신六信 오행五行

|이슬람교의 기초 교리|

이슬람교의 교리는 비교적 단순하고 명료하게 정립되어 있는데, '이만'과 '이바다'를 기본 내용으로 한다. 이만은 여섯 가지 종교적 신앙이고, 이바다는 다섯 가지 종교적 의무다. 또한 이슬람 교리의 근본은 "신은 오직 알라뿐이고, 무함마드는 알라가 보낸 예언자"라는 한 문장에 함축되어 있다. 다시 말해, '타우히드'(알라의 유일성)와 '라술룰라'(무함마드는 알라가 보낸 예언자)가 교리의 근본을 이루며, 모든

믿음과 실천은 여기서부터 비롯한다.

|여섯 가지 믿음|

여섯 가지 믿음(6신)은 알라, 천사, 경전, 예언자, 최후의 심판, 정명에 대한 믿음을 말한다.

그런데 코란에는 여섯 번째 '정명'이 명문화되어 있지 않다. 정통파인 수니파는 정명까지 포함해 6신으로 규정하는 반면, 시아파는 정명이 6신의 하나임을 부정하지는 않지만, 실제로는 정명 대신 인간의 자유의지를 더 강조한다.

1. 알라에 대한 믿음: 알라의 독존성, 무한성, 창조성, 자비성을 믿는다.
2. 천사에 대한 믿음: 천사는 알라의 명령을 집행하는 존재인데, 지브릴(모든 천사를 관장하고 알라의 계시를 전달함), 미칼(유대인 보호자, 물을 관리함), 아즈라일(생사 관장, 우주를 관찰하고 의식을 공급함), 이스라필(머리는 천상에 대고, 발은 대지를 밟고 있는 거인으로 비바람을 관장하고 부활의 날에 나팔을 불며 최후의 날이 도래했음을 선포함)을 열 명 천사 가운데 '4대 천사'라 하여 중시한다.
3. 경전에 대한 믿음.
4. 예언자에 대한 믿음.
5. 최후의 심판(최후의 날, 부활, 내세)에 대한 믿음: 이슬람교에서 선행은 신앙의 절반이다. 현세는 내세로 가는 경작지다. 따라서 현세에서 생의 아름다움을 구가하고 선을 행하고 오래 즐길 것을 권장한다. 원죄가 아닌 후천적 죄를 자진해서 회개하고 알라의

용서를 빌며, 헛되이 죽지 말라는 것이다.

6. 정명관에 대한 믿음: 이슬람의 정명관은 인간 행위의 최종 목표는 경전의 가르침 속에서(삼라만상은 알라의 뜻에 따라 운용되며 어떤 것이든 알라의 지배를 받도록 예정되어 있으므로) 알라가 정해준 운명대로 삶을 영위하라는 것이다.

|다섯 가지 의무|

다섯 가지 의무(5행)는 '아르칸'(무슬림의 신앙생활을 받치고 있는 기둥)이라고 한다.

1. 신앙증언의 의무: "아슈하두 안 라 일라하 일랄라와 아슈하두 안나 무함마단 라술룰라"(알라 외에 신 없고, 무함마드는 알라의 사도임을 증언한다)를 외는 것이 신앙증언이다. 마음속으로 믿어서는 안 되며 반드시 소리 내어 외어야 한다. 이는 절대로 미루거나 어길 수 없으며, 이를 어기면 즉시 무슬림을 그만두어야 한다. 무슬림에게 신앙증언은 특별한 의식이 아니라 일상생활이다.

2. 예배의 의무: '살라'(예배)는 매일 다섯 번 행하도록 되어 있다. 새벽 예배(해 뜨기 1시간 30분 전부터 해 뜰 때까지 두 번 절한다), 정오 예배(정오에서 15분쯤 지나 네 번 절한다), 오후 예배(정오 예배에서 3시간 지나 네 번 절한다), 저녁 예배(일몰 5분 후부터 1시간 사이에 세 번 절한다), 밤 예배(저녁 예배 1시간 30분 후부터 심야 사이에 네 번 절한다)를 모두 행해야 하는데, 자기 정화의 측면을 강조하므로 예배 전에는 반드시 '우두'(부분 세정)나 '구슬'(전신 세정)을 해야 한다. 이슬람교의 예배는 성직자 대신 '이맘'(예배 인도자)만 있어도 되

므로, 언제 어디서나 가능하다. 매주 금요일에 근행하는 집단 예배로 '주마'가 있는데, 무함마드가 '움마'(이슬람 공동체)를 건설하는 데 필요한 공동체 의식을 함양하기 위해 장려한 데서 비롯했다. 금요일로 정한 것은 메디나에 장이 서는 날이라서 많은 사람을 상대로 설교할 수 있었기 때문이다.

2. 종교부금의 의무: '자카트'(종교부금)는 아랍어로 '순결', '정화'라는 뜻이다. 이슬람교에서는 세상 어떤 것의 소유권도 알라에 속한다. 개인의 재부財富는 알라에게 잠시 빌려 쓰는 것이므로, 일부는 알라가 원하는 일에 써야 한다. 이것은 주권자인 알라에 대한 응분의 보답으로 1년에 한 번씩 내는데 오늘날에는 '의무'보다는 '자유 헌납' 형식을 취한다.

3. 금식의 의무: 9월을 라마단 '사움'(금식)의 달로 정한 이유는, '읽어라'라는 첫 계시가 내린 달이기 때문이다. 이슬람력 9월인 라마단 한 달 동안 일출부터 일몰까지 먹거나 마시는 것은 물론 흡연이나 성관계도 금지된다. 라마단은 신성한 달로, '뽑아들었던 칼을 칼집에 넣는다'고 한다. 말다툼도 삼가고 덕담만 한다.

4. 성지순례의 의무: '하즈'(성지 메카를 순례하는 일)는 가장 어려운 실천 사항으로, 일생에 한 번만 실행해도 그 의무를 다한 것으로 높이 평가한다. 사흘 동안 진행되는 순례 절차는 변함없이 고정되어 있다. 메카 중심부에는 이슬람 제1의 사원인 '마스지드 알하람'(신성한 사원)이 있는데, 구조물은 '카바'(알라의 집)뿐이다. 무함마드가 메카를 수복한 뒤 비무슬림의 진입과 수렵, 살생, 싸움질 등을 금지한 다음부터 이곳을 금사禁寺로 불렀다고 한다. 금사에 들어서면 순례자들은 '카바' 주위를 시계 반대 방향으로

일곱 번 빙빙 도는데, 이를 영화로운 회전 '타와프'라고 한다. 금사는 50만 명이 동시에 예배할 수 있는 거대한 사원으로 출입구만 64개가 있다. 카바를 참배하면서 그 안에 놓인 흑석에 입을 맞추거나 흑석을 손으로 만져보기도 한다. 흑석은 검은 면에 약간 붉은 기가 도는 매끌매끌한 타원형 돌로 전설에 따르면 천당에서 떨어진 돌이라 하여 가장 신성시하는데, 실제로는 운석이다. 카바를 일곱 번 돈 뒤에는 카바 동쪽 근처 '아브라함의 발자국'이 있다는 곳에서 두 번 절하고 남쪽의 성천인 잠잠 샘에 가서 물을 마신다.